U0927164

唐代校书郎与文学

TANG DAI JIAO SHU LANG YU WEN XUE

黎文丽◎著

中国社会科学出版社

图书在版编目（CIP）数据

唐代校书郎与文学／黎文丽著．—北京：中国社会科学出版社，2014.7

ISBN 978－7－5161－4650－7

Ⅰ.①唐…　Ⅱ.①黎…　Ⅲ.①古典文学—编辑工作—中国—唐代
Ⅳ.①I206.2

中国版本图书馆 CIP 数据核字（2014）第 186043 号

出 版 人　赵剑英
责任编辑　张　林
特约编辑　金　泓
责任校对　高建春
责任印制　戴　宽

出　　版　中国社会科学出版社
社　　址　北京鼓楼西大街甲 158 号（邮编 100720）
网　　址　http://www.csspw.cn
　　　　　中文域名：中国社科网　　010－64070619
发 行 部　010－84083685
门 市 部　010－84029450
经　　销　新华书店及其他书店

印　　刷　北京市大兴区新魏印刷厂
装　　订　廊坊市广阳区广增装订厂
版　　次　2014 年 7 月第 1 版
印　　次　2014 年 7 月第 1 次印刷

开　　本　710×1000　1/16
印　　张　17.75
插　　页　2
字　　数　291 千字
定　　价　56.00 元

本著作获咸阳师范学院学术著作出版基金、
陕西省社会科学基金项目资助

序　言

唐代政治制度与文学是近几年来唐诗研究界较热的一个领域，黎文丽博士将其《唐代校书郎与文学》书稿呈于我，嘱为书序，我非常高兴。一来唐代政治制度与文学的研究我十分关注，二来文丽是我的博士研究生，书稿即是当年的博士论文。不过，毕竟毕业几年了，今天细读此稿，较几年前的博士论文已大有改进，甚为欣慰。

校书郎的设置，是中国古代士大夫政治文化的一个重要特色。士大夫不仅是政治主力，也是文化主体，他们在从政之前或为政之中，文化素养都是其立身之本。书，作为体现士大夫文化素养的标志，自然也就成了士大夫联系文化与政治的桥梁，而校书郎就是构筑这桥梁的基石。唐代校书郎的设置较前代有较大的区别，“自汉、魏历宋、齐、梁、陈，博学之士往往以他官典校秘书。”（《唐六典》卷二六）博学之士已具有较高的政治地位，再以“他官”任此职，是荣誉和政治地位的体现。而唐代校书郎则是九品级的官员，是士人释褐起家的基层官阶。但作为政治桥梁，校书郎这一低品级的官职则在唐人政治生涯中发挥着重要的作用，是颇受时人向往的清望之官，所以杜佑《通典》称校书郎“为士人起家之良选”，是“美职”，而检点唐代官场，诸多位至宰相的达官，也都是经校书郎而晋升的。

值得关注的是，唐代许多杰出的文学家，也都有任校书郎的政治经历，从张说、张九龄，到白居易、李商隐，都能看出唐人文学家与校书郎的密切关联，因而研究唐代校书郎与文学也是一项切合唐代文学实际的工作。所以，当黎文丽确定这个博士论文选题的时候，我和当时导师组的老师都予以肯定。但完成这项跨文史的课题也非易事，首先要找准切入点。从历史的角度对校书郎的研究已经较完备，成果较多，从文学角度的研究则要在借用这些成果的基础上，从人文情怀和文学创作等方面展开。如白居易任校书郎时所写的那首《常乐里闲居偶题十六韵》："帝都名利场，鸡鸣无安居。独有懒慢者，日高头未梳。工拙性不同，进退迹遂殊。幸逢太平代，天子好文儒。小才难大用，典校在秘书。"诗歌便真实地再现了刚步入政坛的文人内心的复杂心情，他既有初登"美职"的欣喜感，又有难尽其才的遗憾感，所以"小才难大用"一语，便颇耐回味。一直以来，对唐代文学中的那些与职官相关的作品，人们多从作家生平研究方面予以关注，而对这类诗歌的文学史和文化史意义关注不多，这不能不说是唐诗研究方面的一大缺失。

应该说，黎文丽博士的这部专著在职官文学的外围研究和文本自身研究方面都下了较大的功夫，在唐代校书郎与文学关系的研究方面有开拓性的贡献。作品第一次全面考察了唐代任校书郎的文学家的仕宦经历，从起家释褐官的特殊地位，分析了唐代校书郎在唐人仕宦中的作用，从而揭示校书郎与文学之关系。其对唐代校书郎的文学素质的研究，结合唐代不同时期的文学思潮，将文人任校书郎期间的创作与唐代文学的发展结合起来，线索十分明晰。而从校雠学的角度研究校书郎与文学创作的关系，则在还原校书郎工作性质的同时，将文人的职使与艺术情趣很巧妙地结合起来，体现了作者对所涉研究领域的熟悉，值得肯定。

职官与文学研究是一项很有中国古代文化特色的学术研究，无论是历史学还是文学领域，关注得越深，越能挖掘出古代文人的政治追求和艺术情趣，立体地展现文人的精神世界，很有意义。愿黎文丽博士在此基础上，展开更深入的研究，取得更大的成果。

傅绍良

2014 年 3 月

目　录

绪　论

新世纪的唐代文学研究继续保持良好的发展态势，取得了丰硕的成果。对文学的研究基本上突破了时代背景、思想内容、艺术成就三大块机械、单一的分析方法，注意文学与多种因素的关联，将研究领域延伸到史学、制度、美学、文化学、经济、艺术、哲学、民俗等领域。宏观综合研究的视野有所开拓，研究涉及面广，视角多样，注重从多角度全方位体现唐代文学的内蕴。作家的作品仍然是研究的重点，论文数量较多，涉及的作家面较广，对文论、文体和题材的研究不断深入。唐代文学研究专著选题呈现出多样化的趋势，质量上也有较大的提高。罗时进的《唐代文学研究再拓展的空间》① 就指出唐代文学研究者既要善于坚持本位同时又能够转移领域或方向。适度的转移有利于在文学史发展的广阔视野中发现选题，确定研究立场；适度转移的另一意义，是给唐代文学研究成果一个沉淀期，从而注意吸取其他历史时期、其他学科方向的研究方法和经验“反哺”唐代文学研究。

第一节　选题依据

选择唐代校书郎与文学作为研究内容，主要是基于以下三方面的原因：

首先，唐代文学与唐代政治、文化、制度结合的研究是近年来的一个亮点。从总体上看，唐代文学是政治性十分强的文学，没有一个有代表性的作家是远离社会政治环境的。在影响和决定文学具体形态

① 罗时进：《唐代文学研究再拓展的空间》，《文学遗产》2007 年第 2 期。

和特征的社会、历史、文化等诸多因素中，政治是一种非常重要的因素。如果我们把制度建设与唐代文人结合起来研究，进一步加强对唐代文化及文学的深刻观照，就能加深对唐代文学的认识和了解，从而凸显唐代文学特有的文化面貌。所以，唐代政治制度与文学的相关选题是具有学术价值的。在唐代科举制度、铨选制度、谏议制度等政治制度背景下，将一类角色文人作为研究对象，进而将文人的政治身份、职事活动与文学活动有机地联系起来，已经成为当前学界的一种重要研究取向。以政治角色文人作为研究对象的学术著作，如傅璇琮的《唐代科举与文学》①、戴伟华的《唐代幕府与文学》②、王勋成的《唐代铨选与文学》③、胡可先的《中唐政治与文学》④、傅绍良的《唐代谏议制度与文人》⑤、马自力的《中唐文人之社会角色与文学活动》⑥ 等等。这些研究成果为我们多角度地认识唐代社会制度和文学带来富有启发性的思考。因为“唐代文学研究正是通过和政治、经济、历史、宗教等方面的联系向纵深拓进的，这种文化视野中的文学研究，更有利于文学演进规律的探讨和揭示”。⑦

其次，唐人取得进士、明经或其他做官资格之后，可以担任怎样的官职，过去一直无人研究。这个领域的研究，几乎全偏向中高层官职。如吴廷燮的《唐方镇年表》⑧、严耕望的《唐仆尚丞郎表》⑨、张荣芳的《唐代的史馆与史官》⑩、孙国栋的《唐代中央重要文官迁转途径研究》⑪、郁贤皓的《唐刺史考全编》⑫、毛汉光的《唐代给事中之分析》⑬、胡沧泽的

① 傅璇琮：《唐代科举与文学》，陕西人民出版社1986年版。

② 戴伟华：《唐代幕府与文学》，现代出版社1990年版。

③ 王勋成：《唐代铨选与文学》，中华书局2001年版。

④ 胡可先：《中唐政治与文学》，安徽大学出版社2000年版。

⑤ 傅绍良：《唐代谏议制度与文人》，中国社会科学出版社2003年版。

⑥ 马自力：《中唐文人之社会角色与文学活动》，中国社会科学出版社2005年版。

⑦ 戴伟华：《文史结合考论兼备》，《江海学刊》2001年第2期。

⑧ 吴廷燮：《唐方镇年表》，中华书局1980年校点本。

⑨ 严耕望：《唐仆尚丞郎表》，中研院历史语言研究所专刊之三十六，1956年。

⑩ 张荣芳：《唐代的史馆与史官》，台湾中国学术著作奖助委员会，1984年。

⑪ 孙国栋：《唐代中央重要文官迁转途径研究》，香港：龙门书店1978年版。

⑫ 郁贤皓：《唐刺史考全编》，安徽大学出版社2000年版。

⑬ 毛汉光：《唐代给事中之分析》，文津出版社1993年版。

《唐代御史制度研究》[①]、郁贤皓及胡可先的《唐九卿考》[②]、毛蕾的《唐代翰林学士》[③] 等专著，都是关于中高层官员的研究。而对低层官员的任职情况、文学创作、职务迁转等所知非常有限。本书拟详考唐代基层文官之一——校书郎的具体情况，梳理唐代士人刚入仕时的一些工作状况和文学创作。校书郎是一种官名，掌校雠典籍，订正讹误。东汉朝廷藏书于东观，置校书郎中。后魏秘书省始置校书郎，唐代秘书省与弘文馆皆置。唐代许多著名诗人都担任过校书郎一职，如：杨炯、张说、张九龄、王昌龄、钱起、吉中孚、李端、郎士元、严维、卢纶、夏侯审、畅当、顾况、刘禹锡、元稹、白居易、杜牧、李商隐、段文昌、丁公著、郑澣、李绅、李翱、段成式、李群玉、韦庄、姚南仲，等等。他们的任职状况和任职心态具有一定的代表性，体现不同时期文士的政治参与意识，同时又多多少少地体现在其文学创作中。

第三，校书郎作为唐代士人初入仕途的一种官职，任职条件要求颇高，其工作情况、文学创作以及迁转情况的研究仍是空白。唐代的基层官职种类不少，有释褐为太乐丞者，如诗人王维；或从太常寺太祝起家，如诗人张籍。但这类事例不多见，这些官职也比较不重要。在县官方面，唐人也有从主簿甚至县丞、县令起家，但最多的还是从县尉干起。县尉也是县官当中人数最多的一个群体，史料中屡见不鲜，不容忽视。在州官当中，士人刚出来做官，最常任的就是州参军和各曹判司。至于中晚唐的幕职，唐人一开始入幕最常担任的便是巡官、推官和掌书记。这也是基层幕职当中最重要的三个。[④] 而最常见到的情况，是他们许多从校书郎和正字出身。这两种官也被杜佑和封演称为美职，被白居易誉为“公卿之滥觞”。校书郎虽为九品小官，但也处于学士之列。因此被任命为校书郎一职会给士人带来很高的荣誉和声名。从一些文献资料可知校书郎的仕宦前景极佳，不少人由此官不断升迁并拜相。以前有关制度方面的研究大多侧重于史学的范畴，从唐代校书郎入手来进一步考察唐代校书郎与文学发展的关系问题，目前仍是一个鲜有人涉足的领域。因此，选取这一课题，能

① 胡沧泽：《唐代御史制度研究》，文津出版社 1993 年版。

② 郁贤皓、胡可先：《唐九卿考》，中国社会科学出版社 2003 年版。

③ 毛蕾：《唐代翰林学士》，社会科学文献出版社 2000 年版。

④ 赖瑞和：《唐代基层文官》，中华书局 2008 年版。

更好地揭示唐代文学研究进程中的某些原生态现象，还原那些原本被遮蔽的文学状况。本书拟通过对唐代校书郎与文学创作的关系研究，从新的路径来透视唐代文学，深化和拓展唐代文学研究。

第二节　学术史回顾

关于唐代校书郎与文学，至今尚未见系统的研究。唐代秘书省、弘文馆、崇文馆、集贤院、司经局五馆，皆有校书郎之职。校书郎的设置时间、品秩、员数，诸馆不尽相同。与此相关的研究有一些，但大都夹杂在一些文史论著中。笔者在阅读专著、搜集资料的过程中，也是从制度、史学方面入手，一点一点积累，逐渐接近和发现研究对象。相关的论著主要包括以下几方面内容：

首先，有关政治制度与文学方面，主要采用文史结合的研究方法。

程千帆的《唐代进士行卷与文学》[①] 一书对唐代进士试期间的行卷之风与文学的关系进行了研究。傅璇琮的《唐代科举与文学》[②] 将唐代科举作为一种制度予以完整考察，使与此相关的士子的生活和创作一并纳入其视野之内，为我们展示了一幅幅生动逼真的唐代文化、官吏铨选制度与知识分子生活、创作、社会习俗的画卷。戴伟华的《唐代幕府与文学》[③] 是研究唐代幕府制度与幕府文人创作关系的力作，书中展示了唐代幕府的基本面貌和文人入幕的心理状态，入幕在文人生活中占据很重要的位置，幕府深刻地影响着文学家的创作。王勋成的《唐代铨选与文学》[④] 提出唐代士人科举及第之后只是取得了做官的资格，不能马上授官，还需要经过吏部的铨试，守选之后就可以参加吏部的冬集铨选，三铨铨试即可以注拟授官。该书从史学和文学结合的角度探讨了唐代铨选与文学的关系。胡可先的《中唐政治与文学》[⑤] 是以永贞革新为研究中心，有侧重地论述了中唐政治与文学的关系及其文学演进的规律。李福长的《唐代学士与文人政治》[⑥] 选

---

① 程千帆：《唐代进士行卷与文学》，上海古籍出版社 1980 年版。

② 傅璇琮：《唐代科举与文学》，陕西人民出版社 1986 年版。

③ 戴伟华：《唐代幕府与文学》，现代出版社 1990 年版。

④ 王勋成：《唐代铨选与文学》，中华书局 2001 年版。

⑤ 胡可先：《中唐政治与文学》，安徽大学出版社 2000 年版。

⑥ 李福长：《唐代学士与文人政治》，齐鲁书社 2005 年版。

取秦府文学馆学士、弘文馆学士、北门学士、集贤学士、翰林学士等为研究对象，探讨了学士与政治的关系。傅绍良的《唐代谏议制度与文人》[①]以谏议制度运作过程与文人文学活动的关系为着眼点，探讨了文人在具体的政治身份背景下的创作活动。马自力的《中唐文人之社会角色与文学活动》[②] 分别从制度层面、心理层面和文学创作层面讨论了中唐翰林学士、郎官、谏官、州郡官等社会角色的基本特征、职事活动和文学活动，试图从一个侧面揭示中唐的社会变迁与文学演进之间的互动关系。吴夏平的《唐代制度与文学研究述论稿》[③] 围绕“制度诗学”展开，试图从宏观视野进行“制度与文学”的学理探究，在分析研究现状的基础上寻求新的突破。李德辉的《唐宋时期馆驿制度及其与文学之关系的研究》[④] 探讨馆驿制度与文学的关系，可为古代文学研究提供新的视点和结论。宁欣的《唐史识见录》[⑤] 从选举与政治社会、经济视野下的城乡社会两个方面对唐代科举制度、官吏管理体制以及社会状况进行了阐述。一些期刊文献也进行了政治制度运作与文人文学活动的相关性研究。孙福轩、张景臣的《唐代科举铨选考试方法与评价标准述评》[⑥] 分析了唐代科举、铨选考试方法，礼部常科的选才标准之争本质上是重文学与重经史之争，吏部选试的取材标准之争本质上是重知识积累与重实践能力之争。任红敏的《唐代选官制度及社会风尚对唐判创作的影响》[⑦] 论述唐代所特有的注重判词写作的选官制度以及社会风尚促成了判文本身的成熟和兴盛。李福长、丁侃的《唐代文治化趋势与唐宋社会转型》[⑧] 提出随着科举制的推行，文学治国理念深入人心，唐朝政治主体结构发生了异质性的变迁，呈现出明显的文治化趋势，而这种变迁是唐宋社会转型的重要体现。

---

① 傅绍良：《唐代谏议制度与文人》，中国社会科学出版社 2003 年版。

② 马自力：《中唐文人之社会角色与文学活动》，中国社会科学出版社 2005 年版。

③ 吴夏平：《唐代制度与文学研究述论稿》，齐鲁书社 2008 年版。

④ 李德辉：《唐宋时期馆驿制度及其与文学之关系的研究》，人民文学出版社 2008 年版。

⑤ 宁欣：《唐史识见录》，商务印书馆 2008 年版。

⑥ 孙福轩、张景臣：《唐代科举铨选考试方法与评价标准述评》，《河南社会科学》2008 年第 5 期。

⑦ 任红敏：《唐代选官制度及社会风尚对唐判创作的影响》，《中北大学学报》2008 年第 5 期。

⑧ 李福长、丁侃：《唐代文治化趋势与唐宋社会转型》，《许昌学院学报》2008 年第 1 期。

其次，文馆制度与文学方面。

以文馆作为切入点来讨论，以往的研究更侧重于历史学和政治学。唐代秘书省、弘文馆、崇文馆、集贤院等都设置有校书郎一职，其设置时间、品秩、员数等诸馆各有不同。关于唐代秘书省的研究，赵永东的《谈谈唐代的秘书省》[①] 对秘书省的机构沿革、藏书情况进行论述。曹之的《唐代秘书省群僚考略》[②] 论证了唐代令狐德棻、魏征、虞世南、颜师古、马怀素、陈希烈、刘太真等人在秘书省的任职情况。对弘文馆、崇文馆、集贤院的制度性考辨，主要有李锦绣的《试论唐代的弘文、崇文馆生》[③] 围绕弘文、崇文馆生展开论述；牛致功的《唐代的学士》[④] 论述崇文馆、弘文馆学士和北门学士、翰林学士与唐代政治、文化的关系，学士为巩固唐代政权贡献了自己的力量，学士的文学创作丰富了唐代文化的内容。陈卫才、李德辉的《文馆起源与两汉藏书机构》[⑤] 论证两汉是文馆的形成时期。秦汉时期虽有着许多藏书机构，但并没有设置专职掌管图书的官署和官员。汉代宫廷藏书机构承担的任务是收藏和整理图书、修史、研讨当时重要学术问题、制定典章制度。何东、韩红梅的《初唐文馆与政府图书校勘职能》[⑥] 分析了初唐文馆的名称及文馆学士职能的变化，这种变化与盛唐时期图书校勘发展有莫大的关联。研究集贤院最珍贵的资料是唐代韦述的《集贤记注》，但原本已佚，现在所能看到的是宋代王应麟的《玉海》中所引的数十条。日本学者池田温的《盛唐之集贤院》[⑦] 从沿革、省舍、储藏、修纂、故实、职掌、禄廪、官联八个方面进行考察。郑伟章的《唐集贤院考》[⑧] 论述了集贤院创立始末和制度规模。李湜的《盛唐时期的集贤学士》[⑨] 认为集贤学士正式产生并兴盛于唐玄宗开元年间，

---

① 赵永东：《谈谈唐代的秘书省》，《文献》1987 年第 1 期。

② 曹之：《唐代秘书省群僚考略》，《图书与情报》2003 年第 5 期。

③ 李锦绣：《试论唐代的弘文、崇文馆生》，《文献》1997 年第 2 期。

④ 牛致功：《唐代的学士》，《社会科学战线》1987 年第 1 期。

⑤ 陈卫才、李德辉：《文馆起源与两汉藏书机构》，《湖南科技学院学报》2006 年第3 期。

⑥ 何东、韩红梅：《初唐文馆与政府图书校勘职能》，《河北师范大学学报》2007 年第 3 期。

⑦ ［日］池田温：《盛唐之集贤院》，载《唐研究论文集》，中国社会科学出版社 1999 年版。

⑧ 郑伟章：《唐集贤院考》，《文史》1983 年第 19 辑。

⑨ 李湜：《盛唐时期的集贤学士》，《江西师范大学学报》1995 年第 3 期。

它既是隋唐以来科举制度发展兴盛的必然产物，也是唐朝文人政治局面形成的标志。集贤学士担当起了从理论上全面总结唐朝社会转型时期政治制度的重任。开元年间以后，集贤学士制度即趋于衰落。

近几年有关文馆制度与文学的研究主要有：李德辉的《唐代文馆制度及其与政治和文学之关系》[①] 考察了唐代文馆的发展演变历程，通过对文馆学士群体的研究，对当时的文坛风气，文馆及文馆学士的相互关系，文馆和政治、文学的关系问题作了深入探讨，为唐代政治史、文学史、职官史的研究提供了参考。吴夏平的《唐代中央文馆制度与文学研究》[②] 选择国子监、史馆、秘书省和崇文馆、弘文馆、集贤院、崇玄馆、广文馆等文化馆所作为研究的对象，将制度与文学结合起来，力图求证唐代中央文馆制度与文学之间的联系。葛立斌的《“兰台令史”与“东观校书郎”》[③] 认为兰台令史与东观校书郎皆是东汉时期承担校书工作的官职，但两者在发展源流、任职时间、任职条件、职能等方面有很大不同。兰台令史与东汉校书郎共同为汉代文化的发展作出了贡献。赖瑞和的《唐代基层文官》[④] 从唐人的生平、仕宦经历着手，论述唐人释褐之后最常担任的几种基层文官职务，即校书郎、正字、县尉、参军、判司、巡官、推官和掌书记等唐代职官制度的运作模式。胡珺的《论翰林学士与唐代文学的发展》[⑤] 说明翰林学士身负政治与文学的双重角色，以实践和理论两个层面影响着文人心态与文坛走向。吴夏平的《唐校书郎考述》[⑥] 对校书郎之员数和设置时间等进行了考辨。阎晓雪的《唐代文学侍从官研究》[⑦] 介绍文学侍从官员的演变过程为：弘文馆学士阶段、集贤院学士阶段、翰林学士阶段，比较了文学侍从官员三阶段在职责上的异同以及他们的选任标准和任职特色。此外，陈元锋的《北宋馆阁翰苑与诗坛研究》[⑧] 探讨北宋时期三馆秘阁与翰林学士院制度的设立与发展，探讨其政治与文化职能，考察

① 李德辉：《唐代文馆制度及其与政治和文学之关系》，上海古籍出版社 2006 年版。

② 吴夏平：《唐代中央文馆制度与文学研究》，齐鲁书社 2007 年版。

③ 葛立斌：《“兰台令史”与“东观校书郎”》，《广东教育学院学报》2007 年第 6 期。

④ 赖瑞和：《唐代基层文官》，中华书局 2008 年版。

⑤ 胡珺：《论翰林学士与唐代文学的发展》，《前沿》2008 年第 9 期。

⑥ 吴夏平：《唐校书郎考述》，《贵州文史丛刊》2005 年第 1 期。

⑦ 阎晓雪：《唐代文学侍从官研究》，硕士学位论文，河北师范大学，2004 年。

⑧ 陈元锋：《北宋馆阁翰苑与诗坛研究》，中华书局 2005 年版。

在馆阁翰苑的文化背景下，北宋知识精英阶层所特有的从政方式、生活状态及其群体性的创作趋向。成明明的《北宋馆阁与文学研究》[①] 考察了北宋馆阁的沿革和馆职设置，描述了北宋馆阁文人的日常生活与文学，认为北宋的馆阁在继承唐、五代以来三馆的基础上有所发展，成为文化中心、学术中心和育才中心，在国家的政治、文化、文学活动中发挥了重要的作用。

第三，文馆与文学方面的论述主要集中在诗歌方面，包括唱和诗集整理、律体律调分析、诗学著作考辨等。唱和诗集的整理方面，初唐唱和诗集的整理主要集中在《翰林学士集》、《珠英学士集》、《景龙文馆记》。陶敏的《〈景龙文馆记〉考》[②] 对成书始末及版本流传等方面进行了考订。贾晋华的《唐代集会总集与诗人群研究》[③] 广引文献，主要考察了唐代七大集会活动与诗人群体的创作活动。作者将太宗时期、中宗景龙年间宫廷诗人群的唱和篇章及文学活动逐一考证，并论述了诗人集会酬唱诗对诗歌史的意义。

关于律体律调的探讨，较早研究唐诗律体律调的是郭绍虞先生，收录于《照隅室古典文学论集》[④] 中的《永明声病说》、《从永明体到律体》、《声律说考辨》等文章主要从五言诗音步的角度，说明“古”“律”之间的声律问题。赵昌平的《初唐七律的成熟及其风格溯源》[⑤] 考订初唐九次重要“七律”应制唱和组诗，认为七律的渊源当是蜕化于骈赋化的歌行。邝健行的《初唐五言律体律调完成过程之观察及其相关问题之讨论》[⑥] 从单句句调不合、失对联数、失黏首数、不合律首数等方面，考察初唐作家虞世南、李百药等人诗歌的声律状况，认为律调受到重视和探讨，主要是作者顺应文体本身的发展及从事探索的结果，跟君主的好文无关。葛晓音《论宫廷文人在初唐诗歌艺术发展中的作用》[⑦] 对宫廷文人在初唐诗歌艺

---

① 成明明：《北宋馆阁与文学研究》，中国社会科学出版社2007年版。

② 陶敏：《〈景龙文馆记〉考》，《文史》1999年第3期。

③ 贾晋华：《唐代集会总集与诗人群研究》，北京大学出版社2001年版。

④ 郭绍虞：《照隅室古典文学论集》，上海古籍出版社1983年版。

⑤ 赵昌平：《初唐七律的成熟及其风格溯源》，《中华文史论丛》1986年第4期。

⑥ 邝健行：《初唐五言律体律调完成过程之观察及其相关问题之讨论》，《中国文化研究所学报》1990年第2期。

⑦ 葛晓音：《论宫廷文人在初唐诗歌艺术发展中的作用》，《辽宁大学学报》1990年第4期。

术发展中的作用进行了客观评价；《初盛唐七言歌行的发展》[1] 通过对歌行形制体调的探讨，揭示出初盛唐歌行艺术风格发展变化的某些内在原因。杜晓勤的《从永明体到沈宋体》[2] 指出五言律体的形成虽然几经波折，但每一次发展都离不开宫廷诗人。如果没有他们对诗歌声律美的不懈追求，五言新体诗的律化进程无疑会更漫长。陈铁民的《论律诗定型于初唐诸学士》[3] 认为律体的定型是受初唐一批珠英学士、修文馆学士的影响，其功不能全归于沈宋二人。吴夏平的《盛唐集贤院诗歌活动考论》[4] 认为律诗声律在初唐初具规模，盛唐集贤院诗歌活动将律体律调从定型推向成熟。王梦鸥的《初唐诗学著述考》[5] 论述了初唐诗学的渊源，分析初唐时期上官仪、元兢、崔融的诗学表现，认为初唐诗学多为适应宫廷之艺文生活而发达。梁尔涛的《弘文馆与贞观朝诗学建设》[6] 指出弘文馆不但是贞观朝进行文化普及和推广的主要阵地之一，而且是诗学整合和建设的主要平台之一。这些弘文学士有极强的用世精神，他们不但辅佐太宗积极推行文治政策，普及文化教育，进行新朝文化建设，而且频频参与宫廷应制、文馆唱酬，倡导雅正诗风。

总的来看，学界关于唐代校书郎与文学关系的研究，散见于相关论著中，且仅限于个别时期、个别作家的背景介绍，而系统、全面、深入探讨唐代校书郎与文学关系的论著至今尚未见到。因此，选择这一论题是有意义的。

第三节 研究方法和思路

傅璇琮在《唐代科举与文学》中说："我在研究唐朝文学时，每每有一种意趣，很想从不同的角度，探讨有唐一代知识分子的状况，并由此研究唐代社会特有的文化面貌。……研究中国封建社会，特别是研究其文化

---

① 葛晓音：《初盛唐七言歌行的发展》，《文学遗产》1997 年第 5 期。

② 杜晓勤：《从永明体到沈宋体》，《唐研究》1996 年第 2 期。

③ 陈铁民：《论律诗定型于初唐诸学士》，《文学遗产》2000 年第 1 期。

④ 吴夏平：《盛唐集贤院诗歌活动考论》，《贵州文史丛刊》2007 年第 4 期。

⑤ 王梦鸥：《初唐诗学著述考》，台北：台湾商务印书馆 1977 年版。

⑥ 梁尔涛：《弘文馆与贞观朝诗学建设》，硕士学位论文，苏州大学，2007 年。

形态，如果不着重研究知识分子的历史变化，那将会遇到许多障隔。”①这段话也说明当前对唐代文学的研究涉及面广，视角多样，注重从多角度全方位体现唐代文学的特色和内蕴。具体到本书而言，相关研究涉及史学、文学、法学等多个学科，选题的多学科性质决定了研究方法的多样性。拟采取的研究方法、研究手段主要有：

文史结合的方法

文史结合的方法，是由研究对象所决定的，因为唐代校书郎与文学这一论题本身包含文学和史学两方面的内容。必须从厘清校书郎制度及其演变入手，对其政治地位、为官心态及工作情况进行考察，力求言之有据，才能全面地体现校书郎与文学的关系。

考证法

校书郎作为文士走上仕途的第一步，对个人而言具有重要意义。有关唐代校书郎的资料散见于唐代各种典籍，至今尚未有人作过系统的整理。要想得知唐代校书郎生平、任职、文学创作情况的资料，均离不开细致而准确的考证。此外，校书郎作为基层官员的群体，其人格特征、思想状况以及文学创作的内容和风格对于其整个人生和文学创作都有着不可忽视的影响。

计量分析与比较研究法

为了更形象直观地说明问题，体现校书郎的相关情况，本书采用了一定数量的表格、数据以便于分析、论证，其中大部分数据都是笔者在参考学术界已有成果的基础上经过个人分析统计所得。本书还采取比较研究的方法，从文献的阅读和分析入手，通过横向和纵向的比较，具体问题具体分析，力图更准确、全面地分析问题，尽可能达到视野开阔、融会贯通。如笔者从《旧唐书》、《新唐书》、《全唐文》、《全唐诗》、《唐诗纪事》、《资治通鉴》、《唐代墓志汇编》、《唐代墓志汇编续集》、《太平广记》等文献中翻检出有关校书郎的传记资料，这就需要进一步排比分析、爬梳剔抉，尽量用丰富翔实的文献资料分析论述问题。

本书在结构安排上分为三部分，第一部分为第一、二章，概述了唐前校书郎制度及文人的关系，考察了唐代校书郎的设置特点、任职途径。第二部分为第三、四、五章，着重论述唐代校书郎的文学素养，校书郎的职

---

① 傅璇琮：《唐代科举与文学》，陕西人民出版社2007年版。

务范围与工作情况以及对文学的促进作用，校书郎的生存状态、迁转情况以及文学创作情况。第三部分为第六章，通过选取几位有代表性的文学家在校书郎任职期间的创作情况，体现其创作心态。附录主要是有关唐代校书郎相关资料的统计。

第一章

唐前校书郎制度概述

我国在夏、商时期就已经有对文献的收藏记载。《国语·晋语四》载仓葛语“阳人有夏、商之嗣典”[①]，韦昭注：“典，法也。……言有夏、商之后嗣及其遗法。”《尚书·多士》记：“惟殷先人，有册有典。”[②] 殷商卜辞之中也常见“乍册”“册”“祝册”等一类的记载。这些典册主要是指记载当时礼法秩序的文献及档案。其编纂的目的，或鉴于当世，或诫于将来。随着社会生产力的发展、社会政治制度不断变化以及相互交流的需要，各种文献大量涌现，关于文献的制作、整理、加工、收藏等也成为文献编纂整理过程中必不可少的一项工作。从有关史料中还可看到早在西周时期就已有专门负责收藏典籍的史官。《左传·昭公十五年》提到籍谈的九世祖孙伯黡是掌管晋国典籍的史官。《史记》称老子是“周守藏室之史”，也就是负责保管周王室典籍的史官。文献、典籍是人类文明发展的结晶，具有表达思想、交流经验、宣扬主张和传播知识的作用。典籍不但可以让人们认识历史、认识社会，还可以从中总结经验教训，从而获得新发展的借鉴。因此，典籍对于人类文明与进步，有着不可估量的推动作用。

第一节　校书郎设置之缘起

自从儒家学说占据统治地位后，历代帝王大都从维护统治出发，崇儒学、兴礼义、重文教，并重视收藏整理典籍。历代统治者都相信典籍的功

① 徐元诰撰，王树民、沈长云点校：《国语集解》，中华书局 2002 年版，第 352 页。

② 周秉钧注译：《尚书》，岳麓书社 2001 年版，第 180 页。

能和用途，认为典籍不仅是治世之具，而且能从中鉴古知今，总结前代失败的经验教训，有助于维护和巩固其统治。从一些文献的考察中可以看出这一点。如隋代秘书监牛弘向隋文帝上表，请开献书之路曰：“经籍所兴，由来尚矣。……昔陆贾奏汉祖云‘天下不可马上治之。’故知经邦立政在于典谟矣。为国之本，莫此攸先。”① 把典籍看作是治国之本，希望君王能予以优先考虑。唐代魏征在其主笔的《隋书·经籍志》中更是赞颂了经籍之用：“夫经籍者也，机神之妙旨，圣哲之能事。所以经天地，纬阴阳，正纪纲，弘道德，显仁足以利物，藏用足以独善。……夫仁义礼智，所以治国也，方伎术数，所以治身也，诸子为经籍之鼓吹，文章乃教化之黼黻，皆为治之具也。”② 把四部典籍当作为治之具，说明典籍在治理国家、教化众生中的重要作用。贞观十八年（644），唐太宗在给萧德言的信中说道：“朕历观前代，详览儒林，至于颜、闵之才，不终其寿；游、夏之德，不逮其学。惟卿幼挺珪璋，早标美誉。下帷闭户，包括《六经》；映雪聚萤，牢笼百氏。自隋季版荡，庠序无闻，儒道坠泥涂，《诗书》填坑穽。眷言坟典，每用伤怀。顷年已来，天下无事，方欲建礼作乐，偃武修文。”③ 可见，重振儒学、兴复礼乐，并用以治理国家是当时帝王兴邦治国的首要之举。因此，收藏文献典籍、设立管理机构，并对所藏典籍进行整理、勘误、注释等的编校就成为历朝历代一项必不可少的工作，校书郎也就应运而生了。

校书郎，是一个官名，掌校雠典籍、订正讹误。《通典》卷二六《职官八》记述了唐代校书郎的源起，从中可以看出此官从汉代到唐代的演变：

> 汉之兰台及后汉东观，皆藏书之室，亦著述之所。多当时文学之士，使雠校于其中，故有校书之职。初，汉成帝时已命光禄大夫刘向于天禄阁校经传、诸子、诗赋，步兵校尉任宏校兵书，太史令尹咸校数术，太医令李柱国校方伎。后以诸大夫扬雄等亦典校于其中。后于兰台置令史十八人，秩百石，属御史中丞。又选他官入东观，皆令典

① 《二十五史》第5册，中州古籍出版社1998年版，第274页。

② 魏征：《隋书》，中华书局1973年版，第903—909页。（以下版本号略）

③ 刘昫等：《旧唐书》，中华书局1975年版，第4952—4953页。（以下版本号略）

> 校秘书，或撰述传记，后汉明帝以班固为兰台令史，撰光武本纪及诸传记。又以傅毅为兰台令史，与班固、贾逵共典校书。盖有校书之任，而未为官也，故以郎居其任，则谓之校书郎。明帝召班固诣校书部，除兰台令史，后迁为郎，典校秘书。又刘珍与校书郎刘騊駼、马融校定东观五经、传记、百家、艺术，整齐脱误，定正文字。又杨终字子山，征诣兰台，拜校书郎。又窦章为东观校书郎。以郎中居其任，则谓之校书郎中。后汉蔡邕拜郎中，校书东观。又马融为校书郎中，诣东观典校秘书。当时重其职，故学者称东观为老氏藏室，道家蓬莱山焉。至魏，始置秘书校书郎。晋、宋以下无闻。至后魏，有秘书校书郎。北齐亦有校书郎。后周有校书郎下士十二人，属春官之外史。隋校书郎十二人，炀帝初，减二人，寻更增为四十人。大唐置八人，掌雠校典籍，为文士起家之良选。其弘文、崇文馆，著作、司经局，并有校书之官，皆为美职，而秘书省为最。①

隋朝建立后，秘书省为中央五省之一，“秘书省，监、丞各一人，郎四人，校书郎十二人，正字四人，录事二人。领著作、太史二曹。著作曹，置郎二人，佐郎八人，校书郎、正字各二人。太史曹，置令、丞各二人，司历二人，监候四人。其历、天文、漏刻、视祲，各有博士及生员”。② 大约在炀帝大业十一年（615），隋炀帝对秘书省进一步改革，“又改监、少监为令、少令。增秘书郎为从五品，加置佐郎四人，从六品。以贰郎之职。降著作郎阶为从五品。又置儒林郎十人，正七品。掌明经待问，唯诏所使。文林郎二十人，从八品。掌撰录文史，检讨旧事。此二郎皆上在藩已来以直司学士。增校书郎员四十人，加置楷书郎员二十人，从九品。掌抄写御书”。③ 随着国家藏书量大增，急需要对图书进行整理和校订工作。隋炀帝将原来的王府学士擢升为秘书省官员，担任图书撰修工作，其中尤以秘书学士最为活跃。《资治通鉴》对此记载：“帝好读书著述，自为扬州总管，置王府学士至百人，常令修撰，以至为帝，前后近二十载，修撰未尝暂停；自经术、文章、兵、农、地理、医、卜、

① 杜佑：《通典》，中华书局1984年版，第155页。（以下版本号略）

② 《隋书》卷二八，第775页。

③ 同上书，第795页。

释、道乃至蒲博、鹰狗，皆为新书，无不精洽，共成三十一部，万七千余卷。”①

记录唐代制度较全面的《唐六典》中对校书郎一职的设立及发展情况也有类似的记载，主要如下：

> 汉成帝命光禄大夫刘向于天禄阁校经传、诸子、诗赋，步兵校尉任宏校兵书，太史令尹咸校术数，太医监李柱国校方术。其后扬雄以大夫亦典校于天禄阁。斯皆有其任而未置其官。至后汉，始于东观置校书郎中。《续后汉书》云：“马融，安帝时为大将军邓骘所召，拜校书郎中。在东观十年，博览典籍，上《广成颂》。”……汉御史中丞掌殿中兰台秘书图籍，因置兰台令史典校其书，班固、傅毅初并为兰台令史。……东观有校书部，置校书郎中典其事。时，通儒达学亦多以他官领之。自汉、魏历宋、齐、梁、陈，博学之士往往以他官典校秘书。至后魏，秘书省始置校书郎，正第九品上。北齐置十二人。隋初亦置十二人，炀帝三年减为十人，其后又增为四十人，皇朝灭焉。②

据此可知，汉代多以社会地位较高的通儒达学之人任此职，如刘向校定经传、诸子、诗赋，扬雄典校于天禄阁，马融典校于东观，等等。汉代没有设置专职管理图书的官署和官员，而是以其他官员充任的，往往是博学之士以他官典校秘书。后魏始设校书郎这一官职，正九品上，但这样的官品表示校书郎已经变成一个小官。北齐、隋唐因之，都属于低层的校书官职，任其官者多是刚释褐的士人，已经不再有像刘向、扬雄那样的“大夫”了。校书郎在宋代属秘书省，辽属秘书监著作局，金、元属秘书监，明代以后废止。

唐代秘书省、弘文馆、崇文馆、集贤院、司经局五馆，皆有校书郎之职。校书郎的设置时间、品秩、员数，诸馆不尽相同。校书郎隶属于各馆，其地位高下也体现了各馆的政治地位、发展状况。比如同是校书郎，

① 司马光：《资治通鉴》，中华书局1956年版，第5694页。

② 李林甫等撰，陈仲夫点校：《唐六典》，中华书局1992年版，第298页。（以下版本号略）

秘书省的校书郎就和其他馆的校书郎官品不一样。这些校书郎中，以秘书省校书郎的官品最高，为正九品上，而以崇文馆的校书郎官品最低，为从九品下。

第二节 校书郎与起家制度

在唐代，士人明经、进士及第之后踏上仕途的起家官有很多是校书郎，也称作释褐官职。校书郎在唐代渐渐成为文士起家之良选，是唐代士人关注的热点。因此，分析校书郎与起家官之间的关系，有助于熟悉校书郎这一官职的发展情况，了解唐代各个时期的社会风尚。

一 “起家”的含义

起家，如其字面所示，是从家里起而当官的意思。最初并不特别指初仕官。《史记·袁盎晁错列传》记载：“建元中，上招贤良。公卿言邓公，时邓公免，起家为九卿。”① 《史记·魏其武安侯列传》记载：“当是时，丞相入奏事，坐语移日，所言皆听，荐人或起家至二千石。”② 这里的“起家”都是指担任高级官职，邓公自家中征召授官，官位列于九卿之中；田蚡推荐人担任二千石一级的官员。《三国志》卷一六《杜恕传》记载的“以疾去官，起家为河东太守”，也为其例。

自晋代以后，“起家”专用于指初仕官吏。③ 南朝梁沈约《宋书》中，“起家”大多为初次担任官职。如《宋书·沈文秀传》记载：“沈文秀字仲远，吴兴武康人，司空庆之弟子也。父劭之，南中郎行参军。文秀初为郡主簿，功曹史，庆之贵后，文秀起家为东海王祎抚军行参军。”④ 这里沈文秀在起家前的职务为“功曹史”，因“功曹史”不是正式的职官，故任职东海王参军用的是“起家”。《宋书·徐湛之传》记载：“及长，颇涉文义，善自位待。事祖母及母，并以孝谨闻。元嘉二年除著作佐郎、员外散骑侍郎，并不就。六年，东宫始建，起家补太子洗马，转国子

① 司马迁：《史记》，上海古籍出版社 1997 年版，第 2090 页。
② 同上书，第 2157 页。
③ ［日］宫崎市定：《九品官人法研究》，韩昇、刘建英译，中华书局 2008 年版，第 64 页。
④ 沈约：《宋书》，中华书局 1974 年版，第 2221 页。

博士，迁奋威将军、南彭城沛二郡太守，徙黄门侍郎。”[①] 徐湛之于元嘉六年（429）始任太子洗马。

与“起家”意思相近的另一个词语是“释褐”。褐，指粗布短衣，是古时平民的服装。脱去布衣而穿上官服，称为“释褐”或“解褐”，即做官之意。汉代扬雄《解嘲》有：“夫上世之士，或解缚而相，或释褐而傅。”[②] 唐代士人明经、进士及第之后，只是取得了做官的资格，必须再经过吏部考试，合格后才授予官职，脱去粗布衣服，换上官服，即所谓“释褐授官”。《旧唐书》中记述人物生平时常有关于“释褐”及“起家”的文字，试举几例如下：

吴少诚，“幽州潞县人。父为魏博节度都虞侯。少诚以父勋授一子官，释褐王府户曹。”[③]

于　敖，“敖字蹈中，以家世文史盛名。少为时彦所称，志行修谨。登进士第，释褐秘书省校书郎。”[④]

穆　赞，“赞，字相明，释褐为济源主簿。”[⑤]

郑从谠，“从谠字正求，会昌二年登进士第，释褐秘书省校书郎。”[⑥]

郑　权，“荥阳开封人也。登进士第，释褐泾原从事。”[⑦]

元万顷，“万顷善属文，起家拜通事舍人。”[⑧]

闾丘均，“景龙中，为安乐公主所荐，起家拜太常博士。”[⑨]

《旧唐书》在记载士人初登仕途时有的用“释褐”，有的用“起家”，可见，这两个词意思比较接近，都可以指士人通过不同的方式登上仕途取得的第一个官职。对于众多的渴望大展宏图、实现人生抱负的士人来说，起家具有重要的意义，它预示着仕途能否一帆风顺，从此进入上层政治机构。起家制度也经历了一个不断演变的过程。

---

① 沈约：《宋书》，中华书局1974年版，第1844页。

② 班固：《汉书》卷八七下，中华书局2007年版，第869页。

③ 《旧唐书》卷一四五，第3945页。

④ 《旧唐书》卷一四九，第4009页。

⑤ 《旧唐书》卷一五五，第4115页。

⑥ 《旧唐书》卷一五八，第4169页。

⑦ 《旧唐书》卷一六二，第4245页。

⑧ 《旧唐书》卷一九〇中，第5010页。

⑨ 同上书，第5025页。

二 起家制度的演变

在中国古代，选贤授能的观念和实践活动，始于上古时期氏族首领的选任。西周时期所谓的“乡兴贤能”，也主要用于选拔大夫以下的低级官吏，是乡遂基层组织进行的选举，是“世卿世禄”制的补充，其更主要的意义在于“象征”和“教化”[①]。“选士”作为制度被确立下来，成为官僚制度的重要组成部分，是从汉代开始的。在两汉至晚清两千年间，实行过察举制、征辟制、学校考选、九品官人法、科举、吏道等多种选士制度。它们在不同的历史阶段产生，并互相补充，此消彼长。总的来看，察举制—九品官人法—科举制是选士制度发展的主线。学界比较普遍地认为我国古代的选士制度经历了这样三个发展阶段。但是，对于九品官人法在这一发展过程中的地位作用，却没有得到应有的肯定。应该说，教育史和政治制度史的研究中，都提出了一些关于九品官人法与察举和科举关系的观点。如有学者指出：“若就吾国选士制度发展历史言，（九品）实为两汉乡举里选演变为隋唐科举考试制度之重要津梁也。”[②]还有学者指出：“科举制度源于汉代的策试，萌芽于南北朝时期的九流常选，定型于隋代的进士科。科举制度的出现，是历史发展的必然结果。”[③]为了更好地揭示这一问题，有必要对选士制度发展的走向作一个简要的描绘。

察举，是一种由下向上推选人才为官的制度。汉代察举的标准，大致不出四条，史称“四科取士”，《后汉书·百官志》注引应劭《汉官仪》：

> 一曰德行高妙，志节清白；二曰学通行修，经中博士；三曰明达法令，足以决疑，能按章覆问，文中御史；四曰刚毅多略，遭事不惑，明足以决，才任三辅令，皆有孝悌廉公之行。[④]

---

① 《礼记·射义》：“古者诸侯之射也，必先行燕礼；卿、大夫、士之射也，必先行飨饮酒之礼。故燕礼者，所以明君臣之义也；飨饮酒之礼者，所以明长幼之序也。”

② 杨吉仁：《三国两晋学校教育与选士制度》，正中书局1970年版，第7页。

③ 任爽：《科举制度与盛唐知识阶层的命运》，《历史研究》1989年第4期。

④ 范晔：《后汉书》，李贤等注，中华书局1965年版，第3559页。

汉代选官初期以乡举里选为依据，注重乡里舆论对某位士人德才评判的权威性。后来选官制度日趋败坏，出现了一批世代为官、把持中央或地方政权的豪门大族。汉代后期，宦官把持用人大权，选官制度更加腐朽，出现“举秀才，不知书；察孝廉，父别居”的荒唐局面。

魏晋南北朝时期，实行九品官人法。曹魏时期陈群创立的选士制度，在当时通称或简称为“九品”，“九品官人法”是该制的全称。这一称谓，不仅言明该制的核心内容为“九品”，而且确定了该制的性质为“官人法”。[①]“九品中正制”的称谓是从宋代开始的，下至元、明、清。胡三省、马端临等一些史学家，也多将陈群创立的选官制度称为“九品中正”，如胡三省对《资治通鉴》“延康元年二月”条载“尚书陈群以天朝选用不尽人才，乃立九品官人之法”之内容作注曰：“九品中正自此始。”九品官人法与其他选拔人才制度一样，是以“德”和“才”为基本标准的。而且，在德行和才能之间，首重德行标准。九品官人法的主旨在于选贤授能。《通典》卷十四《选举二》：

> 魏氏九品之制，内官吏部尚书、司徒左长史，外官州有大中正，郡国有小中正，皆掌选举。若吏部选用，必下中正，征其人居及父祖官名。[②]

中正为选官提供的材料，由“品”、“状”两部分构成。中正须调查士人的言行、德才等方面情况并作出评语，即所谓“行状”，简称“状”。通常行状书写言简意赅，它是品评士人重要的一环。“了解士人家世，即所谓品，是品评士人又一重要的环节。中正官须调查其牒谱、父祖资历、做官情况、爵位高低，即了解士人出身门第。”[③]

起家，指士人通过品评入仕为官。起家官是中正评定乡品后，不经其他考核或荐举形式，直接由中央吏部铨授官职的方式，或称“直接入仕”。起家官品依中正所评定的乡品而定，乡品的品级原则取决于个人德行与家世，后来逐渐专重家世。乡品与起家官品存在一定的对应关系，一

---

① 胡舒云：《九品官人法考论》，社会科学文献出版社2003年版，第51页。

② 《通典》卷十四，第77页。

③ 刘虹：《中国选士制度史》，湖南教育出版社1992年版，第91页。

般来讲，乡品越高，起家官品也越高。如乡品一品对应于起家官品五品，乡品二品对应于起家官品六品，比乡品低四等的官品，为起家时所任之官。“换言之，存在着起家官品晋升四级以后，官品就同乡品一致的规则。”[①] 如果把乡品与起家官品作一比较，大致如表 1 所示。

表 1　乡品与起家官品比较表[②]

乡品	1	2	3	4	5
起家官品	5	6	7	8	9

九品官人法把品评与选官的权力收归中央，这对破除门阀起了一定的作用。特别在实行初期，对加强政权起了一定的积极作用。但到魏晋之交，因大小中正官均被各个州郡的“著姓士族”所垄断，他们在评定品级时，偏袒士族人物，九品的划分，已经背离了“不计门第”的原则。此后出现了“上品无寒门，下品无士族”的门阀士族垄断政权的局面。因此当士族没落以后，这一制度也被彻底废除了。

唐王朝统一天下之后，需要进一步加强中央皇权。为此，科举制成为加强封建中央政权的考选制度。科举虽然也由地方州县考选人才到中央参加考试，但考试的结果只能给予出身，还要经过吏部考试，才能授官。可见考选和任用之权，都由地方转到中央来了。科举制通过逐级考试的办法来挑选人才。从选择的标准看，选举重德望，才学次之。《通典》载：“隋氏罢中正，举选不本乡曲，故里闾无豪族，并邑无衣冠，人不士著，萃处京畿。……五服之内，政决王朝，一命免拜，必归吏部。”[③]

通过对选官制度的简单梳理可以得知，两汉、魏晋南北朝的选士，虽也有考试，但以选举为主，而科举制则全凭考试而定。从形式上看，选举是由州郡守荐举人才，由朝廷策试选取；而科举则是州郡逐级考试，最后送朝廷考试。考选之权掌握在封建中央政府手中。科举制既限制了豪族的政治特权，又在一定程度上满足了庶族地主的要求，巩固了中央集权，大

① ［日］宫崎市定：《九品官人法研究》，韩昇，刘建英译，中华书局 2008 年版，第 8 页。
② 同上书，第 66 页。
③ 《通典》卷十七，第 96 页。

大加强了皇帝的权力。科举制实行以后，广大士人可以自由地选择是否入仕及采取何种方式入仕，如参加科考中举后，经过吏部的考试就可以释褐，就此起家并不断升迁。

三　起家官任职特点

首先，曹魏时期形成的“清途”（即某些职要位优的官职，如五六品内侍、郎官、东宫官等），成为权门贵要、名家之子的起家之选。西晋时清浊之分尚不明显，东晋偏居江左后，清浊渐分，起家官追逐清华，已成通例。散骑侍郎、中书侍郎、黄门侍郎、给事、冗从仆射、太子中庶子等（都属五品清资官），都为贵族子弟的起家之选。如太傅何曾之子何遵、大司马陈骞之子陈舆、司徒王导之子王洽均起家散骑侍郎，可知帝室茂亲、三公之子多以上述官职为起家之选。一般的高级士族，多由员外散骑侍郎、台省、公府、王国、东宫中的秘书郎、尚书郎、著作郎等六品起家。秘书郎与著作郎，自设置以来多为起家之选。南朝宋、齐时，秘书郎居职十月便可迁转，齐、梁之末，多以贵族子弟为之，而不论才学，因此民谚有“上车不落则著作，体中如何则秘书”（《颜氏家训·勉学》）。东晋时期的王、谢两大家族，子弟世居清选，人所共知。《晋书》里留下许多关于起家官的文献记载，现选取几例以了解当时士人起家的情况（表2内容参考了宫崎市定的研究数据）。

表2　　　　晋代起家官与其父之官职

姓名	起家官（官品）	起家年代	父名	起家时父官（官品）	出处
何遵	散骑黄门郎（五）	晋初	何曾	武帝践阼太尉（一）	《晋书》卷33
刘弘	太子门大夫（六）	武帝初			《晋书》卷66
王浚	驸马都尉（六）	武帝泰始中	王沈	身故，骠骑将军（二）	《晋书》卷39
羊玄之	尚书郎（六）	泰始中？	羊瑾	尚书右仆射（三）	《晋书》卷93
王济	中书郎（五）	泰始中	王浑	泰始九年征虏将军（三）	《晋书》卷42
裴頠	太子中庶子（五）	太康二年	裴秀	身故，司空（一）	《晋书》卷35
缪胤	尚书郎（六）	惠帝初？			《晋书》卷60
虞胤	散骑侍郎（五）	元帝初	虞预	早卒	《晋书》卷93
郗愔	散骑侍郎（五）不拜	成帝咸和七年	郗鉴	咸和四年司空（一）	《晋书》卷67

其次，唐代士人起家官品较低。这是由中央集权及当时社会具体情况决定的。唐代实行科举制广泛取士，改变了世族门阀把持朝政的局面。但是，官员员阙有限，这与不断增加的官员人选相矛盾。唐代明经、进士及第之后，只是取得了做官的资格，还不能直接入仕做官，必须再经过吏部考试，合格后才授予官职。其所授官职包括散官和职事官。散官表示品阶、级别，职事官才是实际职务。唐代选官有着严格的制度，如《新唐书》卷四五《选举志》：

> 凡择人之法有四：一曰身，体貌丰伟；二曰言，言辞辩正；三曰书，楷法遒美；四曰判，文理优长。四事皆可取，则先德行；德均以才，才均以劳。得者为留，不得者为放。五品以上不试，上其名中书门下；六品以下始集而试，观其书、判。已试而铨，察其身、言；已铨而注，询其便利而拟；已注而唱，不厌者得反通其辞，三唱而不厌，听冬集。厌者为甲，上于仆射，乃上门下省，给事中读之，黄门侍郎省之，侍中审之，然后以闻。主者受旨而奉行焉，谓之“奏受”。视品及流外，则判补。皆给以符，谓之“告身”。凡官已受成，皆廷谢。①

对于秀才、明经、进士所授官品也有规定，《新唐书》卷四五《选举志》载：“凡秀才，上上第，正八品上；上中第，正八品下；上下第，从八品上；中上第，从八品下。明经，上上第，从八品下；上中第，正九品上；上下第，正九品下；中上第，从九品上。进士、明法，甲第，从九品上；乙第，从九品下。”② 由此可见，唐代科举出身者初授品阶是很低的。

表 3　　唐代科举起家官品表

科目	正八上	正八下	从八上	从八下	正九上	正九下	从九上	从九下
秀才	上上	上中	上下	中上				
明经				上上	上中	上下	中上	
进士							甲第	乙第

① 欧阳修、宋祁：《新唐书》卷四五，中华书局 1975 年版，第 1171 页。（以下版本号略）

② 同上书，第 1173 页。

《通典》卷十五《选举》三《历代制》载："初秀才科第最高，试方略策五条，有上上、上中、上下、中上，凡四等。贞观中有举而不第者，坐其州长，由是废绝。自是士族所趣向，唯明经、进士二科而已。"可见，秀才在唐初的各科中名望是最高的，后来进士科得到大发展。"开元、天宝以后，秀才往往是对进士（明经）的通称，或者泛指一般的读书人。"[①]

第三，唐代门荫享有者与魏晋南北朝的门阀士族子弟相比，在选官体制中的整体层次明显下降。具体表现在门荫出身者在入仕起点及升迁的最高极限上呈现同步下降趋势。按唐令，用荫者无起家官，与魏晋南北朝的门阀士族子弟生而具有第二品、起家便为中品官相比，入仕起点显然降低了。唐令规定，高资荫者，亦须先据门荫结散品，以散品参选，吏部铨试通过后，才能授予相应的官职。一般的卿相子弟，父虽居二、三品高位，初授之职也不过为八、九品的低级官吏。三品以下的子孙所荫散品，很难直接通过铨选得官，只有通过其他途径才能入仕。唐朝正史及碑志中，"起家为××官"屡有出现，也只是对某人初任某官的一种措辞，与魏晋南北朝的"起家官"已大不相同。虽然出身与官任仍有联系，如《旧唐书·职官一》神功元年（697）制文："勋官、品子、流外国官出身，不得任清资要官。应入三品，不得进阶。"[②] 但这种联系与士庶天隔的门阀制度相比，已属于不同的政治制度了。唐代以门荫入仕者，除起点大大低于门阀士族子弟外，升迁速度也大为减慢。因此，作为这一群体上升到统治集团决策层的比例亦逐渐减少。唐后期，这一趋势就更加明显了。魏晋南北朝的高门士族，只要"平流进取"，便可"坐致公卿"的现象，在唐代是很少见了。除少数宗戚近属及当路权势子弟外，绝大多数人辗转于下位，即使有幸以荫绪宿卫，不少人仍终老未得一官。唐代墓志中以"吏部常选"或"兵部常选"置头衔者不少，表明这些人已取得做官的资格，而始终未能铨注得官。这批人有相当一部分是门荫特权的享有者。如杨偘，祖为秦州录事参军，父为行汉州司马，均属中级官吏，偘以荫得卫官，虽"屡历铨衡，频移岁稔"，却始终未得到正式官职。[③] 说明中下级

① 傅璇琮：《唐代科举与文学》，陕西人民出版社2007年版，第30页。

② 《旧唐书》卷四二，第1807页。

③ 《大唐故吏部常选杨府君（偘）墓志铭并序》，载《千唐志斋藏志》，文物出版社1983年版，第764页。

官吏子弟，如本人无特殊才华和表现，又无机遇，升迁的希望是渺茫的。

据统计，两《唐书》有传之官员共1 081人，唐前期899人，其中以门资、宗室、外戚、尚主身份入仕者132人，占官员总数21.5%，唐后期905人，门资、宗室、外戚、尚主者共122人，占官员总数的13.5%。可见唐后期，其他途径的入仕者数量增长更快。[①]

四　校书郎成为唐代起家之首选

校书郎在唐代虽然是九品小官，但任官资历要求很高，需进士或同等条件。有很多士人是进士登第后又中博学宏词科、书判拔萃科或者制举才被选拔任命的。流外和视品官出身者被禁止充当此官。《通典》卷二六《职官八》秘书校书郎条目载："掌雠校典籍，为文士起家之良选。其弘文、崇文馆，著作、司经局，并有校书之官，皆为美职，而秘书省为最。"[②] 任命为校书郎在当时人们看来是仕途上很重要的一步，主要是因为如下因素：

首先，任校书郎可看作是入仕之正途。符载在《送袁校书归秘书省序》中写道："国朝以进士擢第为入官者千仞之梯，以兰台校书为黄绶者九品之英，其有折桂枝，坐芸阁，非声名衰落，体命坎坷，不十数岁，公卿之府，缓步而登之。"[③] 唐代士人释褐任第一个官职，主要有两条路可走：一是到州府任参军，或在外县任县主簿或县尉。中晚唐更有人到外地幕府任推官、巡官等职；二是留在长安京城任校书郎、正字。第一条路比较普遍。第二条路则可能需要更高的资历。[④] 而校书郎的仕宦前景极好，唐代从校书郎起家的诗人或文士当中，有不少就曾经官至宰相，其中较为著名的诗人宰相有：张说、张九龄、元稹、李德裕、董晋。其他也有许多升任中书舍人、给事中、侍郎、郎中等高官，处于上层政治机构的核心区域。

其次，任职地点在士人祈望的京都。校书郎任职一般都在两都，长安与洛阳是唐人做官的首选之地。出任外职大多是不得已，或遭贬谪而外

① 刘海峰：《唐代选举制度与官僚政治的关系》，《厦门大学学报》1989年第3期。

② 《通典》卷二六，第155页。

③ 董诰等：《全唐文》，中华书局1983年版，第7070页。（以下版本号略）

④ 赖瑞和：《唐代基层文官》，中华书局2008年版，第14页。

任；或因为外任俸钱比京官高，为了养家糊口。在京都任职，处于政治、经济、文化的中心，其帝都气象令人振奋，繁华富庶令人留恋，最重要的是京都也是唐代士人实现自己建功立业、报国之志的首选之地。留在京城为官会产生一种优越感、归属感和成功感。离开长安，就意味着远离政治中心，远离自己的人生目标。唐代人重京官轻外放的心理，还有文化心理层面上的原因。《国语·周语》中有“五服”之说：“夫先王之制，邦内甸服，邦外侯服，侯卫宾服，夷蛮要服，戎狄荒服。”《尚书·夏书·禹贡》承袭此说：“五百里甸服：百里赋纳总；二百里纳铚；三百里纳秸服；四百里粟；五百里米。五百里侯服：百里采；二百里男邦；三百里诸侯。五百里绥服：三百里揆文教；二百里奋武卫。五百里要服：三百里夷；二百里蔡。五百里荒服：三百里蛮；二百里流。”① 以首都为中心，附近五百里为“甸服”，依次为侯服、绥服、要服、荒服。发展到唐代，关中、河洛文化被公认为主流文化，历代建都大都首选此地。几百年来人们在关中、洛阳一带聚居繁衍，亲族互通、血脉相连。李浩的《唐代园林别业考》考出二百余所园林别业，其中名气最大、档次最高的都在关内、河南、河东三道，这一带成为千余年来人们最理想的生活场所。一些唐代诗歌中就体现了这种风气。韩愈的《奉使常山早次太原呈副使吴郎中》：“朗朗闻街鼓，晨起似朝时。翻翻走驿马，春尽是归期。地失嘉禾处，风存蟋蟀辞。暮齿良多感，无事涕垂颐。”② 写韩愈奉使常山途中经过太原城时对京城的思念之情，以至于听见街鼓响还以为是在长安。王建在《归昭应留别城中》写道：“喜得近京城，官卑意亦荣。并床欢未定，离室思还生。计拙偷闲住，经过买日行。如无自来分，一驿是遥程。”③ 代表了唐人当时的一种普遍心理。京都交通方便、繁华富庶、精英云集，唐代文士都称长安为“帝乡”，而南方则是蛮荒之地，到岭南为官是“极贬”。杨炎诗《流崖州至鬼门关作》：“一去一万里，千知千不还。崖州在何处，生度鬼门关。”④ 生动地描述了这种“极贬”对唐文人打击的沉重。很多诗歌中都流露出了这种以京都为国家中心、京都以外的各处为荒蛮的

① 《尚书》（四部要籍注疏丛刊本），中华书局1998年版，第25页。

② 彭定求等：《全唐诗》卷三四四，中华书局1960年版，第3863页。（以下版本号略）

③ 《全唐诗》卷二九九，第3393页。

④ 《全唐诗》卷一二一，第1213页。

心态。李涉《再至长安》："十年谪宦鬼方人，三遇鸿恩始到秦。今日九衢骑马望，却疑浑是刹那身。"[①] 诗中表达了再回到长安的感觉就好像梦幻一样令人不敢相信。唐代的皇帝也曾采取一定的措施来改变这种局面，比如唐玄宗就曾经亲自选拔贤能充任地方长官。但即便如此，重京官而轻外任的风气还是一如既往。中晚唐时期，校书郎的任职条件仍然很高。《唐会要》卷七六《开元礼举》载元和八年四月吏部上奏：

> 近日缘校书、正字等名望稍优，但沾科第，皆求注拟，坚待员阙，或至逾年。若无科条，恐长侥幸。起今已后，等第稍高，文学兼优者，伏请量注校、正。[②]

受这种风气的影响，校书郎一职也就成为唐代士人关注的热点。韩愈《寄崔二十六立之》一诗："连年收科第，若摘颔底髭。回首卿相位，通途无他歧。岂论校书郎，袍笏光参差。童稚见称说，祝身得如斯。侪辈妒且热，喘如竹筒吹。老妇愿嫁女，约不论财赀。"[③] 从诗中也可以看出当时社会上的普通民众对校书郎的重视程度。

再次，任此职可作为仕进的准备期。唐代的选官制度很严格，越往上升迁要求越严格，路径也越复杂。士人在做官和守选的过程中得到锻炼，才能不断得到升迁。刚入仕途的职官处在仕进中的初级阶段，是高级官吏的潜在接班人。同时，他们的身后还有无数士人在竭尽全力试图跻身于选人行列之中。因此，就算是登上仕途，也需要结交权贵，行卷投谒，以博得高层官员的荐引与提携，而荐主也可以通过奖掖寒俊抬高声望，增加自己的势力。任职校书郎，可以利用在京做官的机会奔走交游，不断提高自己的知名度，为将来的升迁作准备。而且，校书郎的工作相对较为清闲，工作大都在秘书省、弘文馆、集贤院等书库，喜欢治学的士人正可以充分利用这良好的环境遍览群书、读书习文，不断增加自己的学养和内蕴。

通过对《旧唐书》、《新唐书》、《全唐诗》、《全唐文》、《唐代墓志汇

① 《全唐诗》卷四七七，第5428页。

② 王溥：《唐会要》，上海古籍出版社2006年版，第1653页。（以下版本号略）

③ 《全唐诗》卷三四〇，第3816页。

编》等资料的翻检，唐代约有四百余人曾任过校书郎一职。许多著名诗人都是从校书郎起家的，如：杨炯、张说、张九龄、王昌龄、钱起、吉中孚、李端、郎士元、严维、卢纶、夏侯审、畅当、顾况、刘禹锡、元稹、白居易、杜牧、李商隐、段文昌、丁公著、郑澣、李绅、李翱、段成式、李群玉、韦庄、姚南仲，等等。具体可参见文后所附《唐代校书郎任职及出身情况表》。

第三节 汉代文人与校书郎之文化影响

自从汉代设立校书郎一职后，便一直延续至唐代。但是，纵观校书郎这一职官的发展情况，也只有汉代校书郎的政治地位最高。《论衡》卷一三《别通篇》："通人之官，兰台令史，职校书定字，比夫太史、太柷，职在文书，无典民之用，不可施设。是以兰台之史，班固、贾逵、杨终、傅毅之徒，名香文美，委积不绁，大用于世。"[①] 汉代校书郎大都是当时极富声望的学者和名儒，不仅为汉代文献典籍整理、经学传授等方面作出了贡献，而且他们在文学方面也各有所长，进行了多种文体的创作和尝试。这一段辉煌的历史对唐代校书郎有着极大的影响，他们也会以汉代这些文儒巨擘为楷模，希望在政治上得遇明君圣主以施展满腹的才华和抱负，实现自己的文儒理想和追求，并在文化传承上有所作为。

汉之兰台及后汉东观，皆为藏书之室，亦著述之所。当时文学之士雠校于其中，故有校书之职。如刘向于天禄阁校经传、诸子、诗赋，任宏校兵书，尹咸校数术，李柱国校方伎，扬雄等亦典校于其中。一些官员被选入东观，皆令典校秘书。而此时虽有校书之任，而未为官也，所以以郎居其任，则谓之校书郎。以郎中居其任，则谓之校书郎中。因兰台与东观都有士人校书其中，兰台令史与东观校书郎又都在东汉承担校书工作，职能相近，故而对汉代在兰台与东观校书的士人进行一个粗线条的简述，以理清校书郎的源流及其职能作用，力图较为全面地认识校书郎制度的演变情况。

---

① 郑文：《论衡析诂》，巴蜀书社 1999 年版，第 604 页。

一 汉代的兰台与东观

兰台，是汉代宫内藏书之处，隶属于御史府，由御史中丞主管。置兰台令史，掌图书秘书。兰台典藏十分丰富，包括皇帝诏令、臣僚章奏、国家重要律令、地图等。东汉明帝时任班固为兰台令史，以后一批著名学者先后任兰台令史，他们在兰台典教秘书、撰写史书。刘复、杨终、傅毅、贾逵、孔僖、李尤等人都曾任兰台令史。东汉末年董卓迁都之乱使兰台的典籍受到很大损失。迄至魏晋，御史中丞掌兰台秘书图籍之制依然存在。由于兰台是史官修史之处，所以后世泛称史官为兰台。唐高宗龙朔二年（662）曾改秘书省为兰台。

东观，是东汉洛阳宫中殿名，东汉王朝收藏文献典籍的处所。《后汉书·安帝纪》李贤注，“《洛阳宫殿名》曰：南宫有东观”。根据现存史料，东观的建立大约始于光武帝建武（25—56）末年和明帝永平（58—75）初年。[①] 章帝、和帝以后，东观收藏渐盛于兰台，成为宫廷收藏图籍档案及修撰史书的主要处所。《史通·外篇·史官建置》载：“自章、和已后，图籍盛于东观。凡撰《汉记》，相继在乎其中，而都为著作，竟无它称。”[②]《通典》卷二六《职官八》载：“后汉图书在东观，桓帝延熹二年，始置秘书监一人，掌典图书古今文字，考合同异，属太常。”[③]

《通典》卷二六《职官八》载：“盖有校书之任，而未为官也，故以郎居其任，则谓之校书郎。明帝召班固诣校书部，除兰台令史，后迁为郎，典校秘书。又刘珍与校书郎刘驹駼、马融校定东观五经、传记、百家、艺术，整齐脱误，定正文字。”可见，兰台与东观都是汉代宫内藏书之处。汉代帝王非常重视文献典籍的经世及教化作用，故而选取一大批饱学之士校书其中。这些精通儒学的学士对汉代文献典籍的保存整理工作以及东汉的文学创作起到了很大的促进作用。

二 汉代的校书及校书郎

汉代的兰台，除有御史中丞领侍御史在殿中处理行政事务，还有众多

---

① 跃进：《东观著作的学术活动及其文学影响研究》，《文学遗产》2004 年第 1 期。

② 刘知几：《史通》，辽宁教育出版社 1997 年版，第 91 页。

③ 《通典》卷二六，第 155 页。

名儒、学者在其中负责典校秘书或从事撰述。其盛况正如班固《西都赋》所言："天禄石渠，典籍之府，名儒故老，讲论六艺，稽合同异；承明金马，著作之庭，大雅宏达，启发篇章，校理秘文。"《后汉书·班固传》载：班固"召诣校书郎，除兰台令史，与前睢阳令陈宗、长陵令尹敏、司隶从事孟异，共成《世祖本纪》。迁为郎，典校秘书。固又撰功臣、平林、新市、公孙述事，作列传、载记二十八篇"。[①] 兰台令史的品秩虽然很低，但掌管国家图书典籍，担负着重要的政治和文化职能。《论衡》卷一三《别通篇》云："通人之官，兰台令史。……兰台之官，国所监得失也。以心如丸卵，为体内藏；眸子如豆，为身光明。令史虽微，典国道藏，通人所由进，犹博士之官，儒生所由兴也。"[②] 兰台之官虽然卑微，但却是一条入仕的重要途径。关于兰台之官的仕途，《汉官仪》载："兰台令史，满岁补尚书令史，满岁为尚书郎。"[③] 尚书郎是清望之官，负责起草诏书。而由兰台令史不断晋升而至尚书郎，这对士人来说具有极大的吸引力。东汉前期，尚书郎往往可以超升为尚书，进入东汉王朝的行政中枢。明帝时期最早进入兰台的是班固。此后加入兰台的是蜀郡成都的杨终。《后汉书》卷四八《杨终传》："显宗时，征诣兰台，拜校书郎。"[④] 章帝建初年间，傅毅进入了兰台，"建初中，肃宗博召文学之士，以毅为兰台令史，拜郎中，与班固、贾逵共典校书"。[⑤] 还有刘复、孔僖、李尤等人也都曾任兰台令史，典校兰台秘书。当时虽有校书之任，但未设官，他们以郎居其任谓之校书郎，进行了大量的校书工作。

东观，于汉光武帝时期就已经设立，但是，真正大量委任"校书郎"或"校书郎中"却是在汉和帝以后。从汉和帝开始，东汉的典籍整理工作由东观校书郎代替了之前的兰台令史。兰台令史与东观校书郎相互消长，构成了整个东汉典籍整理的盛况。[⑥] 章帝、和帝以后，东观收藏渐盛于兰台，修史即移入南宫东观。《隋书·经籍志》载："光武中兴，笃好文雅，明、章继轨，犹重经术。四方鸿生巨儒，负帙自远至者，不可胜

① 范晔：《后汉书》卷四十上，中华书局1965年版，第1334页。
② 郑文：《论衡析诂》，巴蜀书社1999年版，第604页。
③ 李昉等编：《太平御览》第2册，中华书局1960年版，第1019页。
④ 范晔：《后汉书》卷四八，中华书局1965年版，第1597页。
⑤ 范晔：《后汉书》卷八〇上，中华书局1965年版，第2613页。
⑥ 葛立斌：《"兰台令史"与"东观校书郎"》，《广东教育学院学报》2007年第6期。

算。石室、兰台，弥以充积，又于东观及仁寿阁集新书，校书郎班固、傅毅等典掌焉。"[①] 中国古代第一部官修史书《东观汉记》就是学者在东观集体所修，前后经班固、刘珍、边韶、崔寔、伏无忌、马日磾、蔡邕等数次断续而修。点校东观藏书的如刘珍与校书郎刘騊駼、马融校定东观五经、传记、百家艺术，整齐脱误，订正文字。

东观校书郎的一项主要工作是考订典籍。东汉时期，大规模地整理典籍主要有三次：第一次是在章帝建初四年（79）诸儒校订五经。杨终作《上言宜令诸儒论考五经同异》，认为"宜如石渠故事，永为后世则"。这年十一月，章帝"于是诏诸儒于白虎观论考同异焉"。[②] 当时班固任校书郎，将这次会议记录整理而成《白虎通》一书盛行于世。第二次是在章帝章和元年（87），朝廷征诏曹褒校订典籍。《后汉书·张曹郑列传》载："章和元年正月，乃召（曹）褒诣嘉德门，令小黄门持班固所上叔孙通《汉仪》十二篇，敕褒曰：'此制散略，多不合经，今宜依礼条正，使可施行。于南宫、东观尽心集作。'"[③] 第三次是在灵帝熹平四年（175）由蔡邕为首校订五经，并将定本镌刻于石碑上，史称"熹平石经"。三次校订史籍，东观校书郎起到重要的作用。

东观校书郎的另一项工作是修史，主要是修撰当朝史籍。前期主要以班彪、班固、班昭一家为主修撰《汉书》；后期先后由刘珍、张衡、蔡邕等修撰《东观汉记》。所以《史通》载："中兴之史，出自东观。"《后汉书·班固传》载：班固"与前睢阳令陈宗、长陵令尹敏、司隶从事孟异共成《世祖本纪》。"[④]《隋书·经籍志》史部后序："先是明帝召固为兰台令史，与诸先辈陈宗、尹敏、孟冀等共成《光武本纪》。擢固为郎，典校秘书。固撰后汉事，作《列传载纪》二十八篇。其后刘珍、刘毅、刘陶、伏无忌等，相次著述东观，谓之《汉记》。"[⑤] 据《后汉书·马融传》记载马融三入东观的经历：十三岁初入东观，时在和帝永元三年（91）；安帝永初四年（110），拜为校书郎中，诣东观典校秘书；三入东观在桓帝时期。马融利用东观丰富的藏书遍注儒家经典。

---

① 《隋书》卷三二，第906页。

② 范晔：《后汉书》卷四八，李贤等注，中华书局1965年版，第1599页。

③ 范晔：《后汉书》卷三五，李贤等注，中华书局1965年版，第1203页。

④ 范晔：《后汉书》卷四十上，李贤等注，中华书局1965年版，第1334页。

⑤ 《隋书》卷三三，第956页。

《后汉书》中记载曾担任过校书郎的有窦章、刘珍、王逸、马融、张衡、崔寔、蔡邕、延笃、卢植、张奂、孔僖、曹褒、黄香、李尤、李胜、边韶、高彪，等等。汉安帝永初四年（110），刘珍受诏与五经博士一起校订东观五经、诸子、传记、百家、艺术。汉顺帝永和元年（136），诏伏无忌与议郎黄景等人校订中书五经、诸子百家、艺术。贾逵校书成就斐然，他受诏撰欧阳，大、小夏侯《尚书》古文异同，撰写齐、鲁、韩《诗》与毛《诗》异同，同时还撰写了《周官解故》。杨终，受诏删《太史公书》为十余万言，改定章句十五万言。

三 兰台与东观在文学上的影响

为了便于讨论，我们将曾经任职兰台的文人称为兰台文人。据文献资料来看，兰台文人的成员主要有班固、贾逵、杨终、傅毅等，其创作的繁荣局面出现在明帝永平五年（62）至章帝建初中，共约二十年。兰台文人位轻而任重，才美而望隆，在当时就有很高的评价。《论衡》卷二九《案书篇》云："今尚书郎班固，兰台令（史）杨终、傅毅之徒，虽无篇章，赋颂记奏，文辞斐炳，赋象屈原、贾生，奏象唐林、谷永，并比以观好，其美一也。"[①] 班固、杨终、傅毅等人正是凭借他们过人的才华和丰厚的著述成果赢得了人们的赞誉和崇敬，从而扬名于后世。

兰台文人的创作带有明显的歌功颂德意味。明帝、章帝时期，政治趋于安定，颂扬盛世鸿业成为这一时期思想文化的主流。班固在永平年间所作的《答宾戏》里写道："方今大汉，洒埽群秽，夷险芟荒。廓帝纮，恢皇纲。基隆于羲农，规广于黄唐。其君天下也，炎之如日，威之如神，函之如海，养之如春。是以六合之内，莫不同源共流，沐浴玄德，禀仰太和。"[②] 讴歌了东汉的盛世之局。兰台文人的写作方式常常是应诏而作和同题共作，具有一定的集体创作氛围。兰台文人的创作，拉开了东汉前期文化繁荣的大幕。兰台文人具有儒者、文人兼史家的多重角色，其创作具有鲜明的官方色彩。他们的写作风格和方式对东汉文学的创作风貌产生了深远影响。班固、贾逵、傅毅等兰台文人的赋颂之作，可以视为后世台阁

---

① 北京大学历史系：《论衡注释》，中华书局 1979 年版，第 1645 页。

② 萧统编，李善注：《文选》，上海古籍出版社 1986 年版，第 2018 页。

体、馆阁体等文学创作的先声。[①]

东观文人的文学创作也是蔚为大观。《艺文类聚》卷六三载李尤《东观赋》："东观之艺，孽孽洋洋，上承重阁，下属周廊。步西藩以徙倚，好绿树之成行。历东崖之敞坐，庇蔽茅之甘棠。前望云台，后匝德阳。道无隐而不显，书无阙而不陈。览三代而采宜，包郁郁之周文。"[②] 同时，李尤在《东观铭》中描绘东观的规模："房闼内布，疏绮内陈，升降三除，贯启七门。"东观实际上已经成为东汉文化活动的主要场所。《通典》卷二六《职官八》载："兰台令史班固、傅毅，洛阳令陈崇，长陵令尹敏，司隶校尉孟冀及杨彪等，并著作东观。"[③] 东观创作以史传为主。譬如班彪、班固父子修撰《汉书》；杨终著《春秋外传》十二篇；伏无忌、黄景、崔寔等共撰《汉纪》；马融曾著《三传异同说》；刘珍、张衡、蔡邕等人为主修撰《东观汉记》，形成了严谨的创作倾向。此外，黄香是比较重要的文学家，《隋书·经籍志四》著录："梁有魏都太守《黄香集》二卷，亡。"[④] 张衡也是一位重要的文学家，其诗文对后世文学创作有较大的影响。

东观著作所追求的是史家的风范。《史通·核才》载："但自世重文藻，词宗丽淫，于是沮诵失路，灵均当轴。每西省虚职，东观伫才，凡所拜授，必推文士。遂使握管怀铅，多无铨综之识；连章累牍，罕逢微婉之言。而举俗共以为能，当时莫之敢侮。"[⑤] 因为在当时文史是不分家的，所以与其说这些文人是史学家，倒不如说是重要的文学家。其影响所及主要表现在两个方面：最直接的影响是在这种风气的带动下，各种杂史、笔记相继而出，中国古典小说由此而兴。另外一个影响就是辞赋创作所追求的实录风格。[⑥]

综上所述，校书郎一职的设立经历了一个从无到有，从有校书之任而未有官名到正式设立校书郎官职的过程。在汉代，多是通儒达学之人任此职，他们对汉代文献典籍的保存整理工作以及东汉的文学创作起到了很大

---

① 陈君：《论汉代兰台文人及其文学活动》，《文学遗产》2008 年第 4 期。

② 欧阳询：《艺文类聚》卷六三，上海古籍出版社 1982 年版，第 1135 页。

③ 《通典》卷二六，第 155 页。

④ 《隋书》卷三五，第 1057 页。

⑤ 刘知几：《史通》，辽宁教育出版社 1997 年版，第 76 页。

⑥ 跃进：《东观著作的学术活动及其文学影响研究》，《文学遗产》2004 年第 1 期。

的促进作用。至唐代，校书郎被视为文士起家之良选。任命为校书郎在当时人们看来是仕途上很重要的一步，很多人从校书郎起家并不断升迁，有些仕途顺利的可官至宰相。因受科举选士的影响，越来越多的上人起家于校书郎，校书郎一职在唐代也得到了较大的发展，在史学和文学方面也取得了一定的成绩。

第二章

唐代校书郎制度

唐代秘书省、弘文馆、崇文馆、集贤院、司经局五馆，皆有校书郎之职。校书郎之职多为校勘、整理图籍。两《唐书》、《通典》、《唐会要》等书的职官部分文字记载很清楚。唐代与校书郎工作性质相似的职官还有正字，因本书讨论主要集中于校书郎一职，故而对正字的职官情况不作讨论。在唐代史料中，校书郎的人数远比正字多，是因为唐代官署中校书郎的定员比正字多出一倍以上。唐代士人明经、进士及第之后，有很多被任命为校书郎。校书郎在唐代虽然官阶是九品，但任官的资历要求很高，需要进士或同等条件。有很多士人是进士登第之后又中博学宏词科、书判拔萃科或者制举才被选拔任命为校书郎的。《通典》卷二六《职官八》秘书校书郎条目云："掌雠校典籍，为文士起家之良选。其弘文、崇文馆，著作、司经局，并有校书之官，皆为美职，而秘书省为最。"①

第一节　唐代文馆与校书郎的设置特点

唐代校书郎的工作地点各不相同，也各有所属的上级部门。他们在各自的官署中进行工作，但是遇到急需时常常会互相合作。《唐会要》卷六四集贤院条："大和五年正月，集贤殿奏：'应校勘宣索书籍等，伏请准前年三月十九日敕，权抽秘书省及春坊、弘文馆、崇文馆见任校正，作番次就院同校。其厨料请准元敕处分，事毕日停。'从之。"② 关于校书郎的设置时间、品秩、员数，诸馆不尽相同，又两《唐书》职官志所载，《旧

① 《通典》卷二六，第155页。

② 《唐会要》卷六四，第1324页。

唐书》过简，《新唐书》多讹。现据《通典》、《唐会要》、《唐六典》梳理如下。

一　唐代校书郎的设置情况

（一）秘书省校书郎

秘书省隶属中书之下。武德七年（624），唐初定官制时，秘书省是“六省”之一。以后，秘书省及其官职名称屡变，如龙朔二年（662）改为兰台，武则天光宅元年（684）改为麟台，神龙元年（705）又恢复为秘书省。秘书省是唐代文化事务管理机构，掌经籍图书，兼修国史。秘书省下辖两个分支机构：一是著作局，掌修撰碑志、祝文、祭文等；二是太史局，掌天文历法。秘书省校书郎唐初即设置八人，另著作局二人，正九品上。

两《唐书》所载员数有异。《旧唐书》卷四三记秘书省有两局：一曰著作，二曰太史，皆率其属而修其职。校书郎八人，正九品上。正字四人，正九品下。著作局（龙朔为司文局）有校书郎二人，正九品上。正字二人，正九品下。楷书手五人，掌固四人。[①] 而在《新唐书》卷四七却记为：校书郎十人，正九品上。正字四人，正九品下。掌雠校典籍，刊正文章。著作局，校书郎二人，正九品上。正字二人，正九品下。[②]《唐会要》卷六五秘书省校书郎条：“校书郎，本八员。开元二十六年正月二十八日，省四员。天宝十三载正月十三日，却置。”同时还记有：“贞元二年七月，秘书监刘太真上言：‘请择儒者，详校《九经》于秘书省，令所司陈设，及供食物，宰臣录其课效。’从之。议者谓秘书省有校书、正字官十六员，职在校理。……寻阻众议，果寝不行。”[③] 可见校书正字官共十六员，与《旧唐书》记载相同。

（二）弘文馆校书郎

《旧唐书》卷四三记载了弘文馆的发展历程：后汉有东观，魏有崇文馆，宋有玄、史二馆，南齐有总明馆，梁有士林馆，北齐有文林馆，后周有崇文馆，皆著撰文史，鸠聚学徒之所也。武德初置修文馆，后改为弘文

---

① 《旧唐书》卷四三，第 1855 页。

② 《新唐书》卷四七，第 1215 页。

③ 《唐会要》卷六五，第 1327—1329 页。

馆。后避太子讳，改曰昭文馆。开元七年，复为弘文馆，隶门下省。……校书郎二人，从九品上……校书郎掌校理典籍，刊正错谬。其学生教授考试，如国子学之制焉。[①] 根据《新唐书》卷四七记载："武德四年，置修文馆于门下省，九年，改曰弘文馆。"[②]《唐会要》卷六四更载明具体时间："武德四年正月，于门下省置修文馆，至九年三月，改为弘文馆。"[③] 按《新唐书》卷四七《百官志二》记载："神龙元年改弘文馆曰昭文馆以避孝敬皇帝之名。"《唐会要》卷六四进一步将时间明确为"神龙元年十月十九日"。开元七年九月复为弘文馆。

弘文馆开元七年（719）置校书郎四人，开元二十二年（734）减二人，从九品上。《旧唐书》卷四三记载校书郎掌校理典籍，刊正错谬。校书郎二人，从九品上。《新唐书》卷四七："开元七年曰弘文馆，置校书郎，又有校理、雠校错误等官。长庆三年，与详正学士、讲经博士皆罢。"[④]

《新唐书》错误有二：一是置校书郎后并没有校理、雠校错误等官。《通典》卷三十《职官十二》太子校书条杜佑按语："初弘文、崇文二馆置雠校，开元六（按："六"或为"七"之讹）年省雠校，置校书。弘文四员，崇文二员。"[⑤]《通典》所载，虽可校正《新唐书》错误，但亦有缺漏。如《通典》所言，则弘文馆当有校书郎四人，其实并非如此。《唐会要》卷六四弘文馆条对此有补充："（开元）七年十二月三日，省弘文、崇文两馆雠校，置弘文馆校书四员、崇文馆检（按：讹，当为"校"）书两员。二十二年二月二十五日，省弘文馆校书两员。"[⑥] 则是开元二十二年二月二十五日后，由四人减为两人。《唐六典》卷八门下省条："（弘文馆）开元七年罢雠校，置校书四人。二十三年减两人。"[⑦]（按：二十三或为二十二之误。）唐代史料中"校书"和"校书郎"经常混用，可将"校书"视为"校书郎"的省称。弘文馆和崇文馆的校书郎，原本称为雠校。据此看来，弘文、崇文两馆在开元七年之前有雠校，七年

---

① 《旧唐书》卷四三，第1847—1848页。

② 《新唐书》卷四七，第1209页。

③ 《唐会要》卷六四，第1316页。

④ 《新唐书》卷四七，第1209页。

⑤ 《通典》卷三十，第173页。

⑥ 《唐会要》卷六四，第1318页。

⑦ 《唐六典》卷八，第255页。

才改称校书郎，但《旧唐书·舆服志》和《唐会要》，却称初唐四杰之一的杨炯在仪凤二年（677）任“崇文馆学士校书郎”，似乎史书对雠校和校书郎的分别并不十分严谨。

《新唐书》错误之二：穆宗长庆三年（823）之后，尚未罢弘文馆校书郎。《旧唐书》卷一七二《令狐楚传》附令狐绹为“大和四年登进士第，释褐弘文馆校书郎”。① 《旧唐书》卷一四七《杜佑传》附杜牧传为“既以进士擢第，又制举登乙第，释褐弘文馆校书郎”。② 其时为大和二年（828），《全唐文》卷七五一杜牧《上李司徒相公论用兵书》载“某大和二年为校书郎”。③

（三）崇文馆校书郎

崇文馆于贞观中置，是太子学馆。崇文馆在上元二年（675）雍王贤被立为皇太子之前，一直称崇贤馆，后改名崇文馆。《通典》卷三十《职官十二》“崇文馆学士”条记载为：“魏文帝始置崇文观，以王肃为祭酒。其后无闻。贞观中，置崇贤馆，有学士、直学士员，掌经籍图书，教授诸生，属左春坊。龙朔二年，改司经局为桂坊，管崇贤馆，而罢隶左春坊，兼置文学四员、司直二员。司直正七品上，职为东宫之宪司。府门北向，以象御史台也。其后省桂坊，而崇贤又属左春坊。后沛王贤为皇太子，避其名改为崇文馆，其学士例与弘文馆同。”④ 《新唐书·百官志四上》曰：“贞观十三年置崇贤馆。显庆元年，置学生二十人。上元二年，避太子名，改曰崇文馆。”⑤ 《新唐书·选举志上》有“十三年，东宫置崇文馆”。⑥ 开元七年置校书郎二人，从九品下。《旧唐书》卷四四记载校书二人，从九品下。校书掌校理四库书籍。

（四）集贤院校书郎

《旧唐书》卷四三载：

玄宗即位，大校群书。开元五年，于乾元殿东廊下写四部书，以

① 《旧唐书》卷一七二，第4465页。

② 《旧唐书》卷一四七，第3986页。

③ 《全唐文》卷七五一，第7785页。

④ 《通典》卷三十，第173页。

⑤ 《新唐书》卷四九上，第1294页。

⑥ 《新唐书》卷四四，第1163页。

> 充内库，置校定官四人。七年，驾在东都，于丽正殿置修书使。十二年，驾在东都，十三年与学士张说等宴于集仙殿，因改名集贤，改修书使为集贤书院学士。……集贤学士之职，掌刊缉古今之经籍，以辨明邦国之大典。凡天下图书之遗逸，贤才之隐滞，则承旨而征求焉。其有筹策之可施于时，著述之可行于代者，较其才艺而考其学术，而申表之。凡承旨撰集文章，校理经籍，月终则进课于内，岁终则考最于外。①

由此可知，集贤院源自开元五年（717）设立的乾元殿，一度又更名为丽正修书院，开元十三年（725）始确立为集贤院。《旧唐书》卷四三说集贤“修撰官，校理官，并无常员，以官人兼之”。②《新唐书·百官志》载：“八年加文学直，又加修撰、校理、刊正、校勘官。”③ 校书郎四人，正九品下。可知集贤院从开元初年间即有“校理”官，但无常员，也还没有校书郎、正字的称号。《唐会要》卷六四集贤院条：“（贞元）八年六月十三日，置集贤院校书四员、正字两员，仍于秘书省见任校书、正字中量减。秘书省所减官员，便据数停之。”④ 是书同卷，“元和二年七月，集贤院奏：‘伏准《六典》，集贤院置学士及校理、修撰官，累圣崇儒，不失此制。至贞元八年，判院事官陈京始奏停校理，分校书郎四员、正字两员，为集贤殿校理正字。今诸校书郎、正字并却归秘书省。当司请依旧置校理官，庶循名实，且复开元故事。……’从之。”《通典》卷二六《职官八》秘书正字条：“贞元八年，割校书四员、正字两员，属集贤殿。”⑤ 德宗贞元八年（792），判院事官陈京始奏停校理，分校书郎四员，正九品下。但到了元和二年（807），又罢校书、正字为校理。也就是说，集贤院只在792年到807年的16年间，才设有校书、正字的官职，其他时间统称为集贤校理。集贤校理这一官名在《旧唐书》及《新唐书》列传屡见不鲜，石刻碑文亦可见数例。

---

① 《旧唐书》卷四三，第1851—1852页。

② 同上书，第1852页。

③ 《新唐书》卷四七，第1213页。

④ 《唐会要》卷六四，第1120页。

⑤ 《通典》卷二六，第155页。

（五）司经局校书郎

司经局是太子官署，设校书郎四人，正九品下。《旧唐书》卷四四《职官志三》载："校书四人，正九品。校书、正字掌典校四库书籍。"①《新唐书》卷四九上《百官志四》载："校书四人，正九品下，掌校刊经史。龙朔三年，改司经局曰桂坊，罢隶左春坊，领崇贤馆，比御史台；以詹事一人为令，比御史大夫，司直二人比侍御史，以洗马为司经大夫。置文学四人，录事一人，正九品下。三年，改司经大夫曰桂坊大夫，纠正违失。咸亨元年，复隶左春坊，省录事。"②《通典》卷三十《职官十二》载："宋孝建中，洗马有校书吏四人，自后无闻。北齐有太子校书。隋太子校书有六人。大唐四人，掌雠校经籍。无郎字。"③

二　唐代校书郎的官品及工作环境

通过对《旧唐书》、《新唐书》、《唐六典》、《唐会要》等相关文献的爬梳整理，唐代校书郎的设置、分布及官品情况逐渐清晰，其工作地点也都在宫城或皇城之内，体现出良好的工作环境。

（一）校书郎的分布及官品情况

唐代校书郎分属五个部门，各部门的设置及官品情况有所区别，具体如下：秘书省设校书郎十人，官品为正九品上；弘文馆设校书郎二人，官品为从九品上；集贤院设校书郎四人，官品为正九品下；崇文馆设校书郎二人，官品为从九品下；司经局设校书郎四人，官品为正九品下。校书郎的官品，是以他们所服务的官署为准。同是校书郎，秘书省的官品便和集贤院的不一样。在这些校书郎职务中，以秘书省校书郎的官品最高，为正九品上，而以太子崇文馆的校书郎官品最低，为从九品下。

一般情况下，校书郎的设置情况是如此。实际上，人数有时会有所省减。如开元二十二年（734）二月二十五日，即"省弘文馆校书两员"。《唐会要》载："秘书省校书郎本八员，开元二十六年正月十八日，省四员。天宝十三载正月十三日，却置。"④此处"本八员"的说法，也跟上

① 《旧唐书》卷四四，第1908页。
② 《新唐书》卷四九，第1294页。
③ 《通典》卷三十，第173页。
④ 《唐会要》卷六五，第1327页。

表中两《唐书》所列的十人定员不合。看来，各署校书郎人数常会有所省减、变动。两《唐书》所列的编制人员数，并非一成不变，仅可当作一种约数。有时还会出现同一个人在两馆都有过校书郎的工作经历。如韩昶，《全唐文》卷七四一《自为墓志铭》："年至二十五，及第释褐。柳公公绰镇邠，辟之。试弘文馆校书郎。相国窦公易直辟为襄州从事，校书如前。旋除高陵尉，集贤殿校理。"①

到了晚唐文宗大和三年（829）三月癸亥，集贤院奏："应较勘宣索书及新添写经籍，令请秘省、春坊、崇文较、正共一十八员，权抽作番次，就院同较勘前件书。其厨料等，请度支准本官例支给。"②（"较"同"校"）可知那时各署的校书郎和正字还存在，人数也维持在至少十八位（这数字应当不包括集贤院本身的人员）。此奏似遗漏了弘文馆的校书郎。但过了两年，集贤院又有一奏，倒是提到了弘文馆的校书郎：

> 大和五年正月，集贤院奏："应校勘宣索书籍等，伏请准前年三月十九日敕，权抽秘书省及春坊、弘文馆、崇文馆见任校正，作番次就院同校。其厨料请准元敕处分，事毕日停。"从之。③

（二）校书郎工作地点的地理环境

唐代校书郎的工作地点分布于秘书省、弘文馆、崇文馆、集贤院、司经局。由于所属部门不同，工作地点也各不相同，有的在皇城，有的在宫城。大概情况如下：

秘书省有两处：一处在唐代长安皇城内，东临右威卫；另一处位于东都洛阳，东临御史台。王起的诗歌《和李校书雨中自秘省见访知早入朝便入集贤不遇诗》序："起顷任集贤校书，及升柏台，又与秘阁相对。今直书殿有张学士，尝忝同幕，而与秘书稍远，故瞻望之词多。"诗中"蓬山"指秘书省，"柏台"即指御史台。因汉御史府中列植柏树，常有野鸟数千栖其上，后因以柏台称御史台。王起、李德裕之间的诗歌酬唱既体现了两人之间的友情，同时也说明校书郎的工作环境，为我们留下了珍贵的

① 《全唐文》卷七四一，第7666页。

② 《册府元龟》卷六〇八，中华书局1960年版，第7304页。

③ 《唐会要》卷六四，第1324页。

文献资料。

弘文馆分设于三处，《唐会要》卷六四载："武德四年正月，于门下省置修文馆。至九年三月，改为弘文馆。至其年九月，太宗初即位，大阐文教，于弘文殿聚四部群书二十余万卷，于殿侧置弘文馆。"① 大明宫弘文馆位于日华门外，东临史馆。第二处弘文馆位于宫城内门下省东，北临史馆。② 第三处弘文馆位于东都门下省东。③

集贤院有四处：第一处集贤院在东都明福门外，本是太平公主宅，开元十年（722）三月，始移丽正书院于此。书院西向开门。院东隔街对武成宫，院西又有南北街，街西则史馆及尚食局。南临中书省，北接宫城。院内东西四十一步，南北五十八步。书堂东向五间六架。东院东行写书廊十五间，南行五架。书堂之南，挟室三间五架。书堂之北，挟室三间五架。北行徘徊两间四厦。院庭当中徘徊厅一间四厦，南院西厅三间四架。东行五间，南行四间两厦。当书院大门永巷南正堂，北向三间两厦。西院南行四间两厦，北行五间四厦，西行八间院庭当中有徘徊精舍。四面步廊周回，南向开门。兼有禅坐小堂一间。精舍院内，又轩廊接学士所居之室。书院大门之外，有水渠一道，北从崇贤门南流至此。④ 开元十三年（725）四月五日，皇帝赐宴于集仙殿说："今与卿等贤才同宴于此，宜改集仙殿丽正书院为集贤院。"乃下诏曰："仙者捕影之流，朕所不取者；贤者济治之具，当务其实。"⑤ 自此，集仙殿改为集贤殿，丽正书院改为集贤院。

第二处集贤院位于大明宫光顺门外，南临命妇院，北接宫垣，东隔街则诸王待制院。东史馆，西即将作监内作木场。此处集贤院于开元十一年分置。院内东西八十步，南北六十九步。中院中厅三间六架，知院学士所居。堂东序开阁曲入小院内厅，三间四架。厅西轩廊三间接书阁。厅西四部书阁及纸笔杂库，十间六架。东廊七间四架，诸学士等分居之。东北院小堂，三间五架两厦。北院北行十间十架。屋西学士厨院。西行三间两厦，东行两间偏庑，西院西行二十间四架，东行十间四

① 《唐会要》卷六四，第 1316 页。

② 李建超：《增订唐两京城坊考》，三秦出版社 2006 年版，第 4 页。

③ 同上书，第 269 页。

④ 孙逢吉：《职官分纪》，中华书局 1988 年版，第 377 页。

⑤ 《唐会要》卷六四，第 1322 页。

架。院北面书手厨屋，六间两厦。院内有杂果百余株。外西院，自中间而西长廊道北十间，道北南六间。院内正屋，三间四架。一行师所居，院中有仰观台，即一行占候之所。院北有小园一所。[①] 据王懋《野客丛书》卷二七引《集贤注记》记载，此处集贤院颇具书香气氛，南壁画阴铿诗图，北壁画丛竹双鹤。四库当门画夫子坐于玄帐，左右诸弟子执经问道。

第三处集贤院位于兴庆宫，建于开元二十四年（736）。当时，“驾在东都。张九龄遣直官魏光禄先入京造此院。”[②] 兴庆宫集贤院在和风门外横街之南，东隔水巷，邻中书省。西接上舍内局。南隔巷，即弘文馆。北街殿中省伞扇院，并有廊后官厨。院内东西二十三步，南北三十三步。知院事学士正厅，五间五架。厅东佚室，两间三架，判院学士居之。东行四间五架，学士居之。西行四间五架，院内杂库及内史居之。南行十间两椽，分为厨库及书抄写食所。院内杂树十余株，兼有假山丛竹，清凉荫映。中门之外，道西步廊两门。门前东西有长廊，即是中书西和风门。每日初晓，宰相入省及仗下后，百僚有向中书，就执政谘决事者，皆由于此。[③]

第四处集贤院位于临潼华清宫，建于开元二十八年（740），位于宫北横街之西，南邻羽林仗院，北隔街金吾汤院，东接骠骑大将军高力士宅，西临卫尉寺。院内东西四十八步，南北五十步。当中，知院学士正厅，三间五架。东厅三间四架，内史居之。西厅三间四架，学士分居之。东厅之北，东行三间四架。西厅之北，东行三间四架。北行九间两厦。中门一间，门西屏内精舍，徘徊一门。东院北行三间两厦，东行三间两厦，东西两院，隔南北长院，出当大门。[④] 在四所集贤院中，大明宫集贤院是最重要的一处，因为它紧邻的大明宫是高宗、武后以来唐代历朝皇帝听政之所。这里成为政治中心和文化中心，因此此处使用时间最长，规模最大。

崇文馆、司经局都属于太子官署，位于宫城的东边。

---

① 孙逢吉：《职官分纪》，中华书局1988年版，第376页。

② 《唐会要》卷六四，第1320页。

③ 孙逢吉：《职官分纪》，中华书局1988年版，第377页。

④ 同上。

第二节　校书郎的任职途径

唐代常贡之科，有秀才、明经、进士、明法、书、算。

> 初，秀才科等最高，试方略策五条，有上上、上中、上下、中上凡四等。贞观中，有举而不第者，坐其州长，由是废绝。开元二十四年以后复有此举。其时进士渐难，而秀才本科无帖经及杂文之限，反易于进士。主司以其科废久，不欲收奖，应者多落之。三十年来无及第者，至天宝初，礼部侍郎韦陟始奏请，有堪此举者，令官长特荐，其常年举送者并停。自是士族所趣向，唯明经、进士二科而已。[①]

校书郎虽为九品，任官资历要求却很高，一般需进士或同等条件。有很多士人是进士登第后又中博学宏词科、书判拔萃科或者制举才被选拔任命的。流外和视品官出身者被禁止充当此官。神功元年（697）敕："八寺丞，九寺主簿，诸监丞、簿，城门符宝郎，通事舍人，大理寺司直、评事，左右卫、千牛卫、金吾卫、左右率府、羽林卫长史，太子通事舍人，亲王掾属、判司、参军，京兆、河南、太原判司，赤县簿、尉，御史台主簿，校书、正字，詹事府主簿，协律郎、奉礼、太祝等，出身入仕，既有殊途，望秩常班，须从甄异。其有从流外及视品官出身者，不得任前官。"[②] 通过梳理《旧唐书》、《新唐书》、《全唐文》、《唐代墓志汇编》、《唐代墓志汇编续集》、《资治通鉴》等史料，得知校书郎入仕途径很多，经过整理归纳如下所述。

一　科举

（一）以进士入仕

以进士身份入仕为校书郎的最多，约有二百余人。按规定，唐代士人进士及第之后，只是取得了做官的资格，不能马上授官，需要经过吏部的

---

① 《通典》卷十五，第83页。

② 《唐会要》卷七五，第1610页。

铨试，还要守选。进士及第后须“守选”等待约三年。①

裴佶，“幼能属文。弱冠举进士，补校书郎。”（《旧唐书》卷九八）

卢元辅，“少以清行闻于时。进士擢第，授崇文馆校书郎。”（《旧唐书》卷一三五）

姜公辅，“姜公辅，不知何许人。登进士第，为校书郎。”（《旧唐书》卷一三八）

薛播，“天宝中举进士，补校书郎，累授万年县丞、武功令、殿中侍御史、刑部员外郎、万年令。”（《旧唐书》卷一四六）

于敖，“少为时彦所称，志行修谨。登进士第，释褐秘书省校书郎。”（《旧唐书》卷一四九）

钱起，“是岁登第，释褐秘书省校书郎。”（《旧唐书》卷一六八）

令狐绹，“登进士第，释褐弘文馆校书郎。”（《旧唐书》卷一七二）

王昌龄，“进士登第，补秘书省校书郎。”（《旧唐书》卷一九〇下）

许孟容，“孟容少以文词知名，举进士甲科，后究《王氏易》登科，授秘书省校书郎。”（《旧唐书》卷一五四）

崔郾，“郾，字广略。举进士，平判入等，授集贤殿校书郎。”（《旧唐书》卷一五五）

卫次公，“字从周，河东人。器韵和雅，弱冠举进士。礼部侍郎潘炎目为国器，擢居上第。参选调礼部侍郎卢翰嘉其才，补崇文馆校书郎，改渭南尉。”（《旧唐书》卷一五九）

郑从谠，“会昌二年登进士第，释褐秘书省校书郎。”（《旧唐书》卷一五八）

崔沔，“公廿四乡贡进士擢第。其年封中岳，诏牧伯举贤良，公与兄故监察御史讳浑双名居右，敕拜麟台校书郎……终东都副留守。”（周绍良、赵超《唐代墓志汇编》大历060）

崔祐甫，“年廿五，乡贡进士高第……调补秘书省校书郎。”（周绍良、赵超《唐代墓志汇编》建中004）

（二）以明经入仕

明经科，在唐代起始于高祖武德五年（622）。《新唐书·选举志》

① 王勋成：《唐代铨选与文学》，中华书局2001年版，第51页。

载："凡明经，先帖文，然后口试，经问大义十条，考时务策三道。"[①] 考察应举者对儒家经典的掌握情况。明经及第后也需守选，若想提前入仕，就要参加制举或科目考试，比如元稹、韦温、张择等就是如此。以明经入仕的有：

崔戎，"举两经登科，授太子校书。"（《旧唐书》卷一六二）

窦易直，"易直举明经，为秘书省校书郎。"（《旧唐书》卷一六七）

韦辞，"辞少以两经擢第，判入等，为秘书省校书郎。"（《旧唐书》卷一六〇）

蒋清，"举明经，调补太子校书郎。"（《旧唐书》卷一八七下）

元稹，"十五两经擢第。二十四调判入第四等，授秘书省校书郎。"（《旧唐书》卷一六六）

韦温，"年十一岁，应两经举登第。释褐太常寺奉礼郎。以书判拔萃，调补秘书省校书郎。"（《旧唐书》卷一六八）

张择，"从乡试登明经第，应制举中精通经史科。补弘文馆校书郎。"（《全唐文》卷六七八）

丁公著，"年二十一，《五经》及第。明年，又通《开元礼》，授集贤校书郎。"（《旧唐书》卷一八八）

沈齐文，"乾封元年，以国子明经擢第，补秘书省校书郎。"（周绍良、赵超《唐代墓志汇编》垂拱061）

（三）进士及第，又考制举

中进士后又去考制举，在唐代士人当中很常见。唐代士人科举及第之后，还要经过守选才能授官。选人若不等守选期满而想提前入仕，可以参加制举或科目考试，登第即可马上授官。采用此法的有：

张九龄，"登进士第，应举登乙第，拜校书郎。"（《旧唐书》卷九〇）

杜牧，"进士擢第，又制举登乙第，解褐弘文馆校书郎。"（《旧唐书》卷一四七）

沈传师，"擢进士，登制科乙第，授太子校书郎。"（《旧唐书》卷一四九）

奚陟，"陟少好读书，登进士第，又登制举文词清丽科，授弘文馆校书，寻拜大理评事。"（《旧唐书》卷一四九）

① 《新唐书》卷四四，第1161页。

韦贯之，“少举进士。贞元初，登贤良科，授校书郎。”（《旧唐书》卷一五八）

韦处厚，“通《五经》，博览史籍，而文思赡逸。元和初，登进士第，应贤良方正，擢居异等，授秘书省校书郎。”（《旧唐书》卷一五九）

王播，“播擢进士第，登贤良方正制科，授集贤校理。”（《旧唐书》卷一六四）

李绛，“绛举进士，登宏辞科，授秘书省校书郎。”（《旧唐书》卷一六四）

卢商，“元和四年擢进士第，又书判拔萃登科。少孤贫力学，释褐秘书省校书郎。”（《旧唐书》卷一七六）

杨发，“字至之，大和四年登进士第，又以书判拔萃，释褐校书郎、湖南观察推官，再辟西蜀从事。”（《旧唐书》卷一七七）

李虞仲，“元和初，登进士第，又以制策登科，授弘文校书。”（《旧唐书》卷一六三）

（四）以制举入仕

制举，又称制科，是由皇帝下诏而临时设置的考试科目。制举的科目很多，考试时间和科目都不是固定的，而是根据一定时期的政治需要而定。“开元以后，四海晏清，士无贤不肖，耻不以文章达，其应诏而举者，多则二千人，少犹不减千人，所收百才有一。”[①] 制举一经登第，即可以授官。采用制举入仕的有：

杨炯，“炯幼聪敏博学，善属文。神童举，拜校书郎。”（《旧唐书》卷一九〇上）

张说，“弱冠应诏举，对策乙第，授太子校书。”（《旧唐书》卷九七）

孔季诩，“永昌初，擢制科，授校书郎。”（《新唐书》卷一九九）

姚南仲，“乾元初，制科登第，授太子校书。”（《旧唐书》卷一五三）

梁肃，“建中初，中文辞清丽科，擢太子校书郎。”（《旧唐书》卷二〇二）

柳公绰，“年十八，应制举，登贤良方正、直言极谏科，授秘书省校书郎。”（《旧唐书》卷一六五）

① 《通典》卷十五，第84页。

韦正贯，“举贤良方正异等，除太子校书郎。”（《新唐书》卷一五八）

寇子美，“弱冠以孝廉及第。明年，授崇文馆校书郎。“（周绍良、赵超《唐代墓志汇编》天宝025）

（五）以博学宏词等科目选入仕

科目选是一项打破选格限制的考试制度，由吏部主持，目的是选拔一些学有专长的人。参加考试的仅限于有出身者和前资官，包括守选已满和未满者在内。科目选以博学宏词科、书判拔萃科最为时人所重。以科目选入为校书郎的有：

李绛，“绛举进士，登宏词科，授秘书省校书郎。”（《旧唐书》卷一六四）

于邵，“天宝末进士登科，书判超绝，授崇文馆校书郎。”（《旧唐书》卷一三七）

白居易，“进士就试……吏部判入等，授秘书省校书郎。”（《旧唐书》卷一六六）

刘从一，“从一少举进士，大历中宏词，授秘书省校书郎。”（《旧唐书》卷一二五）

崔损，“损大历末进士擢第，登博学宏词科，授秘书省校书郎。”（《旧唐书》卷一三六）

郑细，“细擢进士第，登宏词科，授秘书省校书郎、鄠县尉。”（《旧唐书》卷一五九）

李琚，“开元廿二载……遂以乡贡进士擢第。是冬也，朝廷命天官举博学宏词……中俊者六人，公其褎然，益动时听。明年，授公秘书省校书郎。”（周绍良、赵超《唐代墓志汇编》天宝123）

杨嗣复，“年二十，进士擢第。二十一，又登博学宏词科，释褐秘书省校书郎。”（《旧唐书》卷一七六）

二　门荫

门荫，是官僚子弟凭借父祖先人的功劳循例而仕的制度，也是一种主要的入仕途径。以门荫入仕，通常年少时需在宫廷任卫官、斋郎或挽郎等职，六年后可参选为文官或武官。《旧唐书·职官志》载：“若以门资入仕，则先授亲、勋、翊卫，六番随文武简入选例。又有斋郎、品子、勋官及五等封爵、屯官之属，亦有番第，许同拣选。”[①] 用此法入仕的有：

李德裕，“李德裕，字文饶，元和宰相吉甫子也。少力于学，既冠，卓荦有大节。不喜与诸生试有司，以荫补校书郎。”（《新唐书》卷一八〇）

段成式，“成式，字柯古，以荫入官，为秘书省校书郎。”（《旧唐书》卷一六七）

郑覃，“覃以父荫补弘文校书郎。”（《新唐书》卷一六五）

郑甫，“少以门资奉俎豆于太庙……擢秘书省校书郎。”（《全唐文》卷七八五）

三 迁转

迁转，是指担任县尉等别的官之后再来任校书郎。史料中这种情况很少见，这也说明唐代的校书郎主要是一种供士人释褐的初任官。

韦温，“年十一岁，应两经举登第。释褐太常寺奉礼郎。以书判拔萃，调补秘书省校书郎。”（《旧唐书》卷一六八）

马植，“扶风人。植，元和十四年进士擢第，又登制策科，释褐寿州团练副使。得秘书省校书郎。”（《旧唐书》卷一七六）

王义方，“俄授晋王府参军，直弘文馆。……转太子校书。”（《旧唐书》卷一八七上）

杜让能，“咸通十四年登进士第，释褐咸阳尉。宰相王铎镇汴，奏为推官。入为长安尉、集贤校理。”（《旧唐书》卷一七七）

郑畋，“年十八，登进士第，释褐汴宋节度推官，得秘书省校书郎。”（《旧唐书》卷一七八）

李华，“开元二十三年举进士，天宝二年举博学宏词，皆为科首，由南和尉擢秘书省校书郎，八年历伊阙尉。”（《全唐文》卷三八八《检校尚书吏部员外郎赵郡李公中集序》）

四 上书论事或献著述

唐代封演的《封氏闻见记》已提到这种任官的方式，《唐语林》也有记录：“常举外，复有通五经、明一史，及献文章并著述之辈，或附中书

---

① 《旧唐书》卷四二，第1804页。

考试，亦同制举。”[①] 房琯就曾以此方式做过校书郎，且官至宰相。董晋、杜亚也以此当上校书郎，这种情况跟安史之乱中的纷乱政局有关。

房琯，“开元十二年，玄宗将封岱岳，琯撰《封禅书》一篇及笺启以献。中书令张说奇其才，奏授秘书省校书郎，调补同州冯翊尉。”[②]

董晋，“董晋，字混成，河中卢乡人。明经及第。至德初，肃宗自灵武幸彭原，晋上书谒见，授校书郎、翰林待制，再转卫尉丞，出为汾州司马。”[③] 据此可知董晋是以明经及第，但他获授校书郎、待制翰林的官职，则明显是他“上书谒见”的结果。肃宗幸彭原（今甘肃宁县）在至德二年（757）二月，董晋得校书郎约当三十四岁。当时，安史之乱刚爆发开来，玄宗匆匆奔蜀，肃宗在灵武称帝，不久又移师彭原和凤翔（今陕西凤翔县）。在这样的乱世，唐政府整个文官选拔体系显然是瘫痪的。不少士人纷纷涌往灵武、彭原或凤翔的行在，目的之一是想求得一官。董晋后来也官至相位。

杜亚，“杜亚，字次公，自云京兆人也。少颇涉学，善言物理及历代成败之事。至德初，于灵武献封章，言政事，授校书郎。”[④] 写杜亚约三十二岁得校书郎后，赴河西节度使杜鸿渐幕。杜甫有诗《送从弟亚赴河西判官》：“令弟草中来，苍然请论事。诏书引上殿，奋舌动天意。”[⑤] 写到杜亚上书论事，他的“奋舌”打动了皇帝的心。杜亚后来官运亨通，三辟太府，五登郎位。

凌准，“年二十，以书干丞相。丞相以闻，试其文，日万言，擢为崇文馆校书郎。”（《柳宗元集》卷十《故连州员外司马凌君权厝志》）

覃季子，“其人生爱书。贫甚，尤介特，不苟受施。读经传言其说数家，推太史公班固书下到今，横竖钩贯，又且数十家，通为书，号《覃子史纂》……凡有益于世者为子纂又百有若干家。笃于闻，不以仕为事。黜陟使取其书以氏名闻，除太子校书。”（《柳河东集》中《覃季子墓铭》）

封演还提到献“著述”亦可得官。两《唐书》列传中可考者有一人。

---

① 王谠：《唐语林》，上海古籍出版社 1978 年版，第 278 页。

② 《旧唐书》卷一一一，第 3320 页。

③ 《旧唐书》卷一四五，第 3934 页。

④ 《旧唐书》卷一四六，第 3962 页。

⑤ 《全唐诗》卷二一七，第 2273 页。

李道古，“举进士，献书阙下，擢校书郎、集贤院学士。”韩愈为李道古写过墓志《昭武校尉守左金吾卫将军李公墓志铭》，可知李道古进士及第，还献上著作《文舆》三十卷，始得校书郎。[①] 他的入仕，可说是靠进士，亦靠献著述。如果把他放在以上“进士”一途当然也可以，但唐代靠献著述得官者寥寥可数。为了凸显他的不平凡，所以把他的入仕列在“献著述”之下会更有意义。[②] 李道古为曹王李明的后代，贵为宗室，献书阙下，或许比一般人容易得官。但他已是进士，亦符合任校书郎的最低资历。献著述得到校书郎的主要有下面几人：

李道古，“公以进士举及第，献《文舆》三十卷，拜校书郎、集贤学士。”（《韩昌黎文集校注》卷七）

陈庭玉，“陈庭玉《老子疏》。开元二十年上，授校书郎。卷亡。”（《新唐书》卷五九）

帅夜光，“帅夜光《三玄异义》三十卷。……开元二十年上，授校书郎，直国子监。”（《新唐书》卷五九）

苑咸，“京兆人，开元末上书，拜司经校书、中书舍人。”（《新唐书》卷六十）

徐浩，“徐浩《广孝经》十卷。浩称四明山人，乾元二年上，授校书郎。”（《新唐书》卷五七）

五　荐举授官

荐举，是指由官员直接向皇帝推荐任官。校书郎虽只是九品小官，也可用以荐举。

徐岱，“徐岱，字处仁，苏州嘉兴人，世农家子。于学无所不通，辩论明锐，座人常屈。大历中，刘晏表为校书郎。”（《新唐书》卷一六一）

李群玉，“大中八年入京，宰相裴休、令狐绹荐之，进诗三百篇，授弘文馆校书郎。”[③] 令狐绹的《荐处士李群玉状》载：“苦心歌篇，屏迹林壑。佳句流传于众口，芳声籍甚于一时。守道安贫，远绝名利，当文明

---

① 马其昶校注：《韩昌黎文集校注》，上海古籍出版社1986年版，第515页。（以下版本号略）

② 赖瑞和：《唐代基层文官》，中华书局2008年版，第33页。

③ 傅璇琮：《唐才子传校笺》第3册，中华书局1990年版，第392页。

之圣代。宜备搜罗，俾典校于瀛州，伫光志业。臣绹等今日延英已面陈奏状。伏奉圣旨，令与一文学官者。臣等商量，望授弘文馆校书郎，未审可否？谨具奏闻。伏听敕旨。”① 令狐绹的荐文列举了李群玉的卓越文才与高洁品性，朝廷也由此授予李群玉校书郎一职。

卢纶，“天宝末举进士，遇乱不第，奉亲避地于鄱阳，与郡人吉中孚为林泉之友。大历初，还京师，宰相王缙奏为集贤学士、秘书省校书郎。”（《旧唐书》卷一六三）

段文昌，“文昌家于荆州，倜傥有气义，节度使裴胄知之而不能用。韦皋在蜀，表授校书郎。”（《旧唐书》卷一六七）

此外，《旧唐书》还记载因闻名一时却弃官不做的文士，如白履忠，“陈留浚仪人也。博涉文史。尝隐居于古大梁城，时人号为梁丘子。景云中，征拜校书郎，寻弃官而归。”（《旧唐书》卷一九二）

除了以上几种得官途径，校书郎也可当作一种“赏赐”以奖军功。史料中仅有一例，即李光弼协助平定安史之乱后，他的儿子李汇在“提襁之间”便得赐校书郎。晚唐文士沈亚之所写的《泾原节度李常侍墓志铭》：“府君讳汇，太尉武穆公光弼之少子也，为人俭毅意气。祖楷洛，自匈奴提其属来入，始为唐臣。累迁至将军，赠司徒。武穆既壮，当天宝末，以平燕寇有功，故公于提襁之间，得赐校书郎。”“平燕寇”（指安禄山）在广德元年（763），李汇那时才七岁，他可能是唐史上最年轻的校书郎，虽然他得到的只是赐官。李汇出任泾原节度使时，沈亚之正好在他幕下任掌书记，为我们留下了这一段校书郎可作赏赐的史料。

第三节　校书郎的政治地位

唐代校书郎隶属于各馆，其地位高下也体现了各馆的政治地位、发展状况。比如同是校书郎，各馆的校书郎官品就不一样。从大处说，各馆的发展变迁决定着校书郎的地位和实力，校书郎的地位随着各馆的发展而浮沉。从小处说，校书郎体现了唐人对于入仕的看法，在唐人心中占据着重要位置。

---

① 《全唐文》卷七五九，第7885页。

一 唐代文馆的变迁决定着校书郎的地位

初唐时期，弘文馆曾几度改名，一改而为修文馆，再改而为昭文馆，显出很大的随意性。但从馆中活动的规格、规模和内容看，却是弘文馆的全盛时期。查《新唐书·艺文志二》“正史类”、“仪注类”，《艺文志三》“类书类”，再结合《唐会要》卷三五“经籍”、卷三六“修撰”、卷六三“修前代史”及“修国史”来看，可知从贞观后期始，弘文馆一直颇为兴盛，先后调集大量人员入馆充修史学士、修书学士，修纂类书、总集，编订律令仪注。[①]

秘书省的发展情况经历了曲折的变化。《太平广记》卷一八七引韦述《两京记》记其时情状：“唐初，秘书省唯主写书贮掌勘校而已。自是门可张罗，迥无统摄官署。望虽清雅，而实非要剧。权贵子弟及好利夸侈者率不好此职。流俗以监为宰相病坊，少监为给事中中书舍人病坊，丞及著作郎为尚书郎病坊，秘书郎及著作佐郎为监察御史病坊。言从职不任繁剧者，当改入此省。然其职在图史，非复喧卑，故好学君子厌于趋竞者，亦求为此职焉。”[②] 唐初统治者重视修史工作而加强史馆建设，秘书省工作范围缩小。此外，弘文馆和崇文馆的崛起，也在客观上降低了秘书省的地位。玄宗时期，集贤院的兴起几乎取代了秘书省的全部职能，《新唐书·百官志二》载：“凡图书遗逸、贤才隐滞，则承旨以求之。谋虑可施于时，著述可行于世者，考其学术以闻。凡承旨撰集文章、校理经籍，月终则进课于内，岁终则考最于外。”[③] 开元末期，集贤院衰落而翰林院崛起。翰林院在中唐以后成为国家政治决策咨询机构，逐步取代集贤院。这样就给秘书省创造了重获生命力的机会，其功能也逐渐得以恢复。《全唐文》所录的两篇壁记是极好的证明。一篇是天宝七年（748）李华撰写的《著作郎厅壁记》：

化成天下，莫尚乎文。文之大司，是为国史，职在褒贬惩劝，区

① 李德辉：《唐代文馆制度及其与政治和文学之关系》，上海古籍出版社2006年版，第39页。

② 李昉等编：《太平广记》，中华书局1961年版，第1404页。

③ 《新唐书》卷四七，第1212页。

别昏明。故《駉牧》颂于鲁侯，《祈招》讽于楚子。史官之任有述作，盖王者之元符、生人之极教也。昔沮诵、仓颉，为黄帝史臣，文字以兴，其来尚矣。……魏太和年，肇以著作名官，为中书属。晋元康年，改隶秘书，朝服单衣介帻，始亲职，必选名臣。传历宋、齐、梁、陈，官品第六，元魏、高齐、周、隋，秩从五品。……贞观初，诏梁国文昭公、郑国文贞公统英儒盛才，修五代史。天子亲垂笔削，与《春秋》合符，巍巍乎史氏之光耀也！因是开馆于内，别立史官，多以著作郎领带其职，而旧史所掌，唯碑志、祭祝之文在焉。然以其能综群言，且居百乘，出典下国，转为郎官，经纬斯文，昭宣有政，或上迁秘书少监，或擢拜中书舍人，固不易其任也。天命元圣，降而为唐，唐之建官，罔非俊乂。若虞永兴德函大雅，魏侍中才高王佐，郑吏部绝韵锵鸣，崔司业雄词飞动，皆历焉。今上兼帝王之极功，总文武之能事，思所以比崇轩皞，绍美唐虞，润色乎大猷，发明乎皇道。问谁献箴，则宾客崔氏；问谁执简，则恒传吴公。胡谕德游刃诗骚，韦庶子贯珠今古。济济多士，时惟秉文，盛矣哉！同风乎《雅》、《颂》也。名岳已迁，别封天柱，旧章不改，尚列周官。登陟蓬莱之峰，循环藏室之奥，从容简贵，信君子保明宏道之司欤！①

著作郎一职隶属于秘书省，此文对著作郎的设置、官品、职能及发展情况进行了描述。著作郎的社会地位不断提高，显示了秘书省也在不断得到发展。另一篇文章是德宗贞元十六年（800）权德舆撰写的《秘书郎厅壁记》：

按《六典》，秘书郎四人，从六品上，分掌四部书，以甲乙丙丁为之目。昔汉武帝聚天下文籍于广内，谓之中秘书。魏晋之际，秘书与中书，或分或合，故云职近日月，宜居三台之上。丞郎之位，与南宫相亚，历代辩论，与时轻重。国初思汉廷延阁之制，薄江左贵游之选，始以岑江陵、虞永兴、褚河南迭为之，厥后彬彬多文学之士。然则先王之法制，官师之训典，九流百氏，如贯珠然。学与仕皆优，而旋相为用者，其在兹乎！今年春，荥阳郑君具瞻，自泾阳尉承诏授

---

① 《全唐文》卷三一六，第3204—3205页。

任，郑君质重而有敏行，坦夷而含明识，且今中书相君之令弟也。方以结绶满岁，调于选部，言吏资者，积三迁而后至。今超居之，有以见择贤审官，与怡怡绰绰之道，为尽美矣。在晋郑默领中外三阁，始删烦文，而朱紫不杂。开元初，君之王考颍川府君叔祖刑部府君，皆繇礼官博士继登其任，诸父诸兄，或解巾以司雠校，或功次而奉朝请，含章筮仕，多在于斯，犹桓公武公之代为卿士，盖善于其职而宜之之义也。谓鄙人尝学旧史，能知书府官业之所繇，是俾编次郎位，彰施屋壁，时贞元庚辰秋七月记。①

秘书郎一职隶属于秘书省，专管图书收藏及校写。此文对秘书郎的设置、官品及职能进行了叙写。秘书省设秘书郎四人，官品为从六品上，也是文士迁转中令人艳羡的美职。《著作郎厅壁记》、《秘书郎厅壁记》这两篇文章足以说明天宝以后秘书省逐渐恢复正常运转。中唐以后，秘书省终于迎来了机遇。《唐会要》卷六五载大历十四年（779）九月二十七日敕："秘书省书阁内书，自今后不得辄供诸司及官人等。每月两衙及雨风，委秘书郎、典书等同检校，递相搜出，仍旧封闭。"② 这个诏敕一方面反映了代宗时代对书籍的爱护，另一方面也表明秘书省的图书管理有较为严格的规章制度。中唐时期秘书省还因校书郎和正字是公卿之滥觞而备受关注。"由于社会地位不断上升，秘书省在士人眼中的形象大为改观。"③

集贤院在盛唐时期颇具特色，是唐代自开元、天宝以来最受重视的文馆。集贤院最初是李唐皇室的一个藏书之所，却发展成为唐代最重要的学术文化机构。集贤院在玄宗时期得到大发展。开元初期，玄宗指令秘书省、丽正殿两处编校旧籍目录，而不再在弘文馆展开工作。集贤院组织机构庞大，职能多样，在机构建置、地位、人员分工等方面明确而有序。集贤院由大学士负责总领院务，下统众官，直接对皇帝负责。知院事的学士为院内的长官，负责处理院内的日常事务，学士、直学士则是院内中坚，侍讲学士、侍书学士、侍读学士、校书学士、修书学士等，分工明确。韩愈《送郑十校理序》记录了集贤院在中晚唐的重要地位："秘书，御府

① 《全唐文》卷四九四，第5039页。

② 《唐会要》卷六五，第1329页。

③ 吴夏平：《唐代秘书省社会地位变迁考论》，《兰台世界》2008年第4期。

也。天子犹以为外且远，不得朝夕视，始更聚书集贤殿，别置校雠官，曰‘学士’、曰‘校理’，常以宠丞相为大学士。其他学士皆达官也。校理则用天下之名能文学者；苟在选，不计其秩次，惟所用之。由是集贤之书盛积，尽秘书所有不能处其半；书日益多，官日益重。”①

秘书，即秘书省，坐落在唐官署集中地皇城，离天子所居的大明宫还有一大段距离。皇帝无法朝夕观书，于是便在大明宫内聚书集贤殿，设有校雠官，曰“学士”、曰“校理”。集贤校理其实就是集贤殿校书、正字。两者为不同时期的不同官名。从韩愈的这段描写看来，集贤殿在中晚唐时期藏书越来越多，秘书省所藏还不及其半。集贤院的内部管理也逐步规范化，《旧唐书》记载：“凡承旨撰集文章，校理经籍，月终则进课于内，岁终则考最于外。”② 校理经籍的人员月终、年终都需要考核。当时还规定：“凡考课之法，有四善：一曰德义有闻，二曰清慎明著，三曰公平可称，四曰恪勤匪懈。善状之外，有二十七最……其十曰雠校精审，明为刊定，为校正之最。”③ 也就是说“雠校精审，明为刊定”是校理经籍的最高标准。开元八年十月敕旨规定学士等入院三年以上就算比较有资历的，若校理精勤，纰缪多正，或是不能详核，修书使就会记录下来并奏报分别加以褒奖和惩贬。从制度史上看，它遗留下来的规章制度曾长期影响中晚唐乃至宋元以后的馆阁和宰辅制度。正是在严密而完备的体制下，在短短的三四十年内，集贤院做出了恢宏的文化业绩。

弘文馆、秘书省、崇文馆、集贤院等文馆在唐代不同时期各领风骚，取得了令人瞩目的成绩。各馆地位的升降和荣辱都与当时的政治需要相关联，随着政治形势的变化和权力中心的转移而不断变化。帝王意欲在政治上有所作为，重视文学的政治功能，就会重视文馆的建设和发展，在文馆上投入较多的关心和支持。帝王如果不思进取，文馆就会相对消沉和低落。在各馆处于发展的高峰期之时，校书郎作为文馆的组成人员，在工作上尽心竭力地整理图籍、编纂类书、校订史书，为唐代的图书整理和文化建设付出了自己的努力和贡献。

① 《韩昌黎文集校注》卷四，第 288 页。

② 《旧唐书》卷四三，第 1851—1852 页。

③ 同上书，第 1823 页。

二　校书郎体现了入仕的主流

唐代的职事官有清浊之分，以次补授。唐制，三品以上中央高级官员包括门下及中书侍郎、尚书左右丞、六部侍郎、太常少卿、太子少詹事、左右庶子、秘书少监、国子司业在内均称为清望官。太子左右谕德、左右卫左右千牛卫中郎将、太子左右率府左右内率府率及副、太子左右卫率府中郎将、谏议大夫、御史中丞、给事中、中书舍人、太子中允、中舍人、左右赞善大夫、洗马、国子博士、尚书诸司郎中、秘书丞、著作郎、太常丞、左右卫郎将、左右卫率府郎将、起居郎、起居舍人、太子司议郎、尚书诸司员外郎、太子舍人、侍御史、秘书郎、著作佐郎、太学博士、詹事丞、太子文学、国子助教、左右补阙、殿中侍御史、太常博士、四门博士、詹事司直、太学助教、左右拾遗、监察御史、四门助教为清官。因这些官职多由进士出身而有文学素养之人担任，声誉较好，地位较高。陈寅恪曾在探讨元稹写作艳诗和悼亡诗的动因时指出："唐沿南北朝旧俗，……仕而不由清望者，为社会所不齿。"[①] 入清流、做清官，是当时士人选择入仕职位的一个主要标准，这一观念对唐代士人依然影响深远。唐长孺在论述南朝寒人的兴起时指出："西晋以后，清浊之分即士庶之别，官职亦以此为准，凡是士族做的官就是清官，寒人做的官则是浊官。……'宦'不完全是看他自己及其家族所任官职之高卑，重要的倒是在于所任官职特别是出身官的清浊。当时在品级高低和位望清浊之间有时不甚一致，既有品高而较浊者，也有品低而较清者，在这种情况下，通常宁可选择清官。"[②] 清官一般都是士族习居之官，以处身清要、职闲廪重为其特征。在唐代，若是走平选常调的授官之路，怕是到老也熬不到五品的官位。然而，清望官和清官不以资次迁授，可以越级授官，而不必循资格逐次守选、铨选，再逐级迁授。《旧唐书》卷四二《职官一》：（清望官、清官）"自外各以资次迁授"。[③] 卷四三《职官二》吏部尚书条："其有历职清要，考第颇深者，得隔品授之，不然即否。凡出身非清流者，不

---

① 陈寅恪：《元白诗笺证稿》，生活·读书·新知三联书店2001年版，第116页。

② 唐长孺：《南朝寒人的兴起》，载《魏晋南北朝史论丛》，河北教育出版社2000年版，第548页。

③ 《旧唐书》卷四二，第1805页。

注清资官。”[①] 进入清官系列就走上了官职升迁的快车道。

《通典》卷二六《职官八》秘书校书郎条目：“掌雠校典籍，为文士起家之良选。其弘文、崇文馆，著作、司经局，并有校书之官，皆为美职，而秘书省为最。”[②] 任命为校书郎在当时人们看来是仕途上很重要的一步，校书郎是文士起家之良选，也属于清官之列。如大和四年（830）十一月，左庶子孙革奏：

> “当司典膳等五局郎，伏以青官列局，护翼元良，必用卿相子弟，先择文学端士。国朝不忘慎选，冀得其人，或扬历清资，或致位丞相。今以年月浸久，渐至讹替，缘其俸禄稍厚，近年时有流外出身者，侥求授任。稽诸故事，未尝闻流外得厕此官，若不约绝，实玷流品。当司有司经局校书、正字，品秩至卑，而文学之人竞趋求者，盖以必取其人，无有尘杂故也。今五局郎资序，本是清品，若使流外不已，则此司官属，渐成芜蔓。伏请自今以后，吏部不得更注拟流外人，其见任官中有流外者，许臣具名衔牒吏部，至注官日注替。”敕旨：“宜依。其见任官是流外出身授者，待终考秩。自今以后，吏部更不得注拟。”[③]

流外官，就是流内九品以外的职官，比如令史、书令史、府、史、亭长、掌固、典事、谒者、楷书手等等，广泛设置于中央到地方各级行政机构中，也就是各衙门的具体办事人员。可见唐代从上至下对于起家官品的重视程度。符载在《送袁校书归秘书省序》中写道：“国朝以进士擢第为入官者千仞之梯，以兰台校书为黄绶者九品之英，其有折桂枝，坐芸阁，非声名衰落，体命坎坷，不十数岁，公卿之府，缓步而登之。”[④] 《唐会要》卷六五“秘书省”条载唐宪宗元和三年三月《访择校书正字诏》：“秘书省、弘文馆、崇文馆、左春坊司经局校书、正字，宜委吏部，自今以后，于平留选人中，加功访择，取志行贞退、艺学精通者注拟。综核才

① 《旧唐书》卷四三，第1818页。

② 《通典》卷二六，第155页。

③ 《唐会要》卷六七，第1382页。

④ 《全唐文》卷六九〇，第7070页。

实，惟在得人，不须限以登科及判入等第。其校书、正字限考，入畿县尉簿，任依常格。”[①] 这道诏书体现了校书郎、正字在当时仕途选择中处于关注的焦点位置。

弘文、崇文、集贤三馆都规定，凡入馆院者，五品以上为学士，六品以下为直学士。这里的品级是指入馆官员的职事官之品级而言，如《新唐书》卷四七集贤殿书院条：“十三年，改丽正修书院为集贤殿书院，五品以上为学士，六品以下为直学士。”[②] 从三品到九品官都在被选之列，李肇《翰林志》：“凡学士无定员，皆以它官充。下自校书郎，上至诸曹尚书，皆为之。所入与班行绝迹，不拘本司，不系朝谒。”[③] 钱大昕《廿二史考异》卷四四《新唐书·百官志一考异》：“自诸曹尚书下至校书郎，皆得与选。按：尚书，正三品；校书郎，正九品。谓自三品至九品官，皆得除学士也。”[④] 从中可知，校书郎虽为九品小官，但也处于学士之列。校书郎是其政治身份，学士代表其文化身份。唐人认为作为学士是无上光荣的，学士为文儒之美称。唐代学士与政治的关系较为紧密。身处高位的学士往往围绕统治者从事着政治活动，还有的在文化方面发挥作用。对古代文化的继承和发展，是通过他们的活动体现出来的。由于唐代政治稳定、经济繁荣，统治者又重视发展文化，从而使学士在这方面取得了突出的成就。而入仕为校书郎可以进入清官之列，同时学士身份又是极大的荣誉和认可，这对于广大的普通士人来说具有极大的吸引力和诱惑力。

初唐以来，士人戏称登第者为畿尉有六道，如《太平广记》卷二五〇引《御史台记》：“入御史为佛道，入评事为仙道，入京尉为人道，入畿丞为苦海道，入县令为畜生道，入判司为饿鬼道。”[⑤] 可见不同的职务在人们心目中会有不同的看法，即使是同一职务也会因任职地点不同而产生较大的影响。诗人杨炯在其《登秘书省阁诗序》中写道：“黼黻其德行，珪璋其事业。心同匪石，达人千载之交；手握灵珠，文士一都之会。陶泓寡务，油素多闲。命兰芷之君子，坐芸香之秘阁。”[⑥] 对在秘书省任

---

① 《唐会要》卷六五，第1330页。

② 《新唐书》卷四七，第1213页。

③ 傅璇琮、施纯德编：《翰学三书（一）翰苑群书》，辽宁教育出版社2003年版，第3页。

④ 陈文和主编：《钱大昕全集》第3册，江苏古籍出版社1997年版，第929页。

⑤ 李昉等编：《太平广记》，中华书局1961年版，第1939页。

⑥ 《全唐文》卷一九一，第1925页。

职的心态进行了描绘。开元中，诗人王湾被选入丽正殿充校书学士，作《丽正殿赐宴同勒天前烟年应制》云："金殿忝陪贤，琼羞忽降天。鼎罗仙掖里，觞拜琐闱前。院逼青霄路，厨和紫禁烟。酒空欢抃舞，何以答昌年?"① 表达出自己踏上仕途的喜悦之情。在文馆任职或充学士，标志着一个人的才华得到了公认，因而这段经历颇为人所看重。可见，任职校书郎在当时士人心中的地位非常重要。

三　校书郎体现了唐人的仕途期望

校书郎的仕宦前景极佳，不少人由此官拜相。唐代从校书郎起家的诗人或文士当中就有 35 位官至宰相：张说、张九龄、房琯、董晋、韦贯之、崔群、元稹、韦处厚、窦易直、宋申锡、赵宗儒、崔损、王播、权德舆、李绛、郑覃、姜公辅、段文昌、郑絪、卢商、马植、令狐绹、孔纬、裴枢、陆扆、郑畋、萧遘、刘邺、徐商、王徽、杜让能、杨收、郑从谠、卢携、魏謩。其中在文学上享有盛誉、颇有建树的大家有：张说、张九龄、元稹、李德裕、董晋等。其他也有许多升任中书舍人、给事中、侍郎、郎中等高官。白居易《大官乏人》这篇对策即体现了自己对于校书郎一职的看法：

> 臣伏见国家公卿将相之具选于丞郎给舍；丞郎给舍之材选于御史遗补郎官。御史遗补郎官之器选于秘著校正畿赤簿尉。虽未尽是，十常六七焉。然则畿赤之吏，不独以府县之用求之；秘著之官，不独以校勘之用取之。其所责望者乃丞郎之椎轮，公卿之滥觞也。②

这篇对策是白居易退居于上都华阳观，闭门累月，揣摩当时之事写成的。所谓丞郎给舍是指尚书左右丞、六部侍郎、给事中、中书舍人；御史指的是侍御史、殿中侍御史、监察御史；遗补指的是拾遗和补阙；郎官包括郎中和员外郎；秘著校正是指秘书郎、著作郎、校书郎、正字；畿赤簿尉是指畿赤县主簿和县尉。"秘著之官，不独以校勘之用取之"是说秘书省、著作局之官（校书郎和正字），不应只为了当校勘取用。白居易这种

---

① 李昉等编：《文苑英华》，中华书局 1966 年版，第 810 页。

② 朱金城笺注：《白居易集笺校》，上海古籍出版社 1988 年版，第 3490 页。

看法也反映了当时人对校书郎、正字期望之高。这篇对策实际上勾画了唐代士人眼中的升迁路径。

通过对文献资料的考察，可知校书郎的升迁路径在一般情况下是较好的。孙国栋的《唐代中央重要文官迁转途经研究》梳理出两唐书列传中曾任校书郎的 82 人，其中记载由校书郎迁官的 51 人。如果将直接迁拾遗、御史和转外任再入为拾遗、御史的合计起来共 38 人，占总数 75%。而一旦入为拾遗或监察御史，即加入要官的行列。可见由校书郎入仕是进入重要文官的一条途径。① 这些升迁情况经过整理如下所示：

表 4　　唐代由校书郎迁拾遗、补阙简表

官职名	姓名	升迁官职名	出处
校书郎	张九龄	拾遗	《旧唐书》卷 99、《新唐书》卷 126
校书郎	姜公辅	拾遗	《旧唐书》卷 138、《新唐书》卷 152
校书郎	元　稹	拾遗	《旧唐书》卷 166、《新唐书》卷 174
校书郎	郑从谠	拾遗	《旧唐书》卷 158、《新唐书》卷 165
校书郎	李　建	拾遗	《旧唐书》卷 155、《新唐书》卷 162
校书郎	杨嗣复	拾遗	《旧唐书》卷 176、《新唐书》卷 174
校书郎	郑　颢	拾遗	《旧唐书》卷 159
校书郎	令狐绹	拾遗	《旧唐书》卷 172
校书郎	卢元辅	拾遗	《旧唐书》卷 135
校书郎	魏　謩	拾遗	《旧唐书》卷 176、《新唐书》卷 97
校书郎	萧　遘	拾遗	《旧唐书》卷 179、《新唐书》卷 101
校书郎	刘　邺	拾遗	《旧唐书》卷 177
校书郎	郑　覃	拾遗	《旧唐书》卷 173
校书郎	李　纾	补阙	《旧唐书》卷 137
校书郎	崔　群	补阙	《旧唐书》卷 159

唐代的拾遗一职创置于垂拱元年（685），位从八品上，稍低于补阙。拾遗、补阙均为谏官，同掌供奉讽谏、荐举人才。唐朝吸取隋亡的“上不闻过，下不尽忠”的历史教训，加强对官吏的监督力度，增设谏官制

① 孙国栋：《唐代中央重要文官迁转途经研究》，香港：龙门书店 1978 年版，第 7 页。

度，对皇帝的决策进行纠举。唐初统治者为维护国家的长治久安，广开言路、广纳贤臣、政治开明，因此谏诤成为一种社会风气。谏官进谏是文武百官政治生活中的一个重要组成部分，它在监督朝政方面所发挥的作用不可低估。皇帝是谏官的主要监察对象，国家政事乃至个人生活都在谏议之列。唐朝所设置的谏官主要有谏议大夫、给事中、散骑常侍、补阙、拾遗等。这些谏官中，补阙、拾遗属于低层，但也并不影响他们积极建言、勇于谏诤的决心。《旧唐书·职官志》记载："掌供奉讽谏，扈从乘舆。凡发令举事，有不便于时，不合于道，大则廷议，小则上封。若贤良之遗滞于下，忠孝不闻于上，则条其事状而荐言之。"① 唐代拾遗自设立起就成为谏官的中坚力量，虽官阶不高，但由于肩负谏诤之职，官职不由吏部注拟而由皇帝和宰相亲授，地位很高，为时人所重。如校书郎吕温在授拾遗之后有很强烈的惊宠感，在《谢授右拾遗表》中他描述自己接到诏书时的感受：

> 臣尝学旧史，承训先臣，皆以奉上自致为荣，附下苟进为耻。臣所以既孤之后，义不因依，卖洛中之薄田，归阙下之旧宅，退藏其迹，私誓于心，不邀利于权门，不求名于众口，星霜苦节，夙夜精诚。唯愿投躯盛时，自结明主。愚诚神感，人欲天从，果蒙陛下自记姓名，猥怜孤直，振零丁于绝望，拔暧昧于无阶。独断皇明，超生至清列。俯降中贵，内赐官告，特违恒例，光宠贱臣。俾其不出户庭，坐生羽翼，万乘知己，一鸣惊人。公朝得尽节之方，私室无谢恩之处。顾唯凡陋，叨此殊尤。缠激血诚，铭镂肤骨。采拔恩重，泥途感深。毕性命以为期，裂肝胆而何述！②

文章结尾表现其竭诚奉职的忠心。白居易于元和三年（808）授拾遗之后，满怀激情地写下了《初授拾遗》诗和《初授拾遗献书》。其诗曰：

> 奉诏登左掖，束带参朝议。何言初命卑，且脱风尘吏。杜甫陈子昂，才名括天地。当时非不遇，尚无过斯位。况予蹇薄者，宠至不自

①《旧唐书》卷四三，第1845页。

②《全唐文》卷六二六，第6319页。

意。惊近白日光，惭无青云器。天子方从谏，朝庭无忌讳。岂不思匪躬？适遇时无事。受命已旬月，饱食随班次。谏纸忽盈箱，对之终自愧。

表达了自己被授拾遗时的心情。

表 5　　唐代由校书郎迁畿县簿尉简表

官职名	姓　名	升迁官职名	出　处
校书郎	房　琯	同州冯翊尉	《旧唐书》卷 111、《新唐书》卷 139
校书郎	韦贯之	伊阙尉	《新唐书》卷 169
校书郎	崔　损	咸阳尉	《旧唐书》卷 136、《新唐书》卷 167
校书郎	刘从一	渭南尉	《旧唐书》卷 125、《新唐书》卷 106
校书郎	裴　佶	蓝田尉	《旧唐书》卷 98、《新唐书》卷 127
校书郎	薛　播	万年丞	《旧唐书》卷 146、《新唐书》卷 159
校书郎	白居易	周至尉	《旧唐书》卷 166、《新唐书》卷 119
校书郎	李　绛	渭南尉	《旧唐书》卷 164、《新唐书》卷 152
校书郎	韦　温	咸阳尉	《旧唐书》卷 168、《新唐书》卷 169
校书郎	韦处厚	咸阳尉	《旧唐书》卷 159、《新唐书》卷 142
校书郎	柳公绰	渭南尉	《旧唐书》卷 165、《新唐书》卷 163
校书郎	柳宗元	蓝田尉	《旧唐书》卷 160、《新唐书》卷 168
校书郎	郑　絪	户县尉	《新唐书》卷 165
校书郎	裴　度	河阴尉	《新唐书》卷 173
校书郎	冯　定	户县尉	《旧唐书》卷 168、《新唐书》卷 177
校书郎	郑　澣	洛阳尉	《旧唐书》卷 158
校书郎	陆　扆	蓝田尉	《旧唐书》卷 179、《新唐书》卷 183
校书郎	卫次公	渭南尉	《旧唐书》卷 159、《新唐书》卷 164
校书郎	赵宗儒	陆浑主簿	《旧唐书》卷 167、《新唐书》卷 151
校书郎	裴　枢	蓝田尉	《旧唐书》卷 113
校书郎	姚南仲	高陵尉	《旧唐书》卷 153
校书郎	窦易直	蓝田尉	《旧唐书》卷 167
校书郎	吕　刚	华原尉	《唐代墓志汇编续集》

唐代地方行政中，全国划分为三百多个州，一千五百多个县。州县都有等级，依地理位置、土地情况、人口多寡等条件分等。县的长官是县令，其下依次有县丞、主簿和县尉。《元和郡县图志》和《新唐书·地理志》把全国各县划分为十个等级。翁俊雄的《唐代的州县等级制度》详细探讨了唐代州县等级划分的标准和意义，得知唐代州分八等：府、辅、雄、望、紧、上、中、下；县分十等：赤（或“京”）、次赤（或“次京”）、畿、次畿、望、紧、上、中、中下、下。[①] 这种划分方法也是符合《元和郡县图志》和《新唐书·地理志》所记载的。赤县如万年、长安、洛阳、河南、太原、晋阳等。畿县约八十多个，其中又有十多个常出现在史料，主要有蓝田、渭南、咸阳、户县、礼泉、美原、周至等。唐代县尉可以按地区分为好几种等级。从官品上看，赤县尉为从八品下，地位最高。其次依次是畿县尉、望县尉、紧县尉、上县尉、中县尉、中下县尉和下县尉。赤县和畿县的县尉，由于地处京城大邑，地位最崇高。唐史料也常称京畿县尉为美官，为士人竞求的对象。县尉实际上也是个士人迁转常见的职位，即先任别官后再来任县尉。作为士人再任的迁转官，赤、畿县尉也明显高于其他等级县尉，都是美职，其身份地位之高使得其他等级县尉难以望其项背。其次是望县、紧县和上县的县尉，比京畿县尉低一级，但还不算太差，一般为士人进士或明经及第后释褐起家的官职。如郑澣从校书郎迁赤尉，当然又更比迁畿尉高一等。校书郎任满后迁京畿簿尉成为一条重要的迁转途径。校书郎本身已是释褐的美官，他们出任过校书郎后再迁这些畿尉，可以想见畿尉又是一种怎样令人称羡的美职。[②]

赤畿县尉的崇高地位，在唐人小说中也常有反映。例如，在著名的《枕中记》中，那个做黄粱一梦的卢生，他所梦见的美事之一，便是“明年，举进士，登甲科，解褐授校书郎。应制举，授渭南县尉”。[③] 释褐校书郎，又迁畿尉，应是不少唐代士人的美梦。在《梦游录·樱桃青衣》中也有一个卢生，梦见自己“又登甲科，授秘书郎（应为‘校书郎’之误）。姑云：‘河南尹是姑堂外甥，令渠奏畿县尉。’数月，敕授王屋尉。”王屋属河南府的畿县。在唐人小说《续定命录》中，有一则记载：“员外

① 翁俊雄：《唐代的州县等级制度》，《北京师范学院学报》1991年第1期。

② 赖瑞和：《唐代基层文官》，中华书局2008年版，第122页。

③ 李昉等编：《太平广记》卷八二，中华书局1960年版，第527页。

郎樊系……自校书郎调选。吏部侍郎达奚珣深器之，一注金城县尉。系不受。达奚公云：'校书得金城县尉不做，更做何官？'系曰：'不敢嫌畿尉，但此官不是系官。'"[①] 金城即兴平县，因"景龙二年中宗送金城公主降吐蕃至此，改曰金城"[②] 属京兆府，是个畿县。樊系不愿做金城县尉是因为有一次做梦梦见自己做官带"阳"字，在小说中后来果然得做泾阳尉。达奚公云："校书得金城县尉不做，更做何官？"这两篇传奇中文士所做的美梦均有相似的任职经历，在一定程度上反映了唐代一些士子梦寐以求的官场理想。可见，从校书郎迁至畿县尉是当时理想的升官途径之一。

表6　　唐代由校书郎迁监察御史简表

官职名	姓　名	升迁官职名	出　处
校书郎	权德舆	监察御史	《新唐书》卷165
校书郎	郑处诲	监察御史	《新唐书》卷165
校书郎	范传正	监察御史	《旧唐书》卷185下、《新唐书》卷172
校书郎	王　播	监察御史	《旧唐书》卷164

表7　唐代由校书郎迁畿县尉及诸使从事复入为拾遗、御史或监察御史简表

官职名	姓　名	升迁官职名	出　处
同州冯翊尉	房　琯	监察御史	《旧唐书》卷111、《新唐书》卷139
伊阙尉	韦贯之	监察御史	《旧唐书》卷158
湖南观察使从事	于　敖	监察御史	《旧唐书》卷149、《新唐书》卷104
渭南尉	李　绛	监察御史	《旧唐书》卷164、《新唐书》卷152
河东张弘靖掌书记	李德裕	监察御史	《旧唐书》卷174
湖南从事	宋申锡	监察御史	《旧唐书》卷167、《新唐书》卷152
咸阳尉	韦　温	监察御史	《旧唐书》卷168、《新唐书》卷169
江夏从事	柳仲郢	监察御史	《旧唐书》卷165、《新唐书》卷163
西蜀从事	杨　发	监察御史	《旧唐书》卷177、《新唐书》卷184

---

① 李昉等编：《太平广记》卷二七七，中华书局1960年版，第2200页。

② 《新唐书》卷三七，第962页。

续表

官职名	姓　名	升迁官职名	出　处
河阴尉	裴　度	监察御史	《新唐书》卷 173
渭南尉	刘从一	监察御史	《新唐书》卷 106
蓝田尉	柳宗元	监察御史	《旧唐书》卷 160、《新唐书》卷 168
户县尉	崔　郾	监察御史	《旧唐书》卷 155、《新唐书》卷 163
渭南尉	卫次公	监察御史	《旧唐书》卷 159、《新唐书》卷 164
蓝田尉	陆　扆	监察御史	《旧唐书》卷 179、《新唐书》卷 183
蓝田尉	裴　佶	拾遗	《旧唐书》卷 98、《新唐书》卷 127
周至尉	白居易	左拾遗	《旧唐书》卷 166、《新唐书》卷 119
咸阳尉	韦处厚	右拾遗	《旧唐书》卷 159、《新唐书》卷 142
夏州掌书记	柳公权	右拾遗	《旧唐书》卷 165、《新唐书》卷 163
东蜀掌书记	白行简	左拾遗	《旧唐书》卷 166、《新唐书》卷 119
陆浑主簿	赵宗儒	右拾遗	《旧唐书》卷 167、《新唐书》卷 151
万年丞	薛　播	侍御史	《旧唐书》卷 146、《新唐书》卷 159
徐州节度使从事	许孟容	侍御史	《旧唐书》卷 154、《新唐书》卷 162
东都留守从事	韦　辞	侍御史	《旧唐书》卷 160

表 6、表 7 分列了唐代由校书郎迁监察御史、由校书郎迁畿县尉及诸使从事复入为拾遗、御史或监察御史的例子，在唐代，这是一条重要的迁转途径。唐代御史台的所属机构有台院、殿院、察院，分别由侍御史、殿中侍御史、监察御史任职，统称三院御史。御史在国家官僚体制中扮演着弹劾百官的重要角色。其监察范围从一般官吏到皇亲国戚，可谓无所不察、无所不监。唐太宗时还规定即使是已死的违法官吏，同样可以弹劾。唐朝帝王还赋予御史极大的自主权，御史在行使监察职权时，不受其他任何机构的干涉。监察机构内部虽有上下级之别，但在监察权的行使上却是独立的，监察官员在执行监察职务时，只对皇帝负责，相互之间不存在严格的隶属关系。唐朝后期，随着宰相权力的过度膨胀，御史的自主弹劾权

受到牵制，一定程度上削弱了御史台的监察力度，但这并没有影响弹劾制度在维持唐朝政治统治秩序、净化官场风气、保障社会稳定等方面发挥的重要作用。唐代侍御史的职责是："掌纠举百僚，推鞫狱讼。凡有别付推者，则按其实状以奏。若寻常之狱，推讫断于大理。凡事非大夫、中丞所劾，而合弹奏者，则具其事为状，大夫、中丞押奏。大事则冠法冠，衣朱衣勋裳，白纱中单以弹之，小事常服而已。凡三司理事，则与给事中、中书舍人、更直直于朝堂受表。若三司所按而非其长官，则与刑部郎中员外、大理司直评事往讯之。"① 又《唐六典》卷一三《御史台》：侍御史掌"纠举百僚，推鞫狱讼。其职有六：一曰奏弹；二曰三司；三曰四推；四曰东推；五曰赃赎；六曰理匦。"② 可见，侍御史的主要职责就是纠劾百官，审讯案件，以及处理御史台的内部事务。

监察御史虽然官品较低，但其监察所涉及的方面非常广泛，《旧唐书》卷四四《职官志三》：监察御史主要"掌分察、巡按郡县、屯田、铸钱、岭南选补、知太府、司农出纳，监决囚徒。监祭祀则阅牲牢，省器服，不敬则劾祭官。尚书省有会议，亦监其过谬。凡百官宴会、习射，亦如之。"③ 监察御史虽只是八品官，但极清要，是唐人升迁中很关键的职位之一。而且，监察御史不由吏部铨选，而由皇帝敕授，可见其重要。

御史不仅有"风闻奏事"权，而且可以不受干涉地弹劾任何一级官员，即使是御史台长官也无权过问。御史往往身负特殊使命，作为钦差大臣明察暗访，甚至直接处斩贪官污吏。"御史为风霜之任，弹纠不法，百僚震恐，官之雄峻，莫之比也。"④ 这种权威是一般官吏可望而不可即的，而且在官员任职铨选中也具有优势。唐代五品以下官须经吏部铨选，一般需历三考，即要任满三年，还要经历漫长的守选。一般士人在守选期间需千方百计干谒，以求早日履新。而侍御史 13 个月、殿中侍御史 18 个月，监察御史最多也只需 25 个月即可迁转，政绩优良者还可超授。可见，唐代御史虽然品阶不高，但职权重大，备受皇帝垂青，常常直接受诏命处理朝廷事务。士人成为御史就好像走上仕宦之捷径，因此都非常看重这一

① 《旧唐书》卷四四，第 1862 页。
② 《唐六典》卷一三，第 380 页。
③ 《旧唐书》卷四四，第 1863 页。
④ 《通典》卷二四，第 141 页。

职位。

表 8　**唐代由校书郎迁诸使从事及其他官简表**

官职名	姓　名	升迁官职名	出　处
校书郎	袁　滋	武昌从事	《旧唐书》卷 185 下、《新唐书》卷 151
校书郎	许孟容	徐州节度使从事	《旧唐书》卷 154、《新唐书》卷 162
校书郎	于　敖	湖南观察使从事	《旧唐书》卷 149、《新唐书》卷 104
校书郎	宋申锡	湖南从事	《旧唐书》卷 167、《新唐书》卷 152
校书郎	李德裕	河东张弘靖掌书记	《新唐书》卷 180
校书郎	韦　辞	东都留守从事	《旧唐书》卷 160
校书郎	柳公权	夏州掌书记	《旧唐书》卷 165、《新唐书》卷 163
校书郎	柳仲郢	江夏从事	《旧唐书》卷 165、《新唐书》卷 163
校书郎	杨　发	西蜀从事	《旧唐书》卷 177、《新唐书》卷 184
校书郎	卢　商	宣歙从事	《旧唐书》卷 176、《新唐书》卷 182
校书郎	卢　钧	诸侯府从事	《旧唐书》卷 177、《新唐书》卷 182
校书郎	白行简	东蜀掌书记	《旧唐书》卷 166、《新唐书》卷 119
校书郎	孔　纬	梓州从事	《旧唐书》卷 179
校书郎	董　晋	卫尉寺丞	《旧唐书》卷 145、《新唐书》卷 151
校书郎	顾　况	著作郎	《旧唐书》卷 130
校书郎	杜　牧	试左武卫兵曹参军	《旧唐书》卷 147、《新唐书》卷 166
校书郎	张仲方	正字	《旧唐书》卷 171、《新唐书》卷 126
校书郎	奚　陟	大理评事	《旧唐书》卷 149、《新唐书》卷 164
校书郎	崔　鄘	巡官	《全唐文》卷 756
校书郎	李虞仲	荆南从事	《旧唐书》卷 163
校书郎	萧　遘	太原从事	《旧唐书》卷 179
校书郎	王　徽	巡官	《旧唐书》卷 178
校书郎	吕　让	鄂岳支使	《唐代墓志汇编》（大中 107）

唐代使职很多，国家政权各个部门都有，使职兼任情况也很普遍。唐代史籍中常见“从事”一词，是幕职的泛称。节度使、采访使、观察使、团练使、防御使、安抚使、支度使、营田使、招讨使、经略使、转运使、盐铁使等都有数量不等的幕府人员。根据州地之大小、使务之繁简，其幕府职员数量不等。总体来看，诸使主要幕职有副使、行军司马、判官、掌

书记、支使、参谋、推官、巡官等。

校书郎入幕，最常见的情况是担任掌书记。掌书记之名与其职掌密切相关。《新唐书》卷四九下《百官志四下》载：“掌朝觐、聘问、慰荐、祭祀、祈祝之文与号令升绌之事。”① 掌书记的职责是专管文辞之事，因此任掌书记者必是文才出众之人方能胜任。韩愈之文曾写有：“书记之任亦难矣。元戎整齐三军之士，统理所部之氓，以镇守邦国，赞天子，施教化，而又外与宾客四邻交，其朝觐、聘问、慰荐、祭祀、祈祝之文，与所部之政，三军之号令升黜，凡文辞之事，皆出书记。非闳辨通敏兼人之才，莫宜居之。然皆元戎自辟，然后命于天子，苟其帅之不文，则其所辟或不当，亦其理宜也。”② 李德裕在校书郎任满后也曾任过掌书记，他在《掌书记厅壁记》中写下自己对这一职务的看法：“《续汉书·百官志》称三公及大将军皆有记室，主上表章，报书记，虽列于上宰之庭，然本为从军之职。故扬雄称军旅之际，飞书驰檄用枚皋。非夫天机殊捷，学源浚发，含思而九流委输，挥毫而万象骏奔，如庖丁提刃，为之满志，师文鼓瑟，效不可穷，则不能称是职也。”③ 掌书记地位十分重要，军中所有文辞之事都由掌书记负责。所写文书是否恰切，能否充分体现府主之意，全靠掌书记所握之笔。掌书记以文得名，以文建功，各地使府所上表奏之文也常会引起朝廷的关注。“唐有天下，诸侯自辟幕府之士，唯其才能，不问所从来，而朝廷收其俊伟以补王官之缺，是以号之得人。”④ 经过幕府的历练，幕府僚佐离开幕府后大部分为朝廷所用。

巡官是使府中职位较低的文官，也是唐代士人入幕常任之官。如王徽：“释褐秘书省校书郎。户部侍郎沈询判度支，辟为巡官。”⑤ 李虞仲，元和初登进士第，又以制策登科，授弘文馆校书郎，从事荆南。有的入幕担任支使，如吕让，“解褐秘书省校书郎，以支使佐故相国彭原李公程于鄂岳”。⑥ 崔郾，“授集贤殿校书郎。陕虢观察使崔公琮愿公为宾……受署

① 《新唐书》卷四九下，第1309页。

② 《全唐文》卷五五七，第5634页。

③ 《全唐文》卷七〇八，第7264页。

④ 马端临：《文献通考》，中华书局1986年版，第367页。

⑤ 《旧唐书》卷一七八，第4640页。

⑥ 周绍良、赵超：《唐代墓志汇编》，上海古籍出版社1992年版，第2334页。

为观察巡官。后转京兆府户县尉，迁监察御史、殿中侍御史、刑部员外”。[1] 崔郾、于敖、宋申锡、李德裕、柳仲郢、许孟容等的升迁道路又和前文表 7 的例子相互印证，说明从校书郎迁京畿县尉至御史、校书郎从诸使从事复入为御史或监察御史等确实是一条理想的升迁途径。

综上所述，校书郎之职多为校勘、整理图籍。唐代秘书省、弘文馆、崇文馆、集贤院、司经局五馆，皆有校书郎之职。各单位校书郎人数多少不等，因工作需要也常会有所变动。同是校书郎，以秘书省校书郎的官品最高，为正九品上，而以太子崇文馆的校书郎官品最低，为从九品下。校书郎入仕途径很多，主要有科举、门荫、迁转、上书论事或献著述、荐举授官等方式。唐代文馆的变迁决定着校书郎的地位。各馆地位的升降与荣辱都与当时的政治需要相关联，随着政治形势的变化和权力中心的转移而不断变化。校书郎虽为九品小官，但也处于学士之列。因此被任命为校书郎一职会给士人带来很高的荣誉和声名。从一些文献资料可知校书郎的仕宦前景极佳，不少人由此官拜相。由此可知，任职校书郎在当时士人心中的地位非常重要。

① 《全唐文》卷七五六，第 7840 页。

第三章

唐代校书郎的文学素养

随着唐代社会政治的稳定，朝廷对官员的出身资格也作了规定。据《旧唐书·职官志一》记载：“有唐以来，出身入仕者，著令有秀才、明经、进士、明法、书、算。其次以流外入流。若以门资入仕，则先授亲勋翊卫，六番随文武简入选例；又有斋郎、品子、勋官及五等封爵、屯官之属，亦有番第，许同拣选。”[①] 科举制在唐代得到确立和发展，武则天时期又大开制科，增加了科举入仕的人数。比起杂色入流和门资入仕来，科举入仕者在入流总数中仍然只占很小比重。但是，在高宗、武则天时期，高级官员中特别是宰相中明经、进士和制科等科举出身者的比重，却在不断上升。进士科开始被士人视为入仕和闻达的主要途径。[②]

> 统计表明，在1 804名唐代官员中，科举出身者达634人，占总数的35.1%，即使将未明出身者361人全部归入门资、流外类，科举出身所占比例仍最大。门荫、武功、辟署也占较大比例，而流外入流者则很少。这说明唐代流外出身者人数虽然不少，但他们大多任低级官，没有可载入史册的政绩，因而很少青史留名，故两《唐书》有传者流外出身不多。唐前期科举出身者245人，占唐前期官员总数899人中的27.8%，唐后期科举出身者389人，占唐后期官员总数905人中的43%还要多。这说明，无论是前期或后期，科举出身

---

① 《旧唐书》卷四二，第1804页。

② 参见吴宗国《科举制与唐代高级官吏的选拔》，《北京大学学报》（哲学社会科学版）1982年第1期。

都是任官的主要途径，且后期科举出身在入仕中的比重较前期上升许多。[①]

唐代在选官过程中重视文学才能，与当时的政治文化背景有很大关系。在国家安定太平的前提下，重视文化建设就成为首要之举。刘禹锡曾在文章中写道："惟唐以神武定天下，群慝既詟，骤示以文。韶英之音与钲鼓相袭。故起文章为大臣者，魏文贞以谏诤显，马高唐以智略奋，岑江陵以润色闻，无草昧汗马之劳，而任遇在功臣上。唐之贵文至矣哉！后王纂承，多以国柄付文士。元和初，宪宗遵圣祖故事，视有宰相器者，贮之内庭。由是释笔砚而操化权者十八九。"[②] 唐代，从帝王到平民都喜好诗文，并形成重视诗歌、爱好诗歌的社会风尚，具有文才的士人受到欢迎和礼遇，这对于文士来说就是莫大的赞誉和鼓励。科举制度作为一种选官途径，对广大士人来说是打开了谋生立世、建功立业的机会。科举取士的标准向文学倾斜，也使喜好诗文的士人对及第高升充满了希望和憧憬。因此，具备相当的文学素养就成为唐代官员必备的一种素质。从士人以文求官的起点开始，文学素养就伴随着士人的方方面面并成就其事业和文名。

唐代选取校书郎重视文学素养，既有工作需要的原因，也有社会文化方面的要求。唐代统治者在用人方面进行了制度改革，不再用魏晋以来保护士族特权的九品官人法，而是实行科举制选取官吏。对于如何用人，唐太宗在他的作品《帝范》中有一段精辟的论述：

> 明主之任人，如巧匠之制木，直者以为辕，曲者以为轮，长者以为栋梁，短者以为拱角，无曲直长短，各有所施。明主之任人，亦由是也。智者取其谋，愚者取其力，勇者取其威，怯者取其慎，无智愚勇怯，兼而用之。故良将无弃材，明主无弃士。不以一恶忘其善，勿以小瑕掩其功。[③]

① 刘海峰：《唐代选举制度与官僚政治的关系》，《厦门大学学报》（哲学版）1989年第3期。

② 《全唐文》卷六〇五，第6109页。

③ 李世民：《唐太宗集》，陕西人民出版社1986年版，第218页。

尽管不同的人们会各有长短，但只要善于识人，做到人尽其才，才尽其用，就不会感叹无才可用。

第一节 校书郎任职制诰的文学分析

一 任职制诰体现的文学素养要求

在唐代校书郎中，由进士入仕者208人，已占到全部人员的50%。这说明唐代任命校书郎非常重视士人的文学才能。校书郎作为起家之职，体现了唐代对官员文才的重视。文学才能是士人应具有的基本素质。唐代任命官员都有制敕书，从中可以看出职官任职的基本要求。试举几例如下：

授薛途集贤校理敕："途以文行策名，节趣清远，言于后进，实为秀人。"①

授李玭集贤校理制："秘书正字集贤校理李玭等，披书殿雠校之文，秉东观铅黄之笔，必选其雄词掷地敏学通天者而授之。"②

授崔滔集贤校书制："或以秀异得举，文学决科，或以行实立身，遭逢知己，皆后生可畏之士，为当时有才之人。东观著述，殿阁典校，参画幕府，开导献纳，清秩美职，二者兼之。"③

授李群玉弘文馆校书郎敕："吐妍词于丽则，动清律于风骚。冥鸿不归，羽翰自逸，雾豹远迹，文彩益奇。信不试而逾精，能久处而独乐。念其求志，可以言诗，用示絷维，命之刊校，可守弘文馆校书郎。"④

授李毂河南府参军充集贤校理制："今大学士谓尔毂儒学贤相之后，以进士擢科。今典籍散亡，编简残缺，毂绍儒学之业，实进士之名，傥能讨筹质正，请使校群书焉。"⑤

授户部巡官秘书省校书郎杨玢武功县尉充集贤校理制："玢质秀气实，自立颇强，窥其所为，诚在于道，固名彰之本也。"⑥

---

① 《全唐文》卷七四九，第7763页。
② 《全唐文》卷七二六，第7480页。
③ 《全唐文》卷七四九，第7763页。
④ 《全唐文》卷七九三，第8312页。
⑤ 《全唐文》卷八〇三，第8435页。
⑥ 《全唐文》卷八三一，第8766页。

授前京兆府参军钱翊蓝田县尉充集贤校理乡贡进士崔昭纬秘书省秘书郎充集贤校理制："以翊礼为身干，慎得言枢。奉典刑之遗，无辱赵氏。以昭纬名冠来籍，道绝下交。居德行之科，不减颜子。方设铅椠，有期丹青。尔宜穷四部之多，正五体之别。无使我集贤殿不及汉兴之东观秘书也。"①

授卫辉校书郎制："二品子卫辉，汉制有任子之令，国朝二千石理行尤异者，赏亦及之。况幼有令闻，服于经训，校书秘阁，以奖其才。"②

从以上几则任职制诰的相关内容来看，任职校书郎莫不是文才出众、秀逸超群之人。可见唐代非常重视士人的文学才能。《唐会要》卷七六《开元礼举》载元和八年（813）四月吏部上奏："近日缘校书、正字等名望稍优，但沾科第，皆求注拟，坚待员阙，或至逾年。若无科条，恐长侥幸。起今已后，等第稍高，文学兼优者，伏请量注校、正。"③ 有些士人在进士、明经及第后，宁肯迟几年释褐，也不愿走守选期满赴吏部参加平选常调之路，而非要登科不可。因为像前进士守选期满，只能授予一般县尉，最高不过州府参军、紧县簿尉。《册府元龟》卷六三二《铨选部·条制四》载武宗会昌二年（842）四月制："准太和九年十二月十八日敕：进士初合格，并令授诸州府参军及紧县簿尉。"④ 如果进士以宏词、拔萃登科，授官就不一样，或是校书郎、正字，或是畿赤县簿尉。尽管这些官职不及州府参军品级高，但却是清要之官，又能博得好名声，因此校书郎、正字就成为很多士人为官之首选。朝廷提出"等第稍高，文学兼优"的用人标准也是随着情况的发展而提高。可见，任职制诰不仅就被授官员的才能进行了简单的概括，同时也表明了所授官职的特点及工作性质。

朝廷在选官的过程中重视文学素养，而且也对成绩斐然的官员进行褒奖，这既是对官员成绩的肯定，同时也能起到舆论影响的作用。比如《职官分纪》卷十五载："开元十一年，张燕公等献所赋诗。上各赐赞以褒美之。敕曰：'得所进诗甚有佳妙，风雅之道，斯为可观。并据才能，

① 《全唐文》卷八三七，第8815—8816页。

② 《全唐文》卷四一二，第4223页。

③ 《唐会要》卷七六，第1653页。

④ 《册府元龟》卷六三二，中华书局1960年版，第7575页。

略为赞述，具如别纸，宜各领之。’上自于五色笺八分书之。”玄宗所赞者有：张说、徐坚、贺知章、赵冬曦、康于元、侯行果、韦述、敬会真、赵玄默、东方颢、李子钊、吕向、孙季良等17人。在此，值得一提的是这17位被玄宗赞赏的学士中有三位都属于校书郎一级的官员。对于身为九品的官员来说，能跻身于朝廷大员中得到皇帝的赞誉实属难能可贵，故把这三位官员的赞词抄录如下：

孙季良：“蓬山之秀，芸阁之英。雄词卓杰，雅思纵横。”

东方颢：“地游天禄，门嗣滑稽。三冬足用，六艺斯齐。”

吕向：“族茂非熊，才高班马。考理篇籍，抑扬风雅。”①

孙季良是校书郎，东方颢、吕向是集贤校理。唐玄宗针对他们各自的工作情况和德才品质分别进行了褒扬。这既是对他们工作和文学才能的肯定，又无形中为后来者树立了优秀的榜样。

二　校书郎任职的综合素质

唐代士人从获取出身、授予官职、期满守选、升迁授职一般都依照依次递进的程序，唐代任命官员也遵循从低到高的顺序，严格按照铨选制度执行。《新唐书》卷四十五《选举志》载：“凡择人之法有四：一曰身，体貌丰伟；二曰言，言辞辩正；三曰书，楷法遒美；四曰判，文理优长。四事皆可取，则先德行；德均以才，才均以劳。得者为留，不得者为放。”② 试判在唐代取士选官中的作用也很重要。试判的优劣会影响他们参加铨选时间的早晚，还影响到他们所授官职的好坏。一篇优秀的判文在唐人看来应该“文理优长”，既要表现出作者丰富的学识，也要对所判之事能说出符合的情理并据以决断。判题大多与当时社会政治中的具体问题联系比较紧密，判词向来讲究工对用典而文采飞扬，对偶精致讲究，音韵平仄和谐。既表现出作者临政治民的吏能，又展示其文学创作的才华。如韦辞以两经擢第、判入等，授予秘书省校书郎；于邵以书判拔萃授崇文馆校书郎；白居易登书判拔萃甲科，授秘书省校书郎；元稹平判入等授秘书

① 孙逢吉：《职官分纪》卷十五，中华书局1988年版，第380页。（以下版本号略）

② 《新唐书》卷四五，第1171页。

省校书郎。身言书判的标准其实就是对选人进行全面考察，而不仅仅是看文章字句。这样的用人标准，为许多中下层士人打开了比较宽广的仕进之途，激发了他们对功名事业的追求。《唐会要》卷六五“秘书省”条载唐宪宗元和三年三月《访择校书正字诏》：

> 秘书省、弘文馆、崇文馆、左春坊司经局校书、正字，宜委吏部，自今以后，于平留选人中加功访择，取志行贞退、艺学精通者注拟。综核才实，惟在得人，不须限以登科及判入等第。其校书、正字限考，入畿县尉、簿，任依常格。①

这道诏书体现了朝廷对于校书郎、正字任职资格的要求，既要志行贞退，又要艺学精通。也就是说要综合考量，既重视选人的德行，也重视选人的才能，其核心思想在于选取真正的人才，而不是只看其出身。唐代科举取士除了常科外，还常常根据具体的社会政治需要设立各种各样的制举，如贤良方正科、文以经国科、才堪经邦科、详明政术可以理人科等等，这里显示了国家所要求的文学和文学家不应只是辞藻和才艺，文学家应有贤良方正的品德，文学应有经邦治国的效用。这说明，以文取士的科举已注意到了人品、儒学、吏干，士人应该具有多方面的素质，以更有效地实现经邦治国的理想。唐代的科举取士制度从法律上将文学与政治的关系明确化，实现了孔子的“仕而优则学，学而优则仕”的人生模式。文、儒、吏、行、史诸项，构成了士人学习的主要内容，而这些内容又将根据士人的志趣与性格综合成文儒、文吏、文史等组合。从这个意义上说，唐代文学史上没有完全意义上的文学之士。② 许多文学家都曾想或者已经在政治上有所作为，这种政治作为又成为他们文学创作的内在动力。通过阅读唐代校书郎的任职制诰，我们发现其中也表现出德行、文学、儒术并重的现象。这种文学与德行、文学与儒术并重的现象，一方面反映了唐代政治生活中的重文风气，另一方面还体现了朝廷对任用官员的综合素质要求。这与唐代整个官员任用的程序和要求是一致的。

唐代校书郎很多以文学见长，但在重文才的前提下，也要求士人要有

① 《唐会要》卷六五，第1329—1330页。

② 傅绍良：《唐代谏议制度与文人》，中国社会科学出版社2003年版，第96页。

多方的优良品质。一些校书郎也确实如此，很多人在任职前就已经以德行、才干、儒学或史才名扬天下。我们通过其生平事迹可以管中窥豹，知其才能。试举几例。

卫次公，“卫次公，字从周，河东人。器韵和雅，弱冠举进士。礼部侍郎潘炎目为国器，擢居上第，参选调。吏部侍郎卢翰嘉其才，补崇文馆校书郎，改渭南尉。次公善鼓琴，京兆尹李齐运使其子交欢，意欲次公授之琴。次公拒之，由是终身未尝操弦。”①

于敖，“敖字蹈中，以家世文史盛名。少为时彦所称，志行修谨。登进士第，释褐秘书省校书郎。”②

窦常，“大历十四年登进士第，居广陵之柳杨。结庐种树，不求苟进，以讲学著书为事，凡二十年不出。贞元十四年，镇州节度使王武俊闻其贤，遣人致聘，辟为掌书记，不就。其年，杜佑镇淮南，奏授校书郎，为节度参谋。”③

柳公权，“幼嗜学，十二能为辞赋。元和初，进士擢第，释褐秘书省校书郎。……迁右补阙、司封员外郎。穆宗政僻，尝问公权笔何尽善，对曰：‘用笔在心，心正则笔正。’上改容，知其笔谏也。”④

韦处厚，“幼有至性，事继母以孝闻。居父母忧，庐于墓次。既免丧，游长安。通《五经》，博览史籍，而文思赡逸。元和初，登进士第，应贤良方正，擢居异等，授秘书省校书郎。”⑤

丁公著，“公著生三岁，丧所亲。七岁，见邻母抱其子，哀感不食，因请于父，绝粒奉道，冀其幽赞，父悯而从之。年十七，父勉令就学。年二十一，《五经》及第。明年，又通《开元礼》，授集贤校书郎。秩未终，归侍乡里，不应请辟。居父丧，躬负土成坟，哀毁之容，人为忧之，里闾闻风，皆敦孝悌。观察使薛苹表其行，诏赐粟帛，旌其门闾。淮南节度使李吉甫慕其才行，荐授太子文学，兼集贤殿校理。”⑥

段文昌，“字墨卿，西河人。高祖志玄，陪葬昭陵，图形凌烟阁。祖

① 《旧唐书》卷一五九，第 4179 页。
② 《旧唐书》卷一四九，第 4009 页。
③ 《旧唐书》卷一五五，第 4122 页。
④ 《旧唐书》卷一六五，第 4310 页。
⑤ 《旧唐书》卷一五九，第 4182 页。
⑥ 《旧唐书》卷一八八，第 4936 页。

德皎，赠给事中。父谔，循州刺史，赠左仆射。文昌家于荆州，倜傥有气义，节度使裴胄知之而不能用。韦皋在蜀，表授校书郎。李吉甫刺忠州，文昌尝以文干之。及吉甫居相位，与裴垍同加奖擢，授登封尉、集贤校理。"①

郑絪，"絪少有奇志，好学，善属文。大历中，有儒学高名，如张参、蒋乂、杨绾、常衮，皆相知重。絪擢进士第，登宏词科，授秘书省校书郎、户县尉。"②

李翱，"翱幼勤于儒学，博雅好古，为文尚气质。贞元十四年登进士第，授校书郎。"③

敬播，"贞观初，举进士。俄有诏诣秘书内省佐颜师古、孔颖达修《隋史》，寻授太子校书。史成，迁著作郎，兼修国史。"④

以上几位名士中，卫次公、于敖、窦常、柳公权、韦处厚、丁公著、段文昌等以德行闻名。因为信奉士人当以德行和才能立世，故而卫次公拒绝以琴结交上官，且终身未尝操弦，以这种态度表明自己的操行；于敖志行修谨，少时即有令名，为时彦所称道；窦常以讲学著书为事，品行高洁，令人佩服；柳公权精通书法，却并不以此为资本，而是以"用笔在心，心正则笔正"来劝谏穆宗，可见其心其德之正；韦处厚、丁公著以孝闻名，对于朝廷和社会来说都能起到良好的榜样效应。郑絪、李翱以儒学闻名。敬播以史才闻名，当时梁国公房玄龄还称赞敬播有良史之才。房玄龄以颜师古所注《汉书》文繁难省，令敬播撮其机要，撰成四十卷传于世。自古以来文士多而史才少，唐代著名史学家刘知几就认为，"史才须有三长，世无其人，故史才少也。三长：谓才也，学也，识也。夫有学而无才，亦犹有良田百顷，黄金满籯，而使愚者营生，终不能致于货殖者矣。如有才而无学，亦犹思兼匠石，巧若公输，而家无楩柟斧斤，终不果成其宫室者矣。犹须好是正直，善恶必书，使骄主贼臣，所以知惧，此则为虎傅翼，善无可加，所向无敌者矣。脱苟非其才，不可叨居史任。自敻古已来，能应斯目者，罕见其人"。⑤ 所谓"才"，是指编纂者的文字功底

① 《旧唐书》卷一六七，第 4368 页。

② 《旧唐书》卷一五九，第 4180 页。

③ 《旧唐书》卷一六〇，第 4205 页。

④ 《旧唐书》卷一八九上，第 4954 页。

⑤ 《旧唐书》卷一〇二，第 3173 页。

和语言驾驭能力；“学”是指编纂者应掌握丰富的文献资料，具有广阔而深厚的知识基础；“识”指编纂者对事物所持的观点和看法，对资料的分析鉴别能力。作为一个编纂者，必须全面熟悉文献资料，才可能避免纰谬和遗漏。编纂者必须具备史才的素质，要忠于史料和史实，不掩恶，不虚美。秉心正直，善恶必书，使骄君贼臣知所畏惧。敬播参与了唐初许多重要史学活动：撰写高祖、太宗《实录》各二十卷，是研究隋末唐初历史的第一手资料；撰写《晋书》，凡例皆为敬播所制定；纂修《隋史》，编修《五代史志》，撰写《隋略》二十卷，为纂修前朝史、总结历史教训作出积极贡献；与许敬宗等撰《西域图志》。敬播以其广博的学识、严谨的态度、秉笔直书的品格，赢得了“良史之才”的美誉，在史学方面取得了令人瞩目的成绩。正因为校书郎的职掌是校雠典籍、订正讹误，主要是和文字、书籍打交道，故而文字能力和儒学功底就非常重要。他们在任职校书郎期间做了大量的文字工作，不断积累基层工作的经验，熟悉国家政治运行的各个环节，也为以后进一步升迁打下了良好的基础。

三　任职制诰本身的文学色彩

唐代授官的形式有四种：册授、制授、敕授和旨授。其任命书也因此而分为册书、制书、敕书和告身四种。三品以上官员是册授，五品以上官员是制授，六品以下的朝参官、供奉官是敕授，六品以下的一般京官和地方官是旨授。五品以上官员制授的制书和六品以下官员敕授的敕文，都是由担任知制诰的中书舍人起草的，有时也由兼知制诰的其他官员起草。先由宰相根据具员簿或举荐状，将应授官员姓名及所授官职交给担任知制诰的中书舍人或兼知制诰的他官起草制敕书。制敕书起草好后，由中书侍郎过目，然后交门下省审议。所以有些制敕书在开头往往有“门下”二字。门下省主要由给事中审核，如所授不当，给事中可以驳还；如无不当，再由门下侍郎过目。最后由宰相奏闻皇帝，皇帝批准画“可”后，由中书门下颁发告身。①

早在刘勰的《文心雕龙》里就已经要求不同类型的诏敕文书的文辞要有不同的风格特色，“故授官选贤，则义炳重离之辉；优文封策，则气含风雨之润；敕戒恒诰，则笔吐星汉之华；治戎燮伐，则声有洊雷之威；

① 王勋成：《唐代铨选与文学》，中华书局2001年版，第195页。

眚灾肆赦，则文有春露之滋；明罚敕法，则辞有秋霜之烈：此诏策之大略也。”① 在翻阅唐代任职制诰的过程中，我们发现任职制诰读起来也并不觉得呆板乏味，而是充满了文学色彩。实际上，由于唐代诏敕具有强大的政治功用，是士人政治生活的一部分，因此撰写者非常重视。许多诏敕作品都凝聚了撰写者的思想和心血，他们在遣词造句、结构分布、轻重缓急等方面都反复琢磨，因此具有一定的艺术性。唐代校书郎的制诰也是如此，有些制诰甚至文采飞扬，令人叹服。任职制诰作为官员的任命书，本来就只是公文的一种，可是在唐代士人的笔下竟然使文字变得自然生动，完全可以作为一篇美文来欣赏。我们举例看看其中的文学意味。

白居易写的敕书《杨景复可检校膳部员外郎郓州观察判官李绶可监察御史天平军判官卢载可协律郎天平军巡官独孤泾可监察御史寿州团练副使马植可试校书郎泾原掌书记程昔范可试正字泾原判官六人同制》：

> 敕：某官杨景复等：士子不患无位，患己不立；苟有所立，人必知之。惟尔等六人，蕴才业文，咸士之秀者，果为贤侯交辟，俾朕得闻其姓名。是用各进其秩，分授以职，若修饰不已，筹谋有闻，则鸿渐之资，当从此始。而景复禀训祗命，颇著令称，故因满岁，特假台郎。古者功臣之良，入补王职，朝奖非远，尔其勉之。可依前件。②

白居易写的这篇敕书一开始就引经据典，套用了《论语·里仁》里“不患无位，患所以立；不患莫己知，求为可知也”的意思，并加入自己的理解：士子不患无位，患己不立。接着对六位授职人员的特点和成就进行简单概括，并提出希望：若修饰不已，筹谋有闻，则鸿渐之资，当从此始。在《全唐文》、《文苑英华》、《唐大诏令集》等文献里保存着大量的制敕书，让我们对那个时代的公文写作有了一定的了解，也对这些制敕书作者的文学才华叹服不已。他们拟写制敕书其实就是代王言，既需要有较高的文学才能，又必须根据所授官员、职位的具体情况谨慎地秉笔直书。这真如戴着镣铐起舞，既要遵守公文写作的烦琐规定，又要妙笔生花、显露文才。

---

① 刘勰：《文心雕龙》，中华书局2000年版，第265页。

② 《全唐文》卷六六三，第6736—6737页。

崔嘏写的敕书《授李毗集贤校理等制》：

> 敕：秘书正字集贤校理李毗等，披书殿雠校之文，秉东观铅黄之笔，必选其雄词掷地敏学通天者而授之。尔等皆以后来之英，前达所许，人推领袖，名于缙绅。或荆山蕴片玉之姿，或桂树择一枝之秀。五常师于中道，万里视其长途。况我台臣，监领二职，以尔上请，是谓得人。宜思结绶之荣，各勉分飞之势。推轮覆篑，其在兹乎！毗可蓝田县尉充集贤校理，浣可兴平县尉直史馆。①

敕文起笔用"披书殿雠校之文，秉东观铅黄之笔"指明了李毗的工作环境及内容，用"或荆山蕴片玉之姿，或桂树择一枝之秀"比喻士人的优秀品质，接着用"宜思结绶之荣，各勉分飞之势"勉励他们应静心思量，大展宏图，以报皇帝的知遇之恩。

杜牧写的敕书《萧孜除著作佐郎裴祐之陕府巡官崔滔栎阳县尉集贤校书等制》：

> 敕：在春秋时，晋为诸侯国也，尚立公族大夫，教育诸卿之子，富有贤哲，不假搜聘，召同列而会者三百余年。况今天覆尽得，而禹画无遗，名卿贤相之家，清风素范之族，子孙森罗，髦俊并作，次第叙用，岂叹乏才。匦使判官将仕郎守国子监太学博士萧孜等，或以秀异得举，文学决科，或以行实立身，遭逢知己，皆后生可畏之士，为当时有才之人。东观著述，殿阁典校，参画幕府，开导献纳，清秩美职，二者兼之。不由阶级，安至堂奥，勉于修慎，以候超升。可依前件。②

敕文起首引春秋时晋国的实例说明文治及教化之重要，今日国家国力强盛，重视才俊的选拔。接着说明授官之士或以秀异得举，或以行实立身，皆后生可畏之士，为当时有才之人。接着引用汉之东观为典校之所对他们的工作环境及性质也作了介绍，优秀的人才理应在合适的环境中实现

① 《全唐文》卷七二六，第7480页。

② 《全唐文》卷七四九，第7763页。

自己的修齐治平理想。杜牧的敕文引经据典，气度不凡，庄重大方。

郑处约写的敕文《李群玉守弘文馆校书郎敕》：

> 李群玉放怀邱壑，吟咏性情，孤云无心，浮磬有韵。吐妍词于丽则，动清律于风骚。冥鸿不归，羽翰自逸，雾豹远迹，文彩益奇。信不试而逾精，能久处而独乐。念其求志，可以言诗，用示縶维，命之刊校，可守弘文馆校书郎。①

李群玉是晚唐著名诗人。大中八年（854），以宰相裴休荐，李群玉入京进诗三百首，宣宗很喜欢，认为其诗异常高雅。宰相令狐绹写了《荐处士李群玉状》奏授秘书省校书郎。郑处约的敕文《李群玉守弘文馆校书郎敕》写得激情满怀、华美灵动，对李群玉的诗才进行了高度赞扬。写其性情高洁如无心的孤云，吐妍词于丽则，动清律于风骚，被时人所尊敬和称颂。他的友人周朴在李群玉去世后写过《吊李群玉》："群玉诗名冠李唐，投诗换得校书郎。吟魂醉魄知何处，空有幽兰隔岸香。"记录了李群玉进诗受到推荐被任命为校书郎的事迹。

薛廷珪写的敕文《授前京兆府参军钱珝蓝田县尉充集贤校理乡贡进士崔昭纬秘书省秘书郎充集贤校理制》：

> 敕：具官钱珝等。儒术可以厚风俗，人文可以化天下。帝王兴创，不能异之。粤我皇祖肇基，不阐兹道。反隋氏之政，追孔门之风。鼓箧升筵者余八千人，邦宁本固者垂三百载。诒厥冲眇，不敢昏迷。佐予中兴，乃眷于是。良重集贤藏书之府，故用丞相司之。得选官属，将慎废坠，以珝礼为身干，慎得言枢。奉典刑之遗，无辱赵氏。以昭纬名冠来籍，道绝下交。居德行之科，不减颜子。方设铅椠，有期丹青。尔宜穷四部之多，正五体之别。无使我集贤殿不及汉兴之东观秘书也。勉矣哉！可。②

这篇敕文写得庄重平实、落词谨慎，起首就对儒家理念的重要性进行

① 《全唐文》卷七九三，第8312页。

② 《全唐文》卷八三七，第8815—8816页。

了阐释，认为儒术可以厚风俗，人文可以化天下。接着说明了集贤任职的荣耀地位，最后勉励他们勤奋工作，无使集贤殿不及汉兴之东观秘书也。

通过对任职制诰的分析可知，任职制诰不仅能反映职务性质、工作情况、被授官员的才能，而且任职制诰的文字体现了撰写者的文才。制诰撰写者如果不能起草制敕，则是不称职。如陆余庆，少与知名之士陈子昂、宋之问、卢藏用等交游，虽才学不及陈子昂等，而风流强辩过之。累迁中书舍人。“则天尝引入草诏，余庆惶惑，至晚竟不能措一辞，责授左司郎中。”① 在草拟书写任职制诰中，既要遵守朝廷公文的写作规范，同时还要针对每一次授命职务、任命官员的不同情况写出各具特点的任职制诰。通常制诰内容应明确严谨，句式错落有致，文字形象生动。这都说明撰写者必须要具备优良的文学素质和秉笔才干，才能顺利完成各种各样大量的公文，也为我们留下了珍贵的文献资料，以了解当时的社会状况和公文写作规范。

四　任职制诰体现文风的演变

任职制诰虽为公文，但在充满文才的士人笔下具有了文学性内涵，还有可能折射出一定的文学思潮和创作风气。朝廷的制敕书，自东汉以来就是骈文大行其道。唐初也是如此，盛唐时著名的“燕许大手笔”张说、苏颋，都是以写四六体闻名，但他们已经注意骈散结合、错落有致。将制敕文体文风的改革进一步推向深入的是元稹和白居易，他们的创作在中唐元和年间及以后都产生了十分广泛的影响。

宪宗元和元年（806），元稹和白居易任满校书郎一职，罢职后他们移居华阳观，闭户累月，揣摩时事，写成《策林》七十五篇。这可以看作是两人公文写作的初期阶段。元和十五年（820），元稹任祠部员外郎兼知制诰，迈开了他改革制敕文的步伐。在《制诰序》中他阐明自己的看法：

> 制诰本于《书》。《书》之诰、命、训、誓，皆一时之约束也，自非训导职业，则必指言美恶，以明诛赏之意焉。是以读《说命》则知辅相之不易，读《胤征》则知废怠之可诛。秦汉以来，未之或

① 《旧唐书》卷八八，第2877页。

改。近世以科试取士文章，司言者苟务文饰，不根事实，升之者美溢于词，而不知所以美之之谓；黜之者罪溢于纸，而不知所以罪之之来。而又拘以属对，局以圆方，类之于赋、判者流。先王之约束，盖扫地矣。元和十五年，余始以祠部郎中知制诰，初约束不暇及。后累月辄以古道干丞相，丞相信然之。又明年，召入禁林，专掌内命。上好文，一日从容议及此。上曰："通事舍人不知书，便其宜，宣赞之外无不可。"自是司言之臣，皆得追用古道，不从中覆。然而余所宣行者，文不能自足其意，率皆浅近，无以变例，追而序之，盖所以表明天子之复古，而张后来者之趣尚耳。①

元稹主张"以朴为尚"，如其《进田弘正碑文状》说："臣若苟务文章，广征经典。非唯将吏不会，亦恐弘正未详。虽临四达之衢，难记万人之口。臣所以效马迁史体，叙事直书，约李斯碑文，勒铭称制，使弘正见铭而戒逸，将吏观叙而爱忠。不隐实功，不为溢美，文虽朴野，事颇彰明。"② 白居易评价说，"微之长庆初知制诰，文格高古，始变俗体，继者效之也"，并称赞说，"制从长庆辞高古"。白居易在为元稹所作的《墓志铭》中高度评价："制诰，王言也，近代相沿，多失于巧俗。自公下笔，俗一变至于雅，三变至于典谟，时谓得人。"③ 继元稹后，白居易继续推进公文的改革。白居易任主客郎中兼知制诰期间也写了大量的古文散体制诰。

元稹、白居易所写制诰文格高古，成为当时的典范，对后世制诰等公文写作产生了极大的影响。如李德裕、杜牧、牛希济、韦处厚、舒元舆、郑覃、宗文鼎等人也都用散体创制公文。五代史臣曾于《旧唐书》元白传论赞说：

国初开文馆，高宗礼茂才。虞、许擅价于前，苏、李驰声于后。或位升台鼎，学际天人，润色之文，咸布编集。……元和主盟，微之、乐天而已。臣观元之制策，白之奏议，极文章之壸奥，尽治乱之

---

① 元稹：《元稹集》冀勤点校，中华书局1982年版，第442页。
② 同上书，第405页。
③ 朱金城：《白居易集笺校》，上海古籍出版社1988年版，第3736页。

> 根荄。非徒谣颂之片言，盘盂之小说。就文观行，居易为优。放心于自得之场，置器于必安之地。优游卒岁，不亦贤乎！赞曰：文章新体，建安、永明。沈、谢既往，元、白挺生。①

可见，元稹、白居易的文章理论和制诰写作，给当时的文坛吹来了新鲜的空气，推动唐代公文写作朝着平实自然的方向前进。

第二节 校书郎的文学素质

《唐会要》卷七十六《贡举中》记："朝廷设文学之科，以求髦俊，台阁清选，莫不由兹。"② 科举考试重视士人的文学素质和才能，故而在考试中脱颖而出的士人往往具有较高的文学修养和文字能力，进士科也是如此。唐代校书郎有很大一部分都是通过科举及第而入仕的，且在科举中以进士出身为最多。《唐摭言》卷一《散序进士》载："缙绅虽位极人臣，不由进士者终不为美。"③ 就算是跻身朝堂，如果没有经过进士科考入仕者，终究觉得不够完美。《唐语林》卷四载：唐宣宗爱慕进士，每见朝臣都要问是否进士，如果是就很高兴。有的朝臣很能干却不是进士，宣宗总是叹息良久。他曾在禁中题"乡贡进士李道龙"以弥补自己不能亲历科场的遗憾。"当时公卿百复辟，无不以文章达。因循日久，浸以成风。……是以进士为士林华选，四方观听，希其风采。每岁得第之人，不浃辰而周闻天下。"④ 可见当时人们对进士科的重视程度。

一 校书郎任职出身统计分析

唐代进士科得第很难，所以当时流传有"三十老明经，五十少进士"的说法。进士科守选时间最短，进身也较快。尤其是中唐以后，进士科地位很高，士人趋之若鹜。唐代有的皇帝也对诗赋考试表现出异乎寻常的热情，唐文宗就经常拟定进士考试的题目，还亲自阅览试卷。由于唐代这种

① 《旧唐书》卷一六六，第4360页。

② 《唐会要》卷七六，第1636页。

③ 王定保撰，姜汉椿校注：《唐摭言校注》，上海社会科学院出版社2003年版，第10页。

④ 《通典》卷一五，第84页。

自上而下对诗赋的热衷，当时的人们对进士的期望也就更高。笔者从《旧唐书》、《新唐书》、《全唐诗》、《全唐文》、《唐代墓志汇编》、《唐代墓志汇编续集》、《唐六典》、《唐会要》、《通典》、《唐才子传》、《册府元龟》等文献资料中收集到唐代任职校书郎的有四百一十余人。依据现有文献记载和前人考证资料，将这些人员作一简单的归类说明。

唐代校书郎的部门分布情况：秘书省 201 人，崇文馆 18 人，弘文馆 22 人，集贤院 16 人，司经局 1 人，太子校书郎 24 人，未知所属的有 131 人。

唐代各时期校书郎的分布情况为：唐高祖时期 1 人，唐太宗时期 9 人，唐高宗时期 9 人，武周时期 7 人，唐中宗时期 3 人，唐玄宗时期 60 人，唐肃宗时期 10 人，唐代宗时期 26 人，唐德宗时期 83 人，唐宪宗时期 34 人，唐穆宗时期 9 人，唐敬宗时期 2 人，唐文宗时期 25 人，唐武宗时期 12 人，唐宣宗时期 21 人，唐懿宗时期 12 人，唐僖宗时期 7 人，唐昭宗时期 20 人，唐哀宗时期 2 人，其他未详的 60 人。统计得知，唐德宗与唐玄宗时期任职校书郎的员数最多，接下来是唐宪宗时期。

在科第出身方面，校书郎里进士出身最多，故就进士出身情况进行了统计：唐太宗时期 3 人，唐高宗时期 3 人，武周时期 4 人，唐玄宗时期 27 人，唐肃宗时期 2 人，唐代宗时期 13 人，唐德宗时期 45 人，唐宪宗时期 25 人，唐穆宗时期 7 人，唐敬宗时期 1 人，唐文宗时期 15 人，唐武宗时期 7 人，唐宣宗时期 17 人，唐懿宗时期 9 人，唐僖宗时期 4 人，唐昭宗时期 19 人，不知所属时期的进士 7 人，出身未详 54 人。也就是说，进士出身的有 208 人，已占到全部人员的 50%。如果不算出身未详的 54 人，那么进士出身的就已经占到校书郎的 57%。唐德宗与唐玄宗时期任职校书郎的员数最多，其校书郎出身为进士的也最多。因为有些士人入仕为官的早期资料非常稀少，所见文献资料也不够全面，所以这些数据也只能作为参考。但也已经可以看出唐代士人入仕情况，可知进士在当时的盛况。陈寅恪先生曾说："唐代科举之盛，肇始于高宗之时，成于玄宗之代，而极盛于德宗之世。德宗本为崇奖文词之君主，自贞元以后，尤欲以文治粉饰苟安之政局。就政治言，当时藩镇跋扈，武夫横恣，固为纷乱之状态。然就文章言，则其盛况殆不止追及，且可超越贞观开元之时代。"①

① 陈寅恪：《元白诗笺证稿》，生活·读书·新知三联书店 2001 年版，第 2 页。

通过对校书郎任职出身的统计可知，唐代初期校书郎进士出身很少，因为初期官员来源比较复杂，既有追随帝王建国创业的有功之臣，也有前朝遗贤及新近选拔的人才。随着国力不断强盛，帝王需要更多的治国良才，加之科举制的大发展，唐代官员中进士出身的越来越多。这也更能说明校书郎与文学之间的紧密关系，文学是唐代担任校书郎职务的一个非常重要的因素。大量士人在科举及第踏上仕途时，选择校书郎作为起家之职，甚至在德宗时期达到高峰。校书郎一职成为起家之良选、众人之瞩目。

二 校书郎的文学修养

唐代经济繁荣、社会安定为文学的发展提供了雄厚的物质基础和良好的社会环境。唐代社会具有浓厚的重文传统，唐太宗就曾精选天下贤良文学之士入文馆任职。开元十六年（728），徐坚向张说请教关于前代弘文馆旧学士“孰为先后”的问题，张说回答：“李峤崔融薛稷宋之问之文，皆如良金美玉，无施不可当嘉谟之文。如孤峰绝岸，壁立万仞，业云兴震雹俱发，诚可畏也。若施于廊庙，则骇矣。阎朝隐之文，如丽服靓妆，衣之倚肃，燕歌赵舞，观者忘忧，然类之雅颂，则为罪矣。”[①] 说明唐朝选拔出来担任学士的士人都是当时有极高文学素养的人。帝王喜好诗文对于朝臣和文士有着极大的影响，“（景龙二年）夏，四月，癸未，置修文馆大学士四员，直学士八员，学士十二员，选公卿以下善为文者李峤等为之。每游幸禁苑，或宗戚宴集，学士无不毕从，赋诗属和，使上官昭容第其甲乙，优者赐金帛；同预宴者，惟中书、门下及长参王公、亲贵数人而已。至大宴，方召八座、九列、诸司五品以上预焉。于是天下靡然，争以文华相尚。”[②] 帝王喜好诗文，经常组织宴会和游艺活动，并在其间赋诗属和，这既是文士展露才华的机会，又在社会上形成喜好文学的风气。

唐代校书郎很多以文学见长，我们从一些文献资料中可以看出这一点。如杨炯、张九龄、白居易、刘禹锡、许孟容、郑处诲、韦温、段成式、李商隐、刘邺等人在踏上仕途以前就以文才闻名。

张九龄，“九龄幼聪敏，善属文。年十三，以书干广州刺史王方庆，

① 《职官分记》卷十五，第381页。

② 《资治通鉴》卷二〇九，第6622页。

大嗟赏之，曰：‘此子必能致远。’登进士第，应举登乙第，拜校书郎。玄宗在东宫，举天下文藻之士，亲加策问，九龄对策高第，迁右拾遗。”①

白居易，“居易幼聪慧绝人，襟怀宏放。年十五六时，袖文一编，投著作郎吴人顾况。况能文，而性浮薄，后进文章无可意者。览居易文，不觉迎门礼遇，曰：‘吾谓斯文遂绝，复得吾子矣。’贞元十四年，始以进士就试，礼部侍郎高郢擢升甲科，吏部判入等，授秘书省校书郎。……居易文辞富艳，尤精于诗笔。自雠校至结绶畿甸，所著歌诗数十百篇，皆意存讽赋，箴时之病，补政之缺。而士君子多之，而往往流闻禁中。章武皇帝纳谏思理，渴闻谠言，二年十一月，召入翰林为学士。”②

刘禹锡，“禹锡贞元九年擢进士第，又登宏词科。禹锡精于古文，善五言诗，今体文章复多才丽。从事淮南节度使杜佑幕，典记室，尤加礼异。从佑入朝，为监察御史。”③

许孟容，“孟容少以文词知名，举进士甲科，后究《王氏易》，登科授秘书省校书郎。”④

韦温，“温七岁时，日念《毛诗》一卷。年十一岁，应两经举登第。释褐太常寺奉礼郎。以书判拔萃，调补秘书省校书郎。时绶（韦温父）致仕田园，闻温登第，愕然曰：‘判入高等，在群士之上，得非交结权幸而致耶？’令设席于庭，自出判目试两节。温命笔即成，绶喜曰：‘此无愧也！’”⑤

李商隐，“商隐幼能为文。令狐楚镇河阳，以所业文干之，年才及弱冠。楚以其少俊，深礼之，令与诸子游。楚镇天平、汴州，从为巡官，岁给资装，令随计上都。开成二年，方登进士第，释褐秘书省校书郎，调补弘农尉。”⑥

刘邺，“邺六七岁能赋诗，李德裕尤怜之，与诸子同砚席师学。大中初，德裕贬逐，邺无所依，以文章客游江、浙。每有制作，人皆称诵。高

---

① 《旧唐书》卷九九，第3097页。

② 《旧唐书》卷一六六，第4340页。

③ 《旧唐书》卷一六〇，第4210页。

④ 《旧唐书》卷一五四，第4100页。

⑤ 《旧唐书》卷一六八，第4377页。

⑥ 《旧唐书》卷一九〇下，第5077页。

元裕廉察陕虢，署为团练推官，得秘书省校书郎。”①

以上这些人都有较高的文学修养，在当时就已是闻名天下，且都任过校书郎。白居易自幼文才过人，其事迹有多个版本记载过。从任校书郎起至任畿县尉时，已有歌诗数十百篇，深为时人所喜爱。李商隐幼能为文，为令狐楚所赏识。作为晚唐最著名的诗人之一，李商隐将唐诗推向了又一次高峰。除了诗歌创作，唐代校书郎还广泛涉猎其他创作题材和类型，比如文、赋、传奇、编选诗集等，以下我们分时段选取几位校书郎的创作情况，以观其在文学方面的才能和成就。

（一）初盛唐时期

《唐代墓志汇编》咸亨069《唐故司成孙公（处约）墓志铭》记，孙处约贞观元年（627）为校书郎，秦敕充修梁陈周齐隋等五代史。后来还预修《贞观实录》、《文馆词林》，曾奉敕和诗，高宗手敕褒美，孙学识渊博，为唐代名儒。

杨炯任校书郎期间的文章为人称道。《旧唐书》载：“炯幼聪敏博学，善属文。神童举，拜校书郎，为崇文馆学士。”② 据傅璇琮考证，杨炯被荐为崇文馆学士，当在永淳元年（682）。③ 杨炯在任校书郎与崇文馆学士、太子詹事司直约十年期间，写作了不少文章。《旧唐书》本传谓其有文集30卷，《郡斋读书志》著录《盈川集》20卷，今均不传。明万历中童佩搜辑汇编有《盈川集》10卷，附录1卷。崇祯间张燮重辑为13卷。杨炯的《登秘书省阁诗序》是他任校书郎期间的作品，全文写得非常有气势。

> 若夫麒麟凤凰之署，三台四部之经，周王群玉之山，汉帝蓬莱之室。观星文而考南北，大象入于玑衡；披帝册而质龙神，负图出于河洛。司先王之载籍，掌制书之典谟。刘向沈研扬雄寂寞之士，于兹翰墨；马融该博傅毅文章之才，此焉游处。莫不出言斯善，有道可尊。黼黻其德行，珪璋其事业。心同匪石，达人千载之交；手握灵珠，文士一都之会。陶泓寡务，油素多闲。命兰芷之君子，坐芸香之秘阁。

① 《旧唐书》卷一七七，第4617页。

② 《旧唐书》卷一九〇上，第5000页。

③ 傅璇琮：《唐代诗人丛考》，中华书局1980年版，第9页。

徒观其重栏四绝，阁道三休，红梁紫柱，金铺玉碣。平看日月，唐都之物候可知；坐望山川，裴秀之舆图在即。虹蜺为之回带，寒暑由其隔阔。岂直昆仑十二，瀛海千寻？西州有百尺之楼，东国有千秋之观。于时五行金王，八月秋分。风生间阖之门，日在中衡之道。烟云凄惨，白露下而四郊空；林野苍茫，青天高而九州迥，登山临水，无非宋玉之词；高阁连云，有似安仁之兴。列芳馔，命雕觞，扼腕抵掌，剧谈戏笑。假使神仙可得，自蔑松乔；富贵在天，终轻许史。闲之以博弈，申之以咏歌，陶陶然乐在其中矣。登高而赋，群公陈力于大夫；闻善若惊，下走自强于元晏。轻为序引，缀在辞章。①

文章起首介绍了秘书省名称的渊源，说明其职能，引用汉代的博学之士在秘书省的经历说明此职务的荣耀。“命兰芷之君子，坐芸香之秘阁”以清丽的文字指出秘书省的清雅。接下来作者描述了秘书省的环境，身处其中，心里陶陶然也。此文文辞华美，用典精当，具有很强的感染力，从中也可以看出作者对于这一职务还是比较满意的。杨炯在任校书郎期间还有《晦日药园诗序》：

天下皆知礼之为贵，用周旋揖让之仪；天下皆知乐之为盛，节金石丝簧之变。是则忠信之薄，饰容貌于矜庄；风俗之微，陶性灵于歌舞。殊不知达人君子，遗形骸于得丧之机；心照神交，混荣辱于是非之境。……九茎仙草，摇八卦之祥风；四照灵葩，泫三危之宝露。岂直帝神农旋赤鞭而驱毒，崔文子拥朱幡以救人？山图采之而得道，姮娥窃之而奔月，若斯而已哉！加以回溪漱石，茂林修竹。澹风日之逶迤，妙山泉之体势。然后搴杜若，藉芝兰，高论参元，飞触举白，凡我良友，同声相应。心冥宠辱，推富贵于皇天；事一穷通，任运随于大命。②

对于当时热闹非凡的文会之游进行了记录。此外，杨炯所作的《和郑雠校内省眺瞩思乡怀友》：

① 《全唐文》卷一九一，第1925页。

② 同上书，第1927—1928页。

铜门初下辟，石馆始沉研。游雾千金字，飞云五色笺。楼台横紫极，城阙俯青田。暄入瑶房里，春回玉宇前。霞文埋落照，风物澹归烟。翰墨三馀隙，关山四望悬。颓峰睽酌羽，流水旷鸣弦。虽欣承白雪，终恨隔青天。①

表达了对于友人的怀念之情。

张九龄任校书郎期间的诗文也不少。一部分诗歌表达了离别之情，如《饯宋司马序》：

宋司马才通命蹇，云翼泥蟠，蔡邕朔方，不废琴书之业；贾谊宣室，欲言鬼神之事。既而出宿南浦，与鸿雁而同归；追饯北梁，对江山而不乐。是日渚云欲霁，林鸟将春，惜时物之方华，重情人之自远。群公有感，中座无欢，他日清风，自当元度之夕；兹辰零雨，得无子荆之咏？遂相与援翰，赋诗赠行。②

《送窦校书见饯得云中辨江树》：

江水天连色，无涯净野氛。微明岸傍树，凌乱渚前云。举棹形徐转，登舻意渐分。渺茫从此去，空复惜离群。③

诗歌是送别一位窦姓校书郎，也就是自己的同僚。《折杨柳》：

纤纤折杨柳，持此寄情人。一枝何足贵，怜是故园春。迟景那能久，芳菲不及新。更愁征戍客，容鬓老边尘。④

《折杨柳》是古横吹曲名。晋太康末，京洛有“折杨柳”之歌，其曲

① 《全唐诗》卷五十，第614页。
② 《全唐文》卷二九〇，第2947页。
③ 《全唐诗》卷四八，第585页。
④ 同上书，第580页。

多言军中辛苦及战争之事。《乐府诗集》所收集六朝梁、陈及唐人《折杨柳》曲八十余首，大部分为伤春惜别之词，尤多怀念征人之作。这首诗歌从思妇角度入笔，素手折柳枝，寄给远方人，感情婉转真挚。《送韦城李少府》："送客南昌尉，离亭西候春。野花看欲尽，林鸟听犹新。别酒青门路，归轩白马津。相知无远近，万里尚为邻。"① 还有一些诗歌是抒怀的，如《高斋闲望言怀》："高斋复晴景，延眺属清秋。风物动归思，烟林生远愁。纷吾自穷海，薄宦此中州。取路无高足，随波适下流。岁华空冉冉，心曲且悠悠。坐惜芳时歇，胡然久滞留。"② 此诗前六句抒发思乡及自叹之情。张九龄家乡在岭南韶州，所以诗人自称为穷海。在京城为官低微而郁郁不得志，诗中表现了诗人力求上进的精神。《秋怀》："留滞机还息，纷拏网自牵。东南起归望，何处是江天。"③ 诗中化用《古诗十九首》"胡马依北风，越鸟巢南枝"的诗句以抒思乡之情，也表现了作者刚入仕途时的复杂心情。《初发曲江溪中》："溪流清且深，松石复阴临。正尔可嘉处，胡为无赏心。我由不忍别，物亦有缘侵。自匪常行迈，谁能知此音。"④ 张九龄任职期间还写有《巫山高》："巫山与天近，烟景长青荧。此中楚王梦，梦得神女灵。神女去已久，云雨空冥冥。唯有巴猿啸，哀音不可听。"⑤《赋得自君之出矣》："自君之出矣，不复理残机。思君如满月，夜夜减清辉。"⑥ 赋得是一种诗体，《自君之出矣》是乐府诗杂曲歌辞名。张九龄摘取古人成句作为诗题，故题首冠以"赋得"二字。此诗语言简洁、设喻奇特，表达情感含蓄婉转又真挚动人。整首诗显得清新可爱，充满浓郁的生活气息。此外，他还有《与李让侍御书》"我有独见之明，物无浮言之信，亦犹太阿之剑，犀角不足齿其锋；高山之松，霜霰不能渝其操"⑦，表明作者高尚的品格和节操。

张九龄后来还写文章说明集贤殿的设置缘由及作用，即《集贤殿书院奉敕送学士张说上赐燕序》：

---

① 《全唐诗》卷四八，第586页。
② 《全唐诗》卷四九，第601页。
③ 《全唐诗》卷四八，第592页。
④ 同上书，第591页。
⑤ 《全唐诗》卷四七，第565页。
⑥ 同上书，第609页。
⑦ 《全唐文》卷二九〇，第2944页。

集贤殿者，本集仙殿也。上不以惟睿作圣，而犹垂意好学，用相必本于经术，图王亦始于师臣。及乎鸿生硕儒，博闻多识之士，自开元肇建，以迄于今，大用徵集，焕乎广内，而听政余暇，式燕在兹。忠臣嘉宾，得尽心之所；聪明文思，有光被之德：故下以道亲，上亦欢甚。即于御座，爰发德音，以为候彼神人，事虽千载，传于方士，言固不经。遂改仙为贤，去华务实，且有后命，增其学秩，是以集贤之庭，更为论思之室矣。①

李华在任秘书省校书郎期间，曾作《含元殿赋》，自以为不让班固《两都赋》，萧颖士、贾至均称赏之。含元殿是大明宫的前朝第一正殿，也是唐长安城的标志建筑，建成于龙朔三年（663），毁于僖宗光启二年(886)。含元殿修建在龙首原上，殿基高四丈多。殿前东西两侧建有向外延伸的阁楼，东名翔鸾阁，西名栖凤阁。殿阁之间以回廊相互连接。含元殿的作用和太极宫的承天门相似，它与丹凤门配合是举行国家仪式、大典的地方，每至元旦、冬至，皇帝则临此殿听政和举行朝会。所谓“千官望长安，万国拜含元”“九天阊阖开宫殿，万国衣冠拜冕旒”就是描写当时含元殿大朝会的盛况。《含元殿赋》：

圣朝犹斥其华而凭其质，今是殿也者，惟铁石丹素，无加饰焉。身居元眇，心与万姓同畎亩之劳。以是临众，何众不宾？以是享神，何神不若？其天德欤！虽欲官昆仑而馆不周，城八极而隍四海，犹未足储鸿醇而俯丕耀，岂咸镐一京之所在、崇四渎之前式？敕怀铅之小臣，俾雠书于禁中，正百代之遗文。由是循环天造，耳目日新。敢颂成功，告于神宗；无愧斯干之什，式昭圣德之容。②

李华在这篇赋中叙述了含元殿修建的原因和过程，洋洋洒洒三千余字极写含元殿的宫殿规模和壮丽景象。《含元殿赋》当时很有名，李肇《唐国史补》卷上有：“李华《含元殿赋》初成，萧颖士见之，曰：‘《景福》

① 《全唐文》卷二九〇，第2945页。

② 《全唐文》卷三一四，3188页。

之上，《灵光》之下。'" 五代王定保《唐摭言》卷七、《旧唐书·李华传》、《新唐书·李华传》均沿用此载。[①] 李华还写了《著作郎厅壁记》对著作郎的设置、官品、职能及发展情况进行了描述。

（二）中唐时期

梁肃，字宽中，《全唐文》卷五二三，崔元翰所写《右补阙翰林学士梁君墓志》记，梁肃"年十八，赵郡李（华）遐叔、河南独孤（及）至之始见其文，称其美，由是大名彰于海内，四方之诸侯洎使者之至郡，更遣招辟而宾礼之"。[②] 在独孤及的指导下，梁肃的文章写作提高很快，在28岁时即登文辞清丽科。唐德宗建中元年（780）八月，梁肃在太子校书任[③]，请告还吴，经新安旧居，作《过旧园赋》，又作《补阙李君前集序》概括唐文之变：

> 文之作，上所以发扬道德，正性命之纪；次所以财成典礼，厚人伦之义；又其次所以昭显义类，立天下之中。三代之后，其流派别，炎汉制度以霸，王道杂之，故其文亦二：贾生、马迁、刘向、班固，其文博厚，出于王风者也；枚叔、相如、扬雄、张衡，其文雄富，出于霸涂者也。其后作者，理胜则文薄，文胜则理消。理消则言愈繁，繁则乱矣；文薄则意愈巧，巧则弱矣。故文本于道，失道则博之以气，气不足则饰之以辞，盖道能兼气，气能兼辞，辞不当则文斯败矣。唐有天下几二百载，而文章三变：初则广汉陈子昂以风雅革浮侈，次则燕国张公说以宏茂广波澜，天宝已还，则李员外、萧功曹、贾常侍、独孤常州比肩而出，故其道益炽。若乃其气全，其辞辨，驰骛古今之际，高步天地之间，则有左补阙李君。君名翰，赵郡赞皇人也。天姿朗秀，率性聪达，博涉经籍，其文尤工。故其作，叙治乱则明白坦荡，纾徐条畅，端如贯珠之可观也；陈道义则游泳性情，探微豁冥，涣乎春冰之将泮也；广劝戒则得失相维，吉凶相追，焯乎元龟之在前也；颂功美则温直显融，协于大中，穆如清风之中人也。议者又谓君之才，若崇山出云，神禹导河，触石而弥六合，随山而注巨

① 赵逵夫：《历代赋评注》（唐五代卷），巴蜀书社 2010 年版，第 251 页。

② 《全唐文》卷五二三，第 5322 页。

③ 傅璇琮主编：《唐五代文学编年史》（中唐卷），辽海出版社 1998 年版，第 348 页。

鏊。盖无物足以遏其气而阂其行者也。世所谓文章之雄，舍君其谁欤?①

梁肃认为唐代文章共有“三变”：第一变为陈子昂“以风雅革浮侈”，第二变为张说“以宏茂广波澜”，第三变为李华、萧颖士、贾至、独孤及、李翰等。梁肃特别提出应以李翰为最高代表，因其文章达到了“以道兼气兼辞”的境地。可见，作者对于唐代文学有着自己的看法，认为文章应该是扬道德、正性命、成典礼、厚人伦、淳风俗、美教化，“文本于道，失道则博之以气，气不足则饰之以辞，盖道能兼气，气能兼辞，辞不当则文斯败矣”。陈子昂反对齐、梁以来的形式主义文风，力主恢复汉魏风骨。梁肃对此看得很清楚，也很欣赏陈子昂的首创精神。而张说以其文辞卓绝的大手笔以及文坛领袖地位，使唐代文学又开创了新的领域。梁肃能在当时对唐代的文学演变情况进行如此分析是难能可贵的，体现了其对于唐代文学发展的清醒认识和独到眼光。梁肃备受儒林推重，又喜奖掖后进，后来在为官期间影响了一大批士人，如韩愈、李观、孟郊、李翱、刘禹锡、柳宗元、吕温等，均为古文运动和贞元、元和文坛的主将。《唐摭言》卷七：“贞元中李元宾（观）、韩愈、李绛、崔群同年进士。先是四君子定交久矣，共游梁补阙（肃）之门。……观等俱以文学为肃所称，复奖以交友之道。”② 同书卷八：“陆忠州（贽）榜。时梁补阙肃、王郎中�佐之。肃荐八人具捷，余皆共成之。”③ 据《登科记考》记载，贞元八年（792）陆贽知贡举，李观、韩愈、李绛、崔群、欧阳詹、王涯等二十三人进士，“皆天下选，时称龙虎榜”，可见梁肃在选人上具有独到的眼光。《旧唐书·韩愈传》载：“大历、贞元之间，文士多尚古学，效扬雄、董仲舒之述作，而独孤及、梁肃最称渊奥，儒林推重。愈从其徒游，锐意钻仰，欲自振于一代。”于此又可知，作为古文运动主将的韩愈，其文学思想亦渊源于梁肃。梁肃在古文理论和创作方面有较大的贡献，其文崇尚古朴，为韩愈、李翱等人所师法。

唐代的城市经济发展迅速，市民的文化生活不断丰富，各种民间艺术

① 《全唐文》卷五一八，第5261页。

② 王定保：《唐摭言》，上海古籍出版社1978年版，第81页。

③ 同上书，第82页。

得以发展，为传奇小说创作奠定了社会基础。唐代各种文学形式的繁荣，也为唐传奇在题材内容和写作技巧上提供了营养。初、盛唐是唐传奇的发轫时期，也是由六朝志怪到成熟的唐传奇的过渡。中唐是唐传奇的鼎盛时期。这一时期不仅作家和作品数量最多，而且名家名作涌现。元稹任校书郎期间所作的《莺莺传》是唐传奇爱情小说的重要代表作品。《莺莺传》写作时间历来就有贞元十八年（802）九月、二十年九月和永贞元岁（805）九月三种说法。陈寅恪先生认为《莺莺传》的写作时间是贞元二十年九月，其《元白诗笺证稿》中根据元稹的年岁、结婚的时间和《莺莺传》中张生的行踪，推出《莺莺传》作于贞元二十年九月的结论。卞孝萱先生赞同陈寅恪先生的说法，并补充了证据，其《李绅年谱》文云："贞元二十年甲申，三十三岁，（李绅）复至长安。九月，元稹撰《莺莺传》，绅作《莺莺歌》。"[①] 周相录《元稹年谱新编》认为："贞元二十年甲申，元稹二十六岁。在长安，任秘书省校书郎。九月，元稹在长安撰自传性小说《传奇》，李绅作《莺莺歌》。《传奇》是原名，《莺莺传》疑为《太平广记》编纂人员所改。"[②] 以"传奇"为小说作品之名，当始于元稹，其《莺莺传》原名"传奇"，今名是宋人将此篇收入《太平广记》时改题。后来裴铏所著小说集也叫《传奇》。但这时的"传奇"只是用为单篇作品或单部书的题目。此后，宋代说话及诸宫调等曲艺中把写人世爱情的题材称为"传奇"，成为故事题材分类的名称。元稹的《莺莺传》是张生和莺莺的故事最早的来源，在当时以及后代都产生了很大的影响。

《莺莺传》写的是张生与崔莺莺恋爱，后来又将她遗弃的故事。开始张生旅居蒲州普救寺时发生兵乱，张生出力救护了同寓寺中的远房姨母郑氏一家。在郑氏的答谢宴上，张生对表妹莺莺一见倾心，婢女红娘传书，几经反复，两人终于花好月圆。后来张生赴京应试未中，滞留京师时与莺莺情书来往，互赠信物以表深情。但张生最终变心，认为莺莺是天下"尤物"，自己"德不足以胜妖孽"，只好割爱。这篇小说不过数千字，却情节曲折、叙述婉转、文辞华艳，是唐代传奇小说的代表作之一。元稹采用多种艺术手法，集叙事、议论、诗歌、书信于一篇之中，将这个故事有声有色地加以描述，成功地塑造了崔莺莺这个在中国古典文学人

① 卞孝萱：《李绅年谱》，《安徽史学》1960 年第 3 期。

② 周相录：《元稹年谱新编》，上海古籍出版社 2004 年版，第 44—45 页。

物长廊中光彩照人的艺术形象。在《莺莺传》的影响下，一时间佳作迭出，《霍小玉传》、《李娃传》、《柳毅传》等一大批名作相继问世，形成了唐代传奇小说发展的高潮。

白行简素有文名，《旧唐书》卷一六六，白居易传附白行简传："行简文笔有兄风，辞赋尤称精密，文士皆师法之。"白行简任秘书省校书郎时，白居易任翰林学士、左拾遗。当时元稹、白居易诗歌唱和，行简曾为元稹手写诗卷。元稹《使东川》诗序中云："秘书省校书郎白行简为予手写为东川卷……"① 唐宪宗元和四年（809），白行简在校书郎任上写成《三梦记》。白行简在书中说："人之梦，异于常者有之，或彼梦有所往而此遇之者，或此有所为而彼梦之者，或两相通梦者。"② 白行简的《三梦记》记载了三个梦的故事。第一个故事是天后武则天时期，刘幽求夜归路过佛堂院时，看见自己的妻子正在寺中与十数人饮酒欢畅，以瓦击之，其人忽散，回家恰与妻的梦境相同。第二个故事是元和四年唐宪宗时的事，写作者与白居易、李杓直三人游曲江，饮酒作诗怀念远在剑外的元稹，而元稹恰恰在这一天曾做梦与他们同游，并作了诗《纪梦》，所记情形与他们游历情景完全相同。第三个故事是贞元年间窦质与女巫所梦彼此相通，他们在前一天晚上做了相同的梦，第二天梦里的事一一应验了。这三个故事的三个梦分别选取天后时、元和四年、贞元中的三个时段来叙写故事，三个梦的情节各不相同，每个梦之间都是独立的，没有必然的联系，也没有逻辑的递进关系，唯一相似的是以梦贯穿，因为彼此因情相属而给人以梦通之理。

"《三梦记》的结构属于古小说中常见的缀合式。但在破题式开端的引导下，以一个内在自洽的叙事理念将意义独立的三个叙事断片组织成一个逻辑整体，在文言短篇小说中仍是开创性的成就。"③ 鲁迅《中国小说史略》中对《三梦记》评价很高，认为其叙述简质，而事特瑰奇，以"彼梦有所往而此遇之者，或此有所为而彼梦之者，或两相通梦者"。就三事而言，第一事写得尤其好。鲁迅说："小说亦如诗，至唐代而一变，

---

① 冀勤点校：《元稹集》，中华书局 1982 年版，第 193 页。

② 《全唐文》卷六九二，第 7101 页。

③ 黄大宏：《唐传奇〈三梦记〉的结构渊源及其重写史》，《湖南科技大学学报》2006 年第 3 期。

虽尚不离于搜奇记逸，然叙述宛转，文辞华艳，与六朝之粗陈梗概者较，演进之迹甚明，而尤显者乃在是时则始有意为小说。”① 《三梦记》之后，不断出现结构类似的小说。

（三）晚唐时期

唐文宗大和七年（833），钟辂约本年前后撰《前定录》②，当时为崇文馆校书郎。此书《序》云“大和中雠书春阁”。此书是一本很特别的书，《前定录序》：

> 人之有生，修短贵贱，圣人固常言命矣。至于纤芥得丧，行止饮啄，亦莫不有前定者焉。中人以上，罔有不闻其说。然得之即喜，失之则忧，遑遑汲汲，至于老死，罕有居然俟得，静以待命者。其大惑欤！余颛愚迷方，不达变态，审固天命，未尝劳心。或逢一时偶一事，泛乎若虚舟触物，曾莫知指遇之所由。推而言之，其不在我明矣。大和中，雠书春阁，秩散多暇，时得从乎博闻君子，徵其异说。每及前定之事，未尝不三复本末，提笔记录。日月稍久，渐盈筐箧。因而编次之，曰《前定录》。庶达识之士，知其不诬，而奔竞之徒，亦足以自警云尔。③

《前定录》共录郑虔、武殷、张辕等23则故事，记录了一些按照预言发生的事情，即前定之事，体现唐人对于生命的感知。这些故事皆前有异兆，后有应验，定数不爽。《前定录》一书记述不少作者时代的士人轶事，虽然属于野史一类，但从中也可以了解唐代社会现象，管窥唐代社会部分士人的心态。

段成式的《酉阳杂俎》以类书的体例及内容的奇异，成为唐代志怪小说的代表作品。段成式，字柯古，自幼力学苦读，博闻强记。虽以荫入官，但他的确是饱读诗书、富有文才。青年时期跟随父亲转徙各地，体会各地的风土人情，开拓了生活视野。段成式又和当时的诗人温庭筠、李群玉等结为朋友，这对他的诗文创作产生了很深的影响。段成式在骈文、诗

---

① 鲁迅：《中国小说史略》，中华书局2010年版，第39页。

② 傅璇琮主编：《唐五代文学编年史》（晚唐卷），辽海出版社1998年版，第99页。

③ 《全唐文》卷七四一，第7663页。

歌上与李商隐、温庭筠齐名，称为“三十六体”。任校书郎期间，段成式以读书为嗜，博览了包括官府秘籍在内的大量图书，加上自己又偏好笔记小说，后终于写出《酉阳杂俎》一书传世。唐时酉阳，即今日湖南沅陵，沅陵有山，相传山下有石洞，里面藏古书千卷。六朝时，梁湘东王镇守荆州，好集古书，遂有“访酉阳之逸典”的故事。《酉阳杂俎》自序云：

> 夫《易》象一车之言，近于怪也；诗人南箕之兴，近乎戏也。固服缝掖者肆笔之余，及怪及戏，无侵于儒。无若诗书之味大羹，史为折俎，子为醯醢也。炙鸮羞鳖，岂容下著乎？固役而不耻者，抑志怪小说之书也。成式学落词曼，未尝覃思，无崔骃真龙之叹，有孔璋画虎之讥。饱食之暇，偶录记忆，号《酉阳杂俎》，凡三十篇，为二十卷，不以此间录味也。①

段成式在自序里说明他对小说的认识。他认为小说的地位虽然没有诗书之尊，但作为及怪及戏之文，却有独特的味道。他指出“炙鸮羞鳖”就具有很独特的味道，这就是小说之“奇”的特点。凡神道仙佛、天文地理、文化艺术、风俗民情、动植货殖、奇闻逸事、古今中外，几乎无所不载。内容涉及仙、佛、鬼、怪、道、妖、人、动、植、酒、食、梦、雷、盗墓、预言、娱乐、刺青、壁画、天文、地理、珍宝、民俗、医药、矿产、生物、政治、宫廷秘闻以及超自然现象，可谓包罗万象。该书风格诡谲，不仅仅表现在故事内容上，还表现在目录篇名上，如记天象的叫“天咫”，记道术的叫“壶史”，记佛法的叫“贝编”，记盗墓的叫“尸穸”，记鬼怪的叫“诺皋记”。一部分内容属志怪传奇类，另一些记载各地与异域珍异之物，既保存了南北朝至唐代许多有价值的珍贵史料，也显示了作者写人记事的高超文笔。比如李白让高力士脱靴，王勃写文章蒙在被里打腹稿等脍炙人口的文人逸事都出自这本著作。

《酉阳杂俎》被认为是一部上承六朝，下启宋、明以及清初志怪小说的重要著作。后代一些史书材料和戏曲的题材也多采自此书，如宋代宋敏求撰《长安志》、元代李好文编《长安志图》都根据《酉阳杂俎》里《寺塔记》的材料以考见唐代街巷，清代徐松撰《唐两京城坊考》也大量

① 上海古籍出版社编：《唐五代笔记小说大观》上册，上海古籍出版社2000年版，第557页。

采用《寺塔记》的内容。所以，历代书目著录都提出《酉阳杂俎》的这一特点，如陈振孙《直斋书录解题》记“所记故多谲怪”，《四库全书总目提要》里指出：“其书多诡怪不经之谈，荒渺无稽之物。而遗文秘籍，亦往往错出其中。故论者虽病其浮夸，而不能不相征引，自唐以来，推为小说之翘楚。”① 鲁迅先生《中国小说史略》称：“或录秘书，或叙异事，仙佛鬼人，以至动植，弥不毕载……所涉既广，遂多珍异，以世爱玩，与传奇并驱争先矣。”② 英国作家李约瑟著《中国科学技术史》、美国学者劳费尔著《中国伊朗编》，都多处援引了《酉阳杂俎》的材料。

近年来研究者发现出自段成式《酉阳杂俎》的一篇“灰姑娘”的故事《叶限》，比西方灰姑娘故事的最早文本早了八百多年。《叶限》讲述秦汉前南方一个洞主的女儿名叫叶限，幼年丧母，从小聪明能干，得到父亲的钟爱。父亲死后，继母对她百般虐待，并杀害了她精心饲养的一条鱼。叶限得到自天而降的神人指点，将鱼骨藏于屋中，有什么需要鱼骨都能使之如愿。在一次地方节日活动中，叶限瞒过继母，穿着翠纺上衣、脚踩金履去参加。因被继母及异母妹察觉而仓促逃离，遗下一只金鞋。这只金鞋为邻近海岛上的陀国主得到。他派人到拾得鞋子的地方让所有的女子试穿，终于找到叶限，于是载鱼骨与叶限俱还国，并以叶限为上妇，而其继母及女则被飞石击死。《叶限》叙事奇特、人物生动、想象丰富，与西方灰姑娘的故事有异曲同工之妙。

郑处诲，字延美，荥阳人，是宰相郑馀庆之孙。郑处诲文辞秀拔，早为士友所推。唐文宗大和八年（834）登进士第，后释褐为校书郎。《旧唐书》载：“处诲方雅好古，且勤于著述，撰集至多。为校书郎时，撰次《明皇杂录》三篇，行于世。”③《新唐书·艺文志》、《崇文总目》、《宋史·艺文志》均作二卷。《郡斋读书志》于二卷外，又有《别录》一卷。郑处诲撰写的《明皇杂录》多为玄宗朝之名人轶事，偶亦兼及肃、代二朝史实。唐玄宗早年的励精求治、思贤若渴，晚年的不理朝政、恣情声色，权臣的炙手可热、忌贤妒能无不跃然纸上。内容涉及颇广，文字生动。卿相大臣之轶闻，如李林甫、杨国忠、王毛仲等人的骄横，萧颖士、韦诜、崔曙、

① 《钦定四库全书总目》，中华书局1997年版，第1886页。

② 鲁迅：《中国小说史略》，中华书局2010年版，第53页。

③ 《旧唐书》卷一五八，第4168页。

刘希夷等逸事以及李龟年、冯绍正、王维、郑虔等人的技艺等等。

安史之乱是唐王朝兴衰的转折点，也是中晚唐的分界点。安史之乱前，唐朝处于强盛时代，安史之乱后，朝廷元气大伤，逐渐走上衰落之路。也正因为这种具有强烈反差的社会状况，中晚唐时期的文人墨客多把当年的盛世繁华当成自己毕生追求的目标。反映在文学上，就是这一时期出现了大量的回忆盛世场景为主题的文学作品。而且这些诗文多以明君忠臣的故事来反映当时的繁荣盛世。《明皇杂录》便是其中一部。《明皇杂录》中记载盛世的故事主要有《五王帐》、《苏颋文学该博》、《神童刘晏》等条。通过君明臣贤的故事描述盛世时代，为的是告诫君王为政者当明法纪、尊礼度、察秋毫、辨臣言，只有朝纲清正，方致千里之外，否则只会养害藏祸，造成无法挽回的大错。在《明皇杂录》中，有诸多关于李林甫口蜜腹剑、陷害贤臣、排挤他人的故事。在这些故事中李林甫多通过进谗言的方式实行迫害，作者叙述这些故事也暗示了如果君王不信，纵使他再巧言令色，也无法使忠臣贤士被拒之门外。这也说明唐玄宗不善明辨、听信谗言在一定程度上促成了贤臣和社会的悲剧。此外，《明皇杂录》以后记载杨贵妃的唐代笔记小说有《酉阳杂俎》、《独异志》、《因话录》、《开天传信记》和裴铏《传奇》等。这些笔记小说延续郑处诲所塑造的杨贵妃形象，所用的表达手法也大致相同。《明皇杂录》内容颇为丰富，包括政治、文学、音乐、舞蹈、书画、科举、医学、佛道等诸多方面，对于研究开元、天宝由治及乱的历史，颇具史料价值。

唐宣宗大中四年（850），顾陶 68 岁，时为校书郎。大中十年（856），顾陶通选唐诗编成《唐诗类选》，共 1 232 首，20 卷，并撰序及后序，纵评历代及本朝诗人之作。此时顾陶 74 岁，已弃校书郎职。[①]《新唐书》卷六十载，“顾陶《唐诗类选》二十卷（大中校书郎）”。《唐诗类选》是我们至今所知道的最早的一部唐诗通选本，可惜已佚。《唐诗纪事》、《能改斋漫录》、《艇斋诗话》引有逸文数十则。《全唐文》收其《序》及《后序》两篇。在《唐诗类选序》中顾陶对唐代众多的诗人进行了评价：

国朝以来，人多反古，德泽广被。诗之作者继出，则有杜、李挺

① 傅璇琮主编：《唐五代文学编年史》（晚唐卷），辽海出版社 1998 年版，第 400 页。

生于时，群才莫得而并。其亚则昌龄、伯玉、云卿、千运、应物、益、适、建、况、鹄、当、光羲、郊、愈、籍合十数子，挺然颓波间。得苏、李、刘、谢之风骨，多为清德之所讽览，乃能抑退浮伪流艳之辞宜矣。爰有律体，祖尚清巧，以切语对为工，以绝声病为能。则有沈、宋、燕公、九龄、严、刘、钱、孟、司空曙、李端、二皇甫之流，实繁其数，皆妙于新韵，播名当时，亦可谓守章句之范，不失其正者矣。①

面对丰富多彩的唐代诗歌，顾陶有着兼容并包、客观公正的博大胸怀。他陈述自己的选诗标准，首取“关切时病”“风韵标特”“讥兴深远”者，亦不废华艳俚俗的作品。在唐代诗人中，作者首推杜甫、李白，认为他们是诗歌创作的两大高峰。其余诗人他分其为两类：一类以陈子昂、王昌龄为代表，长于古体，继承骚雅传统，能“抑退浮伪流艳之辞”的“风清骨健”者；一类以沈、宋为代表，长于律体，偏于绮丽者。顾陶标举前者，亦不弃后者，可谓兼收并蓄。顾陶还说明自己选诗不以名位卑崇、年代远近为意，骚雅绮丽，各有可观之处。《唐诗类选》是第一部尊杜选本。流传下来的几种“唐人选唐诗”，如元结的《箧中集》、殷璠的《河岳英灵集》、芮挺章的《国秀集》、高仲武的《中兴间气集》、令狐楚的《御览诗》、姚合的《极玄集》等都未选杜甫诗。《唐诗类选》的编选思想和选诗类别对后世诗歌选集的影响很大，尊杜的风气从此愈来愈烈。

韦庄，字端己，杜陵人，唐末著名诗人和词人。在儒家传统思想和良好的家学渊源影响下，韦庄有着积极的治国平天下的入世思想。如他的诗《关河道中》，“平生志业匡尧舜”表达出自己的志向与抱负。尽管身处唐末乱世的颠沛流离中，又在科举之途上屡受挫折，但诗人始终没有动摇过自己的坚定信念。唐昭宗乾宁元年（894），韦庄终于在59岁时登进士第，释褐校书郎。光化三年（900），韦庄编选了《又玄集》。《又玄集》是唐代晚期重要的唐诗选本，体现了韦庄的选诗标准和审美意识。韦庄《又玄集序》：

谢玄晖文集盈编，止诵澄江之句；曹子建诗名冠古，唯吟清夜之

① 李昉等编：《文苑英华》，中华书局1966年版，第3686页。

篇。是知美稼千箱，两岐綦少，繁弦九变，大濩殊稀。入华林而珠树非多，阅众籁而紫箫惟一。所以撷芳林下，拾翠岩边，沙之汰之，始辨辟寒之宝；载雕载琢，方成瑚琏之珍。故知颔下采珠，难求十斛；管中窥豹，但取一斑。自国朝大手名人，以至今之作者，或百篇之内，时记一章；或全集之中，微征数首。但掇其清词丽句，录在西斋。莫穷其巨派洪澜，任归东海。总其记得者才子一百五十人；诵得者名诗三百首……①

面对唐代风格各异、流派繁多的诗歌海洋，韦庄以“清词丽句”作为选取对象，对唐诗进行整理和编排。“清丽”指的是诗歌的审美特质，这反映了韦庄轻功利、重审美的文学思想倾向。晚唐的文学思潮，可谓是多元竞进、风格各异。李商隐提出创作“以自然为祖，元气为根”（《唐容州经略使元结文集后序》），杜牧主张“凡为文以意为主，气为辅，以辞彩章句为之兵卫”（《答庄充书》），司空图倡导“象外之象，景外之景”的诗学旨趣。韦庄大力提倡“清丽”，很有些别具一格的味道。韦庄对“清丽”诗学主张的崇尚贯穿于诗歌创作的全过程，不论是田园风光诗，还是伤情闲适诗，无不具有清新淡远的特点。因此，在编选诗集的过程中，韦庄对当时流传的诗歌进行了认真整理和选择，将符合自己审美情趣的作品挑选出来并结为诗集。

唐诗的选本很多，每一选本都体现着编选者的编辑思想。比如：孙季良的《正声集》以初唐诗为选择对象，提出了“兴寄”这一概念；高仲武的《中兴间气集》以“体状风雅，理致清新”为选取标准，反映出至德、大历时期诗坛的大致面貌；殷璠的《河岳英灵集》选录开元、天宝时诗歌，倡导“文质半取，风骚两挟”，反映了盛唐诗歌的面貌；《才调集》选录温庭筠、韦庄、杜牧、李商隐等人诗，以“韵高而桂魄争光，词丽而春色斗美”为选取标准；姚合的《极玄集》编于元和、长庆年间，他在《极玄集》自序中认为“此皆诗家射雕手也。合于众集中更选其极玄者，庶免后来之非。凡念一人，共百首”。韦庄称其《又玄集》乃承姚合《极玄集》而作，表明他喜欢姚合清淡恬丽的文学旨趣，同时又有自己的审美追求。

① 《全唐文》卷八八九，第 9288 页。

晚唐时期诗坛审美趣味的形成，源于当时特殊时代所造成的特殊心理状态。从唐敬宗和唐文宗时期以后，唐王朝危机进一步加深，出现明显的衰败倾覆之势，士人生存状态及创作心态发生了巨大的变化。他们生存在战乱纷起、壮志难酬的衰败末世，看不到希望的光芒，这种心理状态反映到文学思想上，便是描写现实政治和社会生活题材的诗歌比重下降。士人的关注点从面向社会转向历史变迁，追求官能感受，描写怀古咏史、爱情闺阁、日常生活的诗歌大量增加，并且热心于对艺术形式技巧的探索。明代高棅的《唐诗品汇·五言古诗叙目》："唐诗之变，渐矣！隋氏以还，一变而为初唐，贞观、垂拱之诗是也；再变而为盛唐，开元、天宝之诗是也；三变而为中唐，大历、贞元之诗是也；四变而为晚唐，元和以后之诗是也。"① 在这种社会状况下，韦庄编选《又玄集》就显得尤为可贵。韦庄的诗歌充满真挚的情感，文字清新自然。韦庄正是用编选诗集这种方式表明自己的文学追求和思想。

《又玄集》一个最为突出的特点就是不局限于一朝一派之诗歌。选诗跨越了唐代初、盛、中、晚四个时期，每个时期都有代表诗人的代表作品。韦庄有意识地选取了不同诗人、诗派、诗体、诗风的作品，既有盛唐时的边塞、山水、田园诗派，又有中唐时的大历十才子、元白、韩孟诗派。从诗歌风格看，既有李白的飘逸豪放，又有杜甫的沉郁顿挫、元白的轻俗流利。《又玄集》选诗范围之广，还体现在其所选的诗歌在诗体上具有一定的广泛性和代表性。韦庄既选近体律绝，又选古体乐府、歌行杂言，而以近体律绝为入选大宗。《又玄集》所收诗人的成分组成上也具有复杂多样性，作者既有文学才士、达官显宦，又有贫寒士子，甚至于一些僧道和女子。而唐代编选的其他诗集，相比较则收录范围较为狭窄：《翰林学士集》仅收录太宗朝的君臣唱和诗；《珠英集》收武后时诸学士的作品；《河岳英灵集》所收为开元、天宝时人的作品；《国秀集》主要是初、盛唐人诗；《箧中集》所选七人皆是元结之亲友；《中兴间气集》所选皆肃宗、代宗两朝诗。

《又玄集》选诗中的一个创新是选取了杜甫七首诗，并且置于首位。这是目前完整存世的几种唐人选唐诗中首次选取杜甫的诗集。这一编排特点体现了韦庄的尊杜意识。由于种种原因，唐人选唐诗众多选本都没有选

① 高棅：《唐诗品汇》，上海古籍出版社1988年版，第51页。

录杜甫的诗歌，而《又玄集》中杜甫是选录作品最多的诗人。在所选的七首杜诗中，《西郊》居于首位，是杜甫寓居成都草堂时所作，选取这首诗作为杜甫的代表作充分体现了韦庄对“清词丽句”的审美追求。《遣兴》、《南邻》、《送韩十四江东省觐》也是杜甫这一时期的作品。最能表现杜甫忧国伤时情怀和诗歌风格的作品选取了《春望》。杜甫的文学思想对韦庄的诗歌创作产生了深刻的影响。韦庄经历过唐末黄巢大起义，在战火纷飞中感受过时局动乱和人生灾难，其诗歌有很多反映了当时的社会生活状况。

《又玄集》选诗中的另一个创新是收录了女性诗人作品。《又玄集》是较早收录大量女性诗人作品的一部唐诗选集，韦庄选取了22位女诗人的31首诗作。这体现了韦庄在选诗和编排上的创意，他不仅选取唐代各个时期的名家名作，而且将目光投向更为广阔的诗歌天地，注意到了唐代女性的创作情况。唐代诗歌是中国文化精神和时代精神相结合的产物，整个社会的开放包容以及对于诗歌的热爱，使诗歌不断发展和繁荣。到了中晚唐时期，女性诗人已经表现出她们在诗歌创作方面的才能。韦庄在遍览群诗后，将符合自己编辑思想的女性诗人作品选入《又玄集》，既体现了他的诗歌主张和审美意识，又表现出韦庄对女性创作的关注和认可，同时也为诗集兼收女性诗歌开了先例。诗集中有像宋若昭、宋若茵这样的宫廷女诗人，也有像李季兰、鱼玄机、元淳这样的女冠诗人。薛涛的诗即初见于此书。由于她们所处环境和社会身份不同，作品内容也就丰富多彩，反映出女性在封建社会生活中的境遇。

韦庄自小受着儒家传统思想的熏陶，儒家提倡“太上有立德，其次有立功，其次有立言；虽久不废，此之谓不朽”。（《左传·襄公二十四年》）立德、立功、立言这“三不朽”也是儒家最高的人生理想。在兼济天下、建功立业之志无法实现的前提下，编辑当时的优秀诗文并使之流传就成为最好的选择。韦庄《又玄集序》：“昔姚合撰《极玄集》一卷，传于当代，已尽精微。今更采其玄者勒成《又玄集》三卷。记方流而目眩，阅丽水而神疲，鱼兔虽存，筌蹄是弃。所以金盘饮露，唯采沆瀣之精；花界食珍，但享醍醐之味。非独资于短见，亦可贻于后昆。采实去华，俟诸来者。”[①] 这说明韦庄对于编选《又玄集》的目的和传播情况有着清醒的

① 《全唐文》卷八八九，第9288页。

认识。他希望通过不断传播使这些优秀的诗歌被后人传诵和喜爱。据胡应麟《诗薮・杂编》中记载五代时刘吉有《续又玄集》十卷、陈康图有《拟又玄集》十卷，可见韦庄《又玄集》在五代时已经非常流行。由于受到当时人们的喜爱和重视，因此才会出现续、拟之作。

以上通过对唐代选士制度的回顾和分析，了解到科举制度作为一种选官途径，对广大士人来说是打开了谋生立世、建功立业的机会。科举取士的标准向文学倾斜，也使喜好诗文的士人对及第高升充满了希望。因此，具备相当的文学素养就成为唐代官员必备的一种素质。通过对校书郎任职出身的统计分析可知，校书郎官员中进士出身最多，已占到全部人员的一半，不仅说明校书郎在唐人眼里代表着较高的期望，而且说明校书郎普遍具有较高的文化素质。校书郎的任命也表现出德行、文学、儒术并重的现象，这既反映了唐代政治生活中的重文风气，也体现了朝廷对任用官员的综合素质要求。通过对校书郎生平传记的梳理得知，他们大多有着良好的文学修养，很多人在任职前就已是名满天下。一些富有文采的校书郎在任职期间更是发挥了他们的文学才能，取得了令人瞩目的文学成就。

第四章

唐代校书郎的工作与文学的关系

中国古代的文字历史非常久远，古代典籍大多是以抄本形式流传，在流传的过程中手抄本文献形式、传抄讹误以及文献有限的传播途径使典籍很难保持原有的面貌，因而中国古代图书校雠、整理工作很早就已经开始了。《史记》称：

> 孔子之时，周室微而礼乐废，《诗》、《书》缺。追迹三代之礼序《书传》，上纪唐、虞之际，下至秦缪，编次其事。故《书传》、《礼记》自孔氏。……古者诗三千余篇，及至孔子去其重，取可施于礼义，上采契、后稷，中述殷、周之盛，至幽、厉之缺。始于衽席，故曰《关雎》之乱，以为《风》始。《鹿鸣》为《小雅》始，《文王》为《大雅》始，《清庙》为《颂》始。三百五篇孔子皆弦歌之，以求合《韶》、《武》、《雅》、《颂》之音。礼乐自此可得而述，以备王道，成《六艺》。孔子晚而喜《易》、序《彖》、《系》、《象》、《说卦》、《文言》，读《易》，韦编三绝。孔子以《诗》、《书》、《礼》、《乐》教，弟子盖三千焉。①

由此可见，孔子于古书中特选《六艺》以教弟子，于《六艺》之中，《诗》分为《风》、《小雅》、《大雅》、《颂》，《易》则分为序《彖》、《系》、《象》、《说卦》、《文言》。孔子的这些文化行为，既体现了他在学问方面的独到见解，也体现了孔子在书籍选择、整理、分类方面的创举。

唐代校书郎作为各馆的基层文官，所做的工作与图书紧密相连，主要

---

① 司马迁：《史记》，上海古籍出版社1997年版，第1514—1515页。

从事些具体的图书校雠、整理编次等事务，为唐代政治文化建设做了基础性的工作。校书郎在任职期间创作的文学作品，有很多唱和诗、送别诗，在一定程度上丰富了唐代文学的题材和内容。

第一节　校书郎的职务范围与工作情况

唐代已出现了雕版印刷术，但并未盛行起来，手工抄写仍然是图书生产的主要方式。古代典籍大多是以抄本形式流传，在传抄过程中难免会出现讹误，故而书籍未经校雠就难于著录。唐代内府抄写旧书时往往采用固定的体式，故必然需要校雠整理的过程，写定之后亦有目录以分类编目，然后上架收藏。唐初政府藏书丰富，但其中的问题也很多，这可以从毋煚等所撰的《古今书录》序言中得知：

> 于时秘书省经书，实多亡阙，诸司坟籍，不暇讨论。此则事有未周，一也。其后周览人间，颇睹阙文，新集记贞观之前，永徽已来不取；近书采长安之上，神龙已来未录。此则理有未弘，二也。书阅不遍，事复未周，或不详名氏，或未知部伍。此则体有未通，三也。书多阙目，空张第数，既无篇题，实乖标榜。此则例有所亏，四也。所用书序，咸取魏文贞；所分书类，皆据《隋经籍志》。理有未允，体有不通。此则事实未安，五也。①

可见，当时的政府藏书缺亡甚多，内容芜杂，篇卷错乱，编目分类也不尽合理。因此，唐代帝王对图书的整理校订工作很重视，大型的校书活动连续不断，使图书典籍得到了较好的保护和发展。比如唐代集贤院也常被称为集贤殿御书院，书籍编校结束后要直接呈给皇帝以供阅览，所进书本被称为御本。《唐六典》卷九即有“集贤所写，皆御本也”。有了皇帝的重视和提倡，唐代书籍的整理编校工作得到了大发展。

一　校书郎的职务特点

唐代秘书省、弘文馆、崇文馆、集贤院、司经局五馆，皆有校书郎之

① 《旧唐书》卷四六，第1964页。

职。以秘书省官职分布情况为例：秘书监一员，从三品；少监二员，从四品上；丞一员，从五品上。秘书监之称，龙朔改为兰台太史，天授改为麟台监，神龙复为秘书监。秘书郎四员，从六品上。校书郎八人，正九品上。正字四人，正九品下。主事一人，从九品上。令史四人，书令史九人，典书八人，楷书手八十人，亭长六人。掌固八人。① 秘书监、少监、丞等是秘书省的高层官员，校书郎、正字等是基层官员。秘书监作为最高官员，往往由德高望重的饱学之士担任；弘文馆、集贤院的最高官员也多是当朝宰相，由宰相兼学士，以此总领各馆事务。校书郎、正字作为基层官员，所做的工作与图书紧密相连，也就是校雠典籍、订正讹误。尽管校书郎所属官署及品级不同，但工作性质基本相同，有时也会因为朝廷不同时期的政治文化需要而被抽调安排一些临时性工作。如欲编类书则选文词兼优者，欲修史则取史学博通者。具体而言，校书郎主要有如下一些工作内容。

（一）编著校理典籍

综观有唐一代，大型的校书编目活动有四次。第一次为太宗、高宗时代，自魏征至崔行功，校书不绝，前后亘连，至少47年。第二次为玄宗朝，马怀素、褚无量、元行冲先后总其事。第三次为德宗贞元时代，秘书监刘太真、少监陈京先后司其责。第四次为文宗开成年代，由郑覃奏请，秘书省主持。②

贞观二年（628），弘文馆的工作开始朝古籍整理与编纂方向转变。秘书监魏征奏引学者校定四部书，整理典章，“至贞观二年，秘书监魏征以丧乱之后，典章纷杂，奏引学者，校定四部书。数年之间，秘府粲然毕备”。③ 从贞观到永徽年间，刊校工作一直未间断。大型图书的修纂工作也接踵而来，据《唐会要》卷三六“修撰”，卷三七“五礼篇目”，卷六三“修前代史”、“修国史”等记载，贞观年间就已经修前代史二次（周隋梁陈齐五代史、晋书）、国史一次（高祖、太宗实录），修礼书、氏族志、类书、总集六次，永徽、显庆时期继续进行，直到武后上台才终止。

开元三年（715），左散骑常侍褚无量、马怀素侍宴，言及经籍之事。

---

① 《旧唐书》卷四三，第1854页。

② 姚名达：《中国目录学史》，上海古籍出版社2002年版，第159页。

③ 《唐会要》卷三五，第751页。

玄宗曰："内库皆是太宗、高宗先代旧书，常令宫人主掌，所有残缺，未遑补缉，篇卷错乱，难于检阅。卿试为朕整比之。"至七年，诏公卿士庶之家，所有异书，官借缮写。① 唐玄宗命令在东都乾元殿前施架排次，广采天下异本逸书进行校写。在校雠、整理图书的同时，又进行了编目工作。《唐会要》卷三五云："（开元）七年九月敕，比来书籍缺亡及多错乱，良由簿历不明，纲维失错，或须披阅，难可校寻，令丽正殿写四库书，各于本库每部为目录，其有与四库书名目不类者，依刘歆《七略》，排为《七志》，其经史子集、及人文集，以时代为先后，以品秩为次第，其《三教珠英》既有缺落，宜依旧目，随文修补。"② 玄宗还要求秘书省、司经局、弘文馆、崇文馆更相检校，补充缺文。开元九年（721）十一月，殷践猷、王惬、韦述、余钦、毋煚、刘彦真、王湾、刘仲等重修成《群书四部录》二百卷。自后毋煚又略为四十卷，名为《古今书录》。这两部书录标志着古典目录学体制的形成。至开元十九年（731），集贤院藏四库书总计八万九千卷。"经库一万三千七百五十二卷，史库二万六千八百二十卷，子库二万一千五百四十八卷，集库一万七千九百六十卷。其中杂有梁陈齐周及隋代古书，贞观、永徽、麟德、乾封、总章、咸亨年，奉诏缮写。"③

安史之乱后，唐代政府收藏的文献典籍受到了很大的破坏。至唐德宗贞元七年（791），秘书监组织儒家学者详定开元《时令》之音及义疏。蒋乂及其儿子编次逾年，于乱中勒成部帙，得二万余卷。陈京长期在集贤院校书。柳宗元《唐故秘书少监陈公行状》云："京为秘书少监，自考功以来，凡四命为集贤学士。……在集贤，奏秘书官六员隶殿内，而刊校益理。求遗书，凡增删者，乃作艺文新志，名曰《贞元御府群书新录》。"④

唐文宗时期，组织重新编排《左传》，编纂《春秋纂要》四十卷；文宗自纂《春秋左氏列国经传》三十卷；开成时期，杨嗣复、张次宗领衔编撰成《毛诗草木虫鱼图》二十卷。开成元年（836）七月，"秘书省四库见在新旧书籍，共五万六千四百七十六卷"。⑤ 政府藏书得到了不断

① 《旧唐书》卷四六，第 1962 页。

② 《唐会要》卷三五，第 752 页。

③ 同上。

④ 《全唐文》卷五九一，第 5980 页。

⑤ 《唐会要》卷三五，第 753 页。

补充。

此外，校书郎也参与官方佛经的校雠工作，一些现存文献中有相关记载。如《房山云居寺石经》记：

> 这部“御注”《金刚经》有玄宗的自序，注末并有题记云：“石经，开元二十三乙亥之岁六月三日，都释门威仪僧思有表请，至九月十五日经出，合城具法仪于通洛门奉迎，其日表贺，便请颁行天下，写本入藏，宣付史馆。其月十八日于敬爱寺设斋庆赞，兼请中使、王公、宰相、百□□□□□□开元廿三年十月□□书手臣张若芳用小麻纸三十五张，校书郎垣初校，校书郎韩液再校，正字李希言三校。装书近臣陈善、装典书臣侯令晖、典秘书郎臣卢倬、掌朝散大夫守秘书监上柱国平乡县开国男臣宋昇监□□□、上柱国载国公李道□、光禄大夫秘书监同正员上柱国汝阳郡王臣总淳监。天宝元年八月十五日立。”①

可见唐代政府对佛经写本的校雠很重视，并且已经形成较为完整而严密的制度。

（二）收集整理图书

唐代以儒家经典为对象进行编订、校雠，一方面是为了树立儒学经典、规范典籍，另一方面是对儒家经典章句进行阐释，促进儒家经典的完善与传播，促进唐代政治和文化的统一。如贞观四年（630），唐太宗令颜师古考定《周易》、《尚书》、《礼记》、《诗经》和《春秋》。《新唐书》记载：“行冲知丽正院，又奏绍伯、利征、彦直、践猷、行果、子钊、直、煛、述、湾、玄默、钦、良金与朝邑丞冯朝隐、冠氏尉权寅献、秘书省校书郎孟晓、扬州兵曹参军韩覃、王嗣琳，福昌令张悱、进士崔藏之入校丽正书。”②《旧唐书》有一段记载：“时校书郎王玄度注《尚书》、《毛诗》，毁孔、郑旧义，上表请废旧注，行己所注者，诏礼部集诸儒详议。玄度口辩，诸博士皆不能诘之。郎中许敬宗请付秘阁藏其书，河间王孝恭

① 北京图书馆金石组、中国佛教图书文物馆石经组编：《房山石经题记汇编》，书目文献出版社1987年版，第211页。

② 《新唐书》卷一九九，第5682页。

特请与孔、郑并行。（崔）仁师以玄度穿凿不经，乃条其不合大义，驳奏请罢之。诏竟依仁师议，玄度遂废。”① 这段文字既说明了政府对于儒家经典阐释工作的重视，也体现出校书郎的工作特点。校书郎并不仅仅是校雠典籍、订正讹误的简单校对工作，还可以为典籍作注。

为了提高政府藏书的质量，广求善本、缮写抄录也是一项重要的工作，朝廷藏书有大量的副本以备不时之需，“凡四部之书，必立三本，曰正本、副本、贮本，以供进内及赐人。凡敕赐人书，秘书无本，皆别写给之”。② 在缮写抄录后，还设有三级校对、四次详阅以及检查监督等程序，且配合有精善的装潢。③《唐会要》卷三十五记有历年纸张的使用情况，其中：“（大中）四年二月，集贤院奏，大中三年正月一日以后至年终，写完贮库及填缺书籍三百六十五卷，计用小麻纸一万一千七百七张。”④ 隋唐时代官方翻译佛经，在誊抄过程中实行“初校、再校、三校”，最后由“主持”详阅。这是我国校雠史上最早的“三校一读”记载。政府编校的典籍一般都采用较好的纸张，校雠认真、制作精良、书写讲究、装帧典雅。如四库书皆以益州麻纸书写，“集贤院御书：经库皆钿白牙轴，黄缥带，红牙签；史书库钿青牙轴，缥带，绿牙签；子库皆雕紫檀轴，紫带，碧牙签；集库皆绿牙轴，朱带，白牙签，以分别之。”⑤ 各部图书装帧设计各有特色，其牙轴、缥带、牙签各有分别，分门别类上架摆放，使之一目了然，便于查找。据《通典·食货志》载，唐代地方向中央政府上贡墨的地方有：上党郡、绛郡；贡纸的地方有：信安郡、东安郡。用来抄写图书的纸、墨以及笔材等都是各地方的名产，只有借助官方的力量才能供应充分，可见官府写本纸墨之精。诗人章孝标《览杨校书文卷》有这样的描述：“跪伸霜素剖琅玕，身堕瑶池魄暗寒。红锦晚开云母殿，白珠秋写水精盘。情高鹤立昆仑峭，思壮鲸跳渤澥宽。谁有轩辕古铜片，为持相并照妖看。”⑥ 此诗用一连串的比喻描写了作者观览杨校书所写文卷时的感受，也侧面表现了文卷内容的精妙和装帧形态的完美。可见，经过

① 《旧唐书》卷七四，第 2620 页。

② 《大唐六典》卷十，三秦出版社 1991 年版，第 215 页。

③ 肖占鹏、李广欣：《唐代编辑出版史》，南开大学出版社 2009 年版，第 296 页。

④ 《唐会要》卷三五，第 753 页。

⑤ 《旧唐书》卷四七，第 2082 页。

⑥ 《全唐诗》卷五〇六，第 5755 页。

细致校雠、精心装裱的图书看起来高雅大方、赏心悦目，使人爱不释手，欲一睹为快。

唐代政府藏书还使用藏书印以增强图书典籍的有效管理。藏书印是指钤盖在书籍上的藏书印章，通常盖在卷首、卷尾或序目前空白处。就其材料而言，或铜或金，或玉或石。藏书印的渊源，大概可以追溯到唐太宗的“贞观”印。从相关唐代藏书印的记载来看，不管是唐代的官方藏书印，还是私家藏书印均以精致小巧为主。唐人张彦远在《历代名画记》卷三“叙古今公私印记”条记：“太宗皇帝自书贞观二小字，作二小印；玄宗皇帝自书开元二小字，成一印；又有集贤印、秘阁印、翰林印；又有弘文之印，恐是东观旧印印书者，其印至小；更有元和之印，恐是官印，多印拓本书画。”[①] 唐穆宗长庆三年（823）四月，秘书少监李随奏：“当省请置‘秘书阁图书印’一面。伏以当省御书正本，开元、天宝以前，并有小印印缝，自兵难以来，书印失坠，今所写经史，都无记验，伏请铸造。敕旨依奏。”[②] 又卷六四：“开成元年四月，集贤殿御书院，请铸小印一面，以御书为印文。从之。”[③] 从文献记载可知秘书省所藏图书在开元、天宝之前使用小印，又有集贤印、秘阁印、翰林印、弘文印以相区别。但经乱后原书印散失，到长庆三年重新铸造新的藏书印。唐代凡御书正本皆以印缝及卷之首尾，使不至于流失。这也是唐代典籍管理制度的一部分。

唐代政府藏书编校整理工作在吸取前代经验教训的基础上不断完善，在人员编制上不断加强，重视编校质量，规定“凡考课之法，有四善：一曰德义有闻，二曰清慎明著，三曰公平可称，四曰恪勤匪懈。善状之外，有二十七最……其十曰雠校精审，明为刊定，为校正之最”。[④] 以“雠校精审，明为刊定”为校雠人员的职务要求。此外，在图书分类管理上也制定了明确的制度，如确立“开元时，甲乙丙丁四部书各为一库，置知书官八人分掌之。凡四部库书，两京各一本，共一十二万五千九百六十卷”。[⑤] 对经过细致校订的典籍进行分类装订，为提高藏书的质量和方便查阅创立了良好的制度，并为后代图书整理工作所继承。

---

① ［日］冈村繁译注：《历代名画记译注》，上海古籍出版社 2002 年版，第 149—150 页。

② 《唐会要》卷六五，第 1330 页。

③ 《唐会要》卷六四，第 1324 页。

④ 《旧唐书》卷四三，第 1823 页。

⑤ 《旧唐书》卷四七，第 2082 页。

（三）外出搜访图书

除了编著校理典籍、收集整理图书，校书郎也会被安排一些临时任务，比如外出搜访图书。储光羲《送沈校书吴中搜书》："秦阁多遗典，吴台访阙文。君王思校理，莫滞清江濆。"① 对外出搜访图书进行了描写。钱起《送集贤崔八叔承恩括图书》："雨露满儒服，天心知子虚。还劳五经笥，更访百家书。"② 诗中所说的崔八是指崔峒，钱起为崔峒写下了这首送别诗。此外，朝廷也根据需要不定期地组织搜访书籍以充实内库。如卢纶《送耿拾遗沣充括图书使往江淮》诗云："传令收遗籍，诸儒喜饯君。孔家唯有地，禹穴但生云。编简知还续，虫鱼亦自分。如逢北山隐，一为谢移文。"③ 为我们留下了宝贵的资料。

（四）参与修史工作

一些校书郎由于在史学方面有深厚的学养，也会被委派参与朝廷的修史工作。比如校书郎敬播即以史才著称，贞观初年举进士，"俄有诏诣秘书内省佐颜师古、孔颖达修《隋史》，寻授太子校书。史成，迁著作郎，兼修国史"。④ 梁国公房玄龄称他有良史之才，誉为陈寿之流。房玄龄因颜师古所注汉书文繁难懂，令敬播择其要点重新编写。敬播受命后，殚精竭虑，倾注了大量精力，最终撰成四十卷传于世。后来敬播久居史职，奉诏编撰前代史、国史、实录，在史学及儒学方面作出了卓越的贡献。

贞观二十年（646）诏修《晋书》时，诏令中的修史撰录名单上，有太史令李淳风、太子舍人薛元超等知名文士，还有一位是校书郎张文恭。"二十年闰三月四日，诏令修史所更撰《晋书》，铨次旧闻，裁成义类，其所须可依修五代史故事。若少学士量事追取。于是司空房玄龄、中书令褚遂良、太子左庶子许敬宗掌其事。又中书舍人来济、著作郎陆元仕、著作郎刘子翼、主客郎中卢承基、太史令李淳风、太子舍人李义府薛元超、起居郎上官仪、主客员外郎崔行功、刑部员外郎辛邱驭、著作郎刘允之、光禄寺主簿杨仁卿、御史台主簿李延寿、校书郎张文恭，并分功撰录。"⑤ 校书郎张文恭屡次被召去修史，应当是因为他个人的史学才华出众。能参

---

① 《全唐诗》卷一三九，第 1411 页。

② 《全唐诗》卷二三八，第 2649 页。

③ 《全唐诗》卷二八〇，第 3184 页。

④ 《旧唐书》卷一八九上，第 4954 页。

⑤ 《唐会要》卷六三，第 1288 页。

与朝廷修史工作是很荣耀的事情，只有学养深厚、德才兼备的校书郎才会有这样的殊荣。

此外，徐浩在任职校书郎期间表现出多方面的才能。《全唐文》卷四四五，张式《大唐故银青光禄大夫彭王傅上柱国会稽郡开国公赠太子少师东海徐公神道碑铭》："公姓徐氏，讳浩，字季海，东海郯人。"[①] 徐浩十五岁就明经及第，弱冠后出任汝州鲁山（今河南鲁山县东北）主簿，不久即充任集贤院校理。因应制作《喜雨赋》，得到张说赏识，荐引于朝廷，开元十六年（728）季春进为太子校书郎。[②] 自被张说荐为集贤校理始，徐浩在集贤院就职断续相继二十余年，主要负责诏告的草拟和誊写。徐浩又承家学而善鉴藏，在其任职馆阁时，曾数次组织法帖的收集和整理。徐浩书艺精深，文辞亦佳，深得宠信，后兼授尚书右丞，得封会稽县开国男，进国子祭酒。

二　唐代校雠学的发展状况

古代文献在流传过程中因物质载体、文字形式不断变化而变化。每逢周期性社会大动乱之后，统治者对图书文献的政策就决定了文献的传播方式及范围。手抄本文献形式在传抄中容易出现传抄讹误、脱字、衍文等现象，文献有限的传播途径也不利于保存。此外，古人在征引文献时较为随意，缺乏文献著作权意识。这些因素导致了中国古代文献的校雠、整理具有特殊的意义。对古代文献、典籍的校雠素来被视为治学的前提。

（一）校雠学演进历程

据文字记载，我国第一个校书者为正考父。正考父是春秋初期的宋国上卿，历佐戴、武、宣三公；生父孔嘉，别为公族，以字为孔氏，还是孔子的七世祖。他校过简册《颂》十二篇。据《国语·鲁语下》记载鲁大夫闵马父对景伯的话，"昔正考父校商之名《颂》十二篇于周太师，以《那》为首"。[③]"昔"指宋戴公（前799—前766）时期。东汉郑玄《商颂谱》称："当宣王大夫正考父者，校商之《颂》十二篇于周太师（按，指掌管《诗经》的官），以《那》为首，归以祀其先王。"唐孔颖达《毛

---

① 《全唐文》卷四四五，第4542页。

② 朱关田：《唐代书法考评》，浙江人民美术出版社1992年版，第93页。

③ 徐元诰撰，王树民、沈长云点校：《国语集解》，中华书局2002年版，第205页。

诗正义·商颂谱疏》："言校者，宋之礼乐虽则亡散，犹有此诗之本，考父恐其舛缪，故就太师校之也。校勘事业，自兹发端。"由此可知我国的校书事业当始自春秋初期的正考父。从近年来出土的简帛文献中也能看出这种校雠文字的工作早已有之。如，在张家山汉简《算数书》的第三道编纶下，常写有校雠者的姓氏。简 42 在相当于后世"地脚"的部位写有"王已雠"三字，简 56 的"地脚"处则写有"杨已雠"。[①] 睡虎地秦简《尉杂》中也有"岁雠辟律于御史"[②] 之说。

其后二百余年，孔子出现了。孔子是中国古代伟大的思想家、教育家，同时在校雠学方面也立下不朽的功绩。孔子不只是成功地编校了"六经"，而且为我们留下了十分重要的校雠思想。《论语·述而》说："子不语怪、力、乱、神。"孔子在整理校雠典籍时崇尚平实，排斥虚妄，最大限度地保持古籍的原貌，在未获得确切的证据以前，宁可阙文，也绝不妄补妄改。《论语·子罕篇》有"子绝四：毋意，毋必，毋固，毋我"。所谓"毋意"，指不妄加猜测；"毋必"，是指做事不武断；"毋固"，是说不要固执己见；"毋我"，是说不主观臆断。孔子把这四种不好的态度全都去除了，强调采用比较客观的态度来处理问题，特别是用在校书方面，这一点值得我们重视。相传孔子校书不但不轻易改字，并且遇着远古记载有阙文时，也不随便补一个字，以保存古书的原貌。根据文献记载，可举出一个实例，《春秋》：昭公十有四年，春、正月，公会郑伯于曹。○无冰○夏五○郑伯使其弟语来盟。

《春秋》是按每年春、夏、秋、冬的顺序来记载列国大事的，每件事的记载都很简略。这段记载的中间忽然突出"夏五"二字，自然令人怀疑。晋代杜预《春秋经传集解》在"夏五"二字下注云："不书月，阙文"。谁都会觉得"夏五"二字下必然是一个"月"字，但是修史者从不替它补上。卢文弨《抱经堂文集》卷八《春秋尊王发微跋》：

> "夏五"之下，其为"月"也无疑矣。而圣人不益者，谓其文或不尽于此也。益之以"月"，将谓"郑伯使其弟来盟"为五月之事，

---

① 张显成：《简帛文献学通论》，中华书局 2004 年版，第 193 页。

② 睡虎地秦墓竹简整理小组：《睡虎地秦墓竹简》，文物出版社 1977 年版，第 73 页。

所书仅此，无复更疑其上之容有脱文者矣。[①]

孔子对待史料非常认真，不随便妄改一字、妄加一文，反复校勘核对，认真整理编辑，这是何等谨慎不苟的态度。柳诒徵云："孔子者，中国文化之中心也；无孔子则无中国文化。自孔子以前数千年之文化，赖孔子而传；自孔子以后数千年之文化，赖孔子而开。"[②] 孔子对于中国文化起到了重要的保存、传播、发展的作用。他对我国文化传播事业，特别是校勘事业所作出的贡献是无法磨灭的。

子夏作为孔子的学生，是继孔子之后又一位善于校勘的人才。《吕氏春秋·俱行论·察传篇》记其事：

子夏之晋，过卫，有读史记者曰："晋师三豕涉河。"子夏曰："非也，是'己亥'也。夫'己'与'三'相近，'豕'与'亥'相似。"至于晋而问之，则曰："晋师己亥涉河"也。[③]

本来，"亥"、"豕"二字古文形体非常相似，所以子夏能校正史官记载的"三豕涉河"是"己亥涉河"的伪字。这给后世校书的人以莫大启示。

真正有目的地进行校书，是从汉代开始的。汉初天下始定，图籍散乱，所以汉高祖分令"萧何次律令，韩信申军法，张苍定章程，叔孙通制礼仪"，[④] 这里面便包括了校对书籍的工作。《汉书·艺文志》记载汉成帝河平年间组织人力大规模地校理群书。汉成帝诏命光禄大夫刘向于天禄阁校经传、诸子、诗赋，步兵校尉任宏校兵书，太史令尹咸校术数，太医监李柱国校方术。在以刘向为首的校书人员的努力下，整理、保存了大量典籍，其组织形式、编校程序等为后世朝代所效仿，所创立的编校方法甚至被沿用至现代。他们的工作首先体现在补阙订伪方面。《汉书·艺文志》记其事：

① 卢文弨：《抱经堂文集》卷八，中华书局1990年版，第111页。

② 柳诒徵：《中国文化史》，中国大百科全书出版社1988年版，第98页。

③ 陈奇猷校释：《吕氏春秋校释》，学林出版社1984年版，第1527页。

④ 班固：《汉书》卷一下，中华书局1962年版，第81页。

> 刘向以中古文（《尚书》）校欧阳、大小夏侯三家经文。《酒诰》脱简一，《召诰》脱简二，率简二十五字者，脱亦二十五字；简二十二字者，脱亦二十二字。文字异者七百有余，脱字数十。[①]

由此可见，刘向在校书过程中自以补阙订伪为首要任务。文字校正之后，才有可能整理篇目，删除重复，使书籍不断完善。刘向《别录》记有：一人读书，校其上下，得谬误为校；一人持本，一人读书，若怨家相对曰雠。[②] 这即是现今之"本校法"和"对校法"的由来。刘向每校完一部书，便根据此书主题旨意写出序录，置于本书之内。阮孝绪《七录序》："昔刘向校书，辄为一录，论其旨归，辩其讹谬。"刘歆继承父业，继续校订其父未能校完的群书，并在《别录》的基础上，撰成了我国第一部综合性分类目录《七略》。

刘向、刘歆父子奠定了古代校雠学的理论与方法论的科学基础，在它的指引和影响下，每一个重要的朝代都产生了著名的校雠实践学家。

汉末大经学家郑玄，在校勘文字方面做了深入细致的功夫。《后汉书·郑玄传》评论说："自秦焚六经，圣文埃灭。汉兴，诸儒颇修艺文；及东京，学者亦各名家。而守文之徒，滞固所禀，异端纷纭，互相诡激，遂令经有数家，家有数说，章句多者或乃百余万言，学徒劳而少功，后生疑而莫正。郑玄括囊大典，网罗众家，删裁繁诬，刊改漏失，自是学者略知所归。"[③] 郑玄笺注了许多儒家经典，今存《十三经注疏》的就有《毛诗》笺和《三礼》注。他在校勘上的主要贡献是考订文字，整理错简，分析原因，举例说明。当遇着很明显的误字时，他只在注中指出："某当为某"，并不轻易改原文。他注《仪礼》时采用今文、古文二本参校，一一载其异同并标明，"古文某作某，今义某作某"。这种做法，在一定程度上体现了校勘的基本原则。

高诱是汉末魏初的学者，曾校注过《淮南子》和《吕氏春秋》。他的校勘成果虽然不多，但他创立了异文并存而两通的校勘类例，表现出了谨

---

① 班固：《汉书》卷三十，中华书局2007年版，第325页。

② 李昉等撰：《太平御览》第6册，上海古籍出版社2008年版，第639页。

③ 范晔：《后汉书》卷三五，中华书局1965年版，第1212页。

慎而不武断的态度。[①]

晋代的荀勖奉诏对汲冢书进行了校证。《晋书·武帝纪》载：武帝（司马炎）咸宁五年（279）冬十月戊寅，“汲郡（今河南汲县）人不（fǒu）準掘魏襄王（前319—前296在位）冢，得竹简小篆古文十余万言，藏于秘府。”[②] 荀勖等人对其进行了校订、补正、注释，将其整理成当时文字，成为国家藏书的一部分。

颜之推是北齐著名的学者，其著作主要有《颜氏家训》、《训俗文字略》等。他在校勘学上的主要贡献是使古书校勘理论化和系统化。《颜氏家训》20篇，涉及当时社会生活各个方面。其中部分内容涉及文献校勘、整理等方面，《四库全书总目提要》称其“兼论字画音训，并考正典故，品第文艺，曼衍旁涉，不专为一家之言”。[③]《勉学》、《文章》、《音韵》等篇涉及文献校雠问题。颜之推在《勉学》篇中论述了校雠工作的重要意义，认为校雠时必须熟悉典籍，同时要具有广博学识：

> 校定书籍，亦何容易，自扬雄、刘向方称此职耳。观天下书未遍，不得妄下雌黄。或彼以为非，此以为是。或本同末异，或两文皆欠，不可偏信一隅也。[④]

颜之推独到的见解为后世整理古籍者所吸收和推崇，也被校雠学家引为经典，并不断发扬光大。

唐代的陆德明所撰《经典释文》是一部汇集经典文字注音的重要著作。该书有序录一卷，包括《自序》和《条例》二篇。陆德明在《自序》中说明著述宗旨：“循省旧音，苦其太简，况微言文绝，大义愈乖，攻乎异端，竞生穿凿。……遂因暇景，救其不逮，研究六籍，采撩九流，搜访异同，校之苍雅。”陆德明在《经典释文·条例》中说：“《尔雅》本释《坟典》，字读须逐《五经》，而近代学徒，好生异见，改音易字，皆采杂书，唯止信其所闻，不复考其本末。且六文八体，各有其义。形声

---

① 白兆麟：《论校勘史之科学分期》，《阜阳师范学院学报》2000年第6期。

② 房玄龄等撰：《晋书》，中华书局1974年版，第70页。

③ 纪昀：《四库全书总目提要》，中华书局1965年版，第3040页。

④ 颜之推：《颜氏家训》，贵州人民出版社1995年版，第146页。

会意，宁拘一揆。岂必飞禽须安鸟，水族便应著鱼，虫属要作虫旁，草类皆从两艸，如此之类，实不可依，今并校量，不从流俗。”① 陆德明不仅视校雠为释义之前提，而且提出校是非与校异同并重，反对轻改和臆改的原则。这表明当时已经能够运用这些知识于古籍校勘，作为说明文字讹误的原因以及判断是非的依据。

唐代颜师古校定的《五经定本》在唐代具有官学的典范性意义。武德年间，他曾受命进行过文字规范工作。至贞观年间，唐太宗以典籍流布久远，各家传述不一，令其加以考校以定其是非。既成奏之，太宗又让诸儒重加评议。儒生因已习惯了传习已久的旧本，对于颜校一致反对，颜师古“辄引晋宋以来古今本，随言晓答，援据详明，皆出其意表，诸儒莫不叹服”。② 于是将其校定之本颁行天下，令学者诵习。颜氏在经籍刊正过程中录字体数纸，号为《颜氏字样》，作为雠校楷书的范例。颜师古所著《匡谬正俗》考辨经书的音义，以雠校精严而著称后世。

宋代以后，校雠学更是得到了长足的发展。由于政府的提倡和重视，校雠的对象从经史典籍扩大到作家作品的总集和别集，进一步表现出独立发展的趋势，如彭叔夏的《文苑英华辨证》，廖莹中、岳浚的《刊正九经三传沿革例》。清代的校雠学成绩更为突出。王鸣盛校勘的《十七史商榷》、阮元主持的《十三经注疏校勘记》可以说是这一时期校雠实践辉煌的标志，而校雠理论的倡导者当推明末清初的方以智和顾炎武。卢文弨的《群书拾补》、钱大昕的《廿二史考异》、段玉裁的《与诸同志论校书之难》、王念孙的《读书杂志》、章学诚的《校雠通义》、阮元的《十三经注疏校勘记》、顾千里的《思适斋集》等，都明确地提出了校雠的基本方法。

（二）校雠学的实践与理论

在古代相当长的时间里，编校是合一的，这也是与当时的出版生产力水平相适应的。古代的校雠是古籍整理的主要手段，其任务主要是：整理图书，辨别真伪，考订谬误；考证文字异同而求其正。校书时的一般场景，除了文献里的一些记载，还能通过西晋的校书俑（20 世纪 50 年代出土于湖南长沙近郊金盆岭西晋墓葬 9 号墓）（见图 1）、北齐画手杨子华的《北齐校书图》等一些流传至今的艺术品中窥见当时的校书情况。青瓷校

① 陆德明：《经典释文》，上海古籍出版社 1985 年版，第 9 页。

② 《旧唐书》卷七三，第 2594 页。

图1　青瓷校书俑现收藏于湖南省博物馆

书俑高17.2厘米，为西晋永宁二年（302）时期的瓷器。俑头戴晋贤冠，身着交领长袍，相对而坐。中间置书案，案上有笔、砚、简册，一人执笔在板上书写，另一人手执一板，上置简册。二人相互对望，似有所语。根据俑的衣冠特征、人物神态以及案上的文具，二俑当是文献中记载的校书吏，因此称之为校雠俑更为贴切。古时校书方法有一人校，也有二人对校，"一人读书，校其上下，得谬误为校；一人持本，一人读书，若冤家相对为雠"。这件校书俑正体现了若冤家相对的"雠"，生动地展现了古人校书的形态。

《北齐校书图》画中所记录的是北齐天保七年（556）文宣帝高洋命樊逊等人刊校五经诸史的故事。画面中心有士大夫四人坐于榻上，一人正在执笔书写，另一人手执毛笔，一手举着刚写完的书绢似在审阅。画上人物或展卷沉思，或执笔书写，或欲离席，或挽留着，神情毕现。

河北望都一号汉墓的壁画中有一幅"主记史"与"主簿"二人对坐书写图，主记史与主簿各坐一枰（榻），相对而望，主记史貌似在述说，主簿左手执牍，右手持笔，做记录状。这些保存至今的文物正好和文献记载相互印证，有助于我们认识当时的社会现象。

晋代学者葛洪在他的著作《抱朴子·遐览》中说："故谚曰：'书三写，鲁成鱼，虚为虎。'此之谓也。"说明葛洪已经认识到校对在文字传播中的重大作用。后来，人们把"书三写"这个谚语和子夏校正"三豕"的故事综合提炼出一个成语：鲁鱼亥豕。"鲁鱼亥豕"作为书籍传写或刊印中出现形讹字差错的代称，一直为人们沿用至今。这个成语虽然没有直接提到校对，却间接地揭示了校对工作的重要性和在校对中出现形讹字的规律。[①] 刘勰《文心雕龙·章句篇》云："章句在篇，如茧之抽绪。原始

① 孙培镜：《我国汉文字校对传统初探》，《编辑学刊》1992年第3期。

要终，体必鳞次。启行之辞，逆萌中篇之意；绝笔之言，追媵前句之旨。故能外文绮交，内义脉注，跗萼相衔，首尾一体。若辞失其朋，则羁旅而无友；事乖其次，则飘寓而不安。是以搜句忌于颠倒，裁章贵于顺序。"[①]此文说明一篇文章每一句或每一段都不是孤立的，都是上下文相互联系的。如果字句有讹误，就会出现"辞失其朋"的现象；如果字句颠倒使内容文义错乱，就会出现"事乖其次"的现象；如果字有脱有衍，使前后文义或缺或增，就会出现"飘寓不安"的现象，这几种错讹都会影响文章内容的正确表达。因此，对于文献的校雠非常重要，切不可掉以轻心。

保存于《南宋馆阁录》中的南宋秘书省"校雠式"，是今天可以见到的最早的一份古代国家藏书机构有关书籍校点的工作细则。"校雠式"载于《南宋馆阁录》卷三《储藏》门，记载如下：

> 诸字有误者，以雌黄涂讫，别书；或多字，以雌黄圈之；少者，于字侧添入，或字侧不容注者，即用朱圈，仍于本行上下空纸上标写；倒置，于两字间书乙字。
>
> 诸点语断处，以侧为正。其有人名、地名、物名等合细分者，即于中间细点。
>
> ……
>
> 点有差误，却行改正，即以雌黄盖朱点，应黄点处并不为点。
>
> 点校讫，每册末各书"臣某校正"。
>
> 所校书，每校一部了毕，即旋申尚书省。[②]

这份工作细则规定和提倡作者、编者、校者以及刻工、写工和装潢工在书中署名；在官刻的大型图书上，书首还要刊登都勘官（总校勘官）和校勘官联名的表文，以此明确个人职责。南宋学者楼大防还制订了通用的"正误表"，表格列出"卷""版""行""字""误""改"六个项目，后面留有空格，以备填写。上述格式、体例和表格，都为后人所借鉴或继承。

① 刘勰著、周振甫注：《文心雕龙注释》，人民文学出版社2002年版，第375页。

② 陈骙等撰，张富祥点校：《南宋馆阁录续录》，中华书局1998年版，第23页。

随着文献的极大丰富，私人藏书的风行，古籍校勘经验有更多的积累。清初藏书家孙从添说："古人每校一书，先须细心细绎，自始至终，校雠三四次，乃为至善。至于宋刻本，校正字句虽少，而改字不可遽改书上。元版亦然。须将改正字句，写在白纸条上，薄浆浮签，贴本行上。""凡校正新书，将校正过善本，对临可也。"[①] 校书须数人相好，聚于一处讲究讨论，寻绎旧文，方可有成。陈垣在《校勘学释例》中总结了自己的校书之法：一为对校法，即以同书之祖本或别本对读，遇不同之处，则注于其旁……其主旨在校异同。二为本校法，即以本书前后互证，而抉摘其异同，则知其中之谬误。三为它校法，即以它书校本书，凡其书中有采自前人者，可以前人之书校之，有为后人所引用者，可以后人之书校之；其史料有为同时之书并载者，可以同时之书校之。四为理校法，遇无本可据或数本互异而无所适从之时，则须用此法。……非有确证，不敢借理校以逞臆见也。陈垣提出的这四种方法综合了前人校书的经验，并融入了自己校书的体会，对如何校勘古籍从理论上作出了系统的概括和总结。著名古文献学家张舜徽指出："陈氏所举四例，实为校读一切书籍的基本方法，并且是比较接近于科学的方法，足使我们参考和采用。"[②]

说到具体的校对制度，隋唐时代官方翻译佛经，在誊抄过程中实行"初校、再校、三校"，最后由"主持"详阅。这是我国校雠史上最早的"三校一读"记载。比如开元二十四年（736），唐玄宗亲注《金刚般若经》。《房山云居寺石经》记：

> 这部"御注"《金刚经》有玄宗的自序，注末并有题记云："石经，开元二十三乙亥之岁六月三日，都释门威仪僧思有表请，至九月十五日经出，合城具法仪于通洛门奉迎，其日表贺，便请颁行天下，写本入藏，宣付史馆。其月十八日于敬爱寺设斋庆赞，兼请中使、王公、宰相、百□□□□□□□开元廿三年十月□□书手臣张若芳用小麻纸三十五张，校书郎垣初校，校书郎韩液再校，正字李希言三校。装书近臣陈善、装典书臣侯令晖、典秘书郎臣卢倬、掌朝散大夫守秘书监上柱国平乡县开国男臣宋昇监□□□、上柱国载国公李道□、光禄

① 孙从添：《藏书纪要》第4则，汲古阁，民国三年石印。

② 张舜徽：《中国古代史籍校读法》，中华书局1962年版，第182页。

大夫秘书监同正员上柱国汝阳郡王臣总淳监。天宝元年八月十五日立（下缺数字）。"①

从中可知，唐代官方佛经的翻译写本卷末注有书手、纸张用度，还有初校、二校、三校、详阅、监督人的署名。此外，敦煌藏经洞所出文献中，《妙法莲华经卷第四》题记为："咸亨三年八月廿九日门下省群书手刘大慈写。用纸贰拾贰张，装潢手解善集，初校书手刘大慈，再校胜光寺僧行礼，三校胜光寺僧惠冲，详阅太原寺大德神符，详阅太原寺大德嘉尚，详阅太原寺主慧立，详阅太原寺上座道成，判官少府监掌冶署令向义感，使太中大夫守工部侍郎永兴县开国公虞昶监。"② 整个抄经的工作严格而有秩序，而且要经过初校、二校、三校以及详阅的流程，可见唐代政府对写本的校雠已经形成较为完整而严密的制度。至宋代，宋太宗下令重校"三史"时明确规定"三复校正"，最后由他"御览"，也是"三校一读"。清乾隆时代编纂《四库全书》，对誊录本的校对最初只设分校、总校两级校官，乾隆皇帝翻阅总校后的《四库全书荟要》发现了错别字，提出严厉的批评，于是在分校官与总校官之间增设复校官。全书誊录完成之后，乾隆又命总纂之一的陆锡熊"详校全书"，也是"三校一读"。③

以上论及的各种古代校对理论和方法影响深远，许多文字校对方式沿用至今。即使到现在，"三校一读"也是各种图书、期刊编校的基本制度。对于编校者而言，文字正确、版式优美、内容完善、制作精良的文字作品永远是编辑出版人的追求。

三　校雠工作在唐代诗文中的体现

据《全唐诗》数据库检索，诗歌标题和内容含有"校书"的共有236首。这些诗歌记载了校书郎任职期间的工作特点，也体现了他们的生活情况和为官心态，为我们了解唐代诗人的精神面貌提供了珍贵的资料。

一些诗歌表现了校书郎的工作环境，如诗人刘禹锡《题集贤阁》：

---

① 北京图书馆金石组、中国佛教图书文物馆石经组编：《房山石经题记汇编》，书目文献出版社1987年版，第211页。

② ［日］池田温：《中国古代写本识语集录》，东京大学东洋文化研究所1990年版，第216页。

③ 周奇：《校对的基本理论与实践》，《出版科学》2003年第3期。

凤池西畔图书府，玉树玲珑景气闲。长听馀风送天乐，时登高阁望人寰。青山云绕栏干外，紫殿香来步武间。曾是先贤翔集地，每看壁记一惭颜。[①]

对集贤殿景象进行了生动的描述。张说《恩制赐食于丽正殿书院宴赋得林字》："东壁图书府，西园翰墨林。诵诗闻国政，讲易见天心。位窃和羹重，恩叨醉酒深。缓歌春兴曲，情竭为知音。"[②] 丽正殿即是后来的集贤殿，从诗中可想见这一工作环境之优良。既可以在宫内仰见天恩，又可以饱读诗书广交朋友。许棠《送刘校书游东鲁》："内阁劳雠校，东邦忽纵游。才偏精二雅，分合遇诸侯。"[③] 储光羲《酬綦毋校书梦耶溪见赠之作》："校文在仙掖，每有沧洲心。"[④]

表现校书郎工作内容的主要有卢纶《送李校书赴东川幕》："编简尘封阁，戈铤雪照营。"[⑤] 编简即指编校典籍之事。朱庆余有《送韦校书佐灵州幕》："职已为书记，官曾校典坟。"[⑥] 写明校点典籍为工作内容。李远《赠弘文杜校书》写道：

高倚霞梯万丈余，共看移步入宸居。晓随鹓鹭排金锁，静对铅黄校玉书。漠漠禁烟笼远树，泠泠宫漏响前除。还闻汉帝亲词赋，好为从容奏子虚。[⑦]

诗中的"铅黄"是指铅粉和雌黄。古人常用铅粉和雌黄点校书籍，故校勘图书之事也称为"铅黄"。如元稹《酬翰林白学士代书一百韵》有："鱼鲁非难识，铅黄自懒持。"[⑧] 司空曙《奉和常舍人晚秋集贤院即事

---

① 《全唐诗》卷三六〇，第4063页。
② 《全唐诗》卷八七，第945页。
③ 《全唐诗》卷六〇四，第6987页。
④ 《全唐诗》卷一三六，第1383页。
⑤ 《全唐诗》卷二八〇，第3181页。
⑥ 《全唐诗》卷五一四，第5867页。
⑦ 《全唐诗》卷五一九，第5934页。
⑧ 《全唐诗》卷四〇五，第4519页。

寄徐薛二侍郎》有："蔼蔼凤凰宫，兰台玉署通。夜霜凝树羽，朝日照相风。官附三台贵，儒开百氏宗。司言陈禹命，侍讲发尧聪。香卷青编内，铅分绿字中。缀签从太史，锵珮揖群公。"[①] 诗中用"香卷青编内，铅分绿字中"描写集贤院的工作情况。王建《宫词一百首》有："集贤殿里图书满，点勘头边御印同，真迹进来依数字，别收锁在玉函中。"[②] 诗中"真迹进来依数字"应是指按一定顺序编排书籍，"别收锁在玉函中"是指书籍的收纳存放情况。

表现校书郎工作状态的，如白居易任校书郎期间所写的《惜玉蕊花有怀集贤王校书起》："芳意将阑风又吹，白云离叶雪辞枝。集贤雠校无闲日，落尽瑶花君不知。"[③] 体现了校书工作的忙碌和投入状态，甚至忘记了周围的环境和时间。包融《和陈校书省中玩雪》："芸阁朝来雪，飘摇正满空。褰开明月下，校理落花中。"[④] 给校书工作营造了朦胧缥缈的诗意。

这些和校书有关的诗歌中较有代表性的有李德裕的《雨中自秘书省访王三侍御知早入朝便入集贤侍御任集贤校书及升柏台又与秘阁相对同院张学士亦余特厚故以诗赠之》，诗中有"顾我蓬莱静无事，玉版宝书藏众瑞。青编尽似汲冢来，科斗皆从鲁室至"。[⑤] 李德裕此时期为秘书省校书郎，王起充集贤院校书。两人工作地点相近，平日里也早有往来。诗中的"蓬莱""青编""汲冢""科斗""鲁室"等都是藏书或校书的用典，体现了其工作的内容。李德裕写下这首诗后，王起也为之和了一首诗，即《和李校书雨中自秘省见访知早入朝便入集贤不遇诗》："台庭才子来款扉，典校初从天禄归。已惭陋巷回玉趾，仍闻细雨沾彩衣。诘朝始趋凤阙去，此日遂愁鸡黍违。忆昨谬官在乌府，喜君对门讨鱼鲁。"这首诗的序中记述："起顷任集贤校书，及升柏台，又与秘阁相对，今直书殿有张学士，尝忝同幕，而与秘书稍远，故瞻望之词多。"[⑥] 诗中所说的"讨鱼鲁"也是校书工作的别称。晋代葛洪《抱朴子·遐览》记："书字人知之，犹尚写之多误。故谚曰：书三写，鱼成鲁，虚成虎。此之谓也。"后以"鱼

① 《全唐诗》卷二九三，第 3337 页。

② 《全唐诗》卷三〇二，第 3440 页。

③ 朱金城：《白居易集笺校》，上海古籍出版社 1998 年版，第 751 页。

④ 《全唐诗》卷一一四，第 1154 页。

⑤ 《全唐诗》卷四七五，第 5388 页。

⑥ 《全唐诗》卷四六四，第 5271 页。

鲁”泛指书籍传写中的文字错误。他们二人的诗歌既描写了辛苦的校书生活，又充满了生动的情趣。

描写晚唐校书郎生活的，还有一首是林宽的《和周繇校书先辈省中寓直》比较有名。

> 古木重门掩，幽深只欠溪。此中真吏隐，何必更岩栖。名姓镌幢记，经书逐库题。字随飞蠹缺，阶与落星齐。伴直僧谈静，侵霜蛩韵低。粘尘贺草没，剥粉薛禽迷。衰藓墙千堵，微阳菊半畦。鼓残鸦去北，漏在月沉西。每忆终南雪，几登云阁梯。时因搜句次，那惜一招携。①

周繇，是咸通十三年（872）郑昌图榜进士，任校书郎应在此年之后。《唐才子传》卷八谓其“家贫，生理索寞，只苦篇韵，俯有思，仰有咏，深造阃域，时号为‘诗禅’”。周繇任校书郎之时似在乾符年间。周繇很有诗名，与徐商、温庭筠、段成式、林宽、许棠等交游。“古木重门掩，幽深只欠溪”体现了秘书省校书郎工作环境的幽深静谧。“此中真吏隐，何必更岩栖”是对周繇的宽慰，更是一种赞许，因为周繇本来就向往隐逸生活。唐代诗人杜荀鹤有一首送给周繇的诗《送福昌周繇少府归宁兼谋隐》：“少见古人无远虑，如君真得古人情。登科作尉官虽小，避世安亲禄已荣。一路水云生隐思，几山猿鸟认吟声。知君未作终焉计，要著文章待太平。”② 因此林宽在诗中才有“吏隐”一说。仕与隐、魏阙与江湖是古代士人无法回避的两难选择，吏隐作为一种处世心态和行为方式，调和了士人心中的仕隐矛盾。身处哪里已不再重要，在公事之余，甚至在寓直期间，坐在清幽的场院，面对厚重的书籍，可以用想象和诗歌营造一个静谧的山林环境，追求心灵的闲适与超越。《和周繇校书先辈省中寓直》应是林宽写给周繇的一首和诗，从诗中可以得知校书郎和其他官职一样，有时需在工作场所宿夜当直。唐代文馆有宿直制度，《唐会要》卷六四云：“开元二年正月，弘文馆学士、直学士、学生，情愿夜读书及写供奉书人、拓书人，愿在内宿者，亦听之。……其学生既在馆宿，博士

① 《全唐诗》卷六〇六，第7004页。

② 《全唐诗》卷六九二，第7953页。

及直馆，每夜各一人递直。”① 可知唐代文馆的学士、直学士、学生等，允许留宿读书；只要学生在馆留宿，博士和直弘文馆学士各一人每夜轮流宿直。还有一篇诗人王初写于元和年间的《送陈校勘入宿》：“日落风回卷碧霓，芳蓬一夜拆龙泥。银台级级连清汉，桂子香浓月杵低。”② 也说明了校书郎当时的宿直情况。

白居易《常乐里闲居偶题十六韵兼寄刘十五公舆王十一起吕二炅吕四颍崔十八玄亮元九稹刘三十二敦质张十五仲方时为校书郎》：“兰台七八人，出处与之俱。旬时阻谈笑，旦夕望轩车。谁能雠校间，解带卧吾庐。窗前有竹玩，门外有酒沽。何以待君子，数竿对一壶。”③ 这首诗位于白居易闲适诗的首篇，表现了诗人特有的心态，工作清闲、衣食无忧、生活高雅，也表现了诗人的自信心。白居易身处安史之乱后的求治改革之际，与同朝代的士人一样有着兼济天下的强烈使命感，诗人将济世安民作为自己的责任，努力实践着自己的人生理想和抱负。

第二节　校书郎的文学唱和情况

唱和，在唐代文献中多作“倡和”，宋代诗话少数用“倡和”④，绝大多数用“唱和”。在《新唐书·艺文志》中的唱和诗集均作“唱和”。唱和诗以交往为主要目的，以赠答为主体，包含了在同次集会、酒宴上创作的同题诗、应制诗、联句诗在内的这一类作品的总称。其中赠答类赠诗为唱，答诗为和。同题诗有唱有和，也有的是分头创作，无所谓先后顺序，因而不能明确区分孰唱孰和。联句是共同创作，亦无原唱之说。从内容上看，包括赠别、宴集、相逢、勉励、怀念、伤悼等。初唐时期以应制唱和为代表，留存了大量君臣交往的实迹，有一些作者存世的作品几乎全部是应制诗，比如许敬宗。盛唐开始私人之间的唱和增多了，但缺乏完整的诗集。中唐以后，私人之间的唱和诗更加广泛。唱和诗既是原唱者与酬和者交流思想、联络感情的工具，同时也是相互之间切磋诗艺、相互促进

① 《唐会要》卷六四，第1317页。

② 《全唐诗》卷四九一，第5559页。

③ 朱金城：《白居易集笺校》，上海古籍出版社1998年版，第265页。

④ 张表臣：《珊瑚钩诗话》，载何文焕《历代诗话》，中华书局1981年版，第458页。

的工具，它比一般的作品更具有艺术性。文馆集中了大批文士，为以文会友准备了良好的条件。这种场合可以激发创作灵感，提高作者声誉，也是文士展露文才、引人瞩目的大好时机。同时，宫廷里以皇帝为首，各方文士不时雅聚饮宴，谈论诗文，制作诗章。文坛的很多新风气都从这里传向天下四方，太宗、高宗朝的文馆创作与其他文艺活动更是直接影响和左右着宫廷诗风。

一 宫廷宴集唱和

唐初诗歌的兴盛及其特征的形成，与帝王的“雅好艺文”并亲身实践密切相关。明代人胡震亨在《唐音癸签》卷二七中指出：

> 有唐吟业之盛，导源有自。文皇英姿间出，表丽缛于先程；玄宗材艺兼该，通风婉于时格。是用古体再变，律调一新；朝野景从，谣习浸广。重以德、宣诸主，天藻并工，赓歌时继。上好下甚，风偃化移，固宜于喁遍于群伦，爽籁袭于异代矣。中间机纽，更在孝和一朝。于时文馆既集多材，内庭又依奥主，游綖以兴其篇，奖赏以激其价；谁䍐律宗，可遗功首？虽猥狎见讥，尤作兴有属者焉。①

唐诗的繁荣与帝王的喜好与提倡有很大关系，自太宗、高宗、中宗、睿宗至玄宗、肃宗、德宗、文宗、宣宗，唐代历朝帝王不仅多有诗作，而且有意聚纳文人儒士唱酬应制，使宫廷之内形成浓郁的诗歌创作风气，终唐之世绵延不绝。王梦鸥分析唐初宫廷文风成因：

> 大抵生活优裕者，富有余力从事缀辞游戏，而此游戏初不因心有郁陶，一吐为快；则唯有从日臻细密之缀辞法中猎取先难后获之乐趣。故此缀辞法则自始即与宫廷及士大夫之文酒行乐生活关系密切；循而“上行下效”，蔚为江左文风。自齐梁至于初唐，前后二百年间，不特此风未戢，益以贞观永徽之世，因生民久经战乱，亟思升平，形成一度海宇艾安局面。而太宗高宗武后中宗诸世主，其爱好文辞，又适与齐梁陈隋诸世主不相上下；然则齐梁时代之诗学，得此适

① 胡震亨：《唐音癸签》，上海古籍出版社1981年版，第281页。

宜环境之培育而茁壮，固自有其错综原因与渊源在也”。[①]

张说在《唐昭容上官氏文集序》中云：“自则天久视之后，中宗景龙之际，十数年间，六合清谧，内峻图书之府，外辟修文之馆，搜英猎俊，野无遗才。右职以精学为先，大臣以无文为耻。每豫游宫观，行幸河山，白云起而帝歌，翠华飞而臣赋。雅颂之盛，与三代同风。”[②] 唐代文馆的诗歌唱和活动非常繁荣。《唐诗纪事》卷九“李适”条详细记载了景龙二年（708）至四年的游宴活动，可见当时盛况：

> 初，中宗景龙二年始于修文馆置大学士四员，学士八员，直学士十二员，象四时、八节、十二月。于是李峤、宗楚客、赵彦昭、韦嗣立为大学士，适、刘宪、崔湜、郑愔、卢藏用、李乂、岑羲、刘子玄为学士，薛稷、马怀素、宋之问、武平一、杜审言、沈佺期、阎朝隐为直学士，又召徐坚、韦元旦、徐彦伯、刘允济等满员，其后被选者不一。凡天子飨会游豫，唯宰相及学士得从。春幸梨园，并渭水祓除，则赐柳圈辟疠；夏宴蒲萄园，赐朱樱；秋登慈恩浮图，献菊花酒称寿；冬幸新丰，历白鹿观，上骊山，赐浴汤池，给香粉兰泽，从行给翔麟马，品官黄衣各一。帝有所感即赋诗，学士皆属和，当时人所钦慕。[③]

贾晋华《唐代集会总集与诗人群研究》对此进行了较为全面的研究，根据《玉海》卷五十四所引《文馆记》“学士二十九人传为三卷”的记载，在《唐诗纪事》卷九李适条所载23人之外，增补了苏颋、崔日用、褚无量、李迥秀、张说、上官婉儿6人，补齐了29人姓名。此外，考辑纪事66则、逸诗366首、断句4句、词5首、赋1首、序4首、学士传8则。在宫廷宴游过程中，不论职务高低，其诗歌才华的高低才是取幸于君的标准，常为人称赏的逸事则是沈佺期、宋之问之争。《唐诗纪事》卷三：

---

① 王梦鸥：《初唐诗学著述考》，台湾商务印书馆1977年版，第4页。

② 《全唐文》卷二二五，第2275页。

③ 计有功：《唐诗纪事》，上海古籍出版社2008年版，第113—114页。

中宗正月晦日幸昆明池赋诗，群臣应制百余篇。帐殿前结彩楼，命昭容选一首为新翻御制曲。从臣悉集其下，须臾纸落如飞，各认其名而怀之。既进，唯沈、宋二诗不下。又移时，一纸飞坠，竞取而观，乃沈诗也。及闻其评曰：“二诗工力悉敌，沈诗落句云：‘微臣雕朽质，羞覩豫章材。’盖词气已竭。宋诗云：‘不愁明月尽，自有夜珠来。’犹陟健举。”沈乃伏，不敢复争。[①]

昭容指的是上官婉儿。每当中宗赐宴赋诗，上官婉儿不仅代皇室作诗，而且还负责评定群臣之作。她的几句评语居然压服了两位初唐文豪，甚至“不敢复争”，可见上官婉儿的诗才及审美趣味之高，同时也体现了当时诗歌的审美观念和艺术追求。

唐玄宗时期的宫廷宴集唱和活动也很丰富。《职官分纪》卷十五：“时又频赐酒馔学士等，燕饮为乐。前后赋诗奏上凡数百首。时院中既有宰臣及侍读屡承恩渥，赐以甘瓜绿李及四方珍异。燕公诗曰：‘东壁图书府，西园翰墨林。诵诗闻国政，讲易见天心。’当时词人尤称美。前后令赵冬曦、张九龄、咸廙业、韦述为诗序。学士等赋诗，编成篇轴以进上，上每嘉赏焉。”[②]“开元十三年，因奏对封禅仪注，敕学士等赐宴于集仙殿。上制诗序，群臣赋诗。上于坐上口诏，改为集贤殿。时预宴者，宰臣源侍中乾曜、张燕公、学士徐坚、贺知章、康子元、赵冬曦、侯行果、敬会真、赵玄默、韦述、李子钊、陆去泰、吕向、咸廙业、毋煚、余钦、孙季良、冯朝隐等。时新进樱桃，上令遍于席上散布，各令诸官拾取之。饮以醇醪清酤之酒，酒酣廉内出彩笺，令燕公赋宫韵，群臣赋诗。”[③]

现存文集大多记载位尊名显者的宫廷宴游唱和诗歌，一些低层官员，如校书郎的唱和诗歌很少收入，但从一些文献资料中仍然可以窥一斑而见全貌。如杨炯官校书郎时被荐为崇文馆学士，参与宫廷宴集活动。杨炯的《崇文馆宴集诗序》：

天下之器也神，立贰者所以经其化；圣人之宝也大，建储者所以

① 计有功：《唐诗纪事》，上海古籍出版社2008年版，第28页。

② 《职官分纪》卷十五，第380页。

③ 同上书，第380页。

赞其庸。易所谓照于四方，礼所谓贞于万国。皇家以中枢北极，清都有天子之宫；储后以大火前星，苍震有乾男之位。因心也孝，常问安于寝门；行已也恭，每不绝于驰道。有父子君臣之道焉，有夏干冬羽之事焉。于是发德音，降明诏，封紫泥于玺禁，传墨令于银书。齿于成均，所以明其长幼；通于博望，所以昭其宾客。东方曼倩之文史，即预禖祠；甪里先生之羽翼，仍参献寿。为宾者四友，等黄龙之简才；论奏者八人，同赤乌之下士。莫不搢绅旧德，缝掖名儒，衣簪拜高阙之门，骖驾陪直城之路。琢磨其道，玉质而金相；黼黻其词，云蒸而电激。琴书暇景，风月名辰。周旋揖让，观礼仪之溢目；合异离坚，闻辨论之盈耳。八珍芳馔，寒温取适于四时；一献雕觞，宾主交欢于百拜。[①]

写得恢宏大气，对崇文馆的宴集活动进行了生动形象的描述。张九龄任秘书省校书郎时，有应制诗《剪彩》"姹女矜容色，为花不让春。既争芳意早，谁待物华真。叶作参差发，枝从点缀新。自然无限态，长在艳阳晨。"[②]《唐诗纪事》卷九李适条："景龙四年正月……八日立春，内殿赐彩花。"[③] "剪彩"为相沿已久的一种迎春民俗。孙思邈《千金月令》："唐制，立春赐三宫彩胜各有差。"段成式《酉阳杂俎》："立春日，士大夫之家，剪纸为小幡，或悬于佳人之首，或缀于花下；又剪为春蝶、春钱、春胜以戏之。"还有其他几位诗人的应和诗歌如下：李峤《立春日侍宴内殿出剪彩花应制》："早闻年欲至，剪彩学芳辰。缀绿奇能似，裁红巧逼真。花从箧里发，叶向手中春。不与时光竞，何名天上人。"[④] 武平一《奉和立春内出彩花树应制》："銮辂青旂下帝台，东郊上苑望春来。黄莺未解林间啭，红蕊先从殿里开。画阁条风初变柳，银塘曲水半含苔。欣逢睿藻光韶律，更促霞觞畏景催。"[⑤] 张说《八日迎春赐彩花》（即《奉和圣制春日幸望春宫应制》）："别馆芳菲上苑东，飞花澹荡御筵红。城临渭水天河近，阙对南山云雾通。绕殿流莺凡几树，当蹊乱蝶许多丛。

① 《全唐文》卷一九一，第1926页。
② 《全唐诗》卷四八，第581页。
③ 《唐诗纪事》卷九，第115页。
④ 《全唐诗》卷五八，第692页。
⑤ 《全唐诗》卷一〇二，第1085页。

春园既醉心和乐，共识皇恩造化同。”① 王昌龄任校书郎期间，有《夏月花萼楼酺宴应制》：“土德三元正，尧心万国同。汾阴备冬礼，长乐应和风。……玉陛分朝列，文章发圣聪。愚臣忝书赋，歌咏颂丝桐。”② 按诗中“汾阴备冬礼”系开元二十年（732）冬玄宗幸河东、祠后土汾阴唯上之事。诗题曰“应制”，查检《全唐诗》唐玄宗有《首夏花萼楼观群臣宴宁王山亭回楼下，又申之以赏乐赋诗并序》。花萼楼宴群臣事在开元二十一年（733）四月，王诗云“愚臣黍书赋”，可知是年王昌龄在长安任校书郎。徐浩在任集贤院校理时，因应制作《喜雨赋》得张说赏识，荐引于朝廷。查阅《文苑英华》十四卷有唐玄宗所作《喜雨赋》，奉和者有张说、韩休、徐安贞、贾登、李宙等人。《职官分纪》卷十五载：“开元十一年，张燕公等献所赋诗。上各赐赞以褒美之。敕曰：‘得所进诗甚有佳妙，风雅之道，斯为可观。并据才能，略为赞述，具如别纸，宜各领之。’上自于五色笺八分书之。”玄宗所赞者有：张说、徐坚、贺知章、赵冬曦、康于元、侯行果、韦述、敬会真、赵玄默、东方颢、李子钊、吕向、孙季良等17人。③ 其中，孙季良是校书郎，东方颢、吕向是校理。

二　私人交游唱和

校书郎作为唐代文士踏上仕途的第一步，在他们人生经历中具有重要意义，故而在任职期间多有交游唱和、诗文往来。唱和诗既可以展示诗才，也可以交流思想、联络感情。权德舆《秦征君校书与刘随州唱和诗序》：“今业六义以著称者，必当唱酬往复，亦所以极其思虑，较其胜败，而文以时之，闻人序而申之。”④ 在时代氛围影响下，唐代文士大都在年轻时期就辞亲远游，在壮游山水的过程中结交朋友、增长见识、陶冶情操。在求取功名、仕进迁转历程中也需要四方宦游。这就为唱和诗的发展提供了良好的条件。据《全唐诗》数据库检索，诗歌标题和内容含有“校书”的共有236首，有很多是交游唱和之作。这些诗歌有的是诗人在校书郎任上

① 《全唐诗》卷八七，第960页。

② 《全唐诗》卷一四二，第1441页。

③ 《职官分纪》卷十五，第380页。

④ 《全唐文》卷四九〇，第5003页。

所作，有的是其他人写给校书郎的。如：贾岛《酬姚合校书》、元稹《酬窦校书二十韵》、卢纶《送李方东归》、钱起《罢官后酬元校书见赠》、韦应物《答畅校书当》、储光羲《酬綦毋校书梦耶溪见赠之作》、司空曙《酬李端校书见赠》等等。《全唐文》中也有权德舆《秦征君校书与刘随州唱和诗序》、《月夜泛舟重送许校书联句序》。通过阅读和比较，笔者选取了一些较有代表性的诗歌，以体现当时的社会状况和文士心态。

（一）初、盛唐时期校书郎唱和

1. 张九龄

张九龄，少聪慧能文，弱冠参加科举考试获中进士。唐中宗景龙元年（707），张九龄中材堪经邦科，授秘书省校书郎。[①] 景龙二年（708）秋，修文馆学士宋之问、李适、李乂、卢藏用、薛稷、马怀素、徐坚等共同作诗送许州宋司马赴任，时为校书郎的张九龄作《饯宋司马序》：“宋司马才通命蹇，云翼泥蟠，蔡邕朔方，不废琴书之业；贾谊宣室，欲言鬼神之事。既而出宿南浦，与鸿雁而同归；追饯北梁，对江山而不乐。是日渚云欲霁，林鸟将春，惜时物之方华，重情人之自远。群公有感，中座无欢，他日清风，自当元度之夕；兹辰零雨，得无子荆之咏？遂相与援翰，赋诗赠行。”[②] 另外几人的诗作如下：卢藏用《饯许州宋司马赴任》：“国为休征选，舆因仲举题。山川襄野隔，朋酒灞亭暌。零雨征轩骛，秋风别骥嘶。骊歌一曲罢，愁望正凄凄。”[③] 徐坚《饯许州宋司马赴任》：“旧许星车转，神京祖帐开。断烟伤别望，零雨送离杯。辞燕依空绕，宾鸿入听哀。分襟与秋气，日夕共悲哉。”[④] 薛稷《饯许州宋司马赴任》：“令弟与名兄，高才振两京。别序闻鸿雁，离章动鹡鸰。远朋驰翰墨，胜地写丹青。风月相思夜，劳望颍川星。”[⑤] 宋之问《送许州宋司马赴任》：“颍郡水东流，荀陈兄弟游。偏伤兹日远，独向聚星州。河润在明德，人康非外求。当闻力为政，遥慰我心愁。”[⑥] 李适《饯许州宋司马赴任》：“昔吾游箕山，朅来涉颍水。复有许由庙，迢迢白云里。闻君佐繁昌，临风怅怀

① 顾建国：《张九龄年谱》，中国社会科学出版社 2005 年版，第 38 页。

② 《全唐文》卷二九〇，第 2947 页。

③ 《全唐诗》卷九三，第 1003 页。

④ 《全唐诗》卷一〇七，第 1112 页。

⑤ 《全唐诗》卷九三，第 1007 页。

⑥ 《全唐诗》卷五二，第 637 页。

此。傥到平舆泉，寄谢干将里。”[①] 李乂《饯许州宋司马赴任》：“展骥旌时杰，谈鸡美代贤。暂离仙掖务，追送近郊筵。地惨金商节，人康璧假田。从来昆友事，咸以佩刀传。”[②] 马怀素《饯许州宋司马赴任》：“颍川开郡邑，角宿分躔野。君非仲举才，谁是题舆者。悯悯琴上鹤，萧萧路傍马。严程若可留，别袂希再把。”[③]

徐浩在集贤院任校书郎时因文章知遇于张九龄。《徐浩碑》记：“始自登朝，特为中书令张曲江所器，忘念定契，不复以礼秩关情。”张曲江即张九龄，徐浩所撰《张九龄神道碑》：“义深知己，眷以文章，礼接同人……”因此，徐浩与张九龄为忘年之交，亦得到了张九龄的提携。此外，张九龄《和崔黄门寓直夜听蝉之作》：“蝉嘶玉树枝，向夕惠风吹。幸入连宵听，应缘饮露知。思深秋欲近，声静夜相宜。不是黄金饰，清香徒尔为。”[④] 崔黄门乃崔日用。这首诗作于唐睿宗景云元年（710），[⑤] 是张九龄任校书郎时的诗歌。

2. 张说

张说的生平，《旧唐书》卷九七记载：“张说，字道济，其先范阳人，代居河东，近又徙家河南之洛阳。弱冠应诏举，对策乙第，授太子校书，累转右补阙，预修《三教珠英》。”[⑥] 《大唐新语》卷八：“则天初革命，大搜遗逸，四方之士应制者向万人。则天御洛阳城南门，亲自临试。张说对策为天下第一。则天以近古以来未有甲科，乃屈为第二等。其警句曰：‘昔三监翫常，有司既纠之以猛；今四罪咸服，陛下宜计之以宽。’拜太子校书，仍令写策本于尚书省，颁示朝集及蕃客等，以光大国得贤之美。”[⑦] 张说自载初元年（690）任太子校书[⑧]，不知终于何时。圣历三年（700），有《谏内宴至夜表》篇末云“臣职忝补阙，昧死陈愚”，可见时为补阙之职。

武则天天授二年（691），张说在太子校书任，作《虚室赋》，魏克己

① 《全唐诗》卷七十，第775页。

② 《全唐诗》卷九二，第996页。

③ 《全唐诗》卷九三，第1009页。

④ 《全唐诗》卷四八，第581页。

⑤ 顾建国：《张九龄诗歌系年续考》，《淮阴师范学院学报》1999年第5期。

⑥ 《旧唐书》卷九七，3049页。

⑦ 刘肃：《大唐新语》，中华书局1984年版，第127页。

⑧ 张说制举登科时间有三说：垂拱四年（688）、永昌元年（689）、载初元年二月（690）。参见陈祖言《张说年谱》，现从载初元年说。

作《宴居赋》以和。《虚室赋》：

明月窗前，古树檐边，无北堂之樽酒，绝南邻之管弦。理涉虚趣，心阶静缘，室惟生白，人则思元，厌百虑之劳止，归一途之兀然。嗟乎！巧智首乱，礼乐增矫，名起异端，利成贪兆。役二见之交战，驱五神而杂扰，形何费而不衰？性何烦而不夭？每竭源而追末，必亡多而获少。玉帐琼宫，图奢务丰；朱门金穴，恃满矜隆。荣与辱而俱盛，事随忧而不穷，陷营为之桎梏，留健羡之池笼。心元是幻，法本皆空，莫不因无证实，假异生同。鱼何知而乐水？蛇何意而怜风？大哉默识！守此元通，顾瞻天下，积乡梦中。①

魏克己看到张说《虚室赋》文旨清峻，元义深远，即作《宴居赋》以和之：

气序忽诸，日月其除，夏尽炎歇，秋至凉初。地僻而人物自少，庭闲乃室宇成虚，寂尔无悟，萧然宴居，览圣贤于上古，窥得失于前书。或智之不足，或愚而有余。谅千变而万化，尤难得而备疏。若夫名因行立，身由才致，官要则谤议斯起，誉高必谗毁自至。所以君子逃名，达人避位，养性以安其体，摛文以见其志。且贵不如贱，善亦同恶。贵则但益忧劳，善乃未离贪著，徒怜颠覆之祸，虚缠爱欲之缚。前事既忘，后车焉托？倘来未足有慰，或去可以无怍。固当绝于可否，齐其适莫，闻宠讵惊其心？居陋宁改其乐？惪老氏称德，所贵先慈；孔门之道，一以贯之。于常则有，允出厥兹，屈伸委运，行用随时。既无去无取，亦何虑何思?②

张说与初唐四杰中的杨炯有过交往。《新唐书·杨炯传》记载杨炯迁盈川令，张说以篇赠行，以戒其苛。据傅璇琮《杨炯简谱》考证，张说送别杨炯赴盈川上任，是在长寿元年③，张说文集中存《赠别杨盈川炯

① 《全唐文》卷二二一，第2228页。

② 《全唐文》卷二六〇，第2638页。

③ 傅璇琮：《唐代诗人丛考》，中华书局1980年版，第17页。

箴》："杳杳深□，森森乔木。天与之才，或鲜其禄。君服六艺，道德为尊。君居百里，风化之源。才勿骄吝，政勿苛烦。明神是福，而小人无冤。畏其不畏，存其不存。作诰兹酒，成败之根。勒铭其口，祸福之门。虽有韶夏，勿弃击辕。岂无车马？敢赠一言。"[①] 文中"才勿骄吝，政勿苛烦"以同僚的口吻劝慰。若二人无密切过从，这话或许不应该说。篇文又云"虽有韶夏，勿弃击辕"，此乃张说的文学期望。张说继承初唐四杰的重刚健、重气质的文学理论和创作实践，强调"风雅"，要求作品"雅有典则""类之风雅""济时适用"，以合儒家政教观念。同时张说兼顾通俗和非正统的东西，于庙堂文学之外，注重反映民生民俗，指出不应只顾韶夏一类的雅颂正声，而遗弃野人的击辕之歌。张说对杨炯的诗文成就很是景仰，对于四杰的排行问题有自己的意见："杨盈川文思如悬河注水，酌之不竭，既优于卢，亦不减王。'耻居王后'，信然；'愧在卢前'，谦也。"[②] 对杨炯评价甚高。

3. 王昌龄

《旧唐书》卷一九〇下记载："王昌龄者，进士登第，补秘书省校书郎。又以博学宏词登科，再迁汜水县尉。……昌龄为文，绪微而思清。有集五卷。"[③]《新唐书》本传记："第进士，补秘书郎，又中宏词，迁祀水尉。"谭优学考订王昌龄开元十五年（727）进士及第、授汜水尉，开元十九年（731）博学宏词登科，迁校书郎。[④] 王昌龄以博学宏词科登科被授予校书郎，至开元二十二年（734）九月任满。

孟浩然《初出关旅亭夜坐怀王大校书》是写给王昌龄的："向夕槐烟起，葱茏池馆曛。客中无偶坐，关外惜离群。烛至萤光灭，荷枯雨滴闻。永怀芸阁友，寂寞滞扬云。"[⑤] 孟浩然还有《送王大校书》："导漾自嶓冢，东流为汉川。维桑君有意，解缆我开筵。云雨从兹别，林端意渺然。尺书能不吝，时望鲤鱼传。"[⑥] 体现了两人之间的深厚友情。

此外，唐玄宗时期的綦毋潜以诗歌著称于世。开元十五年（727），

① 《全唐文》卷二二六，第 2280 页。
② 《旧唐书》卷一九〇上，第 5004 页。
③ 《旧唐书》卷一九〇下，第 5050 页。
④ 谭优学：《唐诗人行年考》，四川人民出版社 1980 年版，第 98 页。
⑤ 《全唐诗》卷一六〇，第 1637 页。
⑥ 同上书，第 1642 页。

綦毋潜在校书郎任，思游越中，作诗赠储光羲，储有酬答诗《酬綦毋潜校书梦耶溪见赠之作》："校文在仙掖，每有沧洲心。况以北窗下，梦游清溪阴。春看湖水漫，夜入回塘深。往往缆垂葛，出舟望前林。山人松下饭，钓客芦中吟。小隐何足贵，长年固可寻。"[①] 次年秋，綦毋潜弃官归江东，王维有《送綦毋校书郎弃官还江东》："明时久不达，弃置与君同。天命无怨色，人生有素风。念君拂衣去，四海将安穷。秋天万里净，日暮澄江空。清夜何悠悠，扣舷明月中。和光鱼鸟际，澹尔蒹葭丛。无庸客昭世，衰鬓日如蓬。顽疏暗人事，僻陋远天聪。微物纵可采，其谁为至公。余亦从此去，归耕为老农。"[②] 诗中对綦毋潜弃官归隐之举表达了赞许之意。李欣有《题綦毋校书别业》："常称挂冠吏，昨日归沧洲。行客暮帆远，主人庭树秋。岂伊问天命，但欲为山游。万物我何有，白云空自幽。萧条江海上，日夕见丹丘。生事非渔钓，赏心随去留。惜哉旷微月，欲济无轻舟。倏忽令人老，相思河水流。"[③] 对綦毋潜闲云野鹤、白云无碍的悠游心态进行了描写。孟浩然《题李十四庄兼赠綦毋校书》："闻君息荫地，东郭柳林间。左右瀍涧水，门庭缑氏山。抱琴来取醉，垂钓坐乘闲。归客莫相待，缘源殊未还。"[④] 称赞了綦毋潜的幽趣之深。

（二）中唐时期校书郎唱和

1. 李观

《全唐诗》卷三一九："李观，字元宾，赵州人。贞元八年，进士、宏词擢第，授太子校书郎。集三卷，诗四首。"[⑤] 德宗贞元八年壬申（792），李观27岁。春季，参加科举考试，登进士第。是年，兵部侍郎陆贽知贡举，比部郎中王础与右补阙翰林学士梁肃辅佐之，号称得人皆煊赫。李观与韩愈、欧阳詹、冯宿等同榜进士及第，共23人，时称"龙虎榜"。欧阳詹第三名，李观第五名，冯宿第六名，韩愈第十三名。同年，李观又与陆复礼、裴度同中博学宏词科，李观被授予太子校书郎一职。此年，李观与孟郊、崔弘礼有交游，李观初登第之时以梁肃门生的身份作《上梁补阙荐孟郊崔弘礼书》，向梁肃推荐孟郊和崔弘礼二人。孟郊有

① 《全唐诗》卷一三六，第1383页。
② 《全唐诗》卷一二五，第1242页。
③ 《全唐诗》卷一三二，第1346页。
④ 《全唐诗》卷一六〇，第1633页。
⑤ 《全唐诗》卷三一九，第3596页。

《赠李观》一首，自注：观初登第。诗云："谁言形影亲，灯灭影去身。谁言鱼水欢，水竭鱼枯鳞。昔为同恨客，今为独笑人。舍予在泥辙，飘迹上云津。卧木易成蠹，弃花难再春。何言对芳景，愁望极萧晨。埋剑谁识气，匣弦日生尘。愿君语高风，为余问苍旻。"① 孟郊下第之后，离开长安到徐州张建封幕府，作诗《答韩愈李观别因献张徐州》与韩愈、李观辞行，诗云："故人韩与李，逸翰双皎洁。哀我摧折归，赠词纵横设。"② 孟郊另有《下第东归留别长安知己》应与李观有关，有诗句："共照日月影，独为愁思人。岂知鶗鴂鸣，瑶草不得春。一片两片云，千里万里身。云归嵩之阳，身寄江之滨。弃置复何道，楚情吟白蘋。"③

德宗贞元九年（793）七月末八月初，李观衣锦还乡，友人送行，李观作《东还赋》："我思西来兮，犹前日之未赊。岁回复兮，倏历五稔。……候入八月，灞上之日西南斜，城中之人或持酒肉以送我。"④ 十一月十四日，作《浙西观察判官厅壁记》。浙西观察判官为李士举，是李观的从叔。当月回京途中，从苏州经过常州时，作《常州军事判官厅壁记》。据郁贤皓《唐刺史考》考证，常州军事判官指的是韦夏卿。德宗贞元十年（794），李观29岁，因身体常年虚弱多病，加上车马劳顿，回长安后不久病倒。韩愈作《重云李观疾赠之》以示慰问，诗云："天行失其度，阴气来干阳。重运闭白日，炎燠成寒凉。"未到秋季，观病卒于长安。韩愈为之作《李元宾墓铭》，次年立碑。⑤ 《唐诗纪事》卷三十三："李观字元宾，以文驰声，贞元中卒于校书郎。"陆希声《唐太子校书李观文集序》曰："退之穷老不休，终不能为元宾之辞。使元宾后退之死，亦不能及退之之质。退之大革流弊，落落有老成风，元宾则不古不今，卓然自作一体，激扬发越，若丝竹中有金石声。每篇得意处如健马在御，蹀蹀不能止，其所长如此。"⑥

2. 大历诗人唱和

大历十才子是唐代宗大历时期活跃于京城诗坛的一个诗人群体，姚合

---

① 《全唐诗》卷三七七，第4230页。

② 《全唐诗》卷三七八，第4241页。

③ 《全唐诗》卷三七四，第4203页。

④ 《全唐文》卷五三二，第5399页。

⑤ 王南冰：《李观年谱及作品系年》，《古籍整理研究学刊》2008年第3期。

⑥ 《唐诗纪事》卷三三，第514页。

《极玄集》卷上“李端”名下注云：李端与“卢纶、吉中孚、韩翃、钱起、司空曙、苗发、崔峒、耿湋、夏侯审唱和，号十才子。”[①]《新唐书·卢纶传》也说：“纶与吉中孚、韩翃、钱起、司空曙、苗发、崔峒、耿湋、夏侯审、李端皆能诗齐名，号大历十才子。”[②] 他们创作的诗歌风格比较接近，表现为深细的心理刻画、精工的形象描写、清雅的语言表达、工整的律绝形式。“大历诸家风尚，大抵厌薄开、天旧藻，矫入省净一途，自刘、郎、皇甫以及司空、崔、耿，一时数贤，窍籁即殊，于喁非远，命旨贵沈宛有含，写致取淡冷自送，玄水一歃，群醴覆杯，是其调之同。”[③] 以大历十才子为主的大历诗人之间的交游唱和诗歌比较多，他们的诗歌风格较为接近，故而合在一起论述。

李端，于大历五年（770）“李搏榜进士及第，授秘书省校书郎。”[④]《旧唐书·李虞仲传》载：父端，登进士第，工诗。大历中，与韩翃、钱起、卢纶等文咏唱和，驰名都下，号“大历十才子”。时郭尚父少子暧尚代宗女升平公主，贤明有才思，尤喜诗人，而端等十人，多在暧之门下。每宴集赋诗，公主坐视帘中，诗之美者，赏百缣。暧因拜官，会十子曰：“诗先成者赏。”时端先献，警句云：“薰香荀令偏怜小，傅粉何郎不解愁。”主即以百缣赏之。钱起曰：“李校书诚有才，此篇宿构也。愿赋一韵正之，请以起姓为韵。”端即襞笺而献曰：“方塘似镜草芊芊，初月如钩未上弦。新开金埒教调马，旧赐铜山许铸钱。”暧曰：“此愈工也。”起等始服。端自校书郎移疾江南，授杭州司马而卒。[⑤] 李端授校书郎时与司空曙同在长安，有诗酬赠。《忆故山赠司空曙》：“汉主金门正召才，马卿多病自迟回。旧山暂别老将至，芳草欲阑归去来。云在高天风会起，年如流水日长催。知君素有栖禅意，岁晏蓬门迟尔开。”[⑥] 司空曙有《酬李端校书见赠》：“绿槐垂穗乳乌飞，忽忆山中独未归。青镜流年看发变，白云芳草与心违。乍逢酒客春游惯，久别林僧夜坐稀。昨日闻君到城阙，莫

① 《唐人选唐诗》，上海古籍出版社 1978 年版，第 325 页。

② 《新唐书》卷二〇三，第 5785 页。

③ 胡震亨：《唐音癸签》，上海古籍出版社 1981 年版，第 64 页。

④ 辛文房：《唐才子传》，黑龙江人民出版社 1986 年版，第 71 页。

⑤ 《旧唐书》卷一六三，第 4266 页。

⑥ 《全唐诗》卷二八六，第 3271 页。

将簪弁胜荷衣。"[1] 大历六年（771），李端有诗寄苗发、钱起《得山中道友书寄苗钱二员外》："有谋皆轗轲，非病亦迟回。壮志年年减，驰晖日日催。还山不及伴，到阙又无媒。高卧成长策，微官称下才。诗人识何谢，居士别宗雷。迹向尘中隐，书从谷口来。药栏遭鹿践，涧户被猿开。野鹤巢云窦，游龟上水苔。新欢追易失，故思渺难裁。自有归期在，劳君示劫灰。"[2] 苗发时官驾部员外郎，亦以诗《酬前》酬之。李端的唱和诗还有《宿荐福寺东池有怀故园因寄元校书》、《冬夜与故友聚送吉校书》、《晚春过夏侯校书值其沉醉戏赠》等。

吉中孚，《新唐书》卷六十《艺文志》丁部集录别集类："始为道士，后官校书郎，登宏词。"[3] 李端有《闻吉道士还俗因而有赠》："闻有华阳客，儒裳谒紫微。旧山连药卖，孤鹤带云归。柳市名犹在，桃源梦已稀。还乡见鸥鸟，应愧背船飞。"[4] 可知吉中孚曾经为道士，后来还俗，大约在大历年间任校书郎之职。期间又曾回楚州故乡，卢纶、李端都有送行诗。卢纶《送吉中孚校书归楚州旧山》："青袍芸阁郎，谈笑挹侯王。旧箓藏云穴，新诗满帝乡。名高闲不得，到处人争识。谁知冰雪颜，已杂风尘色。此去复如何，东皋岐路多。藉芳临紫陌，回首忆沧波。"[5] 李端《送吉中孚拜官归楚州》："才子神骨清，虚竦眉眼明。貌应同卫玠，鬓且异潘生。初戴莓苔帻，来过丞相宅。满堂归道师，众口宗诗伯。须臾里巷传，天子亦知贤。出诏升高士，驰声在少年。"[6]

夏侯审，德宗建中元年（780）军谋越众科及第，及第后任校书郎之职，韦应物于建中二年（781）间在长安闲居时曾有《春日郊居寄万年吉少府中孚三原少府伟夏侯校书审》："谷鸟时一啭，田园春雨余。光风动林早，高窗照日初。独饮涧中水，吟咏老氏书。城阙应多事，谁忆此闲居。"[7] 夏侯审可能在授校书郎初期曾东归故乡华阴，钱起《送夏侯审校书东归》："楚乡飞鸟没，独与碧云还。破镜催归客，残阳见旧山。诗成

① 《全唐诗》卷二九三，第 3325 页。
② 《全唐诗》卷二八六，第 3276 页。
③ 《新唐书》卷六十，第 1610 页。
④ 《全唐诗》卷二八五，第 3249 页。
⑤ 《全唐诗》卷二七六，第 3124 页。
⑥ 《全唐诗》卷二八四，第 3234 页。
⑦ 《全唐诗》卷一八七，第 1913 页。

流水上，梦尽落花间。傥寄相思字，愁人定解颜。”① 韩翃《送夏侯审》：“谢公邻里在，日夕问佳期。春水人归后，东田花尽时。下楼闲待月，行乐笑题诗。他日吴中路，千山入梦思。”② 卢纶《送夏侯校书归华阴别墅》：“山前白鹤村，竹雪覆柴门。候客定为黍，务农因燎原。乳冰悬暗井，莲石照晴轩。贳酒邻里睦，曝衣场圃喧。依然望君去，余性亦何昏。”③ 此时卢纶为昭应令，与华阴邻近。李嘉祐《送夏侯审参军游江东》：“袖中多丽句，未遣世人闻。醉夜眠江月，闲时逐海云。荻花寒漫漫，鸥鸟暮群群。若到长沙苑，渔家更待君。”④ 夏侯审回华阴别墅后也与其他诗人互有过从，返回长安之际，韩翃赠诗送别《送夏侯校书归上都》：“后辈传佳句，高流爱美名。青春事贺监，黄卷问张生。暮雪重裘醉，寒山匹马行。此回将诣阙，几日谏书成。”⑤ 据上所述，当夏侯审步入仕途，与诸人唱酬时，大历时期已经过去了。

唐玄宗天宝十年（751），钱起在校书郎任，有诗送李暐《奉送户部李郎中充晋国副节度出塞》：“德佐调梅用，忠输击虏年。子房推庙略，汉主托兵权。受命荣中禁，分麾镇左贤。风生黑山道，星下紫微天。始愿文经国，俄看武定边。鬼方尧日远，幕府代云连。汗马将行矣，卢龙已肃然。关防驱使节，花月眷离筵。自忝知音遇，而今感义偏。泪闻横吹落，心逐去旌悬。帝念夔能政，时须说济川。劳还应即尔，朝暮玉墀前。”⑥ 李暐为钱起座主，故有“自忝知音遇”之语。这年秋天，钱起有诗寄友人，又与梁锽等文宴写下《秋夕与梁锽文宴》：“客到衡门下，林香蕙草时。好风能自至，明月不须期。秋日翻荷影，晴光脆柳枝。留欢美清夜，宁觉晓钟迟。”⑦ 还有送给秘书省同僚的《夜雨寄寇校书》：“秋馆烟雨合，重城钟漏深。佳期阻清夜，孤兴发离心。烛影出绡幕，虫声连素琴。此时蓬阁友，应念昔同衾。”⑧ 《送张五员外东归楚州》：“缨珮不为美，

---

① 《全唐诗》卷二三七，第2636页。

② 《全唐诗》卷二四四，第2739页。

③ 《全唐诗》卷二七六，第3130页。

④ 《全唐诗》卷二〇六，第2155页。

⑤ 《全唐诗》卷二四四，第2747页。

⑥ 《全唐诗》卷二三八，第2666页。

⑦ 《全唐诗》卷二三七，第2626页。

⑧ 同上书，第2647页。

人群宁免辞。杳然黄鹄去，未负白云期。此别清兴尽，高秋临水时。好山枉帆僻，浪迹到家迟。他日诏书下，梁鸿安可追。”① 送给张谭（官至刑部员外郎，天宝中在洛阳，李颀与之唱和，呼之为员外）。唐代宗永泰元年（765），郎士元在长安官校书郎，钱起当时也在京，有诗《东皋早春寄郎四校书》寄之。郎士元排行第四，故称郎四。此外，钱起《奉和王相公秋日戏赠元校书》：“才妙心仍远，名疏迹可追。清秋闻礼暇，新雨到山时。胜事唯愁尽，幽寻不厌迟。弄云怜鹤去，隔水许僧期。贤相敦高躅，雕龙忆所思。芙蓉洗清露，愿比谢公诗。”②《罢官后酬元校书见赠》：“心期怅已阻，交道复何如。自我辞丹阙，惟君到故庐。忘机贫负米，忆戴出无车。怜犬吠初服，家人愁斗储。秋堂入闲夜，云月思离居。穷巷闻砧冷，荒枝应鹊疏。宦名随落叶，生事感枯鱼。临水仍挥手，知音未弃余。”③ 李嘉祐《晚春送吉校书归楚州》：“诗人饶楚思，淮上及春归。旧浦菱花发，闲门柳絮飞。高名乡曲重，少事道流稀。定向渔家醉，残阳卧钓矶。”④ 耿沣的唱和诗有：《送胡校书秩满归河中》、《喜侯十七校书见访》、《安邑王校书居》、《春日书情寄元校书伯和相国元子》、《送姚校书因归河中》等。

司空曙《酬李端校书见赠》：“绿槐垂穗乳乌飞，忽忆山中独未归。青镜流年看发变，白云芳草与心违。乍逢酒客春游惯，久别林僧夜坐稀。昨日闻君到城阙，莫将簪弁胜荷衣。”⑤《和卢校书文若早入使院书事》：“解带独裴回，秋风如水来。轩墀湿繁露，琴几拂轻埃。晨鸟犹在叶，夕虫余□苔。苍然发高兴，相仰坐难陪。”⑥ 司空曙还有《送吉校书东归》、《送崔校书赴梓幕》、《早夏寄元校书》等。

卢纶，《旧唐书》里记载：“天宝末举进士，遇乱不第，奉亲避地于鄱阳，与郡人吉中孚为林泉之友。大历初，还京师，宰相王缙奏为集贤学士、秘书省校书郎。”⑦ 据考证，约在大历六年（771），卢纶34岁时入为

---

① 《全唐诗》卷二三八，第2649页。
② 同上书，第2659页。
③ 同上书，第2663页。
④ 《全唐诗》卷二〇六，第2151页。
⑤ 《全唐诗》卷二九三，第3325页。
⑥ 《全唐诗》卷二九三，第3331页。
⑦ 《旧唐书》卷一六三，第4268页。

集贤殿学士、秘书省校书郎。[①] 卢纶的唱和诗较多，如：《洛阳早春忆吉中孚校书司空曙主簿因寄清江上人》、《偶逢姚校书凭附书达河南郄推官因以戏赠》、《早春游樊川野居却寄李端校书兼呈……司空曙主簿耿湋拾遗》、《秋夜宴集陈翃郎中圃亭美校书郎张正元归乡》、《送李校书赴东川幕》、《送宋校书赴宣州幕》。

大历八年（773）秋，中书舍人常衮于集贤殿设宴为徐浩、薛邕送行，独孤及、卢纶、司空曙等联袂赠诗。《旧唐书·代宗纪》载："二月甲子，御史大夫李栖筠弹吏部侍郎徐浩。……徐浩、薛邕违格，并停知选事。……五月乙酉，贬吏部侍郎徐浩明州别驾，薛邕歙州刺史，京兆尹杜济杭州刺史，皆坐典选也。"[②] 常衮《晚秋集贤院即事徐薛二侍郎》："穆穆上清居，沉沉中秘书。金铺深内殿，石甃净寒渠。花树台斜倚，空烟阁半虚。缥囊披锦绣，翠轴卷琼琚。"[③] 独孤及《奉和中书常舍人晚秋集贤院即事寄赠徐薛二侍御》："汉家金马署，帝座紫微郎。图籍凌群玉，歌诗冠柏梁。阴阴万年树，肃肃五经堂。挥翰忘朝食，研精待夕阳。晴空露盘迥，秋月琐窗凉。远兴生斑鬓，高情寄缥囊。葳蕤双鸑鷟，夙昔并翱翔。汲冢同刊谬，蓬山共补亡。"[④] 钱起《奉和中书常舍人晚秋集贤院即事寄徐薛二侍御》："文星垂太虚，辞伯综群书。彩笔下鸳掖，褒衣来石渠。典坟探奥旨，造化睹权舆。述圣鲁宣父，通经汉仲舒。"[⑤] 卢纶《和常舍人晚秋集贤院即事十二韵，寄赠江南徐薛二侍郎》："麟笔删金篆，龙绡荐玉编。汲书苟勖定，汉史蔡邕专。"[⑥] 司空曙《奉和中书常舍人晚秋集贤院即事寄徐薛二侍御》："蔼蔼凤凰宫，兰台玉署通。夜霜凝树羽，朝日照相风。官附三台贵，儒开百氏宗。司言陈禹命，侍讲发尧聪。"[⑦] 包佶《奉和常阁老晚秋集贤院即事寄赠徐薛二侍郎》："职美纶将綍，荣深组及珪。九霄偏眷顾，三事早提携。对案临青玉，窥书捧紫泥。始欢新

① 王达津：《唐诗丛考》，上海古籍出版社 1986 年版，第 151 页。
② 《旧唐书》卷十一，第 301—302 页。
③ 《全唐诗》卷二五四，第 2858 页。
④ 《全唐诗》卷二四七，第 2777 页。
⑤ 《全唐诗》卷二三八，第 2666 页。
⑥ 《全唐诗》卷二七六，第 3139 页。
⑦ 《全唐诗》卷二九三，第 3337 页。

遇重，还惜旧游暌。”①

卢纶有两首长诗，即《得耿沣司法书因叙长安故友零落兵部苗员外发秘省李校书端相次倾逝潞府崔功曹峒长林司空丞曙俱谪远方余以摇落之时对书增叹因呈河中郑仓曹畅参军昆季》以及《纶与吉侍郎中孚司空郎中曙苗员外发崔补阙峒耿拾遗沣李校书端风尘追游向三十载数公皆负当时盛称荣耀未几俱沉下泉畅博士当感怀前踪有五十韵见寄辄有所酬以申悲旧兼寄夏侯侍御审侯仓曹钊》提供了研究大历十才子事迹的重要材料。从前一首诗可知，畅当于贞元三年（787）已为太学博士，在此之前为参军之职，诗题中的畅参军即畅当，则此诗作于贞元三年以前。司空曙于贞元四年（788）已在四川韦皋幕，在此之前为长林丞。卢纶作此诗时又在河中。因此其时间当在兴元元年（784）秋至贞元二年（786）秋之间，李端与苗发即死于这几年间，耿沣则在长安为大理司法，崔峒在潞州，司空曙在湖北的长林。大历时期相与酬唱的诗友，在几年的兵乱中，有的死去，有的远谪，使卢纶在诗中发出“留似衰蓬心似灰，惊悲相集老相催”的感叹。后一首诗作于贞元四年后数年间。②

姚系贞元元年（785）进士及第，曾任校书郎，期间回河中。韦应物和耿沣有诗送行，韦作《送姚系还河中》，耿沣作《送姚校书因归河中》：“十年相见少，一岁又还乡。去住人惆怅，东西路渺茫。古陂无茂草，高树有残阳。委弃秋来稻，雕疏采后桑。月轮生舜庙，河水出关墙。明日过闾里，光辉芸阁郎。”③ 姚系回河中后，与河南尹等人登鹳鹊楼赋诗。鹳鹊楼，又名鹳雀楼，与长江流域的黄鹤楼、岳阳楼、滕王阁齐名，被称为中国四大历史文化名楼。其故地位于山西省永济市蒲州古城西郊的黄河岸畔，因时有鹳雀栖其上而得名。由于楼体壮观，结构奇巧，风景秀丽，唐人留诗者甚多。千余年间，此楼一直是供游人登高极目山河、放歌抒怀的胜地。李翰在《河中鹳鹊楼集序》中记载，赵宗儒新受命为河中晋绛等州节度使，清秋八月，他邀幕客李翰、畅诸、宇文邈、郑鲲、姚系、冯曾、崔邠共登鹳鹊楼。当时畅诸首发高唱，众人继和。《河中鹳鹊楼集序》：“八月天高，获登兹楼，乃复俯视舜城，傍窥秦塞。紫气度关而西

① 《全唐诗》卷二〇五，第2143页。

② 傅璇琮：《唐代诗人丛考》，中华书局1980年版，第486页。

③ 《全唐诗》卷二六九，第2995页。

入，黄河触华而东汇，龙据虎视，下临八州。……吴兴姚系、长乐冯曾、清河崔郊，鸿笔佳什，声闻远方。”①

3. 元白唱和

贞元十八年（802）冬，在吏部侍郎郑珣瑜主试下，白居易试书判拔萃科。贞元十九年（803）春，与元稹、李复礼、吕颖、哥舒恒、崔玄亮同时登第。自此，白居易、元稹授予校书郎一职。从贞元十九年（803）至元和元年（806）的三年间都在秘书省任校书郎，任满后罢职准备再考制科。据白居易《代书诗一百韵寄微之》：“忆在贞元岁，初登典校司。身名同时授，心事一言知。”自注：“贞元中，与微之同登科第，俱授秘书省校书郎，始相识也。”② 白居易、元稹相识之年姑且笼统地定为“贞元”岁，从此二人从相识到相知，成为终生挚友。正如白居易在《与元九书》中所云：“故自八九年来，与足下小通则以诗相戒，小穷则以诗相勉，索居则以诗相慰，同处则以诗相娱。”③ 相勉、相慰、相娱成为元稹、白居易唱和往来的主要内容。据元稹《白氏长庆集序》：“予始与乐天同校秘书，前后多以诗章相赠答。”④ 贞元二十一年（805），元稹写下《赠乐天》，白居易有《赠元稹》。元和元年（806），白居易有《秋雨中赠元九》，元稹有《酬乐天秋兴见赠本句云莫怪独吟秋兴苦》。元和四年（809），元稹有《赠吕三校书》，白居易有《和元九与吕二同宿话旧感赠》。元稹的唱和诗还有《酬乐天东南行诗一百韵》、《酬窦校书二十韵》、《和裴校书鹭鸶飞》。

元稹《和李校书新题乐府十二首序》曰：余友李公垂贶余乐府新题二十首，雅有所谓，不虚为文。余取其病时之尤急者，列而和之，盖十二而已。昔三代之盛也，士议而庶人谤。又曰：世理则词直，世忌则词隐。余遭理世而君盛圣，故直其词以示后，使夫后之人，谓今日为不忌之时焉。⑤ 由本序可知，元稹选择乐府这一体裁是对李绅新题乐府的属和及推进。

李绅，字公垂，无锡人，元和元年武翊黄榜进士。史称他始以文艺节

① 《全唐文》卷四三〇，第4379页。

② 朱金城：《白居易集笺校》，上海古籍出版社1988年版，第703页。

③ 同上书，第2789页。

④ 冀勤点校：《元稹集》，中华书局1982年版，第554页。

⑤ 同上书，第277页。

操进用，受顾禁中。李绅作《乐府新题二十首》，元稹有十二首和诗，分别是《上阳白发人》、《华原磬》、《五弦弹》、《西凉伎》、《法曲》、《驯犀》、《立伎部》、《骠国乐》、《胡旋女》、《蛮子朝》、《缚戎人》、《阴山道》，绝大多数都是讽喻宫廷弊政的作品。李绅、元稹唱和后，白居易也作《新乐府五十首》，其中元稹所和的十二首，白居易也依题重制。元稹、白居易等人总结了自盛唐以来的诗歌，在内容上复古，在形式上革新，终于写出了新乐府。新乐府，相对于古乐府而言，指的是一种用新题写时事的乐府诗。元稹的《乐府古题序》可以看作是他们对新乐府理论的一个总结："况自《风》《雅》，至于乐流，莫非讽兴当时之事，以贻后代之人。沿袭古题，唱和重复，于文或有短长，于义咸为赘剩。尚不如寓意古题，刺美见事，犹有诗人引古以讽之义焉。曹、刘、沈、鲍之徒时得如此，亦复稀少。近代唯诗人杜甫《悲陈陶》、《哀江头》、《兵车》、《丽人》等，凡所歌行，率皆即事名篇，无复倚傍。予少时与友人乐天、李公垂辈，谓是为当，遂不复拟赋古题。"[①]

元稹非常推崇杜甫，在《乐府古题序》中总结并宣扬了杜甫"即事名篇，无复倚傍"的创作经验，反对沿袭古题，主张"刺美见事"。郭茂倩《新乐府辞叙》云："凡乐府歌辞，有因声而作歌者，若魏之三调歌诗，因弦管金石，造歌以被之是也。有因歌而造声者，若清商、吴声诸曲，始皆徒歌，既而被之弦管是也。有有声有辞者，若郊庙、相和、铙歌、横吹等曲是也。有有辞无声者，若后人之所述作，未必尽被于金石是也。新乐府者，皆唐世之新歌也。以其辞实乐府，而未尝被于声，故曰'新乐府'也。"[②] 郭茂倩认为新乐府即唐世之新歌，它们具备歌谣特点，只是没有像汉乐府那样被采择配乐来歌唱。元白等主张发扬《诗经》和汉魏乐府讽喻时事的传统，使诗歌起到"补察时政"、"泄导人情"的作用。新乐府运动影响很大，在元稹、白居易等诗人的大力倡导和影响下，在当时诗坛形成了时代风尚，影响了一大批诗人的创作。

与白居易同时登第的文士中，吕炅、崔玄亮为秘书省校书郎，张仲方为秘书省正字，王起为集贤殿校理。他们同朝为官，相互之间也多有唱和之作。如白居易唱和诗有《首夏同诸校正游开元观因宿玩月》、《常乐里

① 冀勤点校：《元稹集》，中华书局 1982 年版，第 255 页。

② 郭茂倩：《乐府诗集》，上海古籍出版社 1998 年版，第 955 页。

闲居偶题十六韵兼寄刘十五公舆王十一起吕二炅吕四颖崔十八玄亮元九稹刘三十二敦质张十五仲方时为校书郎》、《惜玉蕊花有怀集贤王校书起》。此外，白居易还有《留别吴七正字》、《酬哥舒大见赠》、《和微之任校书郎日过三乡》、《和谈校书秋夜感怀，呈朝中亲友》、《东南行一百韵寄通州元九侍御澧州李十一舍人果州崔二十二使君开州韦大员外庾三十二补阙杜十四拾遗李二十助教员外窦七校书》、《送李校书趁寒食归义兴山居》等。

（三）晚唐时期校书郎唱和

1. 李群玉

《唐才子传》载："李群玉，字文山，澧洲人。清才旷逸，不乐仕进，赴举一上即止。裴相公休观察湖南，厚礼延致之郡中。大中八年，以草泽臣来京诣阙上表自进诗三百篇。休适入相，复论荐。上悦之，敕受弘文馆校书郎。"[①]《全唐诗》附李群玉小传云："……裴休观察湖南。延致之。及为相。以诗论荐。受弘文馆校书郎……"[②] 大中八年（854），李群玉45岁，授弘文馆校书郎。夏季，宣宗遍览其诗，甚赏之，赐以锦彩器物。杜牧《送李群玉赴举》诗："故人别来面如雪，一榻拂云秋影中。玉白花红三百首，五陵谁唱与春风。"[③] 姚合在《寄李群玉》中说道："九衢名与利，无计扰闲人。道远期轻世，才高贵重身。石脂稀胜乳，玉粉细于尘。骨换肌肤腻，心灵气色真。嵩山高到日，洛水暖如春。居住应安稳，黄金几灶新。"[④] 可见，当时李群玉早在应举前就已经名扬天下。

李群玉《进诗表》：

臣宗绪凋沦，丘山贱品，幽沉江湖，分托渔樵。伏遇皇帝陛下，运属升平，率土欢泰，沐雨露亭育之化，在薰风长养之间。愿同率舞之诚，远逐越裳之贡。顷以鼓腹勋华之代，怡情林皋之隈，涵咏皇风，殆忘仕进。以至年逾不惑，疴恙暴侵。但虑寒饥江湖之滨，与楷鱼湖蚌为伍，瞑目黄壤，虚谢文明。是以徒步负琴，远至辇下，谨捧

① 傅璇琮：《唐才子传校笺》，中华书局2000年版，第388页。

② 《全唐诗》卷五六八，第6570页。

③ 《全唐诗》卷五二三，第5982页。

④ 《全唐诗》卷四九七，第5637页。

所业歌行、古体、今体七言、今体五言四通，合三百首，谨诣光顺门，昧死上进。……谨拜表陈献以闻，无任焚灼陨越屏营之至。①

令狐绹的《荐处士李群玉状》列举了李群玉的卓越文才与高洁品性，上心悦之，敕受李群玉弘文馆校书郎。在得知自己受封后，诗人高兴地写下了《始忝四座奏状闻荐蒙恩授官旋进歌诗延英宣赐言怀纪事呈同馆诸公二十四韵》一诗。诗中有："昨忝丞相召，扬鞭指冥鸿。姓名挂丹诏，文句飞天聪。解薜龙凤署，怀铅兰桂丛。声名仰闻见，烟汉陪高踪。"②

大中九年（855），李群玉在长安任校书郎时与魏珪酬唱，有诗《赠魏三十七》："名珪字玉净无瑕，美誉芳声有数车。"③《酬魏三十七》："静里寒香触思初，开缄忽见二琼琚。一吟丽句风流极，没得弘文李校书。"④自称"弘文李校书"。还有《送萧十二校书赴郢州婚姻》："蓬莱才子即萧郎，彩服青书卜凤凰。玉珮定催红粉色，锦衾应惹翠云香。马穿暮雨荆山远，人宿寒灯郢梦长。领取和鸣好风景，石城花月送归乡。"⑤李群玉《校书叔遗暑服》："翠云箱里叠檍栊，楚葛湘纱净似空。便着清江明月夜，轻凉与挂一身风。"⑥李群玉《赠方处士干兼以写别》："天与云鹤情，人间恣诗酒。龙宫奉采觅，澒洞一千首。清如南熏丝，韵若黄钟吼。喜于风骚地，忽见陶谢手。籍籍九江西，篇篇在人口。……镜湖春水绿，越客忆归否？白衣四十秋，逍遥一何久！"⑦

方处士，就是方干。《唐诗纪事》卷六三引孙郃《玄英先生传》："先生新定人，字雄举。……一举不得志，遂遁于会稽，渔于鉴湖。"据闻一多《唐诗大系》记载，方干元和四年出生，本年四十一岁，故诗中说"白衣四十秋"。方干在《题赠李校书》中说道："名场失手一年年，月桂尝闻到手边。谁道高情偏似鹤，自云长啸不如蝉。众花交艳多成实，

① 《全唐文》卷七九三，第8317页。
② 《全唐诗》卷五六八，第6582页。
③ 《全唐诗》卷五七〇，第6609页。
④ 同上书，第6612页。
⑤ 《全唐诗》卷五六九，第6600页。
⑥ 《全唐诗》卷五七〇，第6609页。
⑦ 《全唐诗》卷五六八，第6576页。

深井通潮半杂泉。却是偶然行未到，元来有路上寥天。”[①] 李频在《江上送从兄群玉校书东游》中说道：“逍遥蓬阁吏，才子复诗流。坟籍因穷览，江湖却纵游。眠波听戍鼓，饭浦约鱼舟。处处迎高密，先应扫郡楼。”[②]

大中十年（856），李群玉因上书招谗毁，七月请告南归，供奉僧元孚、朝士卢肇等以诗送行。李群玉《请告南归留别同馆》：“一点灯前独坐身，西风初动帝城砧。不胜庾信乡关思，遂作陶潜归去吟。书阁乍离情黯黯，彤庭回望肃沈沈。应怜一别瀛洲侣，万里单飞云外深。”[③]《吾道》：“吾道成微哂，时情付绝言。凤兮衰已尽，犬也吠何繁。轻重忧衡曲，妍媸虑镜昏。方忻耳目净，谁到翟公门。”[④] 这两首诗表明了李群玉归隐的心迹。元孚《送李四校书》：“朱丝写别鹤怜泠，诗满红笺月满庭。莫学楚狂隳姓字，知音还有子期听。”[⑤]《舆地纪胜》卷七十，澧州载唐季朝士李寿朋《送群玉归别业》句：“秦树有残蝉，澧浦将归客。”又韩续《送李群玉》句：“濡毫乱洒湘江月，整棹轻飞澄澧船。”《直斋书录解题》卷十九载：“《李群玉集》……后有《乞假归别业》及朝士送行诗。”[⑥] 卢肇的赠诗别具一格，《唐诗纪事》卷五四记载：“群玉好吹笙，善急就章，喜食鹅，及授校书郎东归，卢肇送诗云：妙吹应谐凤，工书定得鹅。”[⑦]

咸通三年（862），郁郁不得志的李群玉卒于洪州，段成式、周朴等有诗哭之。周朴在《吊李群玉》中说道：“群玉诗名冠李唐，投诗换得校书郎。吟魂醉魄知何处，空有幽兰隔岸香。”[⑧] 方干《过李群玉故居》：“讦直上书难遇主，衔冤下世未成翁。琴尊剑鹤谁将去，惟锁山斋一树风。”[⑨] 段成式在《哭李群玉》中写道：“酒里诗中三十年，纵横唐突世喧喧。明时不作祢衡死，傲尽公卿归九泉。”[⑩] 从这些诗中我们可以看到

---

① 《全唐诗》卷六五二，第 7489 页。

② 《全唐诗》卷五八九，第 6835 页。

③ 《全唐诗》卷五六九，第 6600 页。

④ 同上书，第 6588 页。

⑤ 《全唐诗》卷八二三，第 9275 页。

⑥ 陈振孙：《直斋书录解题》，上海古籍出版社 1987 年版，第 573 页。

⑦ 计有功：《唐诗纪事》，上海古籍出版社 2008 年版，第 821 页。

⑧ 《全唐诗》卷六七三，第 7704 页。

⑨ 《全唐诗》卷六五三，第 7501 页。

⑩ 《全唐诗》卷五八四，第 6771 页。

李群玉给朋友的印象是洒脱不羁，安贫乐道，怀才不遇。

晚唐的张为在《诗人主客图》中把李群玉列为“博解宏拔主”的“上入室”，给他在诗歌史上相当高的地位，足可以说明李群玉在晚唐诗坛是非常受当时人重视的。

2. 李德裕

晚唐时期较有名的唱和之作是李德裕与王起之间的酬唱。李德裕《雨中自秘书省访王三侍御知早入朝便入集贤侍御任集贤校书及升柏台又与秘阁相对同院张学士亦余特厚故以诗赠之》：

> 共怜独鹤青霞姿，瀛洲故山归已迟。仁者焉能效鸷鹗，飞舞自合追长离。梧桐迥齐鸩鹊观，烟雨屡拂蛟龙旗。鸿雁冲飙去不尽，寒声晚下天泉池。顾我蓬莱静无事，玉版宝书藏众瑞。青编尽以汲冢来，科斗皆从鲁室至。金门待诏何逍遥，名儒早问张子侨。王褒轶材晚始入，宫女已能传洞箫。应令柏台长对户，别来相望独寥寥。①

李德裕写下这首诗后，王起也为之和了一首诗，即《和李校书雨中自秘省见访知早入朝便入集贤不遇诗》，序云：“起顷任集贤校书，及升柏台，又与秘阁相对。今直书殿有张学士，尝忝同幕，而与秘书稍远，故瞻望之词多。”诗云：

> 台庭才子来款扉，典校初从天禄归。已惭陋巷回玉趾，仍闻细雨沾彩衣。诘朝始趋凤阙去，此日遂愁鸡黍违。忆昨谬官在乌府，喜君对门讨鱼鲁。直庐相望夜每阑，高阁遥临月时吐。昔闻三入承明庐，今来重入中秘书。校文复忝丞相属，博物更与张侯居。新冠峨峨不变铁，旧泉脉脉犹在渠。忽枉情人吐芳讯，临风不羡潘锦舒。忆见青天霞未卷，吟玩瑶华不知晚。自怜岂是风引舟，如何渐与蓬山远。②

诗中“蓬山”与李德裕诗中的“蓬莱”指秘书省。二人之间的酬唱既体现了校书郎的工作情况，也为我们留下了一段文坛佳话。

---

① 《全唐诗》卷四七五，第 5388 页。

② 《全唐诗》卷四六四，第 5271 页。

3. 其他唱和

以上是一些较有代表性诗人的唱和之作。其实，即便是唱和诗歌，在唐代诗人笔下也呈现出丰富多样的表现形式。仅从诗题看，就可以分为很多种类，如送、赠、酬、怀、游、寄、答、和、哀、寄题、题。试举几例。

唐武宗会昌元年（841），喻凫任校书郎，归常州阳羡觐兄，顾非熊、无可、姚合均在长安赋诗送行。顾非熊《送喻凫春归江南》："去年登第客，今日及春归。莺影离秦马，莲香入楚衣。里闾争庆贺，亲戚共光辉。唯我门前浦，苔应满钓矶。"① 姚合《送喻凫校书归毗陵》："主人庭叶黑，诗稿更谁书。阙下科名出，乡中赋籍除。山春烟树众，江远晚帆疏。吾亦家吴者，无因到弊庐。"② 因为喻凫算是荣归故里，故而这几人的诗中充满了欢快的气氛。曹松《送陈樵校书归泉州》："巨塔列名题，诗心亦罕齐。除官京下阙，乞假海门西。别席侵残漏，归程避战鼙。关遥秦雁断，家近瘴云低。候马春风馆，迎船晓月溪。帝京须早入，莫被刺桐迷。"③ 这首诗在送别中又希望朋友早日回京，还未分别就盼归来，可见友情之深。储嗣宗《送顾陶校书归钱塘》："清苦月偏知，南归瘦马迟。橐轻缘换酒，发白为吟诗。水色西陵渡，松声伍相祠。圣朝思直谏，不是挂冠时。"④ 是因为顾陶在任校书郎后有归隐之意，故而储嗣宗希望他不要挂冠而去，定会有施展抱负的机会。

校书郎任职期间觐亲及还乡，朋友之间会吟诗送别。如弘文馆校书郎李舟曾于乾元元年（758）春前往襄阳省亲，岑参和杜甫均有诗送行，岑参《送弘文李校书往汉南拜亲》："未识已先闻，清辞果出群。如逢祢处士，似见鲍参军。梦暗巴山雨，家连汉水云。慈亲思爱子，几度泣沾裙。"⑤ 杜甫《送李校书二十六韵》："人间好少年，不必须白晰。十五富文史，十八足宾客。十九授校书，二十声辉赫。众中每一见，使我潜动魄。"⑥

① 《全唐诗》卷五〇九，第 5782 页。

② 《全唐诗》卷四九六，第 5620 页。

③ 《全唐诗》卷七一七，第 8242 页。

④ 《全唐诗》卷五九四，第 6888 页。

⑤ 《全唐诗》卷二〇〇，第 2075 页。

⑥ 《全唐诗》卷二一七，第 2278 页。

唐德宗贞元十一年（795），刘禹锡登吏部试，授太子校书。自洛赴京，过华州，有诗赠张贾《答张侍御贾喜再登科后自洛赴上都赠别》："又被时人写姓名，春风引路入京城。知君忆得前身事，分付莺花与后生。"[①] 唐文宗大和二年（828），杜牧制科登第，授弘文馆校书郎，李远赠诗《赠弘文杜校书》："高倚霞梯万丈余，共看移步入宸居。晓随鹓鹭排金锁，静对铅黄校玉书。漠漠禁烟笼远树，泠泠宫漏响前除。还闻汉帝亲词赋，好为从容奏子虚。"[②] 李白《赠薛校书》："我有吴越曲，无人知此音。姑苏成蔓草，麋鹿空悲吟。未夸观涛作，空郁钓鳌心。举手谢东海，虚行归故林。"[③] 诗中抒发自己壮志难酬的郁闷。李益《校书郎杨凝往年以古镜贶别今追赠以诗》："明镜出匣时，明如云间月。一别青春鉴，回光照华发。美人昔自爱，鞶带手中结。愿以三五期，经天无玷缺。"[④] 是李益写给杨凝的，诗人以古镜作比，既说明他们之间友谊的纯净，也比喻友人有治世之才。

贞元末，秘书省校书郎袁不约请假探亲，符载作《送袁校书归秘书省序》："去年秋，有休浣之请，来觐于伯兄，展礼于亚相，棣萼增韡韡之盛，宾主得厌厌之乐。"[⑤] 可知袁生在任职期间，曾回南方探望幕中任职的兄长。

张继《酬李书记校书越城秋夜见赠》："东越秋城夜，西人白发年。寒城警刁斗，孤愤抱龙泉。凤辇栖岐下，鲸波斗洛川。量空海陵粟，赐乏水衡钱。投阁嗤扬子，飞书代鲁连。苍苍不可问，余亦赋思玄。"[⑥] 作于唐肃宗至德二年（757），诗人因避安史之乱而流落会稽写给李校书的，诗中表现了作者对时局的忧虑之情。贾岛《酬姚合校书》："因贫行远道，得见旧交游。美酒易倾尽，好诗难卒酬。公堂朝共到，私第夜相留。不觉入关晚，别来林木秋。"[⑦] 应是贾岛写给刚任命为校书郎的姚合，贾岛在诗中以"好诗难卒酬"自谦，可见是姚合写诗在前，贾岛酬诗于后。

---

① 《全唐诗》卷三六五，第 4124 页。
② 《全唐诗》卷五一九，第 5934 页。
③ 《全唐诗》卷一六八，第 1735 页。
④ 《全唐诗》卷二八二，第 3205 页。
⑤ 《全唐文》卷六九〇，第 7070 页。
⑥ 《全唐诗》卷二四二，第 2721 页。
⑦ 《全唐诗》卷五七三，第 6657 页。

许浑《寓崇圣寺怀李校书》："几日卧南亭，卷帘秋月清。河关初罢梦，池阁更含情。寒露润金井，高风飘玉筝。前年共游客，刀笔事戎旃。"① 为许浑下第后寓居崇圣寺所作的怀友之作，"前年共游客，刀笔事戎旃"盖指宝历年间北游塞上的经历。

朱庆余《同卢校书游新兴寺》："山深云景别，有寺亦堪过。才子将迎远，林僧气性和。潭清蒲影定，松老鹤声多。岂不思公府，其如野兴何。"② 以一幅远离尘嚣、悠闲自在的画面说明新兴寺的幽静。贾岛《过唐校书书斋》："池满风吹竹，时时得爽神。声齐雏鸟语，画卷老僧真。月出行几步，花开到四邻。江湖心自切，未可挂头巾。"③ 起笔不俗，以"风吹竹"比喻唐校书书斋的清雅宜人，以空中鸟语、墙上画卷、园中花香描写环境之优美。韦庄《重围中逢萧校书》："相逢俱此地，此地是何乡。侧目不成语，抚心空自伤。剑高无鸟度，树暗有兵藏。底事征西将，年年戍洛阳。"④ 描写了在战争中相逢时的情景，惊魂未定、相顾无语，谴责了战争带给人们的苦难和伤害。

文宗大和元年（827），许浑卜居长安乐游原，寄诗校书郎袁都《寄袁校书》："扰扰换时节，旧山琪树阴。犹乖清汉志，空负白云心。广陌埃尘远，重门管吹深。劳歌极西望，芸省有知音。"⑤ 袁都，字之美，长庆四年进士及第，宝历元年至大和初任校书郎，仕至翰林学士。此诗描写两人之间的友情。罗隐《春日忆湖南旧游寄卢校书》："旅榜前年过洞庭，曾提刀笔事甘宁。玳筵离隔将军幕，朱履频窥处士星。恩重匣中孤剑在，梦余江畔数峰青。金貂见服嘉宾散，回首昭丘一涕零。"⑥ 作于咸通十四年（873），诗中用"匣中孤剑"的典故表现自己对卢校书的思念。钱起《山斋读书寄时校书杜叟》："日爱蘅茅下，闲观山海图。幽人自守朴，穷谷也名愚。倒岭和溪雨，新泉到户枢。丛阑齐稚子，蟠木老潜夫。忆戴差过剡，游仙惯入壶。濠梁时一访，庄叟亦吾徒。"⑦ 描写山斋的幽静娴雅，

① 《全唐诗》卷五三二，第 6078 页。
② 《全唐诗》卷五一五，第 5881 页。
③ 《全唐诗》卷五七二，第 6637 页。
④ 《全唐诗》卷六九六，第 8006 页。
⑤ 《全唐诗》卷五三一，第 6069 页。
⑥ 《全唐诗》卷六五六，第 7540 页。
⑦ 《全唐诗》卷二三八，第 2656 页。

诗人以“愚”比喻自己的山斋，表现出对山居生活的喜爱。

皎然《答俞校书冬夜》：“夜闲禅用精，空界亦清迥。子真仙曹吏，好我如宗炳。一宿觌幽胜，形清烦虑屏。新声殊激楚，丽句同歌郢。遗此感予怀，沉吟忘夕永。月彩散瑶碧，示君禅中境。真思在杳冥，浮念寄形影。遥得四明心，何须蹈岑岭。诗情聊作用，空性惟寂静。若许林下期，看君辞簿领。”① 诗中描写禅境，其实也就是诗境，“诗情聊作用，空性惟寂静”说明诗人追求寂静的意境和澄明的心灵。

元稹《和裴校书鹭鸶飞》：“鹭鸶鹭鸶何遽飞，鸦惊雀噪难久依。清江见底草堂在，一点白光终不归。”② 这是一首和诗，诗中描画出一幅美丽的画面，体现出元稹的诗歌才华。权德舆《和河南罗主簿送校书兄归江南》：“兄弟泣殊方，天涯指故乡。断云无定处，归雁不成行。草莽人烟少，风波水驿长。上虞亲渤澥，东楚隔潇湘。古戍阴传火，寒芜晓带霜。海门潮滟滟，沙岸荻苍苍。京辇辞芸阁，衡方忆草堂。知君始宁隐，还缉旧荷裳。”③ 抒发了兄弟之间的深厚情谊。

权德舆《哭张十八校书》：“芸阁为郎一命初，桐州寄傲十年余。魂随逝水归何处，名在新诗众不如。蹉跎江浦生华发，牢落寒原会素车。更忆八行前日到，含凄为报秣陵书。”④ 诗为悼念张十八校书而写，可知这位校书郎为官时间不长。黄滔《伤蒋校书德山》：“谁到双溪溪岸傍，与招魂魄上苍苍。世间无树胜青桂，陇上有花唯白杨。秦苑火然新赋在，越城山秀故居荒。如何万古雕龙手，独是相如识汉皇。”⑤ 用典故“雕龙手”比喻蒋校书是能文之士，表现出作者的伤悼之情。

李郢《秋晚寄题陆勋校书义兴禅居时淮南从事》：“禅居秋草晚，萧索异前时。莲幕青云贵，翱翔绝后期。薜房柽架掩，山砌石盆攲。剑戟晨趋静，笙歌夜散迟。谷寒霜狖静，林晚磬虫悲。惠远烟霞在，方平杖履随。骨清须贵达，神重有威仪。万卒千蹄马，横鞭从信骑。”⑥ 诗中描写了陆校书令人羡慕的禅居生活。黄滔《寄题崔校书郊舍》：“一片寒塘水，

① 《全唐诗》卷八一五，第 9173 页。

② 《全唐诗》卷四〇三，第 4502 页。

③ 《全唐诗》卷三二九，第 3683 页。

④ 《全唐诗》卷三二六，第 3659 页。

⑤ 《全唐诗》卷七〇五，第 8118 页。

⑥ 《全唐诗》卷五九〇，第 6853 页。

寻常立鹭鸶。主人贫爱客，沽酒往吟诗。”① 用很平常的意象“寒塘水”、“鹭鸶”勾画出清新自然的诗歌意境。

杨巨源《同赵校书题普救寺》：“东门高处天，一望几悠然。白浪过城下，青山满寺前。尘光分驿道，岚色到人烟。气象须文字，逢君大雅篇。”② 普救寺在今山西省永济县旧蒲州城东，《西厢记》的故事即发生于此，诗人对普救寺周围的景色进行了描写。刘沧《题王校书山斋》：“猿鸟无声昼掩扉，寒原隔水到人稀。云晴古木月初上，雪满空庭鹤未归。药圃地连山色近，樵家路入树烟微。栖迟惯得沧浪思，云阁还应梦钓矶。”③ 体现了王校书山斋的僻静深幽，结尾用“钓矶”之典比喻其向往的隐逸之情。孟郊《题林校书花严寺书窗》：“隐咏不夸俗，问禅徒净居。翻将白云字，寄向青莲书。拟古投松坐，就明开纸疏。昭昭南山景，独与心相如。”④ 林校书为林藻，青莲书借指经书，孟郊此诗也是对林校书好禅习禅的赞许。

第三节　校书郎的工作对文学的促进作用

从现存资料看，唐代校书郎任职时间一般为三年。在为官期间，校书郎通过校雠、编著、酬唱等活动得以广泛地接触社会，增加生活体验，并且用诗文记下自己的体会和感受。校书郎在工作期间的文学创作记载了他们的职业特点，比如环境清雅、校雠忙碌、宿直制度，同时也用诗文记下自己的为官心态。他们留存的诗歌中有许多唱和诗、送别诗，这些诗歌在一定程度上丰富了文学创作的题材和内容，也推动了唐代文学的发展。

一　拓展唐诗的内容

唱和诗的情况上节已有论述，此处不再赘述，主要讨论送别诗及其他创作情况。校书郎因工作需要和职务迁转需要离开京城四处流动，因此形

① 《全唐诗》卷七〇六，第8128页。

② 《全唐诗》卷三三三，第3720页。

③ 《全唐诗》卷五八六，第6790页。

④ 《全唐诗》卷三七六，第4220页。

成很多送别诗。如景龙二年（708）秋，宋司马要到许州赴任，修文馆学士宋之问、李适、李乂、卢藏用、薛稷、马怀素、徐坚等共同作诗送，时为校书郎的张九龄也有《饯宋司马序》。朱庆余送校书郎的诗有《送韦繇校书赴浙东幕》、《送韦校书佐灵州幕》、《送韩校书赴江西幕》、《杭州送萧宝校书》。岑参有《送弘文李校书往汉南拜亲》、《送裴校书从大夫淄川觐省》、《送秘省虞校书赴虞乡丞》。吉中孚被授予校书郎后因故归家，好友卢纶、李端等都作诗送别。卢纶有《送吉中孚校书归楚州旧山》、李端有《送吉中孚拜官归楚州》、司空曙有《送吉校书东归》、李嘉祐有《晚春送吉校书归楚州》。《全唐文》里检得送别文章如权德舆《送许校书赴江西使府序》、《送张校书归湖南序》、《送陆校书赴秘省序》；于邵《送李校书归江西序》；等等。

校书郎经历还带来了一个新的创作题材，即以秘书省、弘文馆、集贤院等校书郎的工作环境及生活状况作为即景抒情的描写对象。这些诗文有的是在交游酬唱中写景状物，有的是个人写景抒情之作。如杨炯《崇文馆宴集诗序》："尔其青垣缭绕，丹禁逶迤。鱼钥则环锁晨开，雀窗则铜楼旦辟。周庐绮合，廨署星分。左辅右弼之宫，此焉攸集；先马后车之任，于是乎在。"[①] 极写崇文馆的富丽堂皇，体现出恢宏大气的盛世气象。权德舆《昭文馆大学士壁记》对于昭文馆的设立和发展历程进行了描述。刘禹锡也有《早秋集贤院即事》。杜颢《集贤院山池赋》：

郁乎群贤之林，有山其秀，有池而深。幽流澹泞，苍翠嵚崟。千门下隔，三殿旁临。引彤庭之佳气，涵碧树之清阴。连绵芳草，游泳仙禽。对石渠之铅粉，会金马之衣簪。宛□霞而在目，眇江海而为心。何扁舟之独往，何倒影之远寻。怀我魏阙，浩尔长吟。山池之阴，可以清吾襟；山池之所，可以狎吾侣。凉风忽起，白云时举。步苔岸之周流，藉松溪之积阻。邈矣幽兴，飒然清暑。乃登玉峦，抚金渚。图书载暇，缨弁以序。此焉游处，于兹宴语。发菱花而不能归，攀桂枝而久延伫。日落池上，云无处所。尔其秋风既起，秋兴爰至。见藤条之幽娟，弄石泉之明媚。禁林余雨，增曲□

① 《全唐文》卷一九一，第1925页。

之华清；御苑晴烟，借遥岩之积翠。是以洗雪烦想，优游雅思。嗟乎！山中人兮犹未识，池上蛟兮焉可得。顾兰芳与菊滋，从此赏兮无极。

也是对集贤院的即景抒情之作。有些文章既是文学创作，也是难得的史料，如韩愈《送郑十校理序》在文首谈及集贤院的设置原因："秘书御府也。天子犹以为外且远，不得朝夕视，始更聚书集贤殿，别置校雠官，曰学士、曰校理。常以宠丞相为大学士，其他学士皆达官也，校理则用天下之名能文学者；苟在选，不计其秩次，惟所用之。由是集贤之书盛积，尽秘书所有，不能处其半；书日益多，官日益重。"[①] 这篇文章常常作为资料用来说明集贤院的设置情况。符载《送袁校书归秘书省序》中论及雠校之官——校书郎的晋升情况，不仅体现了当时人们对这一职位的期望之高，而且为我们了解校书郎提供了珍贵的资料。

梁肃《常州刺史独孤及集后序》："夫大者天道，其次人文，在昔圣王以之经纬百度，臣下以之弼成五教。德文下衰，则怨刺形于歌咏，讽议彰乎史册。故道德仁义，非文不明；礼乐刑政，非文不立。文之兴废，视世之治乱；文之高下，视才之厚薄。"[②] 立言被看作立德、立功的载体与表现。因此，有些校书郎在任职期间还潜心研读，撰写书籍。如郑处诲为校书郎时，撰次《明皇杂录》三篇流传后世。段成式在任秘书省校书郎期间，广泛阅读了朝廷官方收藏的图书，秘阁书籍披阅皆遍，在此基础上，撰写了以奇异著称的笔记小说《酉阳杂俎》。《新唐书》卷五九有"杨浚《圣典》三卷（校书郎，开元中上。）"《宋史》中记"《韦子内篇》三卷"于杨浚名下。《全唐诗选注》记杨浚开元中进士及第，任校书郎，曾作《圣典》三卷献给皇帝，天宝中，任中书舍人。[③] 卢象任校书郎期间就很有诗名。刘禹锡在《唐故尚书主客员外郎卢公集纪》写道："始以章句振起于开元中，与王维、崔颢比肩骧首，鼓行于时。妍词一发，乐府传贵。由前进士补秘书省校书郎，转右卫仓曹掾。"[④]《唐诗纪事》记殷

① 《全唐文》卷五五六，第 5627 页。

② 《全唐文》卷五一八，第 5267 页。

③ 孙建军等主编：《全唐诗选注》，线装书局 2002 年版，第 801 页。

④ 《全唐文》卷六〇五，第 6112 页。

播评论卢象诗歌："象诗雅而平，素有大体，得国士之风。曩在校书，名光秘阁。其如灵越山多秀，新安江甚清，尽东南之数郡也。"① 对卢象的诗才进行了高度评价。王昌龄与高适、王之涣交游唱和的故事还被演绎为"旗亭画壁"的轶事，唐人薛用弱《集异记》有记载，《全唐诗》也有记载。此诗坛佳话，广布艺林，还被演绎为戏剧故事，明郑之文有《旗亭记传奇》；清卢见曾有《旗亭记传奇》；张掌霖有《旗亭谯杂剧》。这则故事后来有人考证说与事实不符，但即便如此，仍不失为唐诗传播史上极有价值的资料。

二 丰富诗歌意象

有些和校书有关的意象还以一些别称入诗，使诗歌意象和内涵更为丰富。比如周繇为秘书省校书郎时，林宽有诗歌《和周繇校书先辈省中寓直》：

> 古木重门掩，幽深只欠溪。此中真吏隐，何必更岩栖。名姓镌幢记，经书逐库题。字随飞蠹缺，阶与落星齐。伴直僧谈静，侵霜蛩韵低。粘尘贺草没，剥粉薛禽迷。衰藓墙千堵，微阳菊半畦。鼓残鸦去北，漏在月沉西。每忆终南雪，几登云阁梯。时因搜句次，那惜一招携。②

这首既描写了秘书省静谧幽深的环境，又具有一定的特指意向。《因话录》卷五："秘书省内有落星石、薛少保画鹤、贺监草书、郎余令画凤，号为四绝。"薛少保即薛稷，文辞书画均闻名于时，被称为"唐初四大家"之一。薛稷画鹤形神兼备，时称一绝，李白、杜甫等都曾吟诗颂其画鹤。鹤，被人美称为仙鹤，因形态优雅、气度轩昂、卓尔不群，自古以来就是诗人们喜爱的高贵形象。在我国最早的诗歌总集《诗经》中就有了鹤意象，如《小雅·鹤鸣》："鹤鸣于九皋，声闻于天。"大量诗文中的仙鹤不仅形态优美，还寄寓了较多的内涵。白居易《池鹤》："高竹笼前无伴侣，乱群鸡里有风标。低头乍恐丹砂落，晒翅常疑白雪消。转觉鸬

① 《唐诗纪事》卷二六，第389页。

② 《全唐诗》卷六〇六，第7004页。

鹚毛色下，苦嫌鹦鹉语声娇。临风一唳思何事？怅望青田云水遥。"[①] 不仅写出鹤优美的形态，还以鹤喻人描写了自己的心态。贺监就是贺知章，刘禹锡有诗《洛中寺北楼中见贺监草书题诗》："高楼贺监昔曾登，壁上笔踪龙虎腾。中国书流尚皇象，北朝文士重徐陵。偶因独见空惊目，恨不同时便伏膺。唯恐尘埃转磨灭，再三珍重嘱山僧。"[②] 对贺知章的书法表达了钦佩之情。郎余令作画工山水，时称精妙，秘书省内有他画的凤凰壁画。《和周繇校书先辈省中寓直》诗中所说的"落星"、"粘尘"之"贺草"、"剥粉"之"薛禽"，即指其中三绝。白居易《韦七自太子宾客再除秘书监，以长句贺而饯之》："离筵莫怆且同欢，共贺新恩拜旧官。屈就商山伴麋鹿，好归芸阁狎鹓鸾。落星石上苍苔古，画鹤厅前白露寒。老监姓名应在壁，相思试为拂尘看。"[③] 也对秘书省的这些景象进行了描述。

唐代政府内廷藏书采用一种能够杀虫的芸香来保护图籍，因而校书场所又称为"芸台""芸阁""芸署"。芸香，为多年生草本植物，有特殊的香气，还可以入药。芸香被普遍用作图书典籍辟蠹，因此它也成为典籍藏所的代名词。沈括《梦溪笔谈》卷三："古人藏书辟蠹用芸。芸，香草也，今人谓之七里香者是也。叶类豌豆，作小丛生，其叶极芬香。秋间，叶间微白如粉污，辟蠹殊验。"芸香在图书保护中的广泛应用，也产生了一系列与之相关的雅称，比如图书典籍称为芸编、芸书；书签称为芸签。秘书省及校书郎工作的地方又称芸阁、芸省、芸香署，如孟浩然《初出关旅亭夜坐怀王大校书》这首写给王昌龄的诗中有："永怀芸阁友，寂寞滞扬云。"[④] 秦系《张建封大夫奏系为校书郎因寄此作》："不知芸阁上，遗校几多书。"[⑤] 许浑《寄袁校书》："劳歌极西望，芸省有知音。"[⑥] 方干《题陶详校书阳羡隐居》："芸香署里从容步，阳羡山中啸傲情。"[⑦] 储光羲《新丰作贻殷四校书》："不见芸香阁，徒思文雅雄。"[⑧] 薛涛《赠韦校

---

① 《全唐诗》卷四四九，第 5066 页。
② 《全唐诗》卷三五九，第 4051 页。
③ 《全唐诗》卷四五五，第 5162 页。
④ 《全唐诗》卷一六〇，第 1637 页。
⑤ 《全唐诗》卷二六〇，第 2900 页。
⑥ 《全唐诗》卷五三一，第 6069 页。
⑦ 《全唐诗》卷六五一，第 7472 页。
⑧ 《全唐诗》卷一三八，第 1404 页。

书》："芸香误比荆山玉，那似登科甲乙年。"① 刘长卿《送李校书赴东浙幕府》："芸香辞乱事，梅吹听军声。"② 校书郎在诗歌中往往被称为芸阁吏、芸阁郎、芸香客，如卢纶《送吉中孚校书归楚州旧山》："青袍芸阁郎，谈笑挹侯王。"③ 耿湋《送姚校书因归河中》："明日过闾里，光辉芸阁郎。"④ 陆龟蒙《和袭美寄同年韦校书》："可中寄与芸香客，便是江南地里书。"⑤ 李冶《寄校书七兄》："不知芸阁吏，寂寞竟何如。"⑥ 这些意象，在一定程度上丰富了唐诗的内容，增强了诗歌的表现形式。

三　展现诗才提高诗艺

唐代举子在及第之前是很忙碌的，常奔波于州府与两京之间，求试、应解，少有时间从容思考，因而省试之作鲜有佳构，即如钱起的《湘灵鼓瑟》，据说还是得了神助。作为文士起家之良选的校书郎之职，工作悠闲，又有较丰厚的俸禄作为生活保障，这样他们就具备了从容构思的条件。另外更有认真对待的需要，无论是应制举还是科目举，都得提前作好准备，诗、赋、论都应纳入准备的范围。可以说，在此期间的创作活动都是较为自觉的，每一次创作机会都不容错过，而且还需要仔细构思、慎重下笔。⑦ 宫廷宴集唱和活动既体现官方唱和的荣宠尊贵和审美趣味，又能展示唱和者的诗歌才能和反应能力。而私人之间的酬唱在诗才之外，更多地体现了相互之间的友情和关心，送别诗也是如此。唐人经常会因为各种原因外出、宦游，亲戚朋友就会赋诗送行以表关切之情，送行之时也是群体聚会和各逞诗才的时候。如韩湘从校书郎入江西幕，朱庆余等都有诗相送：朱庆余《送韩校书赴江西幕》："从军五湖外，终是称诗人。酒后愁将别，涂中过却春。山桥槲叶暗，水馆燕巢新。驿舫迎应远，京书寄自频。野情随到处，公务日关身。久共趋名利，龙钟独滞秦。"⑧ 马戴《送

---

① 《全唐诗》卷八〇三，第 9045 页。
② 《全唐诗》卷一四七，第 1497 页。
③ 《全唐诗》卷二七六，第 3124 页。
④ 《全唐诗》卷二六九，第 2995 页。
⑤ 《全唐诗》卷六二八，第 7213 页。
⑥ 《全唐诗》卷八〇五，第 9057 页。
⑦ 吴夏平：《唐代中央文馆制度与文学研究》，齐鲁书社 2007 年版，第 280 页。
⑧ 《全唐诗》卷五一四，第 5870 页。

韩校书江西从事》："出关寒色尽，云梦草生新。雁背岳阳雨，客行江上春。遥程随水阔，枉路倒帆频。夕照临孤馆，朝霞发广津。湖山潮半隔，郡壁岸斜邻。自此钟陵道，裁书有故人。"① 僧无可《送韩校书赴江西》："车马东门别，扬帆过楚津。花繁期到幕，雪在已离秦。吟落江沙月，行飞驿骑尘。猿声孤岛雨，草色五湖春。折苇鸣风岸，遥烟起暮蘋。鄱江连郡府，高兴寄何人。"② 姚合《送韩湘赴江西从事》："年少登科客，从军诏命新。行装有兵器，祖席尽诗人。细雨湘城暮，微风楚水春。浔阳应足雁，梦泽岂无尘。猿叫来山顶，潮痕在树身。从容多暇日，佳句寄须频。"③ 贾岛《送韩湘》："挂席从古路，长风起广津。楚城花未发，上苑蝶来新。半没湖波月，初生岛草春。孤霞临石镜，极浦映村神。细响吟干苇，余馨动远蘋。欲凭将一札，寄与沃洲人。"④ 在这种场合中，既是送行唱和，又是诗人们展示诗才的机会，为了赋得好诗大家都是搜肠刮肚，力图能拔得头筹，引来一片赞叹声。

多人唱和的场合还常常会创作联句诗。在联句过程中诗人们互相切磋诗艺，体现智慧、文才和创造力。如《寄司空曙李端联句》：

> 长安一分首，万里隔烟波。（王早）海上青山暮，天涯白发多。（耿沣）寻僧因看竹，访道或求鹅。（辛晃）云树无猿鸟，阴崖足薜萝。（耿沣）醉中留越客，兴里眄庭柯。（辛晃）黄叶身仍逐，丹霄背未摩。（耿沣）别愁连旦暮，归梦绕关河。（辛晃）高柳寒蝉对，空阶夜雨和。（耿沣）年华空荏苒，名宦转蹉跎。（辛晃）南陌东城路，春来几度过。（耿沣）⑤

韩愈《石鼎联句诗序》也体现了多人联句诗中相互争难斗巧、各显诗才的过程：

> 元和七年十二月四日，衡山道士轩辕弥明自衡下来，旧与刘师

① 《全唐诗》卷五五六，第6444页。
② 《全唐诗》卷八一四，第9165页。
③ 《全唐诗》卷四九六，第5627页。
④ 《全唐诗》卷五七二，第6639页。
⑤ 《全唐诗》卷七八九，第8891页。

> 服进士衡湘中相识，将过太白，知师服在京，夜抵其居宿。有校书郎侯喜，新有能诗声，夜与刘说诗。弥明在其侧，貌极丑，白须黑面，长颈而高结，喉中又作楚语，喜视之若无人。弥明忽轩衣张眉，指炉中石鼎，谓喜曰："子云能诗，能与我赋此乎?"刘往见衡湘间人说云年九十余矣，解捕逐鬼物，拘囚蛟螭虎豹。不知其实能否也。见其老，颇貌敬之，不知其有文也。闻此说大喜，即援笔题其首两句，次传于喜。喜踊跃，即缀其下云云。道士哑然笑曰："子诗如是而已乎!"即袖手竦肩，倚北墙坐，谓刘曰："吾不解世俗书，子为我书。"因高吟曰："龙头缩菌蠢，豕腹涨彭亨。"初不似经意，诗旨有似讥喜。二子相顾惭骇，欲以多穷之，即又为而传之喜，喜思益苦，务欲压道士，每营度欲出口吻，声鸣益悲，操笔欲书，将下复止，竟亦不能奇也。毕，即传道士，道士高踞大唱曰："刘把笔，吾诗云云。"其不用意而功益奇，不可附说，语皆侵刘侯。喜益忌之。刘与侯皆已赋十余韵，弥明应之如响，皆颖脱含讥讽。夜尽三更，二子思竭不能续，因起谢曰："尊师非世人也，某伏矣，愿为弟子，不敢更论诗。"道士奋曰："不然。章不可以不成也。"又谓刘曰："把笔来，吾与汝就之。"即又唱出四十字，为八句。书讫，使读。读毕，谓二子曰："章不已就乎?"二子齐应曰："就矣。"……①

由此看来，联句诗能集审美、交往、娱乐功能于一体。

四　体现为官心态

校书郎在任职期间的文学创作体现其职业特点，同时也反映了他们的为官心态。中晚唐时期，由于唐代社会发生巨大变化，文馆组织机构、职责功能、活动内容都发生了巨变，从而也影响着此时期文学的发展。集贤院、弘文馆、崇文馆几次被精简，宫廷唱和活动衰落，其对主流文学的影响力也在减弱。京城文学创作队伍的构成也发生了变化，各文馆的校书郎以及由非登朝官组成的直馆以下众多文士逐渐成为中晚唐文馆创作的主体。校书郎虽是文馆的基层官员，其文学创作性质却有别于此前常见的那

① 《全唐文》卷五五六，第5630页。

种文馆创作。他们在馆期间参与的大型宫廷文会较少，既没有中高层朝官在公宴场面中的那种顾忌，也没有侍驾词臣那种特有的御用文人心态，因而创作时顾忌较少，艺术表现比较自由，因此其诗歌的题材内容、情思意蕴就别具一格。①

张九龄任校书郎期间所作诗歌《高斋闲望言怀》："纷吾自穷海，薄宦此中州。取路无高足，随波适下流。岁华空冉冉，心曲且悠悠。坐惜芳时歇，胡然久滞留。"②《秋怀》："留滞机还息，纷拏网自牵。东南起归望，何处是江天。"③ 表现了作者刚入仕途时的复杂心情。

王泠然在开元初期任职校书郎，他曾经上《论荐书》于当时的宰相张说以表明自己的才华。其《论荐书》：

将仕郎守太子校书郎王泠然谨再拜上书相国燕公阁下：孔子曰："居是邦也，事其大夫之贤者。"则仆所以有意上书于公，为日久矣。所恨公初为相。而仆始总角；公再为相，仆方志学。及仆预乡举，公在官于巴邱；及仆参常调，而公统军于沙朔。今公复为相，随驾在秦，仆适效官，分司在洛，竟未识贾谊之面，执相如之手，则尧舜禹汤之正道，稷契夔龙之要务，焉得与相公论之乎？昔者公之有文章时，岂不欲文章者见之乎？公未富贵时，岂不欲富贵者用之乎？今公贵称当朝，文称命代，见天下未富贵、有文章之士，不知公何以用之？公一登甲科，三至宰相，是因文章之得用，于今亦三十年。后进之士，公勿谓其无人，何者？长安令裴耀卿，于开元五年掌天下举，擢仆高第，以才相知。今尚书右丞王邱，于开元九年掌天下选，授仆清资，以智见许。然二君者，若无明鉴，宁处要津？是仆亦有文章，思公见也；亦未富贵，思公用也：此非自媒自衒，恐不道不知。有唐以来，无数才子，至于崔融、李峤、宋之问、沈佺期、富嘉谟、徐彦伯、杜审言、陈子昂者，与公连飞并驱，更唱迭和。此数公者，真可谓五百年挺生矣，天丧斯文，凋零向尽，唯相公日新厥德，长守富

① 李德辉：《唐代文馆制度及其与政治和文学之关系》，上海古籍出版社2006年版，第303页。

② 《全唐诗》卷四九，第601页。

③ 《全唐诗》卷四八，第592页。

> 贵，甚善甚善。是知天赞明主而福相公，当此之时，亦宣应天之庥，报主之宠，弥缝其阙，匡救其灾，若尸禄备员，则焉用彼相矣？……①

文章用语颇为自负，体现出当时开明宽容的文化氛围和文士自信豪放的性格特征。

白居易贞元十九年（803）被授予校书郎，他在任职期间留下很多诗文，体现了白居易的思想状况和政治心态。如《常乐里闲居偶题十六韵》："幸逢太平代，天子好文儒。小才难大用，典校在秘书。"表现出诗人对现实的满意感和积极入仕的政治心态。《惜玉蕊花有怀集贤王校书起》："集贤雠校无闲日，落尽瑶花君不知。"体现了校书郎工作的忙碌和环境的清贵。同时，白居易在任校书郎期间对于当时的社会和政治也给予了极大的关注。《泛渭赋》："虽片艺而必收兮，故不弃予之小才。感再遇于知己，心惭怍而徘徊。"体现了白居易渴望在政治上有所作为的心情。

---

① 《全唐文》卷二九四，第2980—2981页。

第五章

唐代校书郎的迁转对文学创作的影响

在唐代文学家中，有一批在政坛上位极人臣的风云人物，都经历过校书郎一职，如张说、张九龄、房琯、董晋、韦贯之、元稹、韦处厚、赵宗儒、权德舆、段文昌、令狐绹、郑从说等。他们在仕途上以校书郎起家并官至宰辅之位，其经历体现了唐代文士的迁转历程。唐代文馆学士以官品定高低，五品以上为学士，六品以下为直学士，三品到九品都在被选之列。校书郎虽为九品小官，但也处于学士之列。这对校书郎的心态产生了很大的影响。

第一节　校书郎的迁转情况与生存状态

一　校书郎的迁转情况

唐代人任官有“清”和“要”的观念。《旧唐书·李素立传》：“素立寻丁忧，高祖令所司夺情，授以七品清要官，所司拟雍州司户参军。高祖曰：‘此官要而不清。’又拟秘书郎。高祖曰：‘此官清而不要。’遂擢授侍御史，高祖曰：‘此官清而复要。’”① 司户参军管理户籍赋税等，但并非台省官，算是要而不清。秘书郎属秘书省官职，不算剧要，故高祖认为清而不要。侍御史属于御史台，又是皇帝的耳目，地位很高，所以说是清而复要。校书郎是文士起家之良选，也属于清官之列。

通过对校书郎的任职途径进行分析，校书郎任满后迁为畿县县尉的较多，也有迁为拾遗、御史和转外任再入为拾遗、御史的。一旦入为拾遗或监察御史，即加入要官的行列，预示着将会有较好的仕途前景。前文已经

① 《旧唐书》卷一八五上，第4786页。

讨论了校书郎任满后的升迁官职，这里主要就校书郎职官生涯中的升迁路径及任职情况进行梳理，对不同时期的校书郎任职情况进行分析，试图探讨校书郎在不同时期的升迁情况及任职规律。表9内容参考了孙国栋先生的研究成果。

表9　　唐代校书郎迁转情况表①

职务年／姓名	初任职年	员外郎任职年	郎中任职年	给事中与中书舍人任职年	五侍郎及右丞任职年	左丞吏侍中郎门郎任职年	尚书任职年	宰相任职年	出处
张　说	永昌元年 689	神龙元年 705			景龙元年 707	景云元年 710		中郎　平章事 景云二年 711	《旧唐书》卷97
张九龄		开元十年 722		开元十一年 723	开元二十年 732	开元廿一年 733		中郎　平章事 开元廿一年 733	《旧唐书》卷99
董　晋	至德元年 756					贞元二年 786		门郎　平章事 贞元五年 789	《旧唐书》卷145
韦贯之	贞元元年 785				元和八年 813			右丞　平章事 元和九年 814	《旧唐书》卷158
元　稹	贞元十八年 802	元和十四年 819	长庆元年 821	长庆元年 821	长庆元年 821			工侍　平章事 长庆二年 822	《旧唐书》卷166
韦处厚	元和元年 806				长庆四年 824			中郎　平章事 宝历二年 826	《旧唐书》卷159

① 孙国栋：《唐代中央重要文官迁转途径研究》，香港：龙门书店1978年版，第647—656页。

续表

职务年 姓名	初任职年	员外郎任职年	郎中任职年	给事中与中书舍人任职年	五侍郎及右丞任职年	左丞吏侍中郎门郎任职年	尚书任职年	宰相任职年	出处
赵宗儒	建中四年783			贞元十一年795				给事　平章事 贞元十二年 796	《旧唐书》卷167
王　播	永贞元年805		元和		元和四年809		元和十年815	中郎　平章事 长庆元年 821	《旧唐书》卷164
权德舆	贞元		贞元	贞元	贞元十八年802	元和元年806		礼尚　平章事 元和五年 810	《旧唐书》卷148
李　绛		元和	元和五年810	元和	元和六年811			中郎　平章事 元和六年 811	《旧唐书》卷164
郑　覃		元和	元和	长庆元年821	太和四年830		太和四年830	右仆　平章事 太和九年 835	《旧唐书》卷173
姜公辅								谏议　平章事 肆中四年 783	《旧唐书》卷138
段文昌			元和	元和十五年820				中郎　平章事 元和十五 820	《旧唐书》卷67
郑　絪				永贞元年805				中郎　平章事 元和九年 806	《旧唐书》卷159

续表

职务年 姓名	初任职年	员外郎任职年	郎中任职年	给事中与中书舍人任职年	五侍郎及右丞任职年	左丞吏侍中郎门郎任职年	尚书任职年	宰相任职年	出处
卢　商					会昌元年841			中郎　平章事会昌六年846	《旧唐书》卷176
令狐绹	太和四年830			大中三年849	大中四年850			兵侍　平章事大中四年850	《旧唐书》卷172
孔　纬	大中十二年859	咸通			乾符二年875	乾符六年879	中和九年881	兵侍　平章事光启二年886	《旧唐书》卷179
裴　枢	咸通十二年871			龙纪元年889		光化二年899		户侍　平章事天复元年901	《旧唐书》卷113
陆　扆	光启二年886	大顺二年891	景福元年892	景福元年892	乾宁元年894	乾宁三年896		户侍　平章事乾宁三年896	《旧唐书》卷179
郑　畋		咸通	咸通九年868	咸通九年868	咸通十年869	乾符元年874		兵侍　平章事乾符元年874	《旧唐书》卷178
萧　遘		咸通		乾符	广明元年880			工侍　平章事中和元年881	《旧唐书》卷179
刘　邺	大中		咸通	咸通	咸通五年864			礼尚　平章事咸通十二年871	《旧唐书》卷177
王　徽			乾符元年874	乾符	乾符五年878	广明元年880		户侍　平章事广明元年880	《旧唐书》卷178

续表

职务年 姓名	初任职年	员外郎任职年	郎中任职年	给事中与中书舍人任职年	五侍郎及右丞任职年	左丞吏侍中郎门郎任职年	尚书任职年	宰相任职年	出处
杜让能					广明元年880		中和四年884	兵侍　平章事 光启二年886	《旧唐书》卷177
杨　收				咸通	咸通三年862			兵侍　平章事 咸通四年863	《旧唐书》卷177
郑从谠					咸通三年862	咸通四年863	乾符元年874	中郎　平章事 乾符五年878	《旧唐书》卷158
魏　謩				大中二年848	大中五年851			兵侍　平章事 大中五年851	《旧唐书》卷176

对这些项目的统计分析能够加深对他们的认识。如文馆文士还有一种特殊现象，即他们所任职务大部分不离文馆。如孙处约历任校书郎、充五代史学士、著作佐郎、弘文馆直学士、学士、国子司业。[①] 仕经史馆、秘书省著作局、弘文馆、国子监等馆所。而崔沔也从秘书省校书郎仕至著作郎、秘书少监、国子祭酒、秘书监。[②] 这种现象说明朝廷的用人还是有规律可循的。

从升迁的路径和时间上，我们试举几例以考察校书郎出身的诗人文士是怎样从一个九品小官升至手握重权的宰辅人员。这几人是张说、张九龄、董晋、韦处厚、李德裕、令狐绹。

张说（667—731），字道济，弱冠应诏举，对策乙第，授太子校书，累转右补阙。长安初，修《三教珠英》毕，迁右史、内供奉，兼知考功

① 周绍良、赵超：《唐代墓志汇编》咸亨068，上海古籍出版社1992年版，第557—558页。

② 周绍良、赵超：《唐代墓志汇编》大历060，上海古籍出版社1992年版，第1800页。

贡举事，擢拜凤阁舍人。中宗即位，召拜兵部员外郎，累转工部侍郎。景龙中，丁母忧去职，起复授黄门侍郎，累表固辞，言甚切至，优诏方许之。服终，复为工部侍郎，俄拜兵部侍郎，加弘文馆学士。睿宗即位，迁中书侍郎，兼雍州长史。景云二年（711），同中书门下平章事，监修国史。① ……张说一生历仕武后、中宗、睿宗、玄宗四朝，他前后三秉大政，政治地位显赫，掌文学之任凡三十年，是当时政坛与文坛的双重领袖。

张九龄（678—740），字子寿，一名博物。25岁登进士第，应举登乙第，拜校书郎。后因对策高第，迁右拾遗。开元十年，三迁司勋员外郎。十一年，拜中书舍人。……改太常少卿，寻出为冀州刺史。改为洪州都督。俄转桂州都督，充岭南道按察使。召拜九龄为秘书少监、集贤院学士，副知院事。再迁中书侍郎。寻丁母丧归乡里。二十一年十二月，起复拜中书侍郎、同中书门下平章事。② 张九龄从校书郎起家，历拾遗、补阙，升员外郎等郎官，转中书舍人，外任刺史，再入朝为秘书少监和侍郎，最后官至宰相，大体都很符合封演和白居易所描写的那种升官路径。

董晋（723—799），字混成。明经及第。至德初，肃宗自灵武幸彭原，晋上书谒见，授校书郎、翰林待制，再转卫尉丞，出为汾州司马。以本官摄殿中侍御史，充判官，寻归台，授本官，迁侍御史、主客员外郎、祠部郎中。拜司勋郎中。历秘书太府太常少卿监、左金吾将军。德宗嗣位，改太常卿，迁右散骑常侍，兼御史中丞知台事。寻为华州刺史、兼御史中丞、潼关防御使。加兼御史大夫。授国子祭酒，寻令往恒州宣慰。迁左金吾卫大将军，改尚书左丞。复拜太常卿。（贞元）五年（789），迁门下侍郎、同平章事。③

韦处厚（773—828），字德载。元和初，登进士第，应贤良方正，擢居异等，授秘书省校书郎。以本官充直馆，改咸阳县尉，迁右拾遗，并兼史职。转左补阙、礼部考功二员外。出为开州刺史。入拜户部郎中，俄以本官知制诰。穆宗召入翰林，为侍讲学士，换谏议大夫，改中书舍人，侍讲如故。拜兵部侍郎。拜中书侍郎、同中书门下平章事、监修国史，加银

① 《旧唐书》卷九七，第3049—3052页。

② 《旧唐书》卷九九，第3097—3099页。

③ 《旧唐书》卷一四五，第3934—3935页。

青光禄大夫，晋爵灵昌郡公。①

李德裕（787—850），字文饶，元和八年（813）以荫补校书郎。张弘靖镇太原时辟为掌书记。由大理评事得殿中侍御史。拜监察御史。穆宗即位，召入翰林充学士。改屯田员外郎。转考功郎中、知制诰。长庆二年（822）二月，转中书舍人。出为浙西观察使。文宗即位，就加检校礼部尚书。大和三年（829）八月，召为兵部侍郎。四年十月，以德裕检校兵部尚书、成都尹、剑南西川节度副大使、知节度事、管内观察处置、西山八国云南招抚等使。召为兵部尚书。（大和）七年二月，以本官平章事，晋封赞皇伯，食邑七百户。②

令狐绹，字子直。大和四年（830）登进士第，释褐弘文馆校书郎。开成初为左拾遗。改左补阙、史馆修撰，累迁库部、户部员外郎。会昌五年（845），出为湖州刺史。大中二年（848），召拜考功郎中，寻知制诰。其年，召入充翰林学士。三年，拜中书舍人，袭封彭阳男，食邑三百户，寻拜御史中丞。四年，转户部侍郎，判本司事。其年，改兵部侍郎、同中书门下平章事。③

通过对校书郎迁转情况和几个从校书郎升至宰相的文士迁转具体路径及职务的考察，从中可以看出符载和白居易总结出的升迁路径是符合当时官职迁转实际的。从校书郎起家，确实是一个良好而体面的文士升迁起点。封演《封氏闻见记》也描述了这个理想的升迁途径，具体如下：

> 仕宦自进士而历清贯，有八隽者：一曰进士出身，制策不入；二曰校书、正字不入；三曰畿尉不入；四曰监察御史、殿中丞不入；五曰拾遗、补阙不入；六曰员外郎、郎中不入；七曰中书舍人、给事中不入；八曰中书侍郎、中书令不入。言此八者尤加隽捷，直登宰相，不要历缩余官也。朋僚迁拜，或以此更相讥弄。④

对于仕宦的关注在唐人小说中也常有反映。例如《枕中记》中那个

① 《旧唐书》卷一五九，第4182—4185页。

② 《旧唐书》卷一七四，第4509—4519页。

③ 《旧唐书》卷一七二，第4465—4466页。

④ 王谠撰、周勋初校证：《唐语林校证》，中华书局1987年版，第717页。

做黄粱一梦的卢生，他所梦见的仕宦经历是："明年，举进士，登第释褐，秘校，应制，转渭南尉，俄迁监察御史，转起居舍人知制诰，三载，出典同州，迁陕牧，生性好土功，自陕西凿河八十里，以济不通，邦人利之，刻石纪德，移节卞州，领河南道采访使，征为京兆尹。……帝思将帅之才，遂除生御史中丞、河西节度使。……转吏部侍郎，迁户部尚书兼御史大夫，时望清重，群情翕习。大为时宰所忌，以飞语中之，贬为端州刺史。三年，征为常侍，未几，同中书门下平章事。……数年，帝知冤，复追为中书令，封燕国公，恩旨殊异。"① 释褐校书郎，又迁畿尉，抓住机会不断升迁，应是不少唐代士人的美梦。

此外，还有一些生性淡泊者，即使身在朝堂，却是心在江湖，最终寻得一片属于自己的宁静的精神世界。陶渊明《答庞参军》："衡门之下，有琴有书，载弹载咏，爰得我娱。岂无他好？乐是幽居，朝为灌园，夕偃蓬庐。"② 有琴有书可以陶冶情性，载弹载咏可以旷达超脱，恬淡闲适的心境可以求得精神上的自由和安逸。校书郎中也有这样的例子，如：宋儋，字藏诸，文平人，户部侍郎宇文融荐授秘书省校书郎，生性淡泊，多求自然。擅长楷、隶、行、草书。唐吕总《读书评》记载："宋儋真、行书，暮春花发，夏柳枝低。"唐代窦蒙为《述书赋》作注："作钟体而侧戾放纵，迹不副名，开元末举场中，后辈多师之。"③ 明代陶宗仪《书史会要》记宋儋"善楷、隶、行、草，评其书者谓如寒鸦栖木，平沙走兔。小楷如断涧余花，空庭骤雨。垂心钟、卫，兼善欧阳"。存世书迹有《道安禅师碑》。

刘昚虚，字全乙，新吴人。生活在开元天宝年间，历任崇文馆校书、洛阳尉、夏县令等职。《唐才子传》记载："性高古，脱略势利，啸傲风尘。后欲卜隐庐阜，不果，交游多山僧道侣。"④ 刘昚虚不慕荣利，交游多山僧道侣，亦与孟浩然、王昌龄、高适友善。《江西通志》记载："（刘昚虚）与孟浩然、王昌龄相友善。"⑤ 刘昚虚和孟浩然交谊甚深。孟浩然已逝，仍写诗赠之，投入江水，以寄深情。刘昚虚的诗文在当时颇负盛

① 李昉等编：《太平广记》卷八二，中华书局1960年版，第527页。

② 陶渊明著，王孟白校笺：《陶渊明诗文校笺》，黑龙江人民出版社1985年版，第19页。

③ 《全唐文》卷四四七，第4573页。

④ 傅璇琮：《唐才子传校笺》第1册，中华书局1987年版，第185页。

⑤ 周广同等纂修：《江西通志》卷二八，明嘉靖四年刻本。

名，殷璠在《河岳英灵集》所选的24名诗人中，刘眘虚位列第四，在常建、李白、王维之后。殷璠《河岳英灵集》录其诗评曰："清幽兴远，思苦语奇，忽有所得，便惊众听。"① 其诗多写山水隐居，如《阙题》"道由白云尽，春与青溪长。时有落花至，远随流水香。闲门向山路，深柳读书堂。幽映每白日，清辉照衣裳。"② 用简约的语言和意象营造了一个清幽而恬淡的境界。正因为不慕富贵，心在江湖，才使得他们的内心坦荡从容，也使得诗歌显得空灵秀异，饶有理趣。

《旧唐书》还记载了曾经做过校书郎的白履忠，曾隐居于古大梁城，时人号为梁丘子。景云中，征拜校书郎。寻弃官而归。开元十年（722），刑部尚书王志愔表荐履忠隐居读书，贞苦守操，有古人之风，堪代褚无量、马怀素入阁侍读。开元十七年，国子祭酒杨瑒箓又表荐白履忠堪为学官，乃征赴京师。及至，履忠辞以老病，不任职事。诏曰："处士前秘书省校书郎白履忠，学优缃简，道贲丘园，探赜以见其微，隐居能达其志。故以汲引洙、泗，物色夷门，素风自高，玄冕非贵。几杖云暮，章秩宜加，俾承礼命之优，式副宠贤之美。可朝散大夫。"白履忠不久上表请还乡，手诏曰："孝悌立身，静退放俗，年过从耄，不杂风尘。盛德予闻，通班是锡，岂惟旌贲山薮，实欲奖劝人伦。且游上京，徐还故里。"③ 乃停留数月而归。白履忠著有《三玄精辩论》一卷，注《老子》及《黄庭内景经》，有文集十卷。《黄庭内景经》皆七言韵语，分作36章，每章各取首句二字为题，以七言歌诀的形式讲述养生修炼的原理。认为人身丹田有上、中、下之分，三黄庭与之对应。上黄庭宫脑中，中黄庭宫心中，下黄庭宫脾中，各有神灵居住其中，并提出以"存思"为主的修炼要诀。其思想系承袭《黄帝内经》、《老子河上公章句》以及《太平经》等书中脏腑学说与养生之论。书中将道教内丹派的固精炼气说从理论上推进到了比较完善的程度，为唐宋以来内丹说的重要渊源。同时继承了早期道教关于养生的学说，宣扬人的一切皆由神来主宰的观点。此后，这种内丹派的道教思想逐渐形成了一种特有的学说——黄庭学，在道教发展史上有承前启后的作用。《黄庭内景经》在中医理论的基础上结合解剖学以言养生，

① 殷璠编选，王克让注：《河岳英灵集注》，巴蜀书社2006年版，第84页。

② 《全唐诗》卷二五六，第2870页。

③ 《旧唐书》卷一九二，第5124页。

实乃医学史上不可多得的宝贵财富。但因其行文隐晦，所以当时只在上层士人中流传。白履忠首注《黄庭内景经》，解析明澈，这对后来医药学、解剖学、养生学的发展都是一次极有力的推动。

在唐代士人漫长的仕途历程中，有上天眷顾、仕途顺利的幸运儿，也有屡遭白眼、沉迹下僚的不幸者。一些士人怀有一腔热血、满腹经纶，却因种种难以预料的事情而遭遇无情的打击和悲惨的命运。

王昌龄，字少伯，开元十五年（727）进士，补秘书省校书郎。开元二十二年（734）登博学宏词科，授汜水县尉。开元二十八年（740）为江宁县丞。天宝年间又贬为龙标尉，故世称王江宁或王龙标。

戴孚，谯郡（今安徽亳县）人，至德二年（757）于江东采访使李希言下登进士第，授校书郎。大历六年（771）在桐庐，后官终饶州录事参军，卒年57。

李商隐，早年为令狐楚知赏，25岁时经令狐绹推荐进士及第。后因娶泾原节度使王茂元之女为妻，为牛党排斥、打击，终生仕途潦倒，仅担任过秘书省校书郎、弘农县尉等微官。

喻凫，毗陵（今江苏常州市）人。开成五年（840）登进士第，后任校书郎。历任长城、德清二县令，官终乌程令。凫与著名诗人姚合、贾岛、方干、李商隐、杜荀鹤、顾非熊等均有交往唱酬，其中尤与方干亲善。凫作诗尚苦吟。凫卒，方干有《哭喻凫先辈》诗："日夜役神多损寿，先生下世未中年。"[①]

曹松，字梦征，舒州（今安徽潜山县）人。早年家贫，性情正直，不愿巴结权贵，所以屡次应试都是名落孙山，穷愁潦倒，流落江湖。直到唐昭宗天复元年（901），始与王希羽、刘象、柯崇、郑希颜几位老人一道考中进士，当时号称"五老榜"。曹松中进士后，授校书郎，终秘书省正字。

这几人都曾任过校书郎，但其后来却是仕进无望。有的因社会动乱，有的受朋党排挤。比如曹松《己亥岁二首》其一："泽国江山入战图，生民何计乐樵苏。凭君莫话封侯事，一将功成万骨枯。"[②] 诗句不直说战乱殃及江汉流域，而只说这一片河山都已绘入战图。士人空有报国之志，可

① 《全唐诗》卷六五〇，第7470页。

② 《全唐诗》卷七一七，第8237页。

是终难成其志，令人感到伤痛不已。

二　校书郎的薪俸待遇

唐以前各代俸禄制度或以土地为主，或以实物和禄力为主。先秦食土分茅，井田制禄；两汉谷石定禄，食租衣税；魏晋南北朝行田帛禄力之制。自隋唐以降，俸禄制度变得复杂而完备。[①] 唐代官员俸禄之制大体包括禄米、俸钱、职田及禄力诸项。这一俸禄体系既相对完备，又甚为复杂。

唐高祖武德初年，沿隋制定京官“年禄”，以石计额。《唐会要》卷九十《内外官禄》武德元年（618）十二条下载：

> 因隋制，文武官给禄：正一品，七百石；从一品，六百石；正二品，五百石；从二品，四百六十石；正三品，四百石；从三品，三百六十石；正四品，三百石；从四品，二百六十石；正五品，二百石；从五品，一百六十石；正六品，一百石；从六品，九十石；正七品，八十石；从七品，七十石；正八品，六十石；从八品，五十石；正九品，四十石；从九品，三十石。并每年给。[②]

当时的禄米仅给京官，外官不给。《通典》卷三五《职官典十七·禄秩》：“大唐武德中，外官无禄。贞观二年制：有上考者乃给禄。其后遂定给禄俸之制。”《通典》同卷载贞观禄俸之制：

> 京官正一品七百石；从一品六百石；正二品五百石；从二品四百六十石；正三品四百石；从三品三百六十石；正四品三百石；从四品二百六十石；正五品二百石；从五品一百六十石；正六品一百石；从六品九十石；正七品八十石；从七品七十石；正八品六十七石；从八品六十二石；正九品五十七石；从九品五十二石。诸给禄者三师、三公及太子三师、三少，若在京国诸司文武官职事九品以上并左右千牛备身、左右太子千牛，并依官给。其春、夏二季春给；秋冬二季秋

① 刘海峰：《论唐代官员俸料钱的变动》，《中国社会经济史研究》1985年第2期。

② 《唐会要》卷九十，第1955页。

给。其在外文武官九品以上准官皆降京官一等给。[1]

由此可知，贞观年间的给禄制，京官各品禄额与武德制大体相同，只有八、九品稍有增加。而外官自九品以上亦皆给禄，但皆降京官一等。贞观年间所定的京官、外官给禄制，大致一直延续至玄宗前期。

京官禄的来源，《唐六典》卷十九《司农寺》太仓署令职掌条："凡京官之禄，发京仓以给。"所谓"京仓"乃指京师之太仓。京官禄的发放由司农寺下之太仓署具体负责。《唐六典》同卷又云："凡京都百官禄廪，皆仰给焉。"至于外官禄的来源，多源自当州正仓，无仓之处，则"申省"，由中央酌情拨给，或于随近有仓之地拨给，或以当年屯收物以及税物、和籴匹段以充禄直。[2] 其官禄之发放，由各州仓曹按照《仓部格》的统一规定每年分二次支给。

以上所述可以看出唐前期京官、外官给禄制的差异：其一，京官禄厚，外官禄薄。外官在唐初一段时期内基本无禄。后虽逐渐支给，却有严格限制。贞观间定给禄之制，京、外官俱受禄，但外官所给皆减京官一等，外官给禄额远不如同品京官优厚。其二，京、外官禄有不同的来源。京官禄取自京师之太仓粟；外官禄则主要来自州郡正仓，或以他物折合禄直支给。同时，京官、外官禄的具体发放事务也不同。[3]

唐初京官俸料大体包括月俸钱、食料、杂用、课钱四部分。《新唐书》卷五五《食货志五》有京官各品月俸、食料、杂钱数额等内容。内称：

一品月俸八千，食料一千八百，杂用一千二百。二品月俸六千五百，食料一千五百，杂用一千。三品月俸五千一百，杂用九百。四品月俸三千五百，食料、杂用七百。五品月俸三千，食料、杂用六百。六品月俸二千，食料、杂用四百。七品月俸一千七百五十，食料、杂用三百五十。八品月俸一千三百，食料三百，杂用二百五十。九品月

---

① 《通典》卷三五，第200页。

② 张弓：《唐朝仓廪制度初探》，中华书局1986年版，第9—11页。

③ 黄惠贤、陈锋主编：《中国俸禄制度史》，武汉大学出版社1996年版，第180页。

俸一千五十，食料二百五十，杂用二百。行署月俸一百四十，食料三十。[①]

据考，《新唐书》所载这一京官各品每月支给的俸钱、食料、杂用各项的发放标准及其数额，乃是高宗乾封之制。[②] 唐玄宗开元时代，京、外官俸料钱制最终走向定型。就京官俸料而言，主要是俸钱、食料、杂用、防阁、庶仆课钱并为一色，仍主要出自税钱，由户部所属金部掌管。

唐初外官俸料史籍记载十分缺乏，武德、贞观之际外官有无俸料学术界也存在争议。《唐会要》卷九三《诸司诸色本钱上》贞观元年（627）条："京师及州县，皆有公廨田，以供公私之费。"所谓公私之费即包括州县官的个人收入在内。据《通典》卷三五《职官典十七·禄秩》记：

外官则以公廨田收入息钱等常食公用之外，分充月料。先以长官定数，其州县少尹、长史、司马及丞，各减长官之半。尹、大都督府长史、副都督、别驾及判司准二佐，以职田数为加减。其参军及博士减判司、主簿、县尉减县丞各三分之一。[③]

唐代前期京官、外官的职田情况，《唐会要》卷九二《内外官职田》记武德元年十二月制：

内外官各给职分田：京官一品十二顷，二品十顷，三品九顷，四品七顷，五品六顷，六品四顷，七品三顷五十亩，八品二顷五十亩，九品二顷；雍州及外州官：二品十二顷，三品十顷，四品八顷，五品七顷，六品五顷，七品四顷，八品三顷，九品二顷五十亩。[④]

中晚唐时期官员禄米的支付标准与方式，大致沿用前期的依品级发放的制度。中唐以后，由于各类官员数急剧增加，中央官僚机构恶性膨胀，

① 《新唐书》卷五五，第 1396 页。
② 阎守诚：《唐代官吏的俸料钱》，《晋阳学刊》1982 年第 2 期。
③ 《通典》卷三五，第 201 页。
④ 《唐会要》卷九二，第 1979 页。

国家财政日渐窘迫。大历时期的京官俸钱改为依职事官的职务“闲剧”来分配，不再依官品。也就是说，官品相同，月俸未必相同。例如，从五品上的郎中，大历时月俸为二万五千文，但同样为从五品上的著作郎，月俸却为二万文，因为郎中远比著作郎“剧要”。甚至还有官品低者，其月俸多于官品高者。例如，正九品的校书郎，月俸为六千文，但官品更高的律学博士（从八品），其月俸却仅有四千一百七十五文，也是因为校书郎远比律学博士清要。唐人官职的高低不能单看官品，这正是其中一个原因。晚唐诗人李商隐一生绝大部分时间都在各幕府任幕职。李商隐官运不济，但就俸料钱而言，他的收入应当很可观，可能还好过他那些在京城朝中任官的朋友。贞元时期也依职事官的闲剧发俸，但俸钱数额普遍比大历时调整高达一倍左右。这主要是顺应物价的上升，同时也是为了缩小大历时外官俸钱远远高于京官的差距。唐后期较重要的一次调整是在宪宗元和七年（812），《唐会要》卷九一《内外官料钱上》录宪宗元和七年中书门下奏云：

> 国家旧章，依品制俸。官一品，月俸三十千，其余职田、禄米，大约不过千石，自一品以下，多少可知。艰难以来，纲禁渐弛，于是增置使额，厚请俸钱。故大历中，权臣月俸有至九千贯者，列郡刺史无大小，给皆千贯。常衮为相，始立限约；至李泌又量其闲剧，随事增加，时谓通济，理难减削。然有名存职废，额去俸存，闲剧之间，厚薄顿异。将为定式，须立常规。[①]

晚唐会昌年间，外官的俸钱还是普遍高于京官。据《新唐书·食货志》：“唐世百官俸钱，会昌后不复增减。”[②] 所以会昌制可说是晚唐的最后定制。中晚唐时期官员俸禄趋向于外官俸禄厚、京官俸禄薄，主要因为国家财政严重匮乏，而京官员额冗杂，俸给受到影响；地方州府及诸使税收部分足以充给，加之擅自征税，因而收入较多。由于外官俸禄优厚，且有保障，故当时一些京官多求外任，甚至以贬官为幸事。《新唐书》卷一三九《李泌传》记德宗时，“州刺史月俸至千缗，方镇所取无艺，而京官

① 《唐会要》卷九一，第1974页。

② 《新唐书》卷五五，第1402页。

禄寡薄，自方镇入八座，至谓罢权。薛邕由左丞贬歙州刺史，家人恨降之晚。崔祐甫任吏部员外，求为洪州别驾，使府宾佐有所忤者，荐为郎官，其当迁台阁者，皆以不赴取罪去。泌以为外太重，内太轻，乃请随官闲剧，普增其奉，时以为宜。"① 内外官俸料钱的变化，使许多人为经济原因不得不谋求外任。白居易就是其中之一，《旧唐书》卷一六六载："（元和）五年，当改官，上谓崔群曰：'居易官卑俸薄，拘于资地，不能超等，其官可听自便奏来。'居易奏曰：'臣闻姜公辅为内职，求为京府判司，为奉亲也。臣有老母，家贫养薄，乞如公辅例。'于是除京兆府户曹参军。"② 诗人杜牧的经历也说明了这一点。杜牧在大中三年（849）间任司勋员外郎，月俸当为四万文。但他为了供养病弟和孀妹，上书宰相求为杭州刺史，杭州刺史月俸有八万文之多。他在《上宰相求杭州启》中说自己有四十口的家累，"是作刺史，则一家骨肉，四处皆泰；为京官，则一家骨肉，四处皆困。"但他这次请求没有成功。第二年，他转为吏部员外郎，月俸应当和司勋员外郎一样，所以他又上书宰相求为湖州刺史，总算如愿以偿地在这年秋天出为湖州刺史。③ 湖州也是个上州，他的月俸应当为八万文。过了约一年，他又被召回京城，为考功郎中、知制诰。郎中月俸五万文，比上州刺史的月俸还要少。但杜牧一回到京城就有能力修整樊川别墅，他的外甥裴延翰在《樊川文集序》中写道："上五年（指大中五年）冬，仲舅自吴兴守拜考功郎中、知制诰，尽吴兴俸钱，创治其墅。"可见这"吴兴俸钱"就是杜牧在吴兴（湖州）当刺史期间积存下来的。

唐代中晚期，外官俸料钱不仅高于京官，而且较史籍所载法定数额为多。陈寅恪先生对白诗中俸料钱研究后说："凡关于中央政府官吏之俸料钱，史籍所载额数与乐天诗之所言者，皆无不合。独至地方政府官吏则史籍所载与乐天诗之所言者无一相合。且乐天诗文所载之数悉较史籍所载定额为多。据此可以推知唐代中晚以后，除法定俸料之外，其他不载于法令而可以认为正当收入者，为数远在中央官吏之上。且同一时间同一官职而俸料亦各地互异。故考史者不可单依纸上之记载，遽尔断定地方官吏俸钱之实数也。"④

① 《新唐书》卷一三九，第4635页。

② 《旧唐书》卷一六六，第4344页。

③ 缪钺：《杜牧年谱》，人民文学出版社1980年版，第79页。

④ 陈寅恪：《元白诗中俸料钱问题》，《清华学报》1935年第4期。

三 校书郎的生存状态

通过对唐代官员禄米、俸钱、职田等的统计可知，校书郎虽然处于唐代官员阶层的低层，但是俸禄的供给还是比较稳定的。若是对唐代基层官员的俸禄做一横向比较可能会更直观一些。赖瑞和在《唐代基层文官》中即对此进行了细致的研究。

表 10　　唐代基层文官俸料钱一览表①　　单位：文

<table>
<tr><th>时间
官职</th><th>贞观初
（627—）</th><th>乾封元年
（666）</th><th>开元廿四年
（736）</th><th>大历十二年
（773）</th><th>贞元四年
（788）</th><th>会昌年间
（841—846）</th></tr>
<tr><td>校书郎</td><td>1300</td><td>1500</td><td>1917</td><td>6000</td><td>16000</td><td>16000</td></tr>
<tr><td>正字</td><td>1300</td><td>1500</td><td>1917</td><td>6000</td><td>16000</td><td>16000</td></tr>
<tr><td>十六卫卫佐</td><td>1600</td><td>1850</td><td>2475</td><td>4175</td><td>16000</td><td>16000</td></tr>
<tr><td>率府卫佐</td><td>1600</td><td>1850</td><td>2475</td><td>4175</td><td>未列</td><td>12000</td></tr>
<tr><td>王府判司</td><td>2100</td><td>2100</td><td>4050</td><td>4116</td><td>6000</td><td>6000</td></tr>
<tr><td>王府参军</td><td>1600</td><td>1850</td><td>2475</td><td>4175</td><td>4000</td><td>4000</td></tr>
<tr><td>两赤县尉</td><td colspan="3" rowspan="4">视各州府县大小
和公廨本钱数额而定</td><td>30000</td><td>25000</td><td>30000</td></tr>
<tr><td>次赤县尉</td><td>25000</td><td>25000</td><td>25000</td></tr>
<tr><td>畿县上县尉</td><td>20000</td><td>20000</td><td>20000</td></tr>
<tr><td>其他县尉</td><td>20000</td><td>未列</td><td>未列</td></tr>
<tr><td>郎中</td><td>3600</td><td>3600</td><td>9200</td><td>25000</td><td>50000</td><td>50000</td></tr>
<tr><td>员外郎</td><td>2400</td><td>2400</td><td>5300</td><td>18000</td><td>40000</td><td>40000</td></tr>
<tr><td>殿中侍御史</td><td>2100</td><td>2100</td><td>4050</td><td>20000</td><td>35000</td><td>40000</td></tr>
<tr><td>监察御史</td><td>1600</td><td>1850</td><td>2475</td><td>15000</td><td>30000</td><td>30000</td></tr>
<tr><td>大理评事</td><td>1600</td><td>1850</td><td>2475</td><td>8000</td><td>20000</td><td></td></tr>
<tr><td>太常寺协律郎</td><td>1600</td><td>1850</td><td>2475</td><td>4175</td><td>16000</td><td>20000</td></tr>
<tr><td>太常寺奉礼郎</td><td>1300</td><td>1500</td><td>1917</td><td>1917</td><td>16000</td><td>16000</td></tr>
<tr><td>材料出处</td><td>《通典》
卷十九</td><td>《新唐书》
卷五五</td><td colspan="3">《唐会要》卷九一
《册府元龟》卷五〇六</td><td>《新唐书》
卷五五</td></tr>
</table>

① 赖瑞和：《唐代基层文官》，中华书局 2008 年版，第 269 页。

从表10列举数额可知，在不同时期官员的薪俸有所变化。贞观初的俸钱是按散官来发放的。到了乾封元年，改为依职事官品发俸，且不分正从上下阶。如秘书省校书郎为正九品上，正字为正九品下，但同为九品官，所以俸钱都一样，都是一千五百文。开元制和乾元制一样，也是依职事官品发俸。随着职事官的升降迁转，俸钱数亦相应变化。如果物价有所升高，俸钱数额也随之增加。大历时期的京官俸钱，又改为依职事官的职务“闲剧”来分配，官品相同者月俸未必相同。例如，正九品的校书郎月俸为六千文，但官品更高的律学博士（从八品）月俸却是四千一百七十五文，是因为校书郎远比律学博士清要。贞元时期俸钱数额普遍比大历时要高得多，这主要是顺应物价的上升，同时也是为了缩小大历时外官俸钱高于京官的差距。晚唐会昌年间俸钱数额和贞元时期基本相同。

唐代官员的俸禄情况，一些相关文献资料有记载。此外，在唐代诗人的诗文中也有所体现。如诗人白居易在他的诗中留下了珍贵的材料。在为校书郎时所作《常乐里闲居偶题十六韵兼寄刘十五公舆王十一起吕二炅吕四颖崔十八玄亮元九稹刘三十二敦质张十五仲方时为校书郎》中有：“俸钱万六千，月给亦有余。既无衣食牵，亦少人事拘。”[①] 说明任校书郎时的俸钱是一万六千，与《唐会要》等文献中所记载的一样。在任左拾遗一职时薪俸有所增长，其诗《醉后走笔酬刘五主簿长句之赠兼简张大贾二十四先辈昆季》中有：“月惭谏纸二百张，岁愧俸钱三十万。”[②] 白居易由左拾遗升为京兆户曹参军后，《初除户曹喜而言志》诗云：“俸钱四五万，月可奉晨昏。廪禄二百石，岁可盈仓囷。”[③] 俸钱是每月四五万，同时写了每月得到的禄米的数量。宋人洪迈在其《容斋五笔》卷八《白公说俸禄》中曾说：“白乐天仕宦，从壮至老，凡俸禄多寡之数，悉载于诗，虽波及他人亦然。其立身廉清，家无余积，可以概见矣。”当时在正常或丰收的年景下，米价一般稳定在二十文一斗。《通典》卷七：“至（开元）十三年，封泰山，米斗至十三文，青齐谷斗至五文，自后天下无贵物，两京米斗不至二十文，面三十二文，绢一匹二百一十文。”[④] 从文

---

① 朱金城：《白居易集笺校》，上海古籍出版社1998年版，第265页。

② 同上书，第636页。

③ 同上书，第287页。

④ 《通典》卷七，第41页。

献资料和诗文记叙来看，基层官员的俸钱相对于当时的生活水平而言，是可以满足日常生活需要的。如白居易的诗中就流露出一种自得的情绪。贞元时期，校书郎的俸钱是一万六千，而京城王府判司的俸钱是六千，参军的俸钱是四千。同在京城为官，校书郎的俸钱与他们相比还算是比较高的。再如韩愈任了三年推官后，转到徐州张建封幕即有诗《此日足可惜赠张籍》云："箧中有余衣，盎中有余粮。闭门读书史，窗户忽已凉。"[①]因为丰衣足食了才会有闲情逸致，韩愈才能心无旁骛地享受生活、安心读书。

第二节　校书郎的政治心态

唐代文士很重视文学的政治功能，凭文才入仕的官员，很多时候被要求以文学服务于政治。从现存文献资料看，有很多这样的作品保存下来，也说明当时的人们非常看重这些作品的创作。政治性文书是唐代很多文士文学创作中的重要内容，如在中书、门下及翰林院任职的文士有很多时候会操笔弄管撰写一些官方公文，如草定仪制、中书制诰、翰林制诏等。尽管在现在看来这些文章不一定有太大的文采和意趣，但在当时的政治生活中具有重要的意义。唐代一些朝廷重臣也往往更看重官员的政治能力。如"（贞观）二十三年九月，考功员外郎王师旦知贡举，时冀州进士张昌龄、王公瑾并有俊才，声振京邑，而师旦考其文策，黜之，举朝不知所以。及奏等第，太宗怪无昌龄等名，因召师旦问之。对曰：'此辈诚有词华，然其体轻薄，文章浮艳，必不成令器。臣若擢之，恐后生相仿效，有变陛下风雅。'帝以为名言。"[②]唐高宗仪凤三年（678）魏元忠上书言："理国之要，在文与武。今言文者则以辞华为首而不及经纶，言武者则以骑轻为先而不及方略。是皆何益于理乱哉！"[③]这类文字在唐高宗朝还能找到很多。在这种风气影响下，以文才入仕的官员也不愿将自己定位于一个文学之士，不愿让文学成为无益于治国的东西。如陈子昂《上薛令文章启》：

---

① 《全唐诗》卷三三七，第3772页。

② 《通典》卷十七，第93页。

③ 司马光：《资治通鉴》，中华书局1956年版，第6387页。

一昨恭承显命，垂索拙文，祇奉恩荣，心魂若厉，幸甚幸甚。某闻鸿钟在听，不足论击缶之音；太牢斯烹，安可荐羹藜之味。然则文章薄伎，固弃于高贤；刀笔小能，不容于先达，岂非大人君子以为道德之薄哉？某实鄙能，未窥作者，斐然狂简，虽有劳人之歌；怅尔咏怀，曾无阮藉之思。……伏惟君侯星云挺秀，金玉间成，衣冠礼乐，范仪朝野。致明君于尧舜……某实细人，过蒙知遇，顾循微薄，何敢祇承？谨当毕力竭诚，策驽磨钝，期效忠以报德，奉知己以周旋。文章小能，何足观者？不任感荷之至。①

在这段文字里，陈子昂使用“文章薄伎”“文章小能”等前人常用的词句，并不是要贬抑文学的价值，而是希望宰相薛元超不要只把他看作文章之士，请求他把自己当作“致明君于尧舜”的济世之士引荐于朝。因此，校书郎虽说只是唐代官员体系中的基层职官，但是他们和其他官员一样有着文化自豪感和政治参与意识，具有强烈的社会责任感和使命感，意欲在这个平台上不断升迁并实现自己的理想和抱负。

一　校书郎的优越心态

（一）学士校书郎的自豪感

唐代的学士有着尊宠的历史渊源。李肇《翰林志》记载：“唐兴，太宗始于秦王府开文学馆，擢房玄龄、杜如晦一十八人，皆以本官兼学士，给五品珍膳，分为三番更直宿于阁下，讨论坟典，时人谓之‘登瀛洲’。”这批学士为开创大唐基业立下汗马功劳，又成为贞观之治的中坚力量。他们深受帝王的恩遇，也得以尽展其才，使得学士一职从设立之初就具有特殊的意义，为世人所景仰和羡慕。开元中，中书舍人陆坚认为对学士的供给过于优厚，将议罢之。张说闻之，对宰相曰：“说闻自古帝王，功成则有奢纵之失，或兴造池台，或耽玩声色。圣上崇儒重德，亲自讲论，刊校图书，详延学者。今之丽正，即是圣主礼乐之司，永代规模不易之道。所费者细，所益者大。”② 玄宗深以为然。开元时期，学士成为天下文士羡

① 《全唐文》卷二一四，第2162页。

② 刘肃：《大唐新语》，中华书局1984年版，第11页。

慕的美职。张说曾说过："学士者，文儒之美称，皆须昭敕特授。"[①] 为帝王师一直是封建社会里士子人生的最高理想，很多文馆学士被选入宫为帝王侍读、侍讲，从而成为帝王近臣，这对大多数士人来说有着非同寻常的意义。《墨子·尚贤上》说"士者所以为辅相承嗣也"，意谓辅佐君王。这一说法对后世影响深远，成为中国古代文士的政治理想和终极目标。

唐代文馆学士以官品定高低，五品以上为学士，六品以下为直学士，三品到九品都在被选之列。《新唐书·百官志》云："唐制，乘舆所在，必有文词、经学之士，下至卜、医、伎术之流，皆直于别院，以备宴见。"[②] 钱大昕《廿二史考异》卷四四《新唐书·百官志一考异》云："自诸曹尚书下至校书郎，皆得与选。按：尚书，正三品；校书郎，正九品。谓自三品至九品官，皆得除学士也。"[③] 从中可知，校书郎虽为九品小官，但也处于学士之列。从一些资料记载中可以得知这一点，如《旧唐书》载："杨炯，华阴人。炯幼聪敏博学，善属文。神童举，拜校书郎，为崇文馆学士。"[④]《旧唐书》记载卢纶："天宝末举进士，遇乱不第，奉亲避地于鄱阳，与郡人吉中孚为林泉之友。大历初，还京师，宰相王缙奏为集贤学士、秘书省校书郎。"[⑤] 杨炯、卢纶都是以校书郎的职馆任学士的。校书郎是其政治身份，学士代表其文化身份。作为学士群体的一分子，校书郎有着文化自豪感和政治参与意识，意欲一伸抱负施展宏才。诗人杨炯在其《登秘书省阁诗序》中写道："黼黻其德行，珪璋其事业。心同匪石，达人千载之交；手握灵珠，文士一都之会。陶泓寡务，油素多闲。命兰芷之君子，坐芸香之秘阁。"[⑥] 表达了自己的高洁品行和能力。开元中，诗人王湾被选入丽正殿充校书学士，作《丽正殿赐宴同勒天前烟年应制》云："金殿忝陪贤，琼羞忽降天。鼎罗仙掖里，觞拜琐闱前。院逼青霄路，厨和紫禁烟。酒空欢抃舞，何以答昌年？"[⑦] 表达出自己踏上仕途的喜悦之情。校书郎是京官，在京城里便于交游，有助于抬高

① 孙逢吉：《职官分纪》卷十五，中华书局 1988 年版，第 380 页。
② 《新唐书》卷四六，第 1183 页。
③ 陈文和主编：《钱大昕全集》第 3 册，江苏古籍出版社 1997 年版，第 929 页。
④ 《旧唐书》卷一九〇上，第 5000 页。
⑤ 《旧唐书》卷一六三，第 4268 页。
⑥ 《全唐文》卷一九一，第 1925 页。
⑦ 李昉等编：《文苑英华》，中华书局 1966 年版，第 810 页。

声望。开元三年（715），左拾遗张九龄上书论及重内轻外的原因时说："今朝廷卿士，入而不出，于其私情，甚自得计，何则？京华之地，衣冠所聚，子弟之间，身名所出，从容附会，不劳而成，一出外藩，有异于是，人情进取，岂忘之于私。但法制之不敢违耳，原其本意，因私是欲。"[①] 可谓切中时弊。做京官有名有利，名利所在，使人之所趋。校书郎地位特殊，可以接近皇帝，可以上疏论政，表达自己的观点。如王泠然在任校书郎时曾经上《论荐书》于当时的宰相张说以表明自己的才华。身处低位而敢于直言疾呼，最有名的是陈子昂。《旧唐书》记载武则天将事雅州讨生羌，陈子昂当时任麟台正字，他就大胆上书《谏雅州讨生羌书》进行劝谏。他在任麟台正字期间还写有《谏用刑书》，并不因为官职低就低调处事、明哲保身。他还针对时弊提过一些改革的建议。

此外，学士们利用入馆修书的机会接触了大量稀有的文献典籍和档案，完成了不少私人著述。如刘伯庄贞观时讲学弘文馆，即著成《史记音义》、《史记地名》、《汉书音义》各二十卷。张太素龙朔中为弘文馆馆主，预修类书，即作《策府》五百八十二卷，又有《后魏书》一百卷、《北齐书》二十卷、《隋书》三十卷。孔志约参与修《本草》，于是撰《本草音义》二十卷。孟利贞参撰《瑶山玉彩》、《芳林要览》，即利用修书的机会作《碧玉芳林》四百五十卷、《玉藻琼林》一百卷。查《新唐书·艺文志》，凡曾任文馆学士修书者，大多数有较多的著述，说明文馆的藏书条件和治学环境对文士完成个人著述起到了很大的促进作用。[②]

（二）校书郎对文儒理想的追求

《礼记·乐记》有"作者之谓圣，述者之谓明。"[③] 论及创作具有一种神秘的力量。王充《论衡·超奇篇》有："笔能著文，则心能谋论，文由胸中而出，心以文为表。观见其文，奇伟俶傥，可谓得论也。由此言之，繁文之人，人之杰也。有根株于下，有荣叶于上；有实核于内，有皮壳于外。文墨辞说，士之荣叶皮壳也。实诚在胸臆，文墨著竹帛，外内表里，自相副称。意奋而笔纵，故文见而实露也。人之有文也，犹禽之有毛

① 《通典》卷十七，第95页。

② 李德辉：《唐代文馆制度及其与政治和文学关系》，上海古籍出版社2006年版，第94页。

③ 陈澔注：《礼记》，上海古籍出版社1987年版，第208页。

也。"[①] 王充认为有文采、能文者是人杰，君王用臣下应该用能文之人。曹丕《典论·论文》云："盖文章，经国之大业，不朽之盛事。"不论是远古的圣人还是历代贤者都把作文看作是一件神圣、崇高的事，能具有文才、善写文章者被视为天才，具有经国纬业之才能。这种观念不断流传，在世人心中有着重要的影响。

唐代文化思想的主流是儒家思想。儒家所构想的理想人格从现实社会出发，具有强烈的社会责任感和使命感，以天下为己任，担负治国平天下的历史重任。唐代士人自小受着儒家思想的熏陶，深怀济世报国的大志，信奉"士不可以不弘毅，任重而道远。仁以为己任，不亦重乎？死而后已，不亦远乎？"[②]《大学》里说："古之欲明明德于天下者，先治其国；欲治其国者，先齐其家；欲齐其家者，先修其身；欲修其身者，先正其心；欲正其心者，先诚其意；欲诚其意者，先致其知；致知在格物，物格而后知致，知致而后意诚，意诚而后心正，心正而后身修，身修而后家齐，家齐而后国治，国治而后天下平。"[③] 治国平天下这一使命的实现要以"内圣"为核心。儒家主张通过自我修养、自我觉悟，使人的善良本性得以发现和复归，自觉约束自己的言论和行为，在道德品性上趋于完善，以实现"内圣""外王"的理想。"修身"是"平天下"的基本前提，"平天下"是"修身"的一种现实追求，治国平天下的理想要以完善的内在品格作为保证。儒家学说为天下的士人君子树立了人生理想和价值观，也成为唐代士人们塑造完善自我和经国治世的永恒追求。如杜甫的"致君尧舜上，再使风俗淳"[④]，李白的"奋其智能，愿为辅弼，使寰区大定，海县清一"[⑤] 都体现出他们对人生理想的认识，对士人操守的坚持，也表现出洋溢的政治热情和凌云壮志。

校书郎大多是进士出身，有的还中过博学宏词或书判拔萃科，对于自己的才学是充满信心的。校书郎工作处所在京城之地，工作环境清静，工作对象是文字典籍，工作内容相对而言较为高雅，这些都强化了校书郎的

① 郑文：《论衡析诂》，巴蜀书社 1999 年版，第 609 页。

② 朱熹：《四书章句集注》，中华书局 1983 年版，第 104 页。

③ 同上书，第 3 页。

④ 杜甫：《奉赠韦左丞丈二十二韵》，《全唐诗》卷二一六，第 2251 页。

⑤ 李白：《代寿山答孟少府移文书》，载王琦《李太白全集》，中华书局 1977 年版，第 1220 页。

文儒理想。加之唐代繁荣的经济和文化，相对太平的社会政治，形成一种积极向上、自由开放的时代精神。生活在那个时代的士人大都有着远大的理想，充满昂扬向上的生命活力。诗歌既是诗人情志的体现，也是他们政治生活中一个不可分割的组成部分。唐代不少宰相实际上都是当时极负声望的著名诗人，如上官仪、李峤、苏味道、苏颋、张说、张九龄、陆贽等。故而，任职校书郎既是士人仕途上的第一步，也是他们实现自己人生理想的重要一步。他们从此起步，对未来的目标充满信心，并为之不断努力。

二　校书郎的焦虑心理

儒家的生存理念提倡“仕而优则学，学而优则仕。”“仕”是“学”的外在目标，也是自我价值实现的方式。然而现实社会中，“学”与“仕”的联系不是必然的，许多人穷尽毕生精力去“学”也无法达到“仕”之目的。缪钺曾说过：在中国古代士人的生存历程中，始终贯穿着两种无法摆脱的内在矛盾，并成为多年来一直困扰士人心灵的两个情结：“一是道与势之间的矛盾，一是求知之难与感知之切之间的矛盾。”[①] 对于大多数士人而言，真正关系到生存的不是“道”与“势”的问题，而是“求知”与“失遇”的问题。唐代实行的科举制为士子们描绘出一幅美好蓝图，将无数读书人吸引过来，而官位数量的有限和缓慢增长，二者之间的矛盾是不可避免的。这种矛盾使得士人们在漫长而无奈的等待和行进中充满迷茫和犹豫，在忧虑和怅惘中备受心灵的煎熬。

（一）仕途艰难导致对前途的迷茫

前文已经对校书郎的出身进行了统计。相对而言，科举入仕体现了唐人的入仕主流。在科举入仕人员中，进士出身的就已经占到校书郎的57%。

> 中国的封建选官制度演进至唐代，为适应中央集权官僚体制对预选者文化素质及行政才能的不同层次的要求，选士与选官已分为二途；又基于官僚政治权力的组合原则，选官过程形成了三级台阶。第一级台阶：通过科举及第、门荫结品、杂色入流、军功晋升等途径获

---

① 缪钺：《两千多年来中国士人的两个情结》，《中国文化》1991年第1期。

取出身，便具备了做官的资格，即成为“选人”，部分停替待选而选限未到的前资官也处于这级台阶；第二级台阶：依据当年中央颁布的选格、选限获准参加当年由吏部、兵部主持的文、武官铨选集合，通过身、言、书、判或武艺等方面的考察，有获取当年官阙的希望；第三级台阶：参选者顺利通过铨选，授予正员职事官。这级台阶只是指六品以下的官职。[①]

对于文士来说，科举入仕是一个相对公平的机会。这种机会激发了那些有志仕进者的政治热情和参与意识，同时也提升了文士的社会地位和人格尊严。然而，当文士们获得出身后，想再顺利通过铨选授予官职却不那么容易了。文士进士、明经及第后，并不意味着已经走上仕途，还要经过关试，才能注拟授官。关试后可称为选人。按唐制，他们还有选格的限制，得守选期满才能参加冬集铨选。《唐音癸签》卷十八《诂笺三》“进士科故实”条：“吏部试判两节，授春关，谓之关试。始属吏部守选。”需要守选的主要有及第举子和文职六品以下考满罢秩的前资官。[②] 守选的原因是为了缓和官阙少而选人多这一社会矛盾。随着社会的发展和经济的繁荣，求仕者越来越多，而官位毕竟是有限的。高宗显庆二年（657），黄门侍郎知吏部选事刘祥道上疏时说：“今内外文武官一品以下，九品以上，一万三千四百六十五员，略举大数，当一万四千人。……又常选放还者，仍停六、七千人。”[③] 由此分析，每年赴选者当超过万人。至武后朝，每年到京城参加铨选者，有数万人之多。玄宗开元年间，选人多员阙少的现象更加突出。开元十八年（730）四月，宰相裴光庭开始制定“循资格”。《通典》卷十五《选举三》记载：

至玄宗开元中，行俭子光庭为侍中，以选人既无常限，或有出身二十余年而不获禄者，复作“循资格”，定为限域。凡官罢满以若干选而集，各有差等，卑官多选，高官少选，贤愚一贯，必合乎格者，乃得铨授。自下升上，限年蹑级，不得逾越。久淹不收者，皆荷之，

① 宁欣：《唐代选官研究》，台北文津出版社1995年版，第11页。

② 参见王勋成《唐代铨选与文学》，中华书局2001年版，第46页。

③ 《旧唐书》卷八十一，第2751页。

谓之“圣书”。虽小有常规，而抡材之方失矣。其有异才高行，听擢不次。然有其制，而无其事，有司但守文奉式，循资例而已。①

“循资格”与考课制度是紧密联系在一起的。六品以下官员四考而满（中唐以后三考而满），就要停秩罢官，在家守选。守选年限是根据考满罢秩时的官职大小来定的。守选期满，他们就以“前资官”的身份赴吏部参加冬集铨试。注拟授官时，才根据前任考课等第，也就是四考都是中进一阶，有一中上考进二阶的方式进阶授官，这就叫量资注拟。授官后又是考满而罢，选满再集，依资注授，周而复始，直至达到五品官阶出了选门为止。“循资格的核心是守选。守选对于选人多而员阙少的社会矛盾有一定缓解作用。”② 此外，唐朝实行科举考试制度后，因贡举没有年龄限制故举子及第年龄普遍偏小，二十岁以前及第已不稀奇。据《登科记考》所载，韦温十一岁及第，康希铣十四岁及第，徐浩、元稹十五岁及第，张志和十六岁及第，白镍十七岁及第，殷元觉十八岁及第，卢涛十九岁及第，等等。童子科及第更早，如贾黄中六岁及第，刘晏、刘日新七岁及第，裴耀卿八岁及第。进士也有十几岁就登第者，如苗杏符、贾黄中十六岁及第，刘覃十七岁及第，李叔恒十九岁及第。及第时年龄过小，而又没有为官理政的经验，这也使守选成为一种必要。有关描写守选生活的诗歌，刘长卿《过前安宜张明府郊居》：“寂寥东郭外，白首一先生。考满孤琴在，移家五柳成。夕阳临水钓，春雨向田耕。终日空林下，何人识此情。”③ 黄滔《宿李少府园林》：“一壶浊酒百家诗，住此园林守选期。深院月凉留客夜，古杉风细似泉时。尝频异茗尘心净，议罢名山竹影移。明日绿苔浑扫后，石庭吟坐复容谁。”④ 诗歌中流露出惆怅而无奈的情绪。

进士及第后守选年限一般为三年，唐时明经及第者守选年限一般为七年，童子科及第者守选年限一般为十一年。但在守选期间可以参加制举或吏部科目选试，一经登科即可授官。《唐摭言》卷三《今年及第明年登科》记：“何扶，太和九年及第，明年，捷三篇。”所谓“捷三篇”是指

① 《通典》卷十五，第84—85页。

② 王勋成：《唐代铨选与文学》，中华书局2001年版，第116页。

③ 《全唐诗》卷一四七，第1490页。

④ 《全唐诗》卷七〇五，第8116页。

中博学宏词科，这可以算是一条最快的入仕之途了。颜真卿《银青光禄大夫海濮饶房睦台六州刺史上柱国汲郡开国公康使君神道碑铭》："君讳希铣，字南金。……年十四，明经登第，补右内率府胄曹。应词藻宏丽举甲科，拜秘书省校书郎，转左金吾卫录事参军。应博通文史举高第，授太府寺主簿，转丞。又应明于政理举，拜洛州河清令。"① 康希铣连应制科三举，很快就由秘书省校书郎（正九品上）升为畿县县令（正六品上）。但这只是极个别的例子，大多数选人还是走着平常的路径，即守选期满等待冬集铨选。

唐代对于官员的政绩还要进行考核督查，也就是考课。考课的内容和标准是四善二十七最，包括德能两方面。《旧唐书》卷四三有这方面的记载：

> 凡考课之法，有四善：一曰德义有闻，二曰清慎明著，三曰公平可称，四曰恪勤匪懈。善状之外，有二十七最：其一曰献可替否，拾遗补阙，为近侍之最。其二曰铨衡人物，擢尽才良，为选司之最。其三曰扬清激浊，褒贬必当，为考校之最。其四曰礼制仪式，动合经典，为礼官之最。其五曰音律克谐，不失节奏，为乐官之最。其六曰决断不滞，与夺合理，为判事之最。其七曰都统有方，警守无失，为宿卫之最。其八曰兵士调习，戎装充备，为督领之最。其九曰推鞫得情，处断平允，为法官之最。其十曰雠校精审，明为刊定，为校正之最。其十一曰承旨敷奏，吐纳明敏，为宣纳之最。其十二曰训导有方，生徒充业，为学官之最。其十三曰赏罚严明，攻战必胜，为将帅之最。其十四曰礼义兴行，肃清所部，为政教之最。其十五曰详录典正，辞理兼举，为文史之最。其十六曰访察精审，弹举必当，为纠正之最。②

唐人的任职一般都遵循从低到高的顺序，即使通过铨选，所授的也是最低级的官职。这也说明唐代选官制度已趋于成熟。但另一方面，由于"繁设等级，递差选限"的选任制度，造成了人才的大量留滞，使得许多

① 《全唐文》卷三四四，第3487页。

② 《旧唐书》卷四三，1823—1824页。

人不得不将精力放在结交高官权贵和干谒求荐等方面，以提高自己的知名度，为仕途升迁作准备。这使得唐代许多人终生奔走、沉迹下僚。比如薛逢在任秘书省校书郎期间，就曾写下《上崔相公启》给宰相崔铉、《上翰林韦学士启》给翰林学士韦琮以求援引。即使很有才华的进士，又考中制科、博学宏词或书判拔萃的精英，也得从九品小官如校书郎和正字干起，像白居易、元稹、陆贽等。韩愈参加进士考试三试不第，直到贞元八年（792）才进士及第。此后又连续三次应吏部博学宏词科考试，皆不中。其间曾三度上书宰相。三年的求仕，使他饱尝了达官贵人的冷落，科目选试的失败又使他落下了钻营躁求的名声，于是他放弃了冬集铨授的机会，于贞元十二年（796）七月入宣武节度使董晋幕府为从事。他在贞元十五年（799）五月十八日为吏部考功司所上的《董公（晋）行状》末所署之官职为“故吏前汴宋亳颍等州观察推官将仕郎试秘书省校书郎韩愈状”。董晋死后，韩愈又入徐泗濠节度使张建封幕府为节度推官。时间是贞元十五年秋，第二年五月，张建封死，韩愈也就离开了徐州幕府。贞元十六年（800），韩愈入长安参加冬集，第二年春铨选为四门博士。独孤及在《送孟评事赴都序》中所记：“孟子以乡举秀才，射策甲科，二十年矣。同时中杨叶者，今或蔚为六官亚卿，或彤襜虎符，秩二千石，而孟子犹羸马青袍客江潭间，遇与不遇，何其寥夐也！”进士中甲科，过了二十年还是一介青衿，这在唐代并非个别现象。仕途上的艰难和屡次受挫，使得士人们对前途和命运充满了失望的情绪。

（二）时代变迁影响个人发展

安史之乱以后，集贤院、弘文馆地位空前沦落，学士很少。以此为中心的宫廷文学活动也不再进行，各文馆都失去了京城文坛中心的地位。而翰林学士作为皇帝的近臣取代了文馆学士，并参与宫廷唱和活动。贞元中，集贤院学士制度也有了变化。《唐会要》卷六四记载贞元四年（788）六月敕：“集贤院准《六典》，有学士及直学士。准《集贤注记》外，有校理、待制、留院、入院、侍讲、刊校、修撰、修书及直院等，色类徒多，等秩无异。今请登朝官五品以上，准《六典》为学士，六品以下为直学士。学士中取一人最高者判院事，阙学士，即以直学士中高者充。自余非登朝官，不问品秩，并为校理。其余名一切勒停，仍永为常式。从之。”[①] 规

① 《唐会要》卷六四，第1322页。

定对学士身份的认定标准为是否为登朝官，不是登朝官的一律作为校理。而且若缺学士即以直学士中高者充，不随意增加。这一变化影响很大，随后的元和、长庆年间，弘文馆、史馆就依照这一模式作了精简，学士变成可有可无的职名。后来不断精简人员，集贤院逐渐萧条。文宗即位后加强了对集贤院的管理，才得以有所恢复。学士地位的衰落使文士们心中的自豪感大受打击，心理状态也逐渐低沉。

晚唐时期，国运腐朽衰颓之势渐成，怀着一腔报国之志的士人仕进无路、报国无门，只等得华发早生、暗自嗟叹。唐史上有几个年老的校书郎，其中最有名气的是韦庄。唐昭宗乾宁元年（894），韦庄终于在59岁时登进士第，释褐校书郎，从此才算是登上仕途。他的《放榜日作诗》“邹阳暖艳催花发，太皞春光簇马归”表达了自己喜悦的心情。韦庄入仕时已经59岁，但他还不是最年老的校书郎。唐昭宗天复元年（901）著名的“五老榜”中，有三个刚及第的老进士，不需按正常程序“守选”，即特别被授以正字和校书郎。宋代洪迈《容斋三笔》卷七《唐昭宗恤录儒士》条详记此事：

> 次年天复元年敕文，又令中书门下选择新及第进士中，有久在名场，才沾科级，年齿已高者，不拘常例，各授一官。于是礼部侍郎杜德祥奏：拣到新及第进士陈光问年六十九，曹松年五十四，王希羽年七十三，刘象年七十，柯崇年六十四，郑希颜年五十九。诏：“光问、松、希羽可秘书省正字，象、崇、希颜可太子校书。”按《登科记》，是年进士二十六人，光问第四，松第八，希羽第十二，崇、象、希颜居末级。昭宗当斯时离乱极矣，尚能眷眷于寒儒，其可书也。《摭言》云：“上新平内难，闻放新进士，喜甚，特敕授官，制词曰：‘念尔登科之际，当予反正之年，宜降异恩，各膺宠命。’”时谓此举为“五老榜”。①

刘象、柯崇、郑希颜被授予校书郎一职，而刘象已经70岁，可能是唐史上最年老的校书郎。由于唐末时局动荡不安，帝王更迭频繁，科场风气败坏，官员铨选制度也遭到破坏。一般士人进身仕途的机会很少，少数

① 洪迈：《容斋随笔》，岳麓书社2006年版，第393页。

士人即使幸而中举，也很难像盛唐、中唐时的士人那样凭借自己的文才跻身上层政治机构。面对灾难深重的国家和无法实现的理想，士人的心理状态发生了很大变化。

（三）个人心态导致对命运失去信心

韩愈《八月十五夜赠张功曹》写于永贞元年（805）中秋，是韩愈去往江陵府任法曹参军时写的，题中的张功曹名署。“判司卑官不堪说，未免捶楚尘埃间。同时辈流多上道，天路幽险难追攀。君歌且休听我歌，我歌今与君殊科。一年明月今宵多，人生由命非由他。”① 诗中充满了感伤而低沉的情绪。李商隐《任弘农尉献州刺史乞假还京》：“黄昏封印点刑徒，愧负荆山入座隅。却羡卞和双刖足，一生无复没阶趋。”② 与此形成鲜明对比的是，白居易获京兆户曹参军一职时却有亲友表示祝贺，元稹有《和乐天初授户曹喜而言志》：“王爵无细大，得请即为恩。君求户曹掾，贵以禄奉亲。闻君得所请，感我欲沾巾。”③ 说明白居易得此官是件值得祝贺的喜事。杜甫也曾任过率府兵曹，并且认为此官好过县尉，如他的《官定后戏赠》：“不作河西尉，凄凉为折腰。老夫怕趋走，率府且逍遥。耽酒须微禄，狂歌托圣朝。故山归兴尽，回首向风飙。”④ 诗题注有“时免河西尉，为右卫率府兵曹。”同样的职务却有着不同感受，可见并不是职务引起诗人的忧惧之情，而是诗人的主观感受和心境发生变化从而导致了差异极大的感受，也使诗歌具有了不同的体现。再有就是州府法曹和县府司法尉一样可能涉及刑徒和罪案，恐怕都不是韩愈和李商隐等文士型官员所喜欢，故而有此惆怅和哀叹。

牟宗三《圆善论》：

“命”是个体生命与气化方面相顺或不相顺的一个“内在的限制”之虚概念。这不是一个经验概念，亦不是知识中的概念，而是实践上的一个虚概念。平常所谓命运就是这个概念。这是古今中外任何人于日常生活中所最易感到的一个概念。虽然最易感到，然而人们

① 《全唐诗》卷三三八，第3789页。

② 《全唐诗》卷五四〇，第6204页。

③ 《全唐诗》卷四〇一，第4487页。

④ 《全唐诗》卷二二四，第2403页。

> 却又首先认为这是渺茫得很的，轻率的人进而又认为这是迷信。说它渺茫可，说它是迷信则不可。它所以是渺茫，因为它不是一个经验的概念，亦不是一个知识中的概念；它虽是实践上的一个概念，然而却又不是一个实践原则，因为它不是属于“理”的，即不属于道德法则中的事，不属于以理言的仁义礼智之心性的。……因此，命这个概念渺茫了，它究竟意指什么呢？它落在什么分际上呢？它落在“个体生命与无穷复杂的气化之相顺或不相顺”之分际上。这相顺或不相顺之分际是一个“虚意”，不是一个时间空间中的客观事实而可以用命题来陈述，因此它不是一个知识。就在这“虚意”上我们命之曰“命”。“生”是个体之存在于世界，这不是命；但如何样的个体存在就有如何样的一些遭际（后果），如幸福不幸福，这便是命。故曰：“生死有命，富贵在天。”生死是必然的，这不是命；但在必然的生死中却有命存焉。人生中或富或贫，或贵或贱，或幸福或不幸福，这也有命存焉。“在天”即在“你个体如何样地存在”中即函蕴你有如何样的遭际。为何有这样的遭际是无理由可说的，这是一个虚意，即此便被名曰命。因此便说为在天。①

因为命运是不可掌握的，是近在咫尺而又远在天边的，故而古往今来才会有那么多的惆怅和哀叹。如白居易《醉赠刘二十八使君》：“为我引杯添酒饮，与君把箸击盘歌。诗称国手徒为尔，命压人头不奈何。举眼风光长寂寞，满朝官职独蹉跎。亦知合被才名折，二十三年折太多。”② 李白《行路难》：“欲渡黄河冰塞川，将登太行雪满山。”③ 李商隐《有感》：“中路因循我所长，古来才命两相妨。”④ 李商隐大和五年（831）起应进士第，至开成二年（837）方登第；登第后三次参加吏部试方释褐入仕，被授予校书郎，可惜很快就被调为弘农尉。会昌二年（842）春，李商隐再以书判拔萃任命为秘书省正字。⑤ 白居易说过：“今之俊乂，先辟于征

---

① 牟宗三：《圆善论》，台北学生书局1985年版，第142—143页。

② 《全唐诗》卷四四八，第5038页。

③ 《全唐诗》卷二五，第344页。

④ 《全唐诗》卷五三九，第6181页。

⑤ 刘学锴：《李商隐传论》，安徽大学出版社2002年版，第158页。

镇，后升于朝廷；故幕府之选，下台阁一等，异日入为大夫公卿者十八九焉。”① 其重点是不要永远都停留在幕府，须努力争取升于朝廷，然后才可能有大作为。李商隐的悲剧是他一生都浮沉于幕府。他的“潦倒”应当不是指生活上的贫困，因为幕职的待遇丰厚，而是指他的官运不济，没能“升于朝廷”。

唐代士人大都有着远大志向，但校书郎这一职位相对于他们的理想而言显得有点低微。唐代诗赋取士的科举制度激发了士人们的政治热情，但实际上他们的文学才能与其政治生活并没有直接的关系。如中唐士人大多出身寒门，在政治和经济上都比世族出身的官员更加依赖皇帝，士人干预政治的程度进一步受到限制。因为，“在科举大行之时，皇权通过公开的考试招募所需要的人才，被招募者臣服于皇权，原来的‘师友’关系自然是谈不上了；‘士’不可能再以‘师’自居，相反，帝王成了‘师’而应举的士人则成了‘学生’”。② 唐代士人对自己的才能大都充满自信，然而现实社会中却又不会事事如愿。况且为官更需要具备较高的政治素质，在漫长的仕途中还需要不断磨炼才能应对自如。理想和现实的矛盾常常会引发他们不安于现状、不满于才高位卑的惆怅之感，如白居易在任校书郎期间写的《感时》中有“白发虽未生，朱颜已先悴。人生讵几何，在世犹如寄。”③ 就是对理想和事业不能早日实现的慨叹。他的《和谈校书秋夜感怀呈朝中亲友》：“秋霜似鬓年空长，春草如袍位尚卑。”④ 表现了内心对现状的不满和担忧。

第三节　校书郎迁转中的文学创作

唐代官员任期短，迁转频繁，唐人一生所做的官，可能多达十几个，甚至二十多个。如白居易在《唐故银青光禄大夫秘书监曲江县开国伯赠礼部尚书范阳张公墓志铭并序》描述了从校书郎累迁至秘书监的张仲方所任过的官职：

① 朱金城：《白居易集笺校》，上海古籍出版社1988年版，第2924页。

② 唐晓敏：《中唐文学思想研究》，北京师范大学出版社2000年版，第39页。

③ 朱金城：《白居易集笺校》，上海古籍出版社1988年版，第270页。

④ 同上书，第725页。

初补集贤院校书郎，丁内忧，丧除，复补正字。选授咸阳县尉。鄜坊节度使辟为判官，奏授监察御史里行，俄而真拜。历殿中、转侍御史、仓部员外郎、金州刺史、度支郎中。驳宰相谥议，出为遂州司马，移复州司马，俄迁刺史。改曹州刺史、河南少尹、郑州刺史。入为谏议大夫、福建观察使兼御史中丞。征还，为太子宾客，再为左散骑常侍、京兆尹、华州刺史兼御史大夫、秘书监。①

张仲方为官四十年间竟做过二十五种官。由于官员任期短，为官期间要不断地迁转，这也意味着唐人必须经常远行。如白居易、杜牧、李德裕和李商隐等唐代士人，他们为了做官所到过的地方之多，行程之远，是相当惊人的。白居易《寄题余杭郡楼兼呈裴使君》："官历二十政，宦游三十秋。"② 也表露了当时人为官过程中的宦游历程。在迁转过程中，因时间、地点、所见所闻等诸多因素的作用，会产生许多文学作品，体现作者的迁转历程和心态。

一　送别诗

唐代士人在迁转过程中要离开原来熟悉的环境，去往新的、未知的地域，往往会在心理上产生或喜或忧的情绪。为友人送别就会恰逢其时地体现惜别之意，烘托朋友之间的真挚情谊。当时的交通还不是很发达，迁转过程会很漫长。在迁转途中遇到友人也是一件令人高兴的事，他们也会互相酬唱以示勉励之意。也因为各人不同的人生际遇、时代的变化和心境的复杂，使得送别诗呈现出丰富多彩的美学风貌。

（一）诗歌类别

通过对校书郎迁转过程中的诗歌创作进行统计分析，从诗题来看可以作如下分类：

送友人任县丞的诗歌：孟浩然《送王大校书》、岑参《送秘省虞校书赴虞乡丞》。孟浩然《送王大校书》是送给王昌龄的，作于开元二十八年（740）王昌龄自岭南北归赴江宁丞任途经襄阳时期。岑参诗中的虞校书将赴虞乡（今山西永济县东虞乡镇）丞，岑参以诗相赠。

---

① 朱金城：《白居易集笺校》，上海古籍出版社1988年版，第3776页。

② 同上书，第2515页。

送友人入幕的诗歌：贾岛《送裴校书》、《送张校书季霞》、《送韦琼校书》，皎然《奉陪杨使君项送段校书赴南海幕》，卢纶《送宋校书赴宣州幕》、《送李校书赴东川幕》，李益《赋得路傍一株柳送邢校书赴延州使府》，朱庆余《送韦繇校书赴浙东幕》《送韦校书佐灵州幕》，姚合《送韦瑶校书赴越》，李端《送宋校书赴宣州幕》，司空曙《送崔校书赴梓幕》，许棠《送厉校书从事凤翔》，刘长卿《送李校书赴东浙幕府》，章孝标《送陈校书赴蔡州幕》，郑巢《送魏校书赴夏口从事》，等等。唐代社会有许多士人入幕，送人入幕逐渐成了一种普遍现象。唐代送别诗中有大量这方面的内容，这就构成了具有特定内容的幕府送别诗。由此也可以窥见当时文士入幕之多和作诗送别之盛。

韩湘从校书郎入江西幕，朱庆余、姚合、马戴等都有诗相送。江西，唐开元二十一年（733）置江南西道，简称江西道，其观察使治所在洪州（今江西省南昌市）。朱庆余有《送韩校书赴江西幕》："从军五湖外，终是称诗人。酒后愁将别，涂中过却春。山桥槲叶暗，水馆燕巢新。驿舫迎应远，京书寄自频。野情随到处，公务日关身。久共趋名利，龙钟独滞秦。"[①] 马戴《送韩校书江西从事》："出关寒色尽，云梦草生新。雁背岳阳雨，客行江上春。遥程随水阔，枉路倒帆频。夕照临孤馆，朝霞发广津。湖山潮半隔，郡壁岸斜邻。自此钟陵道，裁书有故人。"[②] 僧无可《送韩校书赴江西》："车马东门别，扬帆过楚津。花繁期到幕，雪在已离秦。吟落江沙月，行飞驿骑尘。猿声孤岛雨，草色五湖春。折苇鸣风岸，遥烟起暮蘋。鄱江连郡府，高兴寄何人。"[③] 姚合《送韩湘赴江西从事》："年少登科客，从军诏命新。行装有兵器，祖席尽诗人。细雨湘城暮，微风楚水春。浔阳应足雁，梦泽岂无尘。猿叫来山顶，潮痕在树身。从容多暇日，佳句寄须频。"[④] 贾岛《送韩湘》："挂席从古路，长风起广津。楚城花未发，上苑蝶来新。半没湖波月，初生岛草春。孤霞临石镜，极浦映村神。细响吟干苇，余馨动远蘋。欲凭将一札，寄与沃洲人。"[⑤] 韩湘是以校书郎的身份到宣州刺史府做从事的。

① 《全唐诗》卷五一四，第 5870 页。
② 《全唐诗》卷五五六，第 6444 页。
③ 《全唐诗》卷八一四，第 9165 页。
④ 《全唐诗》卷四九六，第 5627 页。
⑤ 《全唐诗》卷五七二，第 6639 页。

宣州府治所在宣城，属江南西道的宣歙观察使。宣州管宣州、歙州、池州三州二十县。经查有关文献资料，长庆三年（823）在宣州为刺史的是崔群。《旧唐书》卷一五九《崔群传》：“穆宗即位，征拜吏部侍郎。……数日，拜御史中丞。浃旬，授检校兵部尚书，兼徐州刺史、武宁军节度、徐泗濠观察等使。朝廷坐其失守（指群为王智兴所逐），授秘书监，分司东部。未几，改华州刺史，兼御史大夫。复改宣州刺史。歙、池等州都团练观察等使。征拜兵部尚书。”① 《新唐书》卷一六五《崔群传》：“穆宗立，以吏部侍郎召之，俄拜御史大夫。未几，检校兵部尚书，充武宁节度使。群以其副王智兴得士心，不若假以节度，不报，智兴讨幽、镇还。藉兵逐群，群失守，左迁秘书监，分司东都，改华州刺史。历宣、歙、池观察使，进兵部尚书，出为荆南节度使。召拜吏部尚书。”② 崔群为元和时期贤能名臣，又与韩愈为至交，故而韩湘到宣城做幕僚。此外，韦繇校书将入浙东幕，朱庆余有《送韦繇校书赴浙东幕》，姚合有《送韦瑶校书赴越》，贾岛有《送韦琼校书》。经考证，这三首诗所送韦校书当为一人。又《册府元龟》卷六四五、《唐会要》卷六七、《登科记考》卷二十皆有韦繇，为宝历元年（825）贤良方正能言直谏科登第，据此可知“琼”本应作“繇”。③

送友人从军的诗歌有：钱起《送崔校书从军》、杨炯《送刘校书从军》。唐代开元时期形成了以征战为荣的风气，慷慨激昂、奋发进取成为一种时代精神。他们在叙写别情时体现建功立业的追求，诗歌中充溢着爱国主义和英雄主义精神。这种渴望建功立业的热情冲淡了离别的感伤情绪。如杨炯《送刘校书从军》：“天将下三宫，星门召五戎。坐谋资庙略，飞檄伫文雄。赤土流星剑，乌号明月弓。秋阴生蜀道，杀气绕湟中。风雨何年别，琴尊此日同。离亭不可望，沟水自西东。”④ 体现了杨炯送别诗的豪放风格。开头写刘校书从军出塞的气派，称赞友人的才华谋略。结尾抒发别情，引出“自西东”的感慨。

送友人秩满归家的诗歌有：耿沣《送胡校书秩满归河中》。河中府，

① 《旧唐书》卷一五九，第 4189 页。

② 《新唐书》卷一六五，第 5082 页。

③ 齐文榜：《贾岛集校注》，人民文学出版社 2001 年版，第 377 页。

④ 《全唐诗》卷五十，第 614 页。

治所在蒲州，今山西永济县。胡校书秩满归家，耿湋以诗相勉励。

送友人拜谒交友的诗歌有：刘长卿《送李校书适越谒杜中丞》。当时刘长卿在吴越等地游历，写下此诗送友人。

（二）诗歌内容

送别诗是抒发人们离别之情的诗歌。由于古代交通和通信不便，往往一别数载难以相见，所以离别就具有特别的意义。离别之时，亲友们往往设酒饯别，折柳相送，还常常吟诗话别。唐代士人迁转中的诗歌内容主要有如下特点：

表达勉励之情。

一般而言，分别之时总是充满了离别的伤感，但是唐代士人送别时所作的诗歌往往能越过现实的困顿，把目光投向充满豪情的未来。因为坚信天生我材必有用，才会生出“长风破浪会有时，直挂云帆济沧海”的气魄。这种自信不仅是对时代和才能的信心，还包括对自身人格品质的自信。而且，这种勉励之情更能安慰离别时的心灵，使人能满怀信心地面对现实中的困难。如岑参《送秘省虞校书赴虞乡丞》：“花绶傍腰新，关东县欲春。残书厌科斗，旧阁别麒麟。虞坂临官舍，条山映吏人。看君有知己，坦腹向平津。”[①] 意境开阔，勉励虞校书从容面对，将来会有更为光明的前途。

皎然《奉陪杨使君顼送段校书赴南海幕》：“硕贤静广州，信为天下贞。屈兹大将佐，藉彼延阁英。声动柳吴兴，郊饯意不轻。吾知段夫子，高论关苍生。处以德为藩，出则道可行。遥知南楼会，新景当诗情。天高林瘴洗，秋远海色清。时泰罢飞檄，唯应颂公成。”[②] 先是赞赏了段校书的品德，然后借高远清丽的景色抒写诗人对段校书的勉励之情，表达了作者对段校书工作才能的信任。

马戴《送韩校书江西从事》：“出关寒色尽，云梦草生新。雁背岳阳雨，客行江上春。遥程随水阔，枉路倒帆频。夕照临孤馆，朝霞发广津。湖山潮半隔，郡壁岸斜邻。自此钟陵道，裁书有故人。”[③] 全诗处处皆是美景，起首“出关寒色尽，云梦草生新。”描绘出一幅具有勃勃生机的景

① 《全唐诗》卷二〇〇，第2077页。

② 《全唐诗》卷八一八，第9213页。

③ 《全唐诗》卷五五六，第6444页。

象，以清新明快的笔调抒写诗人对朋友的期望之情。

刘长卿《送李校书赴东浙幕府》："方从大夫后，南去会稽行。淼淼沧江外，青青春草生。芸香辞乱事，梅吹听军声。应访王家宅，空怜江水平。"[①]《新唐书·方镇表五》："乾元元年，置浙江东道节度使，领越、睦、衢、婺、台、明、处、温八州，治越州。""芸香"借指秘书省。"王家宅"指王羲之宅，在越州山阴。诗人借景抒发了自己的离别之情。

贾岛《送张校书季霞》："从京去容州，马在船上多。容州几千里，直傍青天涯。掌记试校书，未称高词华。义往不可屈，出家如入家。城市七月初，热与夏未差。饯君到野地，秋凉满山坡。南境异北候，风起无尘沙。秦吟宿楚泽，海酒落桂花。暂醉即还醒，彼土生桂茶。"[②] 容州在唐代属岭南道，故治在今广东普宁县。唐代从京城去往岭南多走水路，故有马在船上之说。南方气候宜人，"海酒落桂花"也可以招待贵客，诗人以美景美酒来慰藉友人，充满诗情画意。因为诗人们带着强烈的主观感情去描写客观景物，通过景物来抒情，因此能达到情景交融、浑然一体的意境，使诗歌含蓄蕴藉、深切动人。

卢纶《送李校书赴东川幕》："泥坂望青城，浮云与栈平。字形知国号，眉势识山名。编简尘封阁，戈鋋雪照营。男儿须聘用，莫信笔堪耕。"[③] 写得豪情满怀，体现了卢纶诗歌的一贯风格。

表达离别的情思。

因为唐代官员任期短，职务迁转是很常见的事。而且这种离别通常是为了官职升降或者仕途需要而暂时分别，这样的分别并不是国破家亡的生离死别，而是士人们仕途升迁的重要历程。因此，这些送别诗往往格调较为明朗，充满了对离别者的祝福和期许，体现出昂扬向上的时代气息。如李益《赋得路傍一株柳送邢校书赴延州使府》："路傍一株柳，此路向延州。延州在何处，此路起悠悠。"[④] 折柳送行的习俗最早见于《诗经》里的《小雅·采薇》："昔我往矣，杨柳依依；今我来思，雨雪霏霏。"因"柳"与"留"谐音，可以表示挽留之意。北朝乐府《鼓角横吹曲》中有《折杨柳

① 《全唐诗》卷一四七，第 1497 页。
② 《全唐诗》卷五七一，第 6626 页。
③ 《全唐诗》卷二八〇，第 3181 页。
④ 《全唐诗》卷二八三，第 3220 页。

枝》："上马不捉鞭，反拗杨柳枝。下马吹横笛，愁杀行客人。"离别时赠柳表示不忍相别的心意。长安灞桥两岸十里长堤，一步一柳，由长安东去的人多到此地惜别，折柳枝赠别亲人。折柳送人应该是充满惆怅之意的，可是这首诗并没有太多的伤感之情。

贾岛《送韦琼校书》："宾佐兼归觐，此行江汉心。别离从阙下，道路向山阴。孤屿消寒沫，空城滴夜霖。若邪溪畔寺，秋色共谁寻。"① 从"别离从阙下"一句可推知此诗作于长安。因为此行还要归家省亲，故而韦校书的心情如江流般激动。"孤屿消寒沫"一句使旅途显得有些冷清，然而结句凸显亮光，一洗前句之黯然。

李端《送宋校书赴宣州幕》："浮舟压芳草，容裔逐江春。远避看书吏，行当入幕宾。夜潮冲老树，晓雨破轻苹。鸳鹭多伤别，栾家德在人。"② "栾家"是指以义名传世的栾布。他在汉文帝时为燕相，燕、齐之地都为他立社以示尊崇。这首诗在送别中也充满轻快的色彩。

送别诗还常常借用典故表达分别时对亲友的留恋之意。

用典就是指不明写送别之意，而是用历史上有关送别的典故来委婉表达情意。诗歌恰当地运用典故，可以使诗意精练，对丰富诗歌内涵、增强作品的表现力和感染力都很有好处。如耿沣《送胡校书秩满归河中》："古树汾阴道，悠悠东去长。位卑仍解印，身老又还乡。河水平秋岸，关门向夕阳。音书须数附，莫学眘嵇康。"③ "莫学眘嵇康"用典出处是嵇康《与山巨源绝交书》中："素不便书，又不喜作书，而人间多事，堆案盈几，不相酬答，则犯教伤义，欲自勉强，则不能久。"此典指人不回复书信。诗人以此典提醒胡校书不要忘记多写书信、互通音讯，这也体现出诗人对朋友的关切之情。

钱起《送崔校书从军》："雁门太守能爱贤，麟阁书生亦投笔。宁唯玉剑报知己，更有龙韬佐师律。别马连嘶出御沟，家人几夜望刀头。燕南春草伤心色，蓟北黄云满眼愁。闻道轻生能击虏，何嗟少壮不封侯。"④ 诗中的"麟阁"指麒麟阁，汉宣帝为了表彰佐汉名臣，于甘露年间将霍

① 《全唐诗》卷五七三，第 6668 页。

② 《全唐诗》卷二八五，第 3260 页。

③ 《全唐诗》卷二六八，第 2987 页。

④ 《全唐诗》卷二三六，第 2603 页。

光、张安世等11人的肖像画于麒麟阁以示尊崇。这里用麟阁借指崔校书工作的秘书省。“龙韬”，吕尚《太公六韬》有龙韬，此处泛指军事谋略。因“刀头”有环，而“环”与“还”同音，后以刀头借指还家。

刘长卿《送李校书适越谒杜中丞》：“江风处处尽，旦暮水空波。摇落行人去，云山向越多。陈蕃悬榻待，谢客枉帆过。相见耶溪路，逶迤入薜萝。”① “悬榻”之典出自《后汉书·徐稺传》：“蕃在郡不接宾客，唯稺来特设一榻，去则悬之。”后以此比喻礼待贤士。“耶溪”即指若耶溪，流经会稽山东麓，在山阴县东门形成镜湖，湖畔有云门寺。

二　政论散文

校书郎一职任满后，按照唐代官吏铨选的制度规定，六品以下官员（除各司的员外郎、补阙、拾遗、监察御史、太常博士等常参官、供奉官外）考满之后都要经过一段时间的守选方可再注拟授官。守选年限根据官品的高下而长短不一，《新唐书·选举志下》载：“凡一岁为一选。自一选至十二选，视官品高下以定其数，因其功过而增损之。”② 守选期间是没有薪俸待遇的，这就使许多清正廉洁的官员面临困顿的状态。因此，要想早日摆脱这种状态，参加制举考试就是最好的选择。这就像搭上升迁的快车道，一旦及第就可迅速升官。

唐代初期高祖、太宗两朝，制举科是从沿袭传统到衍变为设科取士特色的发展时期，到高宗初，就与进士、明经科一样，成为科举的一部分。③ 制举与进士、明经等常科不同，考试的科目与时间都不是固定的，根据一定时期的政治需要而定。制举的科目很多，其中贤良方正直言极谏、博通坟典达于教化、军谋宏达堪任将帅、详明政术可以理人这四个科目是比较有名的。制举是以皇帝的名义征召各地知名之士，由州府荐举前来京都应试。制举的待遇要尊贵得多，因为至少从名义上说，它是由皇帝主持的。对此，《新唐书·选举志》云：

> 自汉以来，天子常称制诏道其所欲问而亲策之。唐兴，世崇儒

---

① 《全唐诗》卷一四八，第1511页。

② 《新唐书》卷四五，第1174页。

③ 傅璇琮：《唐代科举与文学》，陕西人民出版社1986年版，136页。

> 业，虽其时君贤愚好恶不同，而乐善求贤之意未始少怠，故自京师外至州县，有司常选之士，以时而举，而天子又自诏四方德行、才能、文学之士，或高蹈幽隐与其不能自达者，下至军谋将略、翘关拔山、绝艺奇伎莫不兼取。①

制举的特点是一经登第即可以授官。如韩愈进士登第后，三试于吏部皆不成，十年还是布衣，而后来制举登第即授以官职。陈飞《唐代试策考述》认为：

> 唐代科举作为一个考试选材的制度体系，其试项并不限于“文学”，更不限于诗，诗甚至不是其长期稳定实行的主要试项。在唐代科举考试诸试项中，试策才是最重要的试项：科举取士各科目几乎无不试策；在各科目考试中，几乎都把试策置于最重要的位置；有很多科目、在很多时候试策甚至是唯一的试项；在考试办法及朝廷的礼重程度等方面，往往也优于其他试项；因而试策也是承担唐代科举精神实质及其职责功能最为得力的试项。因此，与其说唐代科举是“以诗取士”，倒不如说是“以策取士”，更符合实际情况。②

宪宗元和元年（806），白居易、元稹在校书郎任满之后，并没有走守选期满参与铨选的道路。而是退居华阳观，闭户累月，写成《策林》七十五篇，为参加制举作精心准备。白居易在《策林序》中云：“元和初，予罢校书郎，与元微之将应制举。退居于上都华阳观，闭户累月，揣摩当代之事，构成策目七十五门。及微之首登科，予次焉。凡所应对者，百不用其一二，其余自以精力所致，不能弃捐，次而集之，分为四卷，命曰《策林》云耳。”③ 元稹后来在回忆与白居易应制举的情景时也说：“予与乐天，指病危言，不顾成败，意在决求高第。”④ 在《策林》中，白居易陈述了自己“酌人言、察人情，而后行为致”的政治主张，于政

① 《新唐书》卷四四，第1169页。

② 陈飞：《唐代试策考述》，中华书局2002年版，第3页。

③ 《全唐文》卷六七〇，第6811页。

④ 冀勤点校：《元稹集》，中华书局1982年版，第116页。

治、经济、军事、吏治、刑法、风俗等各个方面都阐述了自己的观点。他们把担任秘书省校书郎期间所积累的政治识见及对现实的思考都体现在文章中。

白居易一生的主导思想，是“穷则独善其身，达则兼济天下”。虽然他在被贬谪江州司马之后竭力避开政治斗争的旋涡，奉行“独善其身”的法宝，但在此之前却一直是心怀“兼济天下”之志积极入世，希望有所作为的。《策林》体现了其独到的历史意识。《辨兴亡之由》：

> 臣观前代，邦之兴，由得人也，邦之亡，由失人也。得其人，失其人，非一朝一夕之故也，其所由来者渐矣。天地不能顿为寒暑，必渐于春秋，人君不能顿为兴亡，必渐于善恶。善不积，不能勃焉而兴，恶不积，不能忽焉而亡。善与恶始系于君也，兴与亡终系于人也。何则？君苟有善，人必知之，知之又知之，其心归之，归之又归之，则载舟之水，由是积焉；君苟有恶，人亦知之，知之又知之，其心去之，去之又去之，则覆舟之水，由是作焉。故曰至高而危者君也，至愚而不可欺者人也。圣王知其然，故则天上不息之道以修己，法地下不动之德以安人。修己者，慎于中也，栗然如履春冰；安人者，敬其下也，凛乎若驭朽索。犹惧其未也，加以乐人之乐，人亦乐其乐，忧人之忧，人亦忧其忧。忧乐同于人，敬慎著于己，如是而不兴者，反是而不亡者，自生人以来，未之有也。臣愚以为百王兴亡之渐，在于此也。①

这篇策分析了朝代更替的原因，指出人心向背是最重要的，得民心者得天下，以此提醒统治者应以此为戒。

《策林》体现了以民为本的思想。《致和平复雍熙》：

> 今欲感人心于和平，致王化于朴厚，何思何念，得至于斯？臣闻政不念今，则人心不能交感；道不思古，则王化不能流行。将欲感人心于和平，则在乎念今而已。伏惟陛下知人安之至难也，则念去烦扰之吏；爱人命之至重也，则念黜苛酷之官；恤人力之易罢也，则念省

① 《全唐文》卷六七〇，第6818页。

修葺之劳；忧人财之易匮也，则念减服御之费；惧人之有馁也，则念薄麦禾之税；畏人之有寒也，则念轻布帛之征；虑人之有愁苦也，则念损嫔嫱之数。故念之又念之，则人心交感矣。①

这篇策娓娓道来，入情入理，体现了作者对寻常百姓生活的关切之情。

《策林》体现了儒家思想。《尊贤，请厚礼以致大贤也》：

臣闻致理之先，先于行道，行道之本，本于得贤，得贤之由，由乎审理。若礼之厚薄定于此，则贤之优劣应于彼。故黜位而朝，西面而事，则师之才至矣；先之以身，下之以色，则友之才至矣；展皮弊之礼，尽揖让之仪，则大臣之才至矣；南面而坐，使者先焉，则左右之才至矣；凭几据杖，以令召焉，则厮役之才至矣。是以得师者帝，得友者王，得大臣者霸，得左右者弱，得厮役者乱。然则求师而得友，求友而得臣者有矣，未有求臣而得友，求友而得师者也。是故图帝而成王，图王而成霸者有矣，未有图霸而成王，图王而成帝者也。夫以夷吾之贤，为不可召之臣，桓公所以霸齐也；孔明之才，为非屈致之士，刘氏所以图蜀也。夫欲霸一国图一方，犹审其礼行其道焉，况开帝王之业，垂无疆之休，苟无尊贤之风，师友之佐，则安能宏其理恢其化乎？国家有天下二百年，政无不施，德无不备，唯尊贤之礼，未与三代同风。陛下诚能行之，则尽美尽善之事毕矣。②

《策林》体现了吏治思想。《审官，量才授职则政成事举》：

夫官既备而事未举，才既用而政未成者，由官与才不相得也。且官有大小繁简之殊，才有短长能否之异，称其任则政立，枉其能则事乖。故先王立庶官而后求人，使乎各司其局也。辨众才而后入仕，使乎各尽其能也。如此则官虽省，才虽半，可得而理矣。若以短任长，以大授小，委其不可而望其可，强其不能而责其能，如此则官虽能，

① 《全唐文》卷六七〇，第6816页。

② 同上书，第6829页。

才虽倍，无益于理矣。故曰任小能于大事者，犹狸搏虎而刀伐木也；展长于短用者，犹骥捕鼠而斧剪毛也。所不相及，岂不宜哉！王者诚能量众才之短长，审庶官之畜，俾操凿枘者无圆方之谬，备轮辕者适曲直之宜，自然人尽其能，职修其要，彝伦日叙，庶绩日凝，又何患乎事不举而政未成哉！”[①]《睦亲，选用》：“臣闻圣人南面而理天下，自人道始矣。人道之始，始于亲亲。故尧之教也，睦九族而平百姓；文王之训也，刑寡妻而御家邦。斯可谓教之源，理之本也。今陛下诚欲推其恩，广其爱，使惠洽九族，化流万人，则宜乎先亲后疏，自近及远者也。然后置其师傅，闲之以教训，选其贤能，授之以官政，或出为牧守，入为公卿，如此则虽无三代封建之名，而有三代翼戴之实也。使《棣华》之咏协于内，《麟趾》之风著于外，所谓枝叶茂而根本可庇，骨肉厚而家国俱肥，则天下之人，相从而化矣。故曰未有九族睦而万人叛者也，未有九族离而万人和者也。恿先王所以布六顺而化百姓，敷五教而协万邦者，由此道素行也。[②]

《策林》体现了军事思想。《议兵，用舍逆顺兴亡》：

臣闻天下虽兴，好战必亡；天下虽安，忘战必危；不好不忘，天下之王也。祭公曰：“先王耀德不观兵。”老子曰：“兵者不祥之器，不得已而用之。”斯则不好之明训也。《传》曰：“谁能去兵？兵之设久矣。”又周定天下，偃武修文，犹立司马之官，六军之众，以时教战。斯又不忘之明训也。然则君天下者，不可去兵也，不可黩武也，在乎用之有本末，行之有逆顺。逆顺之要，大略有三，而兵之名随焉。夫兴利除害，应天顺人，不为名先，义然后动，谓之义兵；相时观衅，取乱侮亡，不为祸先，敌至而应，谓之应兵；恃力宣骄，作威逞欲，轻人性命，贪人土田，谓之贪兵。兵贪者亡，兵应者强，兵义者王。王之兵，无敌于天下也，故有征无战焉；强之兵，先弱敌而后战也，故百战百胜焉；亡之兵，先自败而后战也，故胜与不胜，同归于亡焉。然历代君臣，惑于本末，闻王者之无敌，则思耀武，是获一

① 《全唐文》卷六七〇，第6830页。

② 《全唐文》卷六七一，第6856页。

兔而欲守株也；见亡者之自败，则思弭兵，是因一咽而欲去食也。曾不知无敌者根于义，自败者本于贪，而欲归咎于兵，责功于武，不其惑欤？兴废之由，逆顺之要，昭然可见，唯陛下择之。[①]

《策林》体现了礼乐思想。《议礼乐》：

臣闻序人伦，安国家，莫先于礼；和人神，移风俗，莫尚于乐。二者所以并天地，参阴阳，废一不可也。何则？礼者纳人于别，而不能和也；乐者致人于和，而不能别也。必待礼以济乐，乐以济礼，然后和而无怨，别而不争。是以先王并建而用之，故理天下如指诸掌耳。《志》曰："六经之道同归，而礼乐之用为急。"故前代有乱亡者，由不能知之也；有知而危败者，由不能行之也；有行而不至于理者，由不能达其情也；能达其情者，其唯宗周乎？周之有天下也，修礼达乐者七年，刑措不用者四十年，负扆垂拱者三百年，龟鼎不迁者八百年，斯可谓达其情、臻其极也。故孔子曰："吾从周。"然则继周者，其唯皇家乎？臣伏闻礼减则销，销则崩；乐盈则放，放则坏。故先王减则进之，盈则反之，济其不及而泄其过，用能正人道，反天性，奋至德之光焉。国家承齐、梁、陈、隋之弊，遗风未弭，故礼稍失于杀，乐稍失于奢。伏惟陛下虑其减销，则命司礼者大明唐礼；防其盈放，则诏典乐者少抑郑声。如此则礼备而不偏，乐和而不流矣。继周之道，其在兹乎？[②]

在为制举考试作了如此充分的准备后，白居易、元稹果然就应制举及第。元和元年（806）四月宪宗所颁的《放制举人敕》中记载了当时制举登第者的等第、姓名及结果：才识兼茂明于体用科第三次等元稹、韦惇；第四等独孤郁、白居易、曹景伯、韦庆复；第四次等崔韶、罗让、元修、薛存庆、韦珩；第五上等萧俛、李蟠、沈传师、柴宿。……其第三次等人，委中书门下优与处分；第四等、第五上等，中书门下即与处分。[③] 元

① 《全唐文》卷六七一，第6838页。

② 同上书，第6849页。

③ 宋敏求：《唐大诏令集》卷一〇六《政事·制举》，中华书局2008年版，第544页。

積入第三等，得到了优与处分，即由校书郎迁为左拾遗。白居易以对策语直，入四等，授周至县尉。周至县尉乃畿尉，职位也算不错。

三　其他文章

唐玄宗天宝元年（742），贾至自校书郎调为单父尉（单父为宋州属县），作《微子庙碑颂》《宓子贱碑颂》。《微子庙碑颂》有："皇帝二十有一载，予作吏于宋。思其先圣遗事，求于古老舆人，则得君之祠庙存焉。盛衰纷纶，年祀超忽。乔木老矣，灵仪俨然。"① 作者因此感慨成文。宓子贱，名不齐，是孔子的弟子，曾为单父宰。《颜氏家训》："今兖州永昌郡城，旧单父地也，东门有子贱碑，汉时所立。"而贾至见此碑时却是古碑残缺，苔篆磨减，令贾至叹息不已。

唐玄宗天宝八年（749），萧颖士自集贤校理贬广陵参军，作《伐樱桃树赋》以刺李林甫：

> 天宝八载，予以前校理罢免，降资参广陵大府军事。任在限外，无官舍是处，寓居于紫极宫之道学馆，因领其教职焉。庙庭之右，有大樱桃树。厥高累数寻，条畅荟蔚，攒柯比叶，拥蔽风景。腹背微禽，是焉栖托，颉颃上下，喧呼甚适。登其乔枝，则俯逼轩屏，中外斯隔，余实恶之。惧寇盗窥窬，因是为资，遂命伐焉。聊托兴兹赋，以儆夫在位者尔。赋曰：古人有言：芳兰当门，不得不锄。眷兹樱之攸止，亦在物之宜除。观其体异修直，材非栋榦；外阴森以茂密，中纷错而交乱。先群卉以效谄，望严霜而凋换；缀繁英兮霰集，骈朱实兮星灿。故当小鸟之所啄食、妖姬之所攀玩也。赫赫闳宇，元之又元。长廊霞截，高殿云褰；实吾君聿修祖德，论道设教之筵。宜乎莳以芬馥，树以贞坚；莫匪夫松条桂桧，茝若兰荃。猗具美而在兹，尔何德而居焉？擢无用之剿质，蒙本枝而自庇；汨群林而非据，专庙庭之右地。虽先寝而式荐，岂和羹之正味？每俯临乎萧墙，奸回得而窥觇；谅何恶之能为，终物情之所畏。于是命寻斧，伐盘根；密叶剥，攒柯焚。朝光无阴，夕鸟不喧；肃肃明明，荡乎阶轩。嗟乎！草无滋蔓，瓶不假器；苟恃势而将偪，虽见亲而益忌。譬诸人事也，则翼吞

① 《全唐文》卷三六八，第3740页。

并于潜沃，鲁出逐于强季；绋峻擅而吴削，伦冏专而晋坠。其大者虎迁赵嗣，鸾窃齐位；由履霜而莫戒，聿坚冰而洊至。呜呼！乃终古覆车之轨辙，岂寻常散木之足议？[①]

萧颖士作此文是有原因的。《新唐书》卷二〇二记载：

颖士四岁属文，十岁补太学生。观书一览即诵，通百家谱系、书籀学。开元二十三年，举进士，对策第一。……天宝初，颖士补秘书正字。于时裴耀卿、席豫、张均、宋遥、韦述皆先进，器其材，与钧礼，由是名播天下。奉使括遗书赵、卫间，淹久不报，为有司劾免，留客濮阳。于是尹征、王恒、卢异、卢士式、贾邕、赵匡、阎士和、柳并等皆执弟子礼，以次授业，号萧夫子。召为集贤校理。宰相李林甫欲见之，颖士方父丧，不诣。林甫尝至故人舍邀颖士，颖士前往，哭门内以待，林甫不得已，前吊乃去。怒其不下己，调广陵参军事，颖士急中不能堪，作《伐樱桃树赋》。

萧颖士恃才傲物，李林甫想召见，萧置之不理。李林甫打击报复，萧颖士故写《伐樱桃树赋》以“擢无庸之琐质，蒙本枝以自庇。虽先寝而或荐，非和羹之正味。”讥讽李林甫口蜜腹剑。

综上所述，校书郎的迁转情况体现了唐代文士的迁转历程。唐代文馆学士以官品定高低，校书郎虽为九品小官，但也处于学士之列。这对校书郎的心态产生了很大的影响。作为学士的一分子，校书郎对实现自己的人生理想充满信心，并为之不断努力。但理想和现实的矛盾常常会引发他们对现实产生不满的情绪。校书郎任职期间的生存状态影响到他们的创作心态，这种心态既是整个知识阶层心态的有机构成部分，也是个人心态变化的组成部分。因此，研究文士任职期间的心态，有助于探究文学创作变化的根源。校书郎在迁转过程中，因诸多因素的作用会产生许多文学作品，体现作者的迁转历程和心态。

① 《全唐文》卷三二二，第3262页。

第六章

唐代校书郎的个案研究

校书郎在唐代虽然是九品职官，但任官资历要求很高，需进士或同等条件。有很多士人是进士登第后又中博学宏词科、书判拔萃科或者制举才被选拔任命的。许多著名诗人都是从校书郎起家的，如：杨炯、张说、张九龄、王昌龄、钱起、吉中孚、李端、郎士元、严维、卢纶、夏侯审、畅当、顾况、刘禹锡、元稹、白居易、杜牧、李商隐、段文昌、丁公著、郑澣、李绅、李翱、段成式、李群玉、韦庄等等，其中有不少是在文学上享有盛誉、颇有建树的大家。通常情况下，校书郎一职往往是士人踏上仕途的首任官职，对于他们来说有着重要的意义。在任职期间，长于创作的校书郎就写成诗文记录其任职情况，反映其或喜或忧的心态。在此，选取几位有代表性的校书郎作为个案研究，探究其任职期间的生活情状，考察校书郎生涯对于其生活经历、思想发展及创作特点的影响。

第一节　王昌龄任校书郎期间的创作与心态

王昌龄，字少伯，京兆（今陕西西安市）人。在唐代开元、天宝时期的诗坛上，王昌龄是颇有名望的诗人，他的边塞诗、宫怨诗、送别诗量多质高，有“诗家夫子”之称；他以七言绝句擅长，有“七绝圣手”之誉。殷璠说过：“元嘉以还，四百年内，曹、刘、陆、谢风骨顿尽，今昌龄克嗣厥迹。”① 并誉之为“中兴高作”。晚唐人司空图也对其有较高的评价：“国初，主上好文章，雅风特盛，沈、宋始兴之后，杰出于江宁，宏

① 计有功：《唐诗纪事》，上海古籍出版社 2008 年版，第 363 页。

肆于李、杜，极矣。”[①]

一 王昌龄任校书郎期间的创作

王昌龄可以说是盛唐诗坛的先驱者和边塞诗派的奠基人之一。但是由于史料缺乏，不仅其生年和籍贯众说纷纭，生平事迹也大多无法加以确切考知。《旧唐书》王昌龄传云：“进士及第，补秘书省校书郎，又以博学宏词登科，再迁汜水县尉。”[②]《新唐书》本传云：“第进士，补秘书郎，又中宏词，迁汜水尉。”[③]《新唐书》记秘书郎为误记，应为秘书省校书郎。《唐才子传》云：“开元十五年李嶷榜进士，授汜水尉，又中宏词，迁校书郎。”[④]徐松《登科记考》记载王昌龄开元十五年（727）进士及第，开元十九年（731）和二十二年（734）博学宏词登科者均有王昌龄之名。

对于王昌龄两次登第的时间和任职先后的问题，学界也有不同的看法。如谭优学《王昌龄行年考》认为王昌龄开元十五年进士及第，授汜水尉；开元十九年中博学宏词科，迁校书郎。[⑤]傅璇琮《王昌龄事迹考略》认为王昌龄开元十五年进士及第授秘书省校书郎，开元二十二年博学宏词登科授汜水尉。[⑥]然而，傅璇琮与李珍华后来又发表《王昌龄事迹新探》一文重新考订王昌龄开元十五年进士及第未授官，当年九月又应“高才沈沦、草泽自举”制科而未中，开元十九年中博学宏词科授校书郎，开元二十二年再中博学宏词科，迁汜水尉。[⑦]屈光《王昌龄任校书郎年代辨疑》认为《唐才子传》的说法是对的，王昌龄开元十五年中进士授汜水尉，开元十九年迁校书郎。[⑧]李厚培《王昌龄开元年间仕履新考辨》一文认为：开元十五年春，王昌龄进士及第，通过吏部关试而守选，未释褐。开元十九年，王昌龄应博学宏词科登科，授校书郎，至开元二十

① 祖保泉、陶礼天笺校：《司空表圣诗文集笺校》，安徽大学出版社2002年版，第189页。

② 《旧唐书》卷一九〇下，第5050页。

③ 《新唐书》卷二〇三，第5780页。

④ 傅璇琮：《唐才子传校笺》，中华书局1987年版，第253页。

⑤ 谭优学：《王昌龄行年考》，四川人民出版社1980年版，第98页。

⑥ 傅璇琮：《唐代诗人丛考》，中华书局1980年版，第116页。

⑦ 李珍华、傅璇琮：《王昌龄事迹新探》，《古籍整理与研究》1990年第5期。

⑧ 屈光：《王昌龄任校书郎年代辨疑》，《洛阳师专学报》1985年第2期。

二年九月任满。王昌龄开元二十二年冬再试博学宏词科登科，开元二十三年改授汜水尉。[①] 之所以要对王昌龄的初仕年代进行说明，是为了更准确地考订其生平及诗歌创作时间。王昌龄的诗歌也反映了其生活情况，如《郑县宿陶大公馆赠冯六元二》学界大都认可作于开元十九年（731），诗中有："昨日辞石门，五年变秋露。云龙未相感，干谒亦已屡。子为黄绶羁，余忝蓬山顾。"[②] "石门"在蓝田县，代指昌龄乡里。又过了五年当是开元十九年，王昌龄正在校书郎任上。"蓬山"指秘书省，《后汉书·窦章传》有："是时学者称东观为老氏藏宝、道家蓬莱山，康遂荐章入东观为校书郎。"唐代常以"蓬山"指代秘书省。

胡问涛、罗琴《王昌龄集编年校注》一书中将王昌龄的诗歌分为入仕前编年诗四十七首、谪官前编年诗二十五首、谪官后编年诗六十九首、未编年诗四十首等等。[③] 在谪官前编年诗二十五首中，《放歌行》作于王昌龄进士及第后不久，《缑氏尉沈兴宗置酒南溪留赠》当作于汜水尉任上，故此二首诗歌不应算作校书郎期间的作品。因为王昌龄的生平事迹大多无法确切考知，故姑且认为王昌龄任校书郎期间约有二十三首作品。其中，送别诗有：《送刘昚虚归取宏词解》；宫怨诗有：《长信秋词》五首、《西宫春怨》、《西宫秋怨》、《春宫曲》；应制诗有：《夏月花萼楼酺宴应制》；抒写自己心态的有：《九日登高》、《灞上闲居》、《风凉原上作》、《宿裴氏山庄》、《裴六书堂》、《同从弟销南斋玩月忆山阴崔少府》、《郑县宿陶太公馆中赠冯六元二》；其他有：《甘泉歌》、《萧驸马宅花烛》、《殿前曲》二首、《青楼曲》二首。

二　王昌龄任校书郎时期的政治心态

王昌龄早年居住在灞上，家境比较贫寒，生活大概是一边在家躬耕、读书，一边多方奔走以求仕进，这从其《郑县宿陶太公馆中赠冯六元二》中"本家蓝田下，非为渔弋故。无何困躬耕，且欲驰永路。"[④] 可见一斑。自成年到入仕，王昌龄曾离家远行，漫游四方。向西行，经邠州、泾州、

① 李厚培：《王昌龄开元年间仕履新考辨》，《阴山学刊》2005年第5期。

② 《全唐诗》卷一四〇，第1423页。

③ 参见胡问涛、罗琴《王昌龄集编年校注》，巴蜀书社2000年版，第3—64页。

④ 《全唐诗》卷一四〇，第1423页。

萧关出塞；又游历了太原等地。漫游、交友、干谒、隐居，这在盛唐诗人中是比较常见的生活方式，其目的是为了开阔眼界、广交朋友、提高个人声望，以期能有伯乐慧眼识珠，实现自己济世报国的人生理想。在漫游期他的心态是积极上进的，《变行路难》中“封侯取一战，岂复念闺阁”① 可谓豪情壮志溢于言表。盛唐时代繁荣的经济和文化，相对太平的社会政治，形成一种积极向上、自由开放的时代精神。在时代精神鼓舞下，自小受着儒家思想浸润的盛唐诗人大都有着远大的理想。王昌龄早年的志向颇为远大，他在《上李侍郎书》中云：“昌龄久于贫贱，是以多知危苦之事。天下固有长吟悲歌，无所投足，天工或阙，何借补之？苟有人焉，有国焉，昌龄请攘袂先驱，为国士用。”认为天生贤才，必有圣代用之。可是，天生贤才的诗人终其一生却沉寂下僚，怀才不遇。开元十五年(727)，王昌龄进士及第。顾况《监察御史储公集序》：“开元十四年，严黄门知考功，以鲁国储公进士高第，与崔国辅员外、綦毋潜著作同时；其明年，擢第常建少府，王龙标昌龄，此数人皆当时之秀。”② 王昌龄的《放歌行》表达了自己喜悦的心情：

> 南渡洛阳津，西望十二楼。明堂坐天子，月朔朝诸侯。清乐动千门，皇风被九州。庆云从东来，泱漭抱日流。升平贵论道，文墨将何求。有诏征草泽，微诚将献谋。冠冕如星罗，拜揖曹与周。望尘非吾事，入赋且迟留。幸蒙国士识，因脱负薪裘。今者放歌行，以慰梁甫愁。但营数斗禄，奉养每丰羞。若得金膏遂，飞云亦可俦。③

任命为校书郎后，刚刚走上仕途的王昌龄在诗中也表现了自己踌躇满志的心情。《九日登高》：

> 青山远近带皇州，霁景重阳上北楼。雨歇亭皋仙菊润，霜飞天苑御梨秋。茱萸插鬓花宜寿，翡翠横钗舞作愁。漫说陶潜篱下醉，何曾

① 《全唐诗》卷一四〇，第 1420 页。

② 《全唐文》卷五二八，第 5368 页。

③ 《全唐诗》卷一四〇，第 1422 页。

得见此风流。[1]

九月九日重阳节，古人多于此日登高远眺以表思乡之情。这首诗虽写登高之思，但一扫惆怅之意，描绘出一幅雨后天晴、远山青翠、花舞菊香的画面。金圣叹评点说：

九日登高诗，从来都用眼泪磨墨。此独尽废苦调，别发夏声。看他起便遍指青山，言远远近近，尽带皇州，则知无一处登高，无不乃心王室者也。三四，菊必写仙菊，梨必写御梨，全然皆非常套。五六，即末之‘此风流’三字也。言今日所以上客纪年，寿花簪鬓，侍姬呈态，翠羽流钗，得有如此风流者，实是上荷圣人之至治，下极同人之欢赏，不似昔人生既不展，适丁艰步，性又耿介，常至离群也。[2]

在《风凉原上作》中，王昌龄表达了自己积极奋进、意欲在盛世年代一展宏图的理想：

阴岑宿云归，烟雾湿松柏。风凄日初晓，下岭望川泽。远山无晦明，秋水千里白。佳气盘未央，圣人在凝碧。关门阻天下，信是帝王宅。海内方晏然，庙堂有奇策。时贞守全运，罢去游说客。予忝兰台人，幽寻免贻责。[3]

诗中的风凉原，宋敏求所著《长安志》卷一六《蓝田县》有：“风凉原，在县西南四十五里，南接石门山，北入万年县界。《遁甲开山图》曰：骊山之西川有阜名曰风凉原，亦雍州之福地，即硊山之阴也。”[4] 写完风凉原上“远山无晦明，秋水千里白”的美景后，“海内方晏然，庙堂有奇策”颂扬了盛世气象和帝王风范。这是一个充满希望和理想的年代，

---

① 《全唐诗》卷一四二，第1440页。

② 金雍：《金圣叹选批唐诗六百首》，北京出版社1989年版，第129页。

③ 《全唐诗》卷一四一，第1433页。

④ 宋敏求撰、毕沅校正：《长安志》，成文出版有限公司，民国二十年铅印本，第390页。

身处承平日久的盛世，时代的召唤、心中的理想无不激发着诗人一展宏图的愿望。末尾二句表达了自己惭愧的心理，实际上也表明诗人胸怀大志、渴望报效国家的愿望。

再来看他的《郑县宿陶太公馆中赠冯六元二》：

> 儒有轻王侯，脱略当世务。本家蓝田下，非为渔弋故。无何困躬耕，且欲驰永路。幽居与君近，出谷同所骛。昨日辞石门，五年变秋露。云龙未相感，干谒亦已屡。子为黄绶羁，余忝蓬山顾。京门望西岳，百里见郊树。飞雨祠上来，霭然关中暮。驱车郑城宿，秉烛论往素。山月出华阴，开此河渚雾。清光比故人，豁达展心晤。冯公尚戢翼，元子仍蹈步。拂衣易为高，沦迹难有趣。张范善终始，吾等岂不慕。罢酒当凉风，屈伸备冥数。①

诗题中的郑县即指今陕西华县。从“余忝蓬山顾”可知此诗作于校书郎任上。诗中回忆了自己早年的生活经历，“张范善终始”引用张良、范蠡的故事鼓励冯公尚、元子。张良为刘邦之谋臣，能运筹帷幄、决胜于千里之外，为汉朝立下汗马功劳，并被封侯；范蠡是春秋末期的越国大夫，他用计谋帮助越王勾践灭掉吴国。张良、范蠡二人都顺利地做到了功成身退，从而免遭杀身之祸，成为历代文士的楷模。诗人鼓励友人的同时也是对自己的勉励，应以古圣先贤为行为的榜样，努力实现自己的人生理想。

人们在心情放松的时候往往能流露出真情，表达自己的真实想法。王昌龄在《灞上闲居》也表达了对高洁品行的追求：“鸿都有归客，偃卧滋阳村。轩冕无枉顾，清川照我门。空林网夕阳，寒鸟赴荒园。廓落时得意，怀哉莫与言。庭前有孤鹤，欲啄常翩翻。为我衔素书，吊彼颜与原。二君既不朽，所以慰其魂。”②

这首诗是王昌龄任校书郎后回灞上休沐时所写。“空林网夕阳，寒鸟赴荒园。”诗句似乎未经雕琢却又意境深远，体现了独特的高情远韵。常伴诗人左右的“孤鹤”，既是朋友又是知音。鹤本来就暗喻高洁的品行，

① 《全唐诗》卷一四〇，第1423页。

② 《全唐诗》卷一四一，第1432页。

孤鹤也就成了诗人精神的体现。“吊彼颜与原”中提到颜回和原宪，他们都是孔子的弟子。颜回安贫乐道，以德行著称于世；原宪个性狷介，不肯与世俗合流。诗人表达了对他们的敬意，也体现了自己志存高远、不愿与世俗同流合污的想法。《裴六书堂》：“闲堂闭空阴，竹林但清响。窗下长啸客，区中无遗想。经纶精微言，兼济当独往。”① 也是这种情志的体现。王昌龄《诗格》云：“诗有三境：一曰物境。欲为山水诗，则张泉石云峰之境，极丽绝秀者，神之于心，处身于境，视境于心，莹然掌中，然后用思，了然境象，故得形似。二曰情境。娱乐愁怨，皆张于意而处于身，然后驰思，深得其情。三曰意境。亦张之于意而思之于心，则得其真矣。”② 诗人的语言是朴实的，但又准确传神而富有韵味。客观景物与主体情思完美契合，充分体现了王昌龄的诗学理论。

任校书郎期间的王昌龄，在仕途上刚刚起步，心中有着远大的理想和强烈的报国之志，因此这种积极向上的心态也体现在其诗歌中，使诗歌具有了充实的内容和高远的境界，表现出王昌龄非凡的诗歌才华和高超的创作才能。

三　王昌龄宫怨诗体现的诗人心态

王昌龄现存诗中有八首宫怨诗，即《长信秋词》五首、《西宫春怨》、《西宫秋怨》、《春宫曲》，都是在此时期写成的。③ 虽然数量不多，但首首都是精品，其卓越的艺术成就使王昌龄在宫怨诗创作上占据重要的地位，引起历代学者的欣赏与好评。唐代以前，宫怨诗以西汉时班婕妤的《怨歌行》为典型。《乐府诗集》里与宫怨题材有关的乐府诗题有《怨歌行》、《班婕妤》、《婕妤怨》、《蛾眉怨》、《玉阶怨》、《长门怨》等。这些诗歌虽然大体上围绕宫怨主题而创作，但还不能算名副其实的宫怨诗。王昌龄的创作使宫怨诗从内容到表现手法都有较大的创新，也因此成为唐代宫怨诗的典型。沈德潜《说诗晬语》说：“王龙标绝句，深情幽怨，意旨微茫。”陆时雍《诗镜总论》也说：“王龙标七言绝句，自是唐人《骚》语，深情苦恨，襞積重重，使之测之无端，玩之不尽。”这些虽是

① 《全唐诗》卷一四一，第 1433 页。
② 张伯伟：《全唐五代诗格汇考》，江苏古籍出版社 2002 年版，第 172 页。
③ 胡问涛、罗琴：《王昌龄集编年校注》，巴蜀书社 2000 年版，第 87 页。

说他的绝句，用来评价他的宫怨诗也是很合适的。入仕长安的前期，王昌龄有着济世安民的壮志和时代赋予的责任感。但校书郎一职的低微与自己高昂的心态形成巨大的落差。入仕初期的豪迈过后，心中始终是郁郁不得志的。王昌龄写作这些宫怨诗时已近不惑之年了，而此时他还只是一个校书郎。因此，此时期的宫怨诗便暗藏了诗人惆怅郁闷的影子。

（一）宫怨诗内容体现其幽怨的心态

唐代文士大多具有济苍生、安社稷的理想，期待着在政治舞台上一展身手，而进身仕途是他们实现政治抱负和进入上层统治集团的唯一通道。但是，单纯的理想和严酷的现实往往形成巨大的落差，官场的斗争和黑暗使他们的理想大受挫折。这也使唐代文士大都经历了从追求到失落的情感历程。王昌龄虽腹有诗书、志存高远，却屡屡见弃于朝廷，可谓才高而运蹇；后宫宫女天生丽质、貌美如花，却常常受到冷遇、寂寞度日，可谓红颜而薄命。两者的命运有很强的相似性，于是“宫怨”成为抒情寄怀的特有方式，以表达仕途失意的不满、怨恨、感伤。例如王昌龄的《长信秋词》五首：

金井梧桐秋叶黄，珠帘不卷夜来霜。熏笼玉枕无颜色，卧听南宫清漏长。（其一）

高殿秋砧响夜阑，霜深犹忆御衣寒。银灯青琐裁缝歇，还向金城明主看。（其二）

奉帚平明金殿开，且将团扇暂裴回。玉颜不及寒鸦色，犹带昭阳日影来。（其三）

真成薄命久寻思，梦见君王觉后疑。火照西宫知夜饮，分明复道奉恩时。（其四）

长信宫中秋月明，昭阳殿下捣衣声。白露堂中细草迹，红罗帐里不胜情。（其五）[①]

《长信秋词》其一描绘了宫女在寒秋时节凄凉寂寞的深宫中形孤影单、卧听宫漏的情景。《长信秋词》其二体现了宫女在露寒霜重的深夜对于君王的眷顾之情。《长信秋词》其三描写得不到皇帝宠爱的宫女每日清

① 《全唐诗》卷一四三，第1445页。

扫庭院，只能与团扇为伴度日如年。那姣好的容颜还不如空中飞过的寒鸦幸运，因为寒鸦尚能从皇帝所在的昭阳殿上飞过，翅膀还能沐浴一点温暖。诗人以飞过的寒鸦与寂寞的宫女形成鲜明的对比，令人痛彻心扉。施补华《岘佣说诗》："'玉颜不及寒鸦色，犹带昭阳日影来'，羡寒鸦羡得妙；'沅湘日夜东流去，不为愁人住少时'，怨沅湘怨得妙。可悟含蓄之法。"[①]《长信秋词》其四以梦境表现宫女对君王还心生幻想，期待着能有出头之日。《长信秋词》其五表现宫女被冷落之后的哀怨之情。这五首诗是诗人拟托汉代班婕妤失宠于汉成帝，在长信宫中孤独度日的故事敷演而成。班婕妤，为班固祖姑，少有才学，成帝时被选入宫立为婕妤，班婕妤在以才学选入宫后，并未得到真正的宠幸。班婕妤的故事与诗人王昌龄的遭遇类似。王昌龄因才学出众被擢为校书郎，但他又不满于仅仅长期徘徊于校书郎任上，他期盼着为君王所发现和重用，以实现其宏伟的理想。因而其诗以班婕妤的故事拟托君臣之遇，反复吟唱并表白心迹，暗喻其起伏难平的心态。托物抒怀是古代文士抒发思想感情的常见方式，个人遭遇的不平以及对朝廷黑暗官场的不满往往不敢用直抒的方式来表达，而是通过托物抒怀言志的方式来曲折表现。如《离骚》并不是为了写女人和恋情，屈原托香草美人以自况是为了托词以比兴。"比兴"是中国古典诗歌中一个传统表现手法，最早见于《诗经》，屈原的《楚辞》大量运用比兴手法。刘勰在《文心雕龙》中专列《比兴》篇，对比兴作了全面深入的分析探讨。至唐代比兴手法的运用也走向了成熟。比，是比喻，借助形象、生动、具体的事物来说明事理。兴，即先言他物以引起所咏之词也。王昌龄《诗格》也对比兴进行了诠释："比者，直比其身，谓之比假，如'关关雎鸠'之类是也。兴者，指物及比其身说之为兴，盖托喻谓之兴也。"[②]他还对诗歌创作中"比兴"的具体"作势"加以概括和总结，他认为：

> 比兴入作势者，遇物如本立文之意，便直树两三句物，然后以本意入作比兴是也。昌龄《赠李侍御》诗云："青冥孤云去，终当暮归山。志士杖苦节，何时见龙颜。"又云："眇默客子魂，倏铄川上晖。还云惨知暮，九月仍未归。"又："迁客又相送，风悲蝉更号。"又崔

---

① 施补华：《岘佣说诗》，载王夫之等撰《清诗话》，上海古籍出版社1978年版，第997页。
② 张伯伟：《全唐五代诗格汇考》，江苏古籍出版社2002年版，第159页。

曙诗云："夜台一闭无时尽，逝水东流何处还。"又鲍照诗云："鹿鸣思深草，蝉鸣隐高枝。心自有所疑，傍人那得知。"[①]

王昌龄也将比兴的艺术手法运用在其宫怨诗的创作中，从而体现出比喻真切、寄托遥深的艺术特质。游国恩说过："这女人是象征他自己，象征他自己的遭遇好比一个见弃于男子的女人。"[②] 而且是以男女喻君臣，以男女离合之情发政治失意之感。曹植借思妇以寄幽思，阮籍借咏史以托书等等都是如此。清人方苞在《离骚正义》中说："古人以男女喻君臣，盖地道也，妻道也，臣道也，以佐阳而成一终也。有男而无女也，则家不成。有君而无臣，则国不立，故（屈）原以众女喻谗邪，以蛾眉自喻，盖此义也。"王昌龄在对传统题材继承的同时，亦有所创新，其贡献主要为：在原有故事的基础上进行艺术加工和创造，以使传统题材现实化、思想主旨鲜明化、诗歌意境浑融化、表现视角新颖化，从而更具艺术表现力和感染力。[③] 王昌龄的另一首诗《西宫秋怨》："谁分含啼掩秋扇，空悬明月待君王。"句出司马相如《长门赋》"悬明月以自照兮，徂清夜于洞房。"借美人之言充分体现了诗人对于明君的期待之情。

（二）用特定的意象体现其心态

班婕妤《怨歌行》诗中所运用的意象，如"合欢扇""明月""秋节"等，在六朝时已经开始成为一些较为固定的意象，构成了此后此类题材的基本语境。王昌龄的宫怨诗在原有的意象之外又有所创新，大大丰富了诗歌内涵，增强了诗歌的表现力度。比如梧桐、秋砧、寒鸦、昭阳、长信等。

长信，是汉代宫殿名，《三辅黄图》卷三《汉宫》："长信宫，汉太后常居之……后宫在西，秋之象也。秋主信，故宫殿皆以长信、长秋为名。"汉成帝时，班婕妤失宠后居住在长信宫中，作了许多诗歌以自伤，今存《自悼赋》、《捣素赋》、《怨歌行》三篇。后来，长信渐渐成为冷宫的象征。

团扇，班婕妤《怨歌行》云："新裂齐纨素，皎洁如霜雪。裁为合欢

① 张伯伟：《全唐五代诗格汇考》，江苏古籍出版社2002年版，第154页。

② 游国恩：《楚辞论文集》，古典文学出版社1957年版，第211页。

③ 毕士奎：《"怨"与"乐"：王昌龄、王建宫女诗情感差异探因》，《暨南学报》2009年第1期。

扇，团团似明月。出入君怀袖，动摇微风发。常恐秋节至，凉飚夺炎热。弃捐箧笥中，恩情中道绝。”扇子在被人需要的时候就“出入怀袖”，不需要的时候就“弃捐箧笥”。此诗以团扇为喻，写宫女受冷落被弃置的情景。团扇也成为宫怨诗中最常见的意象之一。

昭阳，汉代宫殿名，汉成帝时赵飞燕得宠，居昭阳殿。《汉书·外戚传》六十七下云：“（赵）皇后既立，后宠少衰，而弟绝幸，为昭仪。居昭阳舍，其中庭彤朱，而殿上髹漆，切皆铜沓黄金涂，白玉阶，壁带往往为黄金釭，函蓝田璧，明珠、翠羽饰之，自后宫未尝有焉，姊弟颛宠十余年。”昭阳也就成为受宠的代名词，“玉颜不及寒鸦色，犹带昭阳日影来”成为传诵至今的名句。

王昌龄《西宫春怨》：“西宫夜静百花香，欲卷珠帘春恨长。斜抱云和深见月，朦胧树色隐昭阳。”[①] 写西宫深夜的寂静与花香，一片美景却无人欣赏，隔帘望去，朦胧树色后隐现昭阳，而昭阳正是皇帝的居处。这首诗体现了失宠宫女的哀愁，隐含着自己不受重用的伤感。《西宫秋怨》：“芙蓉不及美人妆，水殿风来珠翠香。谁分含啼掩秋扇，空悬明月待君王。”[②]“秋扇”即暗喻失宠的宫女，忍受着孤寂无聊，却依然痴痴等待君王的回心转意。《春宫曲》：“昨夜风开露井桃，未央前殿月轮高。平阳歌舞新承宠，帘外春寒赐锦袍。”[③] 从一个失宠者的角度着力描述新人受宠的情状，明写新人受宠的情状，暗抒旧人失宠之怨恨。黑格尔说过：“艺术作品中形成内容核心的毕竟不是这些题材本身，而是艺术家主体方面的构思和创作加工所灌注的生气和灵魂，是反映在作品里的艺术家的心灵，这个心灵所提供的不是外在事物的复写，而是他自己和他的内心生活。”[④] 正是因为王昌龄构思新奇、立意独特、意象丰富，才使得他的宫怨诗具有了打动人心的力量。明代胡应麟曾把李白的《长门怨》（天回北斗挂西楼）与王昌龄的《西宫曲》（西宫夜静百花香）进行对比：“李则意尽语中，王则意在言外。然二诗各有至处，不可拘泥一端。大概李写景入神，王言情造极。王宫词乐府，李不能为；李览胜纪行，王不能作。”[⑤]

---

① 《全唐诗》卷一四三，第1445页。

② 同上。

③ 同上。

④ ［德］黑格尔：《美学》第三卷，商务印书馆1979年版，第202页。

⑤ 胡应麟：《诗薮》，上海古籍出版社1979年版，第119页。

唐代诗人有很多都写过宫怨诗，如沈佺期、杜审言、王维、崔颢、张籍、王建、元稹、白居易、杜牧、张祜等，他们把仕途的感伤、失意、苦闷寄托在宫怨诗这一题材之中。而王昌龄独树一帜，在宫怨诗创作上取得了很高的成就。顾陶《唐诗类选序》："国朝以来，人多反古，德泽广被，诗之作者继出，则有李、杜挺生于时，群才莫得而间，其亚则昌龄、伯玉、云卿、千运、应物、益、适、建、况、鹄、当、光羲、郊、愈、籍、合，十数子挺然颓波间，得苏、李、刘、谢之风骨，多为清德之所讽览，乃能抑退浮伪流艳之辞，宜矣。"[①] 其对王昌龄的评价十分中肯。"唐人选唐诗"今存13种，其中《河岳英灵集》、《国秀集》、《又玄集》及《才调集》等四种皆选有王昌龄诗歌作品。殷璠《河岳英灵集》成于唐玄宗天宝十二年（753），共录盛唐诗人24人，诗234首，其中录王昌龄诗16首，为所选诗人中诗歌数量之首；芮挺章《国秀集》成于天宝三年（744），选录初盛唐诗人90人，诗220首，其中王昌龄诗5首；晚唐时期韦庄《又玄集》选王昌龄诗1首；韦縠《才调集》选王昌龄诗5首。

王昌龄一生也没做过什么大官，然屡见贬斥，抑郁不得志。《旧唐书·文苑传》有："开元、天宝间，文士知名者：汴州崔颢，京兆王昌龄、高适，襄阳孟浩然，皆名位不振。"[②] 通过对其任校书郎期间的创作进行分析可知，王昌龄虽处低位，但难抑心中的壮志，故而将一腔感慨尽融入诗歌创作，使诗歌充满了新颖奇特、含蓄蕴藉的特点。

第二节　白居易任校书郎期间的创作与心态

白居易（772—846），字乐天。白居易自幼聪颖，读书十分刻苦，"十五六，始知有进士，苦节读书。二十已来，昼课赋，夜课书，间又课诗，不遑寝息矣。以至于口舌成疮，手肘成胝，既壮而肤革不丰盈，未老而齿发早衰白，瞥然如飞绳垂珠在眸子中者，动以万数，盖以苦学力文之所致"。[③] 贞元十六年（800）二月十四日，在中书侍郎高郢主试下，试《性习相近远赋》、《玉水记方流诗》、策五道，白居易以第四名中进士第，

① 李昉等编：《文苑英华》，中华书局1966年版，第3686页。

② 《旧唐书》卷一九〇下，第5049页。

③ 朱金城：《白居易集笺校》，上海古籍出版社1988年版，第2792页。

时年29岁，在同时登第的17人中年龄是最小的。唐代进士科得第很难，所以当时流传有“三十老明经，五十少进士”的说法。白居易《及第后归觐留别诸同年》中流露出自己当时的得意心情：“十年常苦学，一上谬成名。耀第未为贵，贺亲方始荣。时辈六七人，送我出帝城。轩车动行色，丝管举离声。得意减别恨，半酣轻远程。翩翩马蹄疾，春日归乡情。”①

贞元十八年（802）冬，在吏部侍郎郑珣瑜主试下，白居易试书判拔萃科。贞元十九年（803）春，与元稹、李复礼、吕颖、哥舒恒、崔玄亮同时登第。自此，白居易始释褐登上仕途，授予秘书省校书郎一职。从贞元十九年（803）至元和元年（806）的三年间都在秘书省任校书郎，任满后罢职准备再考制科。

校书郎是白居易登第释褐后所任的第一个官职，任命为校书郎是仕途上很重要的一步。在秘书省任职的三年里，白居易写下不少诗文记录了自己的感受。白居易任校书郎期间的诗文创作体现了他积极进取的政治心态，也表现出白居易内心向往的闲适心态。此时期的思想和心态为他后来的政治实践和新乐府运动作了思想和精神上的准备。

一　白居易任校书郎期间的创作

白居易任校书郎期间，约有38首作品。按照通常的四种分类法分别是：讽喻诗2首，闲适诗6首，感伤诗2首，律诗22首，另有《许昌县令新厅壁记》、《泛渭赋》、《养竹记》等6首作品。

表11　　白居易任校书郎期间的诗文作品列表

时　间	年龄	诗		文	
		篇数	作　品	篇数	作　品
贞元十九年803	32	5	《常乐里闲居偶题十六韵兼寄刘十五公舆王十一起吕二炅吕四熲崔十八玄亮元九稹刘三十二敦质张十五仲元时为校书郎》、《思归》、《留别吴七正字》、《早春独游曲江》、《答元八宗简同游曲江后明日见赠》	3	《养竹记》、《记画》、《许昌县令新厅壁记》

① 朱金城：《白居易集笺校》，上海古籍出版社1988年版，第302页。

续表

时　间	年龄	诗		文	
		篇数	作　品	篇数	作　品
贞元二十年804	33	7	《哭刘敦质》、《酬哥舒大见赠》、《下邽庄南桃花》、《除夜宿洺州》、《邯郸冬至夜思家》、《冬至夜怀湘灵》、《和谈校书秋夜感怀呈朝中亲友》	2	《泛渭赋》、《八渐偈》
永贞元年805	34	20	《寄隐者》、《感时》、《首夏同诸校正游开元观因宿玩月》、《永崇观里居》、《早送举人入试》、《西明寺牡丹花时忆元九》、《春题华阳观》、《华阳观桃花时招李六拾遗饮》、《和友人洛中春感》、《送张南简入蜀》、《寄陆补阙》、《华阳观中八月十五日夜招友玩月》、《三月三十日题慈恩寺》、《看浑家牡丹花戏赠李二十》、《春中与卢四周谅华阳观同居》、《德宗皇帝挽歌词》四首、《过刘三十二故宅》	1	《为人上宰相书》

宪宗元和元年（806），白居易35岁，校书郎任职期满后，白居易与元稹居华阳观，闭户累月，揣摩时事，写成《策林》75篇。在《策林》中，白居易就表现出重写实、尚通俗、强调讽喻的倾向："今褒贬之文无核实，则惩劝之道缺矣；美刺之诗不稽政，则补察之义废矣。……俾辞赋合炯戒讽喻者，虽质虽野，采而奖之。"[①] 诗的功能是惩恶劝善，补察时政，诗的手段是美刺褒贬，炯戒讽喻，所以他主张："立采诗之官，开讽刺之道，察其得失之政，通其上下之情"。[②] 元和元年四月，应"才识兼茂明于体用科"，与元稹、韦处厚、独孤郁、曹景伯、韦庆复、崔绾、罗让、崔护、薛存庆、韦珩、李璃、元修、沈传师、萧俛、柴宿及"达于吏理、可使从政科"，陈岵、萧睦等同及第。白居易以对策语直，入四等，授周至县尉。

从白居易任校书郎期间的作品可以看出，白居易写作的文体种类较多，诗、赋、文、偈文皆有，表现的内容丰富多样，从多方面体现了诗人的生活感受和社会风尚。白居易自小受到良好的教育和文学熏陶，加之自身的

① 朱金城：《白居易集笺校》，上海古籍出版社1988年版，第3547页。

② 同上书，第3550页。

发愤努力，使之不仅具有卓越的诗才，更有着高尚的追求和远大的抱负。作于贞元十九年（803）的《养竹记》体现了诗人对高尚人格的追求：

> 竹似贤，何哉？竹本固，固以树德，君子见其本，则思善建不拔者。竹性直，直以立身，君子见其性，则思中立不倚者。竹心空，空以体道，君子见其心，则思应用虚受者。竹节贞，贞以立志，君子见其节，则思砥砺名行，夷险一致者。夫如是，故君子人多树之为庭实焉。……居易惜其尝经长者之手，而见贱俗人之目，翦弃若是，本性犹存。乃芟蓊荟，除粪壤，疏其间，封其下，不终日而毕。于是日出有清阴，风来有清声，依依然，欣欣然，若有情于感遇也。嗟乎！竹，植物也，于人何有哉！以其有似于贤，而人爱惜之，封植之，况其真贤者乎？然则竹之于草木，犹贤之于众庶。呜呼！竹不能自异，惟人异之；贤不能自异，惟用贤者异之。故作《养竹记》书于亭之壁，以贻其后之居斯者，亦欲以闻于今之用贤者云。①

文章从竹子的特性联想到固以树德、直以立身、空以体道、贞以立志等品行，认为君子就应该像竹子一样有高洁端正的品德。《礼记·礼器》说："其在人也，如竹箭之有筠也，如松柏之有心也。二者居天下之大端矣，故贯四时而不改柯易叶。"这篇文章是记竹，其实也是抒写诗人自身的性格和品行，文章末尾还表明了诗人像千里马一样渴求贤者的慧眼识珠。白居易在《与元九书》曾写道："及授校书郎时，已盈三四百首。或出示交友如足下辈，见皆谓之工，其实未窥作者之域耳。自登朝来，年齿渐长，阅事渐多。每与人言，多询时务；每读书史，多求理道。始知文章合为时而著，歌诗合为事而作。"② 说明从做校书郎时起，诗人已经对诗歌和文章有了进一步的认识，并开始有意识地创作。

二 白居易任校书郎时期的政治心态

校书郎是白居易登第释褐后所任的第一个官职。在为期三年的校书郎生活中，白居易写下了不少诗篇描写了这段职官生涯，从中可以窥见他这

① 朱金城：《白居易集笺校》，上海古籍出版社 1988 年版，第 2744 页。

② 同上书，第 2792 页。

一段时期的政治心态和思想状况。

校书郎一职的设立始于东汉，后魏秘书省始置校书郎，司校勘宫中所藏典籍诸事。至唐代，秘书省、弘文馆、崇文馆、集贤院、司经局五馆皆有校书郎之职。《通典》卷二十六《职官八》秘书校书郎条："掌雠校典籍，为文士起家之良选。其弘文、崇文馆，著作、司经局，并有校书之官，皆为美职，而秘书省为最。"[①] 唐代从校书郎起家的诗人或文士当中，就有五位官至宰相：张说、张九龄、元稹、李德裕、董晋。其他也有许多升任中书舍人、给事中、侍郎、郎中等高官。校书郎任职一般都在两都，长安与洛阳是唐人做官的首选之地。在京都任职，处于政治、经济、文化的中心，具有天时地利之优势。任校书郎一职可作为仕进的准备期。

因此，白居易在众多青年才俊的羡慕中被授予秘书省校书郎，这既是对其才能的一种肯定，又预示着良好的仕途前景。白居易《大官乏人》这篇策即体现了自己对于校书郎一职的看法：

> 臣伏见国家公卿将相之具选于丞郎给舍；丞郎给舍之材选于御史遗补郎官。御史遗补郎官之器选于秘著校正畿赤簿尉。虽未尽是，十常六七焉。然则畿赤之吏，不独以府县之用求之；秘著之官，不独以校勘之用取之。其所责望者乃丞郎之椎轮，公卿之滥觞也。[②]

这篇对策是白居易退居于上都华阳观，闭门累月，揣摩当代之事写成的。所谓"秘著之官，不独以校勘之用取之"是说秘书省、著作局之官（校书郎和正字），不应只为了当校勘取用。白居易这种看法也反映了当时人对校书郎、正字期望之高。白居易从小受到正统的儒家文化教育，青年时废寝忘食地钻研儒家经典并选择"学而优则仕"的道路，这说明儒家思想对白居易人生道路的选择有重要影响。不论是世人还是白居易看来，任职校书郎是实现其抱负和理想的良好开端，以他的学识和才能，完全可以成就一番大事业。所以这种自信和从容就融化在其诗歌里，如《常乐里闲居偶题十六韵》："幸逢太平代，天子好文儒。小才难大用，典校在秘书。"表现出诗人对现实的满意感和积极入仕的政治心态。《惜玉

① 《通典》卷二六，第155页。

② 朱金城：《白居易集笺校》，上海古籍出版社1988年版，第3490页。

蕊花有怀集贤王校书起》："集贤雠校无闲日，落尽瑶花君不知。"① 体现了校书郎工作的忙碌和环境的清贵。这样看来，这种闲适与校书郎的工作性质和作者心态有很大关系。从工作内容上看，校书郎的主要任务是校雠典籍、订正讹误，相对来说在时间上较为充裕，工作有一定弹性。可能有时很闲，有时又非常忙碌。此外，工作性质比较单一，与其他要害部门比较而言显得闲一些，工作环境较为清静。从另一方面看，正因为"清"，才能静心校雠典籍；因为"闲"，才能排除干扰，在诗书遍地的环境中充实自己，韬光养晦。也正是因为他们保持了"清"的心态，才能静心修养，不断提升自己。

白居易在任校书郎期间对于社会和政治也给予了较大的关注。作于永贞元年（805）的《为人上宰相书》就表现了诗人对于时政的关心和期待：

> 古者圣贤，有其才无其位，不能行其道也；有其才有其位无其时，亦不能行其道也；必待有其才有其位有其时，然后能行其道焉。某窃见相公曩时制策对中，论风化浇淳之源，明天人交感之道，陈兵灾救疗之术，可谓有其才矣。……方今拭天下之目，以观主上之作为也；侧天下之耳，以听相公之举措也。如此，则相公出一言，不终日而必闻于朝野；主上发一令，不浃辰而必达于华夷。慝主上辑百辟、和万姓、服四夷之时，在于此时矣；相公充人望、代天工、报国之恩，正在于今日矣。……况今日之天下，岂弊于武德之天下乎？相公之事业，岂后于文贞之事业乎？在于疾行而已矣。所以主上践阼未及十日，而宠命加于相公者，惜国家之时也。相公受命未及十日，而某献于执事者，惜相公之时也。夫欲行大道树大功，贵其速也，慝明年不如今年，明日不如今日矣。②

此文反映了白居易对于政治改革的期待和向往之情。虽然白居易当时官秩低小，远离政治中心，但中唐政坛的永贞革新还是对诗人早期的思想和创作带来了重大的影响。永贞革新夭折后，朝廷吏治更加败坏，诗人

---

① 朱金城：《白居易集笺校》，上海古籍出版社1988年版，第751页。

② 同上书，第2784页。

《寄隐者》一诗中“昨日延英对，今日崖州去”[①] 就隐隐暗含了对贬至崖州的韦执谊的同情。白居易对“永贞革新”是持同情乃至支持的态度的。永贞革新反映了渴望中兴的士人们对衰敝不堪的社会现实的正视与关注。这场变革也使初入仕途的白居易丰富了阅历，在政治上变得成熟起来，更坚定了他“兼济天下”的志向。

三　白居易任校书郎期间的闲适心态

在任校书郎期间，白居易留下一些描写自己工作状况和为官心态的诗篇，为后人研究他的思想历程和文学成就提供了基本素材。此时期的一些作品体现出“闲适”的特征，实际上，这种闲适的背后有着丰富的内涵和意义。

在中国诗歌史上，以“闲适诗”为诗歌命名首见于白居易，但具有“闲适”情调意味的作品此前却屡见不鲜。白居易在《与元九书》中说：“又或退公独处，或卧病闲居，知足保和，吟玩情性者一百首，谓之闲适诗。”[②] “闲”与“适”都是道家哲学的重要概念，白居易的闲适思想直接来源于道家。道家美学崇尚“真”，如《庄子·大宗师》：“真者，不假于物而自然也。”真，指自然而不失本性，也就是要求人们顺应自然，按照自然天性去活动和表现自己。道家思想使白居易学会修养身心，顺应自然，不滞于物，不断调适自己的精神状态。刘小枫也说：“道家的‘真’不是逻辑意义上的，也不是认识论意义上的。从类型而非实质上讲，确实与海德格尔所解释的希腊文 Aelhteia 相似，即所谓‘真’是某种东西自己展示自己，在这种显现中某种意义之光把存在赋予了存在物，或者说某种存在物进入了存在的亮敞。‘真’就是自行显现。”[③] 白居易的闲适诗还效法于陶渊明，陶诗中超然自得、忘情山水的闲适意趣对于白居易的诗歌创作具有重要影响。赵翼说：“香山诗，恬淡闲适之趣，多得之于陶、韦……晚年自适其意，但道其所欲言，无一雕饰，实得力于二公耳。”[④] 蹇长春在《白居易评传》中说：“白居易讽谕诗学杜甫，而闲适诗则学陶

---

① 朱金城：《白居易集笺校》，上海古籍出版社 1988 年版，第 69 页。

② 同上书，第 2789 页。

③ 刘小枫：《拯救与逍遥》，生活·读书·新知三联书店 2001 年版，第 184 页。

④ 赵翼：《瓯北诗话》，人民文学出版社 1963 年版，第 41 页。

渊明，并受到了韦应物五言诗的影响。……表现恬淡、闲适旨趣的五言诗，作为白氏闲适诗的主流，主要是学陶渊明，同时也受到韦应物的影响。”① 白居易《题浔阳楼》诗中说：“常爱陶彭泽，文思何高玄。又怪韦江州，诗情亦清闲。”② 韦应物也是白居易非常推崇的诗人。白居易在《与元九书》中对韦应物的诗歌作了中肯的评价：“如近岁韦苏州歌行，才丽之外，颇近兴讽，其五言诗高雅闲淡，自成一家之体，今之秉笔者谁能及之?”③ 仕与隐、山林与庙堂，是大多数古代士人所共同面临的一个困难抉择。儒家学说为人们树立了积极进取的人生价值观，鼓励人们去实践自己的人生理想。士人相信“学而优则仕”，渴望“兼济天下”，以修身齐家治国平天下为自己的终极人生目标。但唐代诗人在其人生实践中常常遇到理想与现实之间的矛盾，当诗人们的热情在现实中遇到挫折时，“穷则独善其身”的观念就为诗人提供了另一种精神需求。闲适，也成为一种修身养性的人生状态。白居易《闲适》也对闲适进行了形象的描述：“禄俸优饶官不卑，就中闲适是分司。风光暖助游行处，雨雪寒共饮宴时。肥马轻裘还粗有，粗歌薄酒亦相随。微躬所要今皆有，只是蹉跎得校迟。”④ 担任合适的官职，享有丰厚的俸禄，常享肥马轻裘、欢歌美酒。白居易的闲适是丰衣足食后的悠闲自得，是一种诗意的栖居。葛培岭《论白居易思想的权变性格》中说：“‘居易’的所谓‘闲适’，并不是如某些儒者所说的‘寂然不动’，而是以一种优美、娴静的心态对待周围环境，与之取得一种融洽、协调的关系，从而得到一种心理上的放松和愉悦。”⑤

白居易继承了古圣先贤的思想传统，同时在儒释道的浸润中又有着自己的体悟。白居易在《与元九书》中表明了自己的态度：“大丈夫所守者道，所待者时，时之来也，为云龙，为风鹏，勃然突然，陈力以出；时之不来也，为雾豹，为冥鸿，寂兮寥兮，奉身而退。进退出处，何往而不自得哉！故仆志在兼济，行在独善。奉而始终之则为道，言而始终之则为

① 蹇长春：《白居易评传》，南京大学出版社2002年版，第504—506页。

② 朱金城：《白居易集笺校》，上海古籍出版社1988年版，第360页。

③ 同上书，第2795页。

④ 同上书，第2333页。

⑤ 陈飞：《中国古典文学与文献学研究》，学苑出版社2002年版，第240页。

诗。”[1] 这不仅表明白居易奉行的处事原则，同时也体现了白居易的人生哲学。因此，通过对白居易闲适诗的解读，就能发现其闲适具有表层和深层意义。作于贞元十九年（803）的《常乐里闲居偶题十六韵》就体现出这种闲适的特点。

帝都名利场，鸡鸣无安居。独有懒慢者，日高头未梳。工拙性不同，进退迹遂殊。幸逢太平代，天子好文儒。小才难大用，典校在秘书。三旬两入省，因得养顽疏。茅屋四五间，一马二仆夫。俸钱万六千，月给亦有余。既无衣食牵，亦少人事拘。遂使少年心，日日常晏如。勿言无知己，躁静各有徒。兰台七八人，出处与之俱。旬时阻谈笑，旦夕望轩车。谁能雠校间，解带卧吾庐。窗前有竹玩，门外有酒沽。何以待君子，数竿对一壶。[2]

这首诗位于闲适诗的首篇，可见诗人对其的重视。诗歌起首四句体现了诗人在追名逐利的都城里保持着独有的闲适状态，处身清贵、工作清闲、衣食无忧、生活高雅。“幸逢太平代，天子好文儒。小才难大用，典校在秘书。”表现了诗人的自信心。在积极向上的时代精神浸染下，诗人将济世安民作为自己的责任，努力实践着自己的人生理想和抱负。白居易身处安史之乱后的求治改革之际，与同朝代的士人一样有着匡扶正义、兼济天下的强烈使命感。

这种闲适体现了白居易超然淡定的精神追求，“何以待君子，数竿对一壶”，显示出诗人虽身处俗世，但内心深处向往高洁的品质，同时渴望远离俗我、追求真我的纯净和超然。如《早送举人入试》：“日出尘埃飞，群动互营营。营营各何求？无非利与名。而我常晏起，虚住长安城。春深官又满，日有归山情。”[3] 体现了诗人内心对于名利的淡然和对于闲适的向往。《吾土》：“身心安处为吾土，岂限长安与洛阳。”[4] 表现了诗人所追求的是一种诗意的栖居，向往达到超然处之的境界。他的《泛渭赋》

① 朱金城：《白居易集笺校》，上海古籍出版社 1988 年版，第 2794 页。

② 同上书，第 265 页。

③ 同上书，第 274 页。

④ 同上书，第 1967 页。

中也有这种闲适意趣的表现。

亭亭华山下有人，跂兮望兮，爱彼三峰之白云；泛泛渭水上有舟，沿兮泝兮，爱彼百里之清流。以我为太平之人兮，得于斯而优游。又感阳春之气熙熙兮，乐天和而不忧。……虽片艺而必收兮，故不弃予之小才。感再遇于知己，心惭怍而徘徊。登予名于太常，署予职于兰台。台有兰兮阁有芸，芳菲菲其可袭。备一官而无事，又不维而不絷。家去省兮百里，每三旬而一入。川有渭兮山有华，澹悠悠其可赏。目白云兮漱清流，其或偃而或仰。门去渭兮百步，常一日而三往。夜分兮扣舷，天无云兮水无烟。迟迟兮明月，波澹滟兮棹龠缘。日暮兮舟泊，草萋萋兮沙漠漠。习习兮春风，岸柳动兮渚花落。发浩歌以长引，举浊醪而缓酌。春冉冉其将尽，予何为乎不乐。鸟乐兮云际，鸣嘤嘤兮飞裔裔。鱼乐兮泉底，鬐拨拨兮尾瀫瀫；我乐兮圣代，心融融兮神泄泄。伊万物各得其乐者，由圣贤之相契。贤致圣于无为，圣致贤于既济。凝为和兮聚五福，发为春兮消六沴。不我后兮不我先，适当我兮生之代。彼鳞虫兮与羽族，咸知乐而不知惠。我为人兮最灵，所以愧贤相而荷圣帝。乐乎乐乎！泛于渭兮咏而归，聊逍遥以卒岁。①

这篇赋是贞元二十年（804）白居易徙家下邽故里时所作，赋前有序交代了写作背景。

右丞相高公之掌贡举也，予以乡贡进士举及第。左丞相郑公之领选部也，予以书判拔萃登科。十九年，天子并命二公对掌钧轴，朝野无事，人物甚安。明年春，予为校书郎，始徙家秦中，卜居于渭上。上乐时和岁稔，万物得其宜；下乐名遂官闲，一身得其所。既美二公佐清朝之理，又荷二公垂特达之恩，发于嗟叹，流于咏歌。予时泛舟于渭，因为《泛渭赋》以导其意。

表明白居易此时的心情是放松而适意的。在对渭水美景进行描述的过

① 朱金城：《白居易集笺校》，上海古籍出版社1988年版，第2591页。

程中，“虽片艺而必收兮，故不弃予之小才。感再遇于知己，心惭怍而徘徊。”也体现了白居易渴望在政治上有所作为的心情。

这种闲适还体现了新文化背景下诗人的心理变化。“勿言无知己，躁静各有徒。”显现出诗人对于美好未来的期望，暗含着对于知己的渴望。不仅是寻求意趣相同的知己，更希望有仕途上的领路人相携，以图施展才华、兼济天下，实现自己的抱负和理想。诗人有着远大志向和经世之才，但这个职位相对于他的理想而言显得有点低微。

《思归》里有：

> “养无晨昏膳，隐无伏腊资。遂求及亲禄，黾勉来京师。薄俸未及亲，别家已经时。冬积温席恋，春违采兰期。夏至一阴生，稍稍夕漏迟。块然抱愁者，长夜独先知。悠悠乡关路，梦去身不随。坐惜时节变，蝉鸣槐花枝。

《感时》中有：

> 朝见日上天，暮见日入地。不觉明镜中，忽年三十四。勿言身未老，冉冉行将至。白发虽未生，朱颜已先悴。人生讵几何，在世犹如寄。虽有七十期，十人无一二。今我犹未悟，往往不适意。胡为方寸间，不贮浩然气？贫贱非不恶，道在何足避，富贵非不爱，时来当自致。所以达人心，外物不能累。唯当饮美酒，终日陶陶醉。斯言胜金玉，佩服无失坠。①

诗人发出了人生苦短的感慨。“今我犹未悟，往往不适意。”体现了怀才不遇的情绪。因为不肯舍弃自己的原则去追求富贵，就只好自我安慰。诗中的“白发虽未生，朱颜已先悴。人生讵几何，在世犹如寄。”就是对理想和事业不能早日实现的慨叹，是一个怀抱儒家理想和信仰而心忧天下的士人的内心呼喊。《早春独游曲江》：

> 散职无羁束，羸骖少送迎。朝从直城出，春傍曲江行。风起池东

① 朱金城：《白居易集笺校》，上海古籍出版社1988年版，第270页。

暖，云开山北晴。冰销泉脉动，雪尽草芽生。露杏红初拆，烟杨绿未成。影迟新度雁，声涩欲啼莺。闲地心俱静，韶光眼共明。酒狂怜性逸，药效喜身轻。慵慢疏人事，幽栖逐野情。回看芸阁笑，不似有浮名。①

曲江在长安的东南角，因风景秀丽而成为唐代的游览胜地。每当春光明媚或是秋高气爽之时，这里便游人如织。而诗人选择早春时节独游曲江，此时冰雪才刚刚消融，还见不到烟杨绿柳的一派春色，只有诗人慵慢萧索的身影茕茕独行。诗中透露出一股不得意的情绪。

白居易出任校书郎时间不长，就发生了震撼中唐政坛的永贞革新。虽然白居易只是旁观者，但对此也感慨颇多。这一事件对诗人前期思想和创作有很大的影响。《旧唐书》卷一六六《白居易传》有如下记载："居易文辞富艳，尤精于诗笔。自雠校至结绶畿甸，所著歌诗数十百篇，皆意存讽赋，箴时之病，补政之缺，而士君子多之，而往往流闻禁中。"② 从这段文字可知白居易因诗歌才华而蜚声朝野，人们对其诗歌的评价要比对他的经世之才评价还要高。而这又不能不引起周围人无言的妒忌，白居易因此而陷入未曾料到的窘境。诗人也由此常常陷于仕途艰难、前途莫测的迷茫中，这种心理变化大多体现在诗歌里。如《春中与卢四周谅华阳观同居》："杏坛住僻虽宜病，芸阁官微不救贫。"③ 以及《和谈校书秋夜感怀呈朝中亲友》："秋霜似鬓年空长，春草如袍位尚卑。"④ 就表现了内心对现状的不满和担忧。因此，这种闲适背后隐含着诗人难以言明的焦虑和不安，也体现了诗人的矛盾心态。在诗人追求闲适的内心深处，其真实意图是渴望一展宏图，实现济世安民的伟大理想。比如，白居易在《常乐里闲居偶题十六韵兼寄刘十五公舆王十一起吕二炅吕四颖崔十八玄亮元九稹刘三十二敦质张十五仲方时为校书郎》提到"俸钱万六千，月给亦有余。既无衣食牵，亦少人事拘"。好像薪俸很多，生活很如意。但在《思归》里又说"薄俸未及亲，别家已经时"。似乎对薪俸很不满意，不足以养家助亲。这两首诗为同一时期所作，但表达的内容却大相径庭，可能是因为

① 朱金城：《白居易集笺校》，上海古籍出版社 1988 年版，第 764 页。

② 《旧唐书》卷一六六，第 4340 页。

③ 同上书，第 738 页。

④ 同上书，第 725 页。

场合气氛、阅读范围不一样。前者是为同僚们所见的作为公众场合扬才显名的诗作，后者是在亲族朋友间的坦率之言。

白居易的诗歌对后世诗歌创作有着深远的影响。明代胡震亨在《唐音癸签》里说："唐诗人生素享名之盛，无如白香山。"[①] 其闲适诗的影响更大。由于在封建社会里文士大都有着和白居易相类似的遭际，总是得意时少而失意时多，总是空有一腔报国之志而无处施展，所以表现"独善之义"的闲适诗特别容易被理解和仿效。袁行霈认为："白居易的闲适诗在后代有很大影响，其浅切平易的语言风格、淡泊悠闲的意绪情调，都曾屡屡为人称道，但相比之下，这些诗中所表现的那种退避政治、知足保和的'闲适'思想，以及归趋佛老、效法陶渊明的生活态度，因与后世文人的心理较为吻合，所以影响更为深远。"[②]

四　白居易任校书郎期间的佛老思想

唐代是一个儒、释、道交融的时代，唐代士人的思想就不可避免地会受到这三种文化的浸染。唐代士人自小受着儒家传统思想的熏陶，儒家思想早已浸透在其血液中。但是，当走上仕途在"出世"与"入仕"等重大选择面前犹豫不决时，就会对佛老思想产生一种认同感。这样，佛老思想就会与儒家思想混为一体，共同影响一个人的处世哲学乃至文学创作。白居易的思想也受到多方文化的影响，这一时期的创作中就有体现佛老思想的作品。从现有资料看，早在贞元十六年（800）以前，他就开始接近佛教和道家思想，佛教的空无观念、道家的知足无为，也对他产生了重大影响。苏辙在《书白乐天集后二首》曾说："乐天少年知读佛书，习禅定，既涉世履忧患，胸中了然，照诸幻之空也。"[③] 但是这一时期他对佛教的追求并没有那么执着。

《八渐偈》作于贞元十九年（803）。偈文前面记叙说：贞元十九年秋八月，有大师曰凝公迁化于东都圣善寺钵塔院。越明年二月，有东来客白居易作《八渐偈》，偈六句四言以赞之。从《八渐偈》中可以领会到白居易对佛教的领会程度。

① 胡震亨：《唐音癸签》，上海古籍出版社1981年版，第56页。

② 袁行霈：《中国文学史》第2册，高等教育出版社1999年版，第356页。

③ 苏辙：《苏辙集》，中华书局1990年版，第1114页。

贞元二十一年（805）春天，白居易从常乐里搬迁到永崇坊的华阳观居住，他在这里住了一年有余，诗中直接提到这所道观的作品也不少。如《永崇里观居》、《春题华阳观》、《华阳观桃花时招李六拾遗饮》、《春中与卢四周谅华阳观同居》、《华阳观中八月十五日夜招友玩月》等。华阳观，在长安朱雀门街东第三街永崇坊，原名宗道观。徐松《唐两京城坊考》卷三记："本兴信公主宅，卖与剑南节度使郭英乂，其后入官。大历十二年为华阳公主追福，立为观。按观为华阳公主立，亦名华阳观。"白居易之所以从朱雀门街东第五街的常乐坊关播故宅迁往永崇坊的华阳观，原因可能是多方面的，首先是出于政治上的考虑。因为常乐坊西靠东市，北近兴庆宫，比较而言，永崇坊则距大内较远，他在"永贞革新"的斗争高潮中，躲进永崇坊的道观，显然有远离政治漩涡、避地而居的想法。况且，白居易的好友元稹，这时正住在朱雀门街东第二街靖安里，恰与华阳观所在的永崇坊隔街相对。贞元二十年（804），李绅来长安应进士试，即寓居靖安里北街元稹的家，通过元稹介绍，白与李也成为知友。①

作于永贞元年（805）的《永崇里观居》写道：

> 季夏中气候，烦暑自此收。萧飒风雨天，蝉声暮啾啾。永崇里巷静，华阳观院幽。轩车不到处，满地槐花秋。年光忽冉冉，世事本悠悠。何必待衰老，然后悟浮休！真隐岂长远，至道在冥搜。身虽世界住，心与虚无游。朝饥有蔬食，夜寒有布裘。幸免冻与馁，此外复何求！寡欲虽少病，乐天心不忧。何以明吾志，周易在床头。②

诗中描写了季夏时节永崇里清凉宜人的环境，诗末"何以明吾志，周易在床头。"说明诗人向往老庄无欲无求、逍遥自在的境界。《春题华阳观》："帝子吹箫逐凤凰，空留仙洞号华阳。落花何处堪惆怅，头白宫人扫影堂。"③ 华阳观在永崇坊，是华阳公主的旧观。与华阳观相关的诗歌还有《华阳观桃花时招李六拾遗饮》："华阳观里仙桃发，把酒看花心

---

① 蹇长春：《白居易评传》，南京大学出版社 2002 年版，第 75 页。

② 朱金城：《白居易集笺校》，上海古籍出版社 1988 年版，第 272 页。

③ 同上书，第 726 页。

自知。争忍开时不同醉，明朝后日即空枝。”[①] 写诗人在把酒看花时想到花终有凋谢之时，似乎有佛教思想的影响，色即是空，空即是色，一切都处于变动之中，一切都将化为虚无。《华阳观中八月十五日夜招友玩月》：“人道秋中明月好，欲邀同赏意如何？华阳洞里秋坛上，今夜清光此处多。”[②]《春中与卢四周谅华阳观同居》：“性情懒慢好相亲，门巷萧条称作邻。背烛共怜深夜月，踏花同惜少年春。杏坛住僻虽宜病，芸阁官微不救贫。文行如君尚憔悴，不知霄汉待何人。”[③]

通过以上对白居易任校书郎期间作品的分析和解读，可以得知在当时的社会环境下，白居易被授予校书郎一职预示着良好的仕途前景。白居易此时期的诗文体现了诗人早期思想状况和创作心态，诗人既有儒家“达则兼济天下”的积极入世心态，又有道家闲适意趣的内心追求，但是建功立业的“兼济”之志还是占其思想的主导地位。从一定意义上说，此时期的思想既为他后来任左拾遗时从事兴利除弊的政治实践作了思想和精神上的准备，也为他在诗坛上倡导“文章合为时而著，歌诗合为事而作”的新乐府运动打下了基础。

第三节　李商隐在秘书省校书期间的创作与心态

李商隐是晚唐著名的文学家，在诗文创作上取得了很高的成就，但在政治上却难以实现其理想，一生郁郁不得志。李商隐在秘书省工作的时间较长，曾两入秘书省，任过校书郎、正字，而这两种官职的工作性质比较接近，故而合在一起论述，以较为客观、全面地体现李商隐在任职秘书省期间的创作与心态。有关校书郎一职的职掌、工作情况前文已经论述，在此不再赘述，只简要梳理正字一职的情况。

正字，是一种官职名。北齐始置于秘书省，隋、唐、宋沿置。正字与校书郎同掌校雠典籍，订正讹误。隋、唐并有太子正字，其地位略次于校书郎，亦掌管校勘典籍之事。以秘书省为例，校书郎的官阶为正九品上，正字的官阶为正九品下，正字是秘书省中最低的品官。正字的官阶比校书

① 朱金城：《白居易集笺校》，上海古籍出版社1988年版，第730页。

② 同上书，第733页。

③ 同上书，第738页。

郎稍微低一些，任官资历要求却和校书郎一样需有进士、明经及第或相等条件。唐代许多诗人都是从正字起家，如王绩、陈子昂、李嘉祐、章孝标、徐夤、王希羽、曹松等。孟浩然《寄赵正字》：“正字芸香阁，幽人竹素园。经过宛如昨，归卧寂无喧。高鸟能择木，羝羊漫触藩。物情今已见，从此愿忘言。”① 可知正字的工作环境与校书郎一样，也被称为“芸香阁”。岑参《送王伯伦应制授正字归》：“当年最得意，数子不如君。战胜时偏许，名高人共闻。半天城北雨，斜日灞西云。科斗皆成字，无令错古文。”② 既描写了王伯伦被授予正字的喜悦之情，又以“科斗皆成字，无令错古文”说明了正字的日常工作也是校雠典籍。杜甫《夏日杨长宁宅送崔侍御常正字入京》：“醉酒扬雄宅，升堂子贱琴。不堪垂老鬓，还对欲分襟。天地西江远，星辰北斗深。乌台俯麟阁，长夏白头吟。”③ 记录了正字的交游活动。杨长宁在家中设宴送别即将赴京的崔侍御和常正字，常正字官位虽然低，同样也被邀赴宴。因为正字在京城任职，同时工作地点多在秘书省，便于与朝廷高层官员的交往，诗中“乌台俯麟阁”一句把正字和侍御并提，可见正字的社会地位并不低。

一　李商隐在秘书省的创作

李商隐的早年生活是曲折而多难的。十岁前后，其父亲即去世，他和母亲、弟妹们生活贫困，李商隐就背负上了支撑门户的责任。他在文章中提到自己在少年时期曾“佣书贩舂”以维持生计。文宗开成二年（837），李商隐考取了进士。开成三年（838），李商隐应博学宏词科以期获得官职，然而结果却是落选。开成四年（839），通过吏部的书判拔萃试，始释褐为秘书省校书郎。李商隐《献舍人彭城公启》：“三选于天官，方阶九品。”④ 方阶九品即指任秘书省校书郎之事。可惜在校书郎任上仅三四个月，却突然被调为弘农尉。⑤ 不久即辞职赴幕，直至会昌二年（842），再次通过书判拔萃试被任命为秘书省正字。会昌二年冬，因母亲去世，李商隐又居母丧。会昌六年（846）春，李商隐重入秘书省正字，直到大中

① 《全唐诗》卷一六〇，第1634页。
② 《全唐诗》卷二〇〇，第2066页。
③ 《全唐诗》卷二三二，第2558页。
④ 《全唐文》卷七七八，第8121页。
⑤ 刘学锴：《李商隐传论》，安徽大学出版社2002年版，第159页。

元年（847）三月赴郑亚幕。

在这八九年间，李商隐已是几经沉浮，始终在校书郎、正字的位置上徘徊，这也似乎预示了他在仕途上将会面临一道艰难曲折的历程。因此，将李商隐初入仕途这一时段合并考察，更能全面展示其心路历程和为官心态。这一时期，有关李商隐的文献资料很少，其创作情况也只能作大概估算，约有如下作品：《吴宫》、《宫中曲》、《宫妓》、《宫辞》、《一片》、《蝉》、《流莺》、《别薛岩宾》、《有感》、《次陕州先寄源从事》、《荆州》、《任弘农尉献州刺史乞假归京》、《自贶》、《假日》、《玉山》、《咏史》、《祭徐氏姊文》、《赠刘司户蕡》、《为有》、《晓坐》、《樱桃花下》、《早起》、《高花》、《代越公房妓嘲徐公主》、《代贵公主》、《临发崇让宅紫薇》、《归来》、《代秘书赠弘文馆诸校书》、《汉宫词》、《昭肃皇帝挽歌辞三首》、《汉宫》、《与陶进士书》、《上李尚书状》、《华岳下题西王母庙》、《瑶池》、《过景陵》、《四皓庙》、《偶成转韵七十二句赠四同舍》。①

二　李商隐在秘书省期间的政治心态

安史之乱以后，唐代中央政权开始衰落，藩镇割据和宦官专权不断加剧，唐王朝开始慢慢地走向衰亡。唐宪宗登上帝位后开始加强中央的权力，并有效地抑制了地方的藩镇割据，以至于他在位期间出现了所谓的“元和中兴”。李商隐的早年生活就处于这一时期，因此，以天下为己任的儒家理念也就激励着他积极实践自己的人生理想和抱负。李商隐相信以自己的才能和品性可以实现自己的理想，他在诗中表白自己的品格，如《自贶》：

> 陶令弃官后，仰眠书屋中。谁将五斗米，拟换北窗风。②

诗人佩服陶潜不为五斗米折腰的气节，遂以此激励自己。李商隐还写下《蝉》一诗抒发自己的情怀：

---

① 杨柳：《李商隐评传》，当代中国出版社1997年版，第125—177页。

② 《全唐诗》卷五四〇，第6214页。

本以高难饱，徒劳恨费声。五更疏欲断，一树碧无情。薄宦梗犹泛，故园芜已平。烦君最相警，我亦举家清。①

蝉居住在高高的树上，餐风饮露、不入俗流，历来是品性高洁的象征，诗人以此暗喻自己。诗人身居微职、举家清贫，然而并不以此为恨，“五更疏欲断，一树碧无情”说明诗人忧虑的是自己的治世理想无法实现。再如《流莺》：“流莺漂荡复参差，渡陌临流不自持。巧啭岂能无本意，良辰未必有佳期。风朝露夜阴晴里，万户千门开闭时。曾苦伤春不忍听，凤城何处有花枝。”② 诗人以流莺为喻，抒发自己意欲在政治舞台上建功立业然而却无处施展的苦闷心情。

李商隐有着治国平天下的志向，并为之执着奋斗，从他艰难的应举之路即可以看出。晚唐时期，朝廷吏治不断败坏，作为普通人入仕之路的科举制度也遭到破坏，科举之路充满艰辛和残酷。最典型的例子是刘得仁：“长庆间以诗名。五言清莹，独步文场。自开成后至大中三朝，昆弟以贵戚皆擢显仕，得仁独苦工文。尝立志，必不获科第，不愿儋人之爵也。出入举场二十年，竟无所成，投迹幽隐，未尝耿耿。”③ 刘得仁是皇帝的外甥，痴迷于以科举得名，却屡考屡败，他在《省试日上崔侍郎四首中》慨叹：“如病如痴二十秋，求名难得又难休。回看骨肉须堪耻，一著麻衣便白头。”④ 李商隐从唐文宗大和五年（831）开始应举，直到开成二年（837）才中了进士。晚唐另一位著名诗人韦庄从青年时期就开始应举，直到唐昭宗乾宁元年（894）终于登进士第，此时韦庄已经59岁。

开成二年（837）末，令狐楚病逝。李商隐应泾原节度使王茂元的聘请，去泾州作了王的幕僚。王茂元对李商隐的才华非常欣赏，将女儿嫁给了他。但是这桩婚姻将李商隐拖入了牛李党争的政治旋涡中。他的行为被认为是对恩主的背叛。此后，李商隐在仕途上屡屡不顺，以至于终生都在低微的官职上奔忙，郁郁而不得志。开成四年（839），李商隐释褐为秘书省校书郎。任命为校书郎可看作是入仕之正途，很受时人的重视。其诗

① 《全唐诗》卷五三九，第6147页。
② 《全唐诗》卷五四〇，第6196页。
③ 辛文房：《唐才子传》，黑龙江人民出版社1986年版，第124页。
④ 《全唐诗》卷五四五，第6304页。

《玉山》中有："玉山高与阆风齐，玉水清流不贮泥。何处更求回日驭，此中兼有上天梯。珠容百斛龙休睡，桐拂千寻凤要栖。闻道神仙有才子，赤箫吹罢好相携。"玉山即是秘书省的象喻，抒发了他获此职务时平步青云的企盼。[①] 但仅仅几个月后，李商隐就被调为弘农尉，这对胸有大志的诗人来说是一个打击。他的诗歌里体现了这种苦闷之情，如《一片》："一片琼英价动天，连城十二昔虚传。良工巧费真为累，楮叶成来不直钱。"[②] 抒发自己怀才不遇、才高运蹇的感慨。《有感》："中路因循我所长，古来才命两相妨。劝君莫强安蛇足，一盏芳醪不得尝。"[③] 慨叹自己空有一腔热血和才能，却无法主宰自己的命运，更无法实现理想和抱负。《别薛岩宾》："曙爽行将拂，晨清坐欲凌。别离真不那，风物正相仍。漫水任谁照，衰花浅自矜。还将两袖泪，同向一窗灯。桂树乖真隐，芸香是小惩。清规无以况，且用玉壶冰。"[④] 诗人向朋友倾吐了自己的苦闷之情。"桂树乖真隐，芸香是小惩"中的芸香即指任职校书郎一事。本来在秘书省任职是好事，但旋即而来的却是外调为弘农尉，实在让诗人难以接受。李商隐在弘农任职期间很痛苦，整日过着"黄昏封印点刑徒"的日子，还因为替死囚减刑而受到上司的责难。李商隐感到非常屈辱，以请长假的方式辞职。《任弘农尉献州刺史乞假还京》有："黄昏封印点刑徒，愧负荆山入座隅。却羡卞和双刖足，一生无复没阶趋。"[⑤]

会昌二年（842），李商隐又通过书判拔萃试被任命为秘书省正字，又有了一个新的发展起点。唐代重京官轻外任，唐人认为在京城里任职会比外派的官员有更多的机会升迁，而李商隐所在的秘书省比较容易受到高层的关注。唐人都是把正字和校书郎并提的，似乎并不在意两者有上下阶之分。张说《兵部尚书代国公赠少保郭公行状》说"时辈皆以校书、正字为荣"[⑥] 也是两官并提。《唐会要》所载的元和诏令和吏部的奏疏更是不分校书、正字。除此之外，《新唐书》曾列举晚唐会昌年间"内外官料钱"，正字和校书郎的俸料钱都是一样的，即"各十六贯文"（一万六千

① 刘学锴：《李商隐传论》，安徽大学出版社2002年版，第158页。

② 《全唐诗》卷五四〇，第6191页。

③ 《全唐诗》卷五三九，第6181页。

④ 同上书，第6177页。

⑤ 《全唐诗》卷五四〇，第6204页。

⑥ 《全唐文》卷二三三，第2353页。

文)。李商隐写过一篇《祭徐氏姊文》曾提到他的早年官历:“三干有司,两被公选;再命芸阁,叨迹时贤。”[①] 其中“再命芸阁”即指他再次回到秘书省任正字。校书郎和正字虽然在职事官阶上有正九品上、正九品下之别,但我们却不应当以为李商隐重返秘书省任正字必定是失意的。再从唐代的散官制度看,不论是校书郎或正字,其散官阶往往是相同的,即“将仕郎”。[②] 不管怎样,重新回到京城任职,有机会接近朝廷的政权中心,对于李商隐来说是一件幸事。此时,唐代的政坛也发生了变化,武宗皇帝很想有所作为,任命有才干的政治家李德裕为宰相。李商隐积极支持李德裕的政治主张,他踌躇满志,期待着能有施展平生抱负的机会。其诗《高花》:“花将人共笑,篱外露繁枝。宋玉临江宅,墙低不碍窥。”[③] 以花比人、以花喻人,表露了诗人对于时局和前途的期待之情。然而,命运似乎与他开了一个玩笑。李商隐重入秘书省不到一年,他的母亲去世,他必须按照惯例离职回家守孝。这意味着李商隐不得不放弃来之不易的机会。这次变故对李商隐政治生涯的打击是致命的。在李商隐为母亲守丧的三年中,是晚唐政治上较有所为的时期。李德裕实施了许多积极措施,执政期间外平回鹘、内定昭义、裁汰冗官、协助武宗灭佛,朝廷出现一片中兴景象。当时,李商隐虽不在官位,但他非常关心国事。当他的岳父王茂元参加讨叛战争时,他代写了《与刘稹书(檄)》,历数刘稹叛乱之罪。

会昌五年(845)十月,李商隐服丧期满,重回秘书省为正字。此时武宗皇帝的政治锐气已衰退,沉缅于神仙和女色。不久之后武宗去世,李德裕政治集团骤然失势。宣宗皇帝即位后,他反对武宗的大部分政策,曾经权倾一时的宰相李德裕及其支持者迅速被排挤出权力中心。李德裕最后被贬为崖州司户,卒殁于贬所。尽管此时李商隐的官职很低,同时又远离政治旋涡,但目睹了朝廷政治斗争的残酷,又失去了政治上的知音,他的心情仍然很郁闷。政坛上风云纷起、变幻莫测,处处暗伏着危机,诗人在这种环境中更寻觅不到实现自己理想的机会。因此,大中元年(847),桂管观察使郑亚邀请他往赴桂林任职时,他决定赴任。在此之后,他也始终徘徊在低位微官上,难伸其志。

---

① 《全唐文》卷七八二,第8179页。

② 赖瑞和:《唐代基层文官》,中华书局2008年版,第73—74页。

③ 《全唐诗》卷五四一,第6226页。

三 李商隐在秘书省期间心态的曲折表现

李商隐生活于国势衰微、江河日下的晚唐时期。社会经济迅速衰退，各种矛盾不断暴露且日趋激化。没落的时代给有志之士的前途蒙上了浓重的阴影。李商隐在儒家思想的熏陶下，有着强烈的入世观念。但因为身出寒门，虽然有济世之志却在政治上处于孤立无援的境地，诗人在《初食笋呈座中》中慨叹"皇都陆海应无数，忍剪凌云一寸心"，对自己未来的仕宦生涯充满忧虑。李商隐一生都在关注现实政治，但他生活的时代在政治上已走向了末路。李商隐先托身于令狐楚，并在令狐绹的帮助下金榜题名。但后来李商隐入王茂元幕并娶其女为妻，大受时人非议，并使其背上"诡薄无行"的骂名，终其一生不得志。他想在政治舞台上一展才华，以实现自己的理想，却误入党争的旋涡，长期受到排挤和打压。他的一生都在奋力挣扎，却难以实现胸中的理想和抱负。早年的贫苦生活对李商隐性格和观念的形成影响很大，家境的贫寒促使他以仕立身，能使整个家族振兴起来。另一方面，早年的经历使他养成忧郁、敏感、清高的性格，并体现在他的诗文中，使诗文形成绮丽、朦胧、晦涩的特点。李商隐这一时期的诗文创作就含蓄婉曲地表达了自己的复杂心态。

（一）以史喻今，表达自己的政治观点

自安史之乱以后，唐王朝中央政权失去控制政坛的能力，出现了宦官专权、藩镇割据、朋党专政等现象，加之统治集团腐败、百姓赋税沉重，使唐代社会陷入了无法挽救的危机之中。许多文士面对灾难深重的社会忧心如焚，创作了大量咏史诗，以体现自己对社会的认识和忧患意识。如刘禹锡、许浑、杜牧、张祜、罗隐、李商隐等，都是写咏史诗的名家，他们借咏史讽喻现实，抒发其政治抱负。李商隐的许多咏史诗，大都是借托史事寄托其凭古伤今之意。如《咏史》：

> 历览前贤国与家，成由勤俭破由奢。何须琥珀方为枕，岂得真珠始是车。运去不逢青海马，力穷难拔蜀山蛇。几人曾预南薰曲，终古苍梧哭翠华。[①]

① 《全唐诗》卷五三九，第6163页。

这首诗总结以往的朝代经验教训，认为勤俭能使国家昌盛，奢侈腐败会使国家灭亡，指出了政权成败的关键。唐文宗去奢从俭，勤于政务，很有雄心壮志，可惜既受制于宦官，又受制于朋党，开成五年（840 年）抑郁病死。这样的结果令人悲叹，只能借咏史寄托自己的慨叹。再如《吴宫》："龙槛沉沉水殿清，禁门深掩断人声。吴王宴罢满宫醉，日暮水漂花出城。"① 从吴王宴罢满宫醉这一细节推衍开来，对朝廷奢侈腐败的生活进行了讽刺。《汉宫》："通灵夜醮达清晨，承露盘晞甲帐春。王母不来方朔去，更须重见李夫人。"② 借汉武帝迷信神仙之事讽刺当朝皇帝对神仙的痴迷。《昭肃皇帝挽歌辞三首》："莫验昭华琯，虚传甲帐神。海迷求药使，雪隔献桃人。桂寝青云断，松扉白露新。万方同象鸟，举恸满秋尘。"③ 讽刺了当朝者迷信神仙道药，荒废朝政，以致国家混乱、民不聊生的现象。袁枚《随园诗话》说："读史诗无新义，便成廿一史弹词。虽着议论，无隽永之味，又似史赞一派，俱非诗也。"是说咏史诗不可拘泥于史实，要能写出新意，才有可读性。李商隐的咏史诗即借古讽今，具有很强的现实针对性。

（二）以诗明志，表达对义士的崇敬

李商隐是一个以国家社稷为重、以天下为己任的有识之士，他也欣赏一些敢于直言的慷慨之士。如从其写给刘蕡的诗中可以看出他是赞赏刘蕡的主张的。《赠刘司户蕡》有：

> 江风吹浪动云根，重碇危樯白日昏。已断燕鸿初起势，更惊骚客后归魂。汉廷急诏谁先入，楚路高歌自欲翻。万里相逢欢复泣，凤巢西隔九重门。④

这首诗写得沉郁顿挫，感情真挚，历来受到诗家的好评。写景抒情融为一体，表达了对爱国志士的欣赏和鼓励之情。

① 《全唐诗》卷五四〇，第 6197 页。
② 《全唐诗》卷五三九，第 6175 页。
③ 《全唐诗》卷五四〇，第 6202 页。
④ 《全唐诗》卷五三九，第 6148 页。

> 刘蕡，字去华，昌平人。蕡宝历二年进士擢第。博学善属文，尤精《左氏春秋》。与朋友交，好谈王霸大略，耿介嫉恶。言及世务，慨然有澄清之志。自元和末，阍寺权盛，握兵宫闱，横制天下。天子废立，由其可否，干挠庶政。当时目为南北司，爱恶相攻，有同水火。蕡草泽中居常愤惋。太和二年策试贤良……是岁，左散骑常侍冯宿、太常少卿贾餗、库部郎中庞严为考策官，三人者，时之文士也，睹蕡条对，叹服嗟悒，以为汉之晁、董，无以过之。言论激切，士林感动。时登科者二十二人，而中官当途，考官不敢留蕡在籍中，物论喧然不平之。守道正人，传读其文，至有相对垂泣者。谏官御史，扼腕愤发，而执政之臣，从而弭之，以避黄门之怨。唯登科人李郃谓人曰：'刘蕡不第，我辈登科，实厚颜矣！'请以所授官让蕡。事虽不行，人士多之。令狐楚在兴元，牛僧孺镇襄阳，辟为从事，待如师友。位终使府御史。①

刘蕡嫉恶如仇，尤其不满宦官在朝廷的胡作非为。宦官非常嫉恨刘蕡，诬陷其有罪并将其贬为柳州司户参军，时间不长即病逝。在得知刘蕡去世消息后，李商隐连写了《哭刘蕡》、《哭刘司户》二首、《哭刘司户蕡》这四首诗表达了自己对刘蕡逝去的悱恻哀惋，对于朝廷政治黑暗的愤慨之情。李商隐咏史诗咏古喻今，借古讽今，含蓄地表达了他对现实的清醒认识，同时还借题委婉地抒发了他怀才不遇的苦闷。

（三）以典喻事，体现婉曲的情感

用典是古典诗歌写作中常见的一种表现手法。典故通常包含着丰富深刻的思想内容，巧妙而精当的用典可以增加语言的生动性与形象性，避免句子重复，激发联想，从而达到最佳的表达效果。李贺幽奥隐微的诗风对李商隐有着先导作用，杜甫的诗歌对李商隐的影响也非常大。王安石曾说过："唐人知学老杜而得其藩篱者，唯义山一人而已。"② 李商隐内心深处有一股郁结很深的沉潜之气，加之高超而贴切的用典技巧，使其诗充满了朦胧伤感的气息。李商隐擅长用典，似乎随手拈来、随意设置，却是严丝合缝、巧妙熨贴，充分体现其诗深邈多义的内涵。如《汉宫词》：

---

① 《旧唐书》卷一九〇下，第5064—5077页。

② 蔡居厚：《蔡宽夫诗话》，载郭绍虞辑《宋诗话辑佚》，中华书局1980年版，第399页。

青雀西飞竟未回，君王长在集灵台。侍臣最有相如渴，不赐金茎露一杯。①

青雀，即《山海经》中为西王母“所使”的青鸟，它是传递消息的使者。《汉武故事》曰：“七月七日，上于承华殿斋，忽有一青鸟从西而来，集殿前。上问东方朔，朔曰：‘此西王母来。’有一青鸟如乌，侍王母傍。”而传递消息的青鸟一去不复返，君王却依然等候在集灵台，体现了汉武帝对神仙的痴迷状态。“金茎露”，是汉武帝在建章宫神明台所立的金铜仙人承露盘接贮的露水。而汉武帝只祈求自己长生，连一杯止渴救命的露水也不肯赐给相如。这首诗化用典故讽刺汉武帝的迷信与昏庸，不问苍生问鬼神，整天沉迷于长生不老的臆想之中，含蓄深隐地讽喻唐武宗。另一首《瑶池》：

瑶池阿母绮窗开，黄竹歌声动地哀。八骏日行三万里，穆王何事不重来。②

《穆天子传》卷三有：“天子宾于西王母，天子觞西王母于瑶池之上。西王母为天子谣曰：‘白云在天，山陵自出。道里悠远，山川间之。将子无死，尚能复来。’天子答之曰：‘予归东土，和治诸夏。万民平均，吾顾见汝。比及三年，将复而野。’”《穆天子传》有：“日中大寒，北风雨雪，有冻人，天子作诗三章以哀民曰：‘我徂黄竹，□员闷寒，帝收九行。嗟我公侯，百辟冢卿，皇我万民，旦夕勿忘。’”《列子·周穆王》有：“西王母为王谣，王和之，其辞哀焉。”诗中写了尽管穆天子有日行三万里的八匹骏马，可他再也无法赴瑶池与西王母相会了。这首诗借典故讽刺当朝帝王不顾天下安危，一心只想长生不老的荒诞行为。《过景陵》有：

武皇精魄久仙升，帐殿凄凉烟雾凝。俱是苍生留不得，鼎湖何异魏西陵。③

---

① 《全唐诗》卷五三九，第6163页。

② 同上书，第6182页。

③ 《全唐诗》卷五四〇，第6184页。

景陵是唐宪宗的陵寝。《汉书·郊祀志》云："黄帝采首山铜铸鼎于荆山。鼎既成，有龙垂胡髯下迎黄帝。黄帝上骑，群臣后宫从上者七十余人。龙乃上去。余小臣不得上，乃悉持龙髯，龙髯拔堕，堕黄帝之弓。百姓仰望黄帝既上天，乃抱其弓与胡髯号，故后世因名其处曰鼎湖，其弓曰乌号。"① 魏西陵是曹操的陵墓。此诗末句说鼎湖与魏西陵现在没什么区别，意在说明求神仙毫无意义。《四皓庙》："本为留侯慕赤松，汉庭方识紫芝翁。萧何只解追韩信，岂得虚当第一功。"② 汉朝建立后，汉高祖封萧何为酂侯，誉为"兴汉三杰"之首。此诗借此表达对武宗、李德裕君臣未能定储的遗憾。

李商隐一生经历了宪宗、穆宗、敬宗、文宗、武宗、宣宗六朝，对于晚唐社会政治有深入的了解。李商隐从幼年时期就开始习文读书，儒家经世治国的理想使他期望能早日施展自己的才华。他的《偶成转韵七十二句赠四同舍》"爱君忧国去未能，白道青松了然在。此时闻有燕昭台，挺身东望心眼开。且吟王粲从军乐，不赋渊明归去来。"③ 体现了李商隐以天下为己任的积极思想。李商隐《樊南甲集序》里说："后又两为秘省房中官，恣展古集，往往咽噱于任、范、徐、庾之间。有请作文，或时得好对切事，声势物景，哀上浮壮，能感动人。"可见任职秘书省期间，他阅读了不少前人的文集，这对他的创作有很重要的作用。因为关注朝廷政坛和时局变化，他的咏史诗被注入现实政治生活内容从而获得了鲜活的生命和时代气息。这一时期，李商隐的诗歌从抒发怀才不遇，发展到对时代和整个统治集团的控诉指斥，其境界显然比以前高远得多，感情也深沉得多了。尽管建功立业的渴望不断在现实面前碰壁，但他尚不肯认输退却，胸中还翻腾着一股勃郁难平之气，因而对现实抱着强烈的批判和抗争态度。表现于诗歌，便形成义山一生中少见的慷慨悲壮之风。这个阶段可以称之为义山诗风的愤激期，若要与他生平相应则可称之曰创作上的青春期。④ 由于仕途上屡遭坎坷，他在诗歌中的表情达意也更为曲折委婉，沈德潜认为："义山近体，襞绩重重，长于讽谕。中多借题摅抱，遭时之变，不得

① 班固：《汉书》，中华书局 1962 年版，第 185 页。

② 《全唐诗》卷五四一，第 6225 页。

③ 同上书，第 6242 页。

④ 董乃斌：《李商隐诗风格分期论纲》，《西北大学学报》1982 年第 3 期。

不隐也。”①

综上，通过对盛唐、中唐、晚唐选取的王昌龄、白居易、李商隐三位文学家任职期间文学创作的考察，可以得知他们的创作特点及心态，这种心态在当时具有一定的典型性，为我们了解当时的社会状况和唐人心态提供了一定的参照系。不论是盛唐、中唐还是晚唐，深受儒家正统理念影响的有识之士都怀抱着治国平天下的雄心壮志，只是不同时期会有不同的表现方式。在盛唐气象和时代精神的鼓舞下，士人的理想表达得更为豪放和无所畏惧。中唐时期的社会处于发展变革时期，安史之乱后的社会和士人徘徊在矛盾迷惘中，盛世所萌发的自豪感、功名欲、价值观在乱世中突然破灭。人生理想上的矛盾使得他们的诗歌缺少了盛唐诗歌的慷慨昂扬之势，转而寻求生活的隐逸和内心的安适。晚唐时期，社会出现明显的衰败倾覆的王朝末世景象，士人空有一腔报国之志却无处施展，悲凉空寂之感弥漫心间，无以排遣。这种心态使诗歌不断关注内心世界的表达，同时反思社会和历史的咏史诗大量出现，体现出诗人对社会的关注和思考。胡应麟《诗薮》：

> 盛唐句，如“海上生残夜，江春入旧年”；中唐句，如“风兼残雪起，河带断冰流”；晚唐句，如“鸡声茅店月，人迹板桥霜”，皆形容景物，妙绝千古，而盛、中、晚界限斩然。故知文章关气运，非人力。②

这段话反映了社会和时代给诗人心灵所带来的影响，这种影响也必然会体现在其创作中，使诗歌带有明显的时代气息。尽管任职校书郎在诗人们漫长的人生中只是较短的一段经历，但这段人生经历对于后来的思想和创作却有着不可忽视的影响和作用。

① 沈德潜：《说诗晬语》，载王夫之等撰《清诗话》，上海古籍出版社1978年版，第541页。

② 胡应麟：《诗薮》，上海古籍出版社1979年版，第59页。

结　语

《唐代校书郎与文学》通过对唐代校书郎的设置特点、职能地位及文学创作资料的整理分析，厘清了唐代校书郎的出身及素质、校书郎的发展情况，探讨了不同时期校书郎的任职创作及心态。

从汉代到唐代，校书郎一职的设立和职能经历了发展的过程。汉代即设有校书郎，往往是博学之士以他官兼任。后魏始设校书郎这一官职，官品为正九品上。北齐、隋唐因之，任其官者多是刚释褐的士人。校书郎在唐代渐渐成为文士起家之良选，是唐代士人关注的热点。唐代约有四百人曾任过校书郎一职。许多著名诗人都是从校书郎起家的，如：杨炯、张说、张九龄、王昌龄、钱起、吉中孚、李端、郎士元、严维、卢纶、夏侯审、畅当、顾况、刘禹锡、元稹、白居易、杜牧、李商隐、段文昌、丁公著、郑澣、李绅、李翱、段成式、李群玉、韦庄、姚南仲等。任校书郎可看作入仕之正途，唐代从校书郎起家的诗人或文士当中，有35位曾经官至宰相，其中较为著名的诗人宰相有：张说、张九龄、元稹、李德裕、董晋。唐代秘书省、弘文馆、崇文馆、集贤院、司经局五馆，皆有校书郎之职。校书郎的设置时间、品秩、员数，诸馆不尽相同，秘书省校书郎的官品最高，为正九品上，太子崇文馆的校书郎官品最低，为从九品下。校书郎隶属于各馆，其地位高下也体现了各馆的政治地位、发展状况。由于所属部门不同，工作地点也各不相同，如秘书省有两处，弘文馆分设于三处，集贤院有四处，崇文馆、司经局各一处。各文馆所处的地理位置及变迁情况也反映了它们与政治权力中心的距离。

任职校书郎者大都是文才出众之人。校书郎作为起家之职，体现了执政者对官员文才的重视。唐代校书郎有很大一部分都是通过科举及第而入仕的，且在科举中以进士出身为最多。有很多士人是进士登第后又中博学宏词科、书判拔萃科或者制举才被选拔任命的。科举考试重视士人的文学素质和才能，故而在考试中脱颖而出的士人往往具有较高的文学修养和文字能力。一些校书郎在任职前就已经以德行、才干、儒学或史才名扬天下。这种文学与德行、才学与儒术并重的现象，一方面反映了唐代政治生活中的重文风气，另一方面还体现了朝廷对任用官员的综合素质要求。这与唐代整个官员任用的程序和要求是一致的。

唐代帝王对图书的整理校订工作很重视，大型的校书活动连续不断，使图书典籍得到了较好的保护和发展。唐代内府抄写旧书时往往采用固定的体式，写定之后亦有目录以分类编目，然后上架收藏。校书郎作为各馆的基层文官，所做的工作与图书紧密相连，主要是编著校理典籍、收集整理图书、外出搜访图书、参与修史工作等。校书郎在任职期间创作的文学作品，有很多唱和诗、送别诗，在一定程度上丰富了唐代文学的题材和内容。据《全唐诗》数据库检索，诗歌标题和内容含有“校书”的共有236首。这些诗歌记载了校书郎任职期间的工作特点，比如环境清雅、校雠忙碌、宿值制度，也体现了他们的生活情况和为官心态，为我们了解唐代诗人的精神面貌提供了珍贵的资料。

校书郎虽然处于唐代官员阶层的低层，但是俸禄的供给还是比较稳定的。比如在贞元时期，校书郎的俸钱是一万六千文，而京城王府判司的俸钱是六千文，参军的俸钱是四千文。同在京城为官，校书郎的俸钱与他们相比还算是比较高的。校书郎任满后迁为畿县县尉的较多，也有迁为拾遗、御史和转外任再入为拾遗、御史的。一旦入为拾遗或监察御史，即加入要官的行列，预示着将会有较好的仕途前景。唐代官员任期短，迁转频繁，唐人一生所做的官，可能多达十几个，甚至二十多个。因此，有关校书郎的送别诗比较多。由于古代交通和通讯不便，往往一别数载难以相见，所以离别就具有特别的意义。离别之时，亲友们往往设酒饯别，折柳相送，还常常吟诗话别。也因为不同的人生际遇、时代的变化和心境的复杂，使得送别诗呈现出丰富多彩的美学风貌。送别诗主要有送友人任县丞、送友人入幕、送友人从军、送友人秩满归家、送友人拜谒交友等内容。送别诗是抒发人们离别之情的诗歌，但是唐代士人送别时所作的诗歌往往能越过现实的困顿，把目光投向充满豪情的未来。这种自信不仅是对时代和才能的信心，还包括对自身人格品质的自信。这种勉励之情更能安慰离别时的心灵，使人能满怀信心地面对现实中的困难。此外，白居易、元稹在校书郎任满之后，把任职期间所积累的政治识见及对现实的思考都体现在文章中，写成《策林》75篇，为参加制举作精心准备。在《策林》中，白居易陈述了自己"酌人言、察人情，而后行为致"的政治主张，于政治、经济、军事、吏治、刑法、风俗等各个方面都阐述了自己的观点。

校书郎一职往往是士人踏上仕途的首任官职，对于他们来说有着重要的意义。在任职期间，长于创作的校书郎就写成诗文记录其任职情况，反映其或喜或忧的心态。在盛唐诗坛上颇有名望的诗人王昌龄任校书郎期间约有23首作品。此时的王昌龄在仕途上刚刚起步，心中有着远大的理想和强烈的报国之志，这种积极向上的心态体现在其诗歌中，使诗歌具有了充实的内容和高远的境界。但入仕初期的豪迈过后，心中还是郁郁不得志的，此时期的宫怨诗便暗藏了诗人惆怅郁闷的影子。

中唐时期的诗人白居易从贞元十九年（803）至元和元年（806）的三年间都在秘书省任校书郎。白居易此时期的诗文体现了诗人早期的思想状况和创作心态，诗人既有儒家"达则兼济天下"的积极入世心态，又有道家闲适意趣的内心追求，但是建功立业的"兼济"之志还是占其思想的主导地位。从一定意义上说，此时期的思想既为他后来任左拾遗时从事兴利除弊的政治实践作了思想和精神上的准备，也为他在诗坛上倡导"文章合为时而著，歌诗合为事而作"的新乐府运动打下了基础。

晚唐时期的诗人李商隐在秘书省工作的时间较长，曾两入秘书省，任过校书郎、正字。李商隐有着治国平天下的志向，并为之执着奋斗。由于晚唐时期社会经济迅速衰退，各种矛盾不断暴露且日趋激化，没落的时代给有志之士的前途和命运蒙上了浓重的阴影。李商隐的许多咏史诗，大都是借史事寄托其凭古伤今之意。早年的经历使他养成忧郁、敏感、清高的性格，并体现在他的诗文中，使诗文形成绮丽、朦胧、晦涩的特点。

通过对几个不同时期诗人及作品的分析可知，不论是盛唐、中唐还是晚唐，深受儒家正统理念影响的有识之士都怀抱着治国平天下的雄心壮志，只是不同时期会有不同的表现方式。在盛唐气象和时代精神的鼓舞下，士人的理想表达得更为豪放和无所畏惧。中唐时期的社会处于发展变革时期，安史之乱后的社会和士人徘徊在矛盾迷惘中，使得他们的诗歌缺少了盛唐诗歌的慷慨昂扬之势，转而寻求生活的隐逸和内心的安适。晚唐时期，社会出现明显的衰败倾覆的王朝末世景象，士人空有一腔报国之志却无处施展，悲凉空寂之感无以排遣。这种心态使诗歌不断关注内心世界的表达，同时反思社会和历史的咏史诗大量出现，体现出诗人对社会的关注和思考。

参考文献

古籍文献

（汉）司马迁：《史记》，上海古籍出版社 1997 年版。
（汉）班固：《汉书》，中华书局 2007 年版。
（晋）陈寿：《三国志》，陈乃乾校，中华书局 1982 年版。
（南朝宋）范晔：《后汉书》，李贤等注，中华书局 1965 年版。
（南朝梁）萧统：《文选》，李善注，上海古籍出版社 1986 年版。
（唐）刘知几：《史通》，辽宁教育出版社 1997 年版。
（唐）杜佑：《通典》，中华书局 1984 年版。
（唐）李林甫等：《唐六典》，陈仲夫点校，中华书局 1992 年版。
（唐）吴兢：《贞观政要》，上海古籍出版社 1978 年版。
（唐）李肇：《唐国史补》，上海古籍出版社 1979 年版。
（唐）王定保：《唐摭言》，上海古籍出版社 1978 年版。
（唐）赵璘：《因话录》，上海古籍出版社 1979 年版。
（唐）韩愈：《韩昌黎文集》，马其昶校注，上海古籍出版社 1986 年版。
（唐）白居易：《白居易集》，朱金城笺校，上海古籍出版社 1988 年版。
（唐）元稹：《元稹集》，冀勤点校，中华书局 1982 年版。
（后晋）刘昫等：《旧唐书》，中华书局 1975 年版。
（宋）欧阳修、宋祁：《新唐书》，中华书局 1975 年版。
（宋）司马光：《资治通鉴》，中华书局 1956 年版。
（宋）朱熹：《四书章句集注》，中华书局 1983 年版。
（宋）郑樵：《通志二十略》，王树民点校，中华书局 1995 年版。
（宋）郭茂倩：《乐府诗集》，上海古籍出版社 1998 年版。
（宋）王溥：《唐会要》，上海古籍出版社 2006 年版。

（宋）计有功：《唐诗纪事》，上海古籍出版社 2008 年版。

（宋）王谠：《唐语林》，上海古籍出版社 1978 年版。

（宋）李昉等：《文苑英华》，中华书局 1966 年版。

（宋）李昉等编：《太平广记》，中华书局 1960 年版。

（宋）孙逢吉：《职官分纪》，中华书局 1988 年版。

（元）辛文房：《唐才子传》，黑龙江人民出版社 1986 年版。

（明）胡震亨：《唐音癸签》，中华书局 1981 年版。

（明）高棅：《唐诗品汇》，上海古籍出版社 1988 年版。

（明）胡应麟：《诗薮》，上海古籍出版社 1979 年版。

（清）徐松：《登科记考》，赵守严点校，中华书局 1984 年版。

（清）徐松：《登科记考补正》，孟二冬补正，北京燕山出版社 2002 年版。

（清）沈德潜：《唐诗别裁》，中华书局 1975 年版。

（清）彭定求等：《全唐诗》，中华书局 1960 年版。

（清）董诰等：《全唐文》，中华书局 1983 年版。

（清）焦循：《孟子正义》，沈文倬点校，中华书局 1987 年版。

（清）孙诒让：《周礼正义》，王文锦、陈玉霞点校，中华书局 1987 年版。

（清）何文焕：《历代诗话》，中华书局 1981 年版。

（清）丁福保：《历代诗话续编》，中华书局 1983 年版。

（清）刘熙载：《艺概》，上海古籍出版社 1978 年版。

（清）赵翼：《廿二史札记校证》，王树民校证，中华书局 1984 年版。

（清）徐松：《唐两京城坊考》，李建超增订，三秦出版社 2006 年版。

（清）王夫之：《读通鉴论》，中华书局 1976 年版。

今人著述

侯外庐：《中国思想通史》，人民出版社 1957 年版。

徐复观：《两汉文学思想史》，香港中文大学出版社 1975 年版。

陈寅恪：《陈寅恪文集》，上海古籍出版社 1978 年版。

孙国栋：《唐代中央重要文官迁转途径研究》，香港：龙门书店 1978 年版。

岑仲勉：《唐人行第录》，上海古籍出版社 1978 年版。

郭绍虞：《中国文学批评史》，上海古籍出版社 1979 年版。

万曼：《唐集叙录》，中华书局 1980 年版。

卞孝萱：《元稹年谱》，齐鲁书社 1980 年版。
傅璇琮：《唐代诗人丛考》，中华书局 1980 年版。
岑仲勉：《隋唐史》，中华书局 1982 年版。
查屏球：《唐学与唐诗》，中华书局 1983 年版。
霍松林：《唐宋诗文鉴赏举隅》，人民文学出版社 1984 年版。
吕思勉：《中国制度史》，上海教育出版社 1985 年版。
李泽厚、刘纲纪：《中国古代思想史论》，人民出版社 1986 年版。
罗宗强：《隋唐五代文学思想史》，上海古籍出版社 1986 年版。
傅璇琮：《唐代科举与文学》，陕西人民出版社 2007 年版。
傅璇琮：《唐才子传校笺》，中华书局 2000 年版。
袁行霈：《中国诗歌艺术研究》，北京大学出版社 1987 年版。
余英时：《士与中国文化》，上海人民出版社 1987 年版。
张国刚：《唐代官制》，三秦出版社 1987 年版。
柳诒徵：《中国文化史》，中国大百科全书出版社 1988 年版。
蒋寅：《大历诗风》，上海古籍出版社 1992 年版。
陈尚君辑校：《全唐诗补编》，中华书局 1992 年版。
周绍良、赵超：《唐代墓志汇编》，上海古籍出版社 1992 年版。
（意）萨尔沃·马斯泰罗内：《欧洲政治思想史》，黄华光译，社会科学文献出版社 1992 年版。
吴汝煜：《唐五代人交往诗索引》，上海古籍出版社 1993 年版。
邓小军：《唐代文学的文化精神》，台北：文津出版社 1993 年版。
董乃斌：《唐帝国的精神文明》，中国社会科学出版社 1995 年版。
宁欣：《唐代选官研究》，台北：文津出版社 1995 年版。
王颖楼：《隋唐官制》，四川大学出版社 1995 年版。
罗宗强：《魏晋南北朝文学思想史》，中华书局 1996 年版。
陈来：《古代宗教与伦理——儒家思想的根源》，生活·读书·新知三联书店 1996 年版。
陶敏：《全唐诗人名考证》，陕西人民教育出版社 1996 年版。
吴宗国：《唐代科举制度研究》，辽宁大学出版社 1997 年版。
杜晓勤：《初盛唐诗歌的文化阐释》，东方出版社 1997 年版。
钱穆：《国学概论》，商务印书馆 1997 年版。
余恕诚：《唐诗风貌》，安徽大学出版社 1997 年版。

葛晓音：《诗国高潮与盛唐文化》，北京大学出版社 1998 年版。
孟二冬：《中唐诗歌之开拓与新变》，北京大学出版社 1998 年版。
戴伟华：《唐代幕府与文学》，现代出版社 1990 年版。
傅璇琮主编：《唐五代文学编年史》，辽海出版社 1998 年版。
（德）奥特弗利德·赫费：《政治的正义性》，庞学铨等，译，上海译文出版社 1998 年版。
（德）黑格尔：《历史哲学》，王造时译，上海书店出版社 1999 年版。
葛晓音：《汉唐文学的嬗变》，北京大学出版社 1999 年版。
傅绍良：《盛唐文化精神与诗人人格》，台北：文津出版社 1999 年版。
陈元锋：《北宋馆阁翰苑与诗坛研究》，中华书局 1999 年版。
李浩：《唐代关中士族与文学》，台北：文津出版社 1999 年版。
程千帆：《唐代进士行卷与文学》，南京大学出版社 1999 年版。
张富祥：《麟台故事校证》，上海古籍出版社 1999 年版。
（日）载池田温：《盛唐之集贤院》，载《唐研究论文集》，中国社会科学出版社 1999 年版。
霍松林、傅绍良：《盛唐文学的文化透视》，陕西师范大学出版社 2000 年版。
（美）杜维明：《道·学·政——论儒家知识分子》，钱文忠等，译，上海人民出版社 2000 年版。
尚永亮：《唐代文人的仕宦生涯》，台北：文津出版社 2000 年版。
胡可先：《中唐政治与文学》，安徽大学出版社 2000 年版。
李星：《中国儒教史》，上海人民出版社 2000 年版。
王勋成：《唐代铨选与文学》，中华书局 2001 年版。
徐复观：《中国艺术精神》，华东师范大学出版社 2001 年版。
贾晋华：《唐代集会总集与诗人群研究》，北京大学出版社 2001 年版。
陶敏、李一飞：《隋唐五代文学史料学》，中华书局 2001 年版。
贾晋华：《唐代集会总集与诗人群研究》，北京大学出版社 2001 年版。
刘小枫：《拯救与逍遥》，生活·读书·新知三联书店 2001 年版。
张伯伟：《全唐五代诗格汇考》，江苏古籍出版社 2002 年版。
胡戟：《二十世纪唐研究》，中国社会科学出版社 2002 年版。
黄永年：《唐史史料学》，上海书店出版社 2002 年版。
陈飞：《唐代试策考述》，中华书局 2002 年版。

周绍良、赵超：《唐代墓志汇编续集》，上海古籍出版社 2002 年版。
李福长：《唐代学士与文人政治》，齐鲁书社 2005 年版。
马自力：《中唐文人之社会角色与文学活动》，中国社会科学出版社 2005 年版。
黄清连：《制度与国家》，中国大百科全书出版社 2005 年版。
房日晰：《唐诗比较研究》，安徽大学出版社 2005 年版。
尚永亮：《唐代诗歌的多元观照》，湖北人民出版社 2005 年版。
李更：《宋代馆阁校勘研究》，凤凰出版社 2006 年版。
李德辉：《唐代文馆制度及其与政治和文学之关系》，上海古籍出版社 2006 年版。
曹之：《中国古籍编撰史》，武汉大学出版社 2006 年版。
成明明：《北宋馆阁与文学研究》，中国社会科学出版社 2007 年版。
尚永亮：《唐五代逐臣与贬谪文学研究》，武汉大学出版社 2007 年版。
赖瑞和：《唐代基层文官》，中华书局 2008 年版。
吴夏平：《唐代中央文馆制度与文学研究》，齐鲁书社 2008 年版。
吴夏平：《唐代制度与文学研究述论稿》，齐鲁书社 2008 年版。
（日）宫崎市定：《九品官人法研究》，韩昇、刘建英译，中华书局 2008 年版。
陈学恂主编：《中国教育史研究》，华东师范大学出版社 2009 年版。
肖占鹏、李广欣：《唐代编辑出版史》，南开大学出版社 2009 年版。
来新夏：《中国图书事业史》，上海人民出版社 2009 年版。

期刊论文

白奚：《孔老异路与儒道互补》，《南京大学学报》2000 年第 37 卷第 5 期。
葛晓音：《杜甫的孤独感及其艺术提炼》，《陕西师范大学学报》（哲学社会科学版）2007 年第 36 卷第 1 期。
罗时进：《唐代文学研究再拓展的空间》，《文学遗产》2007 年第 2 期。
戴伟华：《文史结合考论兼备》，《江海学刊》2001 年第 2 期。
张景臣：《唐代科举铨选考试方法与评价标准述评》，《河南社会科学》2008 年第 5 期。
任红敏：《唐代选官制度及社会风尚对唐判创作的影响》，《中北大学学报》2008 年第 5 期。

李福长、丁侃：《唐代文治化趋势与唐宋社会转型》，《许昌学院学报》2008年第1期。
赵永东：《谈谈唐代的秘书省》，《文献》1987年第1期。
曹之：《唐代秘书省群僚考略》，《图书与情报》2003年第5期。
李锦绣：《试论唐代的弘文、崇文馆生》，《文献》1997年第2期。
牛致功：《唐代的学士》，《社会科学战线》1987年第1期。
许连军：《唐后期唐诗选本与唐诗观念的流变》，《湖南文理学院学报》2004年第29卷第6期。
刘海峰：《唐代选举制度与官僚政治的关系》，《厦门大学学报》1989年第3期。
跃进：《东观著作的学术活动及其文学影响研究》，《文学遗产》2004年第1期。
陈君：《论汉代兰台文人及其文学活动》，《文学遗产》2008年第4期。
吴宗国：《科举制与唐代高级官吏的选拔》，《北京大学学报》（哲学社会科学版）1982年第1期。
孙培镜：《我国汉文字校对传统初探》，《编辑学刊》1992年第3期。
阎守诚：《唐代官吏的俸料钱》，《晋阳学刊》1982年第2期。
陈寅恪：《元白诗中俸料钱问题》，《清华学报》第10卷年第4期。
吴夏平：《唐校书郎考述》，《贵州文史丛刊》2005年第1期。
戴伟华：《地域文化与唐代诗歌研究导言》，《华南师范大学学报》（社会科学版）2005年第2期。
熊燕军：《唐初中书舍人“参议表章”辨》，《中国典籍与文化》2007年第2期。
杭勇：《论唐代小说中的落第士人形象》，《黑龙江社会科学》2009年第4期。
皇甫煃：《唐代以诗赋取士与唐诗繁荣的关系》，《南京师大学报》（社会科学版）1979年第1期。
李浩：《唐代“诗赋取士”说平议》，《文史哲》2003年第3期。
赵立新：《唐人选唐诗理想范式的确立》，《中国韵文学刊》2001年第1期。
李红霞：《唐代士人的社会心态与隐逸的嬗变》，《北京大学学报》2004年第41卷第3期。

黄霖：《中国古代文学研究百年反思》，《复旦学报》（社会科学版）2005年第5期。

王长华：《对中国古代文学研究中若干问题的反思》，《文学遗产》2005年第3期。

王永波，黄芸珠：《唐五代别集的文献整理与研究概观》，《古籍整理研究学刊》2003年第1期。

戴伟华：《唐代文士籍贯与文学考述》，《江海学刊》2005年第2期。

刘海峰：《科举学与书院学的参照互动》，《湖南大学学报》（社会科学版）2007年第6期。

王勋成：《从选举制审视唐人的及第登科入仕》，《文学遗产》2010年第3期。

附　　录

唐代校书郎任职及出身简表

姓　名	任职单位	任职时间	出身	出处（卷）
颜勤礼	秘书省	高祖	未详	《全唐文》339、《全唐文》341
岑文昭	秘书省	太宗	未详	《旧唐书》70、《资治通鉴》197
孙处约	秘书省	太宗	进士	《唐代墓志汇编》咸亨 068
李元轨	秘书省	高宗	进士	《唐代墓志汇编》永淳 009
沈齐文	秘书省	高宗	进士	《唐代墓志汇编》垂拱 061、神龙 024
赵越宝	秘书省	高宗	幽素科	《唐代墓志汇编》长安 009、开元 276
梁　皎	秘书省	高宗	明经	《唐代墓志汇编》开元 133
李尚贞	秘书省	高宗	进士	《唐代墓志汇编》开元 156
康希铣	秘书省	高宗	明经	《全唐文》344
苏　诜	秘书省	高宗	贤良方正科	《新唐书》125
崔　沔	秘书省	武周	进士	《全唐文》315、《唐代墓志汇编》大历 060
宁悌原	秘书省	武周	进士	《全唐文》278
宋　鼎	秘书省	中宗	未详	《全唐诗》113
张九龄	秘书省	玄宗	进士	《旧唐书》99、《全唐文》290、《全唐文》440
卫　凭	秘书省	玄宗	制科	《唐代墓志汇编》天宝 240、《全唐文》312.
孟　晓	秘书省	玄宗	未详	《新唐书》199
源幼良	秘书省	玄宗	未详	《新唐书》199
房　琯	秘书省	玄宗	上书拜官	《旧唐书》111
王昌龄	秘书省	玄宗	进士	《旧唐书》190 下、《新唐书》203
白履忠	秘书省	玄宗	未详	《旧唐书》192、《全唐文》23
李　纾	秘书省	玄宗	未详	《旧唐书》137、《新唐书》161

续表

姓　名	任职单位	任职时间	出身	出处（卷）
颜真卿	秘书省	玄宗	进士	《全唐文》394、《全唐文》514
宋　儋	秘书省	玄宗	未详	《全唐文》346、《全唐文》447
任　华	秘书省	玄宗	未详	《全唐文》376
钱　起	秘书省	玄宗	进士	《旧唐书》168
寇　某	秘书省	玄宗	未详	《全唐诗》237
李　华	秘书省	玄宗	进士	《全唐文》388、《全唐文》315
卢　象	秘书省	玄宗	进士	《全唐文》605
王　弼	秘书省	玄宗	未详	《唐代墓志汇编》天宝 005、《唐代墓志汇编续集》天宝 001
李　琚	秘书省	玄宗	进士	《唐代墓志汇编》天宝 123
张　阶	秘书省	玄宗	进士	《唐代墓志汇编》天宝 124
韩　液	秘书省	玄宗	进士	《唐代墓志汇编》天宝 124
张　椅	秘书省	玄宗	未详	《唐代墓志汇编》天宝 155
崔成甫	秘书省	玄宗	进士	《全唐文》338、《唐代墓志汇编》大历 062
崔祐甫	秘书省	玄宗	进士	《全唐文》315、《唐代墓志汇编》建中 004
陈　某	秘书省	玄宗	未详	《全唐诗》114
殷　谣	秘书省	玄宗	未详	《全唐诗》138
魏季龙	秘书省	玄宗	未详	《全唐诗》199
郭　某	秘书省	玄宗	未详	《全唐诗》214
岑　至	秘书省	玄宗	未详	《新唐书》72 中
董　晋	秘书省	肃宗	明经	《旧唐书》145、《新唐书》151、《全唐文》567
杜　亚	秘书省	肃宗	上书拜官	《旧唐书》146、《新唐书》172
颜　炯	秘书省	肃宗	未详	《全唐文》344
苏　澥	秘书省	肃宗	未详	《全唐文》376
韩　计	秘书省	肃宗	未详	《全唐文》516
郎士元	秘书省	肃宗	进士	《全唐诗》238
柳　伉	秘书省	代宗	进士	《翰林学士壁记补注三·代宗》
元季能	秘书省	代宗	未详	《旧唐书》118、《新唐书》145
元伯和	秘书省	代宗	未详	《旧唐书》118、《全唐诗》187
刘从一	秘书省	代宗	进士	《旧唐书》125

续表

姓　名	任职单位	任职时间	出身	出处（卷）
崔　损	秘书省	代宗	进士	《旧唐书》136
郑　絪	秘书省	代宗	进士	《旧唐书》159
卢　纶	秘书省	代宗	未详	《旧唐书》163
卢少康	秘书省	代宗	未详	《全唐文》344
卫　辉	秘书省	代宗	未详	《全唐文》412
仲子陵	秘书省	代宗	进士	《全唐文》515、《新唐书》203
畅　当	秘书省	代宗	进士	《全唐诗》187
李　端	秘书省	代宗	进士	《旧唐书》163、《全唐诗》277
吉中孚	秘书省	代宗	未详	《新唐书》203、《全唐诗》295
孟云卿	秘书省	代宗	未详	《全唐诗》241、230
李　畅	秘书省	德宗	未详	《全唐文》506、《全唐诗》322
秦　系	秘书省	德宗	未详	《新唐书》196、《全唐诗》190
卢文若	秘书省	德宗	未详	《全唐诗》293
顾　况	秘书省	德宗	进士	《旧唐书》130、《全唐文》528
姚　系	秘书省	德宗	进士	《全唐诗》269
杨　凝	秘书省	德宗	进士	《全唐诗》282
夏侯审	秘书省	德宗	军谋越众科	《全唐诗》187、237，《唐会要》76
独孤某	秘书省	德宗	未详	《唐代墓志汇编续集》建中 001
霍正叔	秘书省	德宗	未详	《唐代墓志汇编续集》贞元 012
卢　益	秘书省	德宗	未详	《唐代墓志汇编》贞元 010
皇甫阅	秘书省	德宗	未详	《唐代墓志汇编》贞元 051
房次卿	秘书省	德宗	进士	《唐代墓志汇编》贞元 086
李道古	秘书省	德宗	进士	《新唐书》80、《唐代墓志汇编》贞元 093
齐　皞	秘书省	德宗	未详	《唐代墓志汇编》贞元 119
陈昌卿	秘书省	德宗	未详	《唐代墓志汇编》元和 087
崔　廷	秘书省	德宗	未详	《唐代墓志汇编》长庆 026
窦　常	秘书省	德宗	进士	《旧唐书》155、《全唐文》761
独孤绶	秘书省	德宗	进士	《全唐文》761
于　敖	秘书省	德宗	进士	《旧唐书》149、《新唐书》104
孔　戢	秘书省	德宗	未详	《旧唐书》154、《新唐书》163

续表

姓　名	任职单位	任职时间	出身	出处（卷）
许孟容	秘书省	德宗	进士	《旧唐书》154、《全唐文》479
窦　牟	秘书省	德宗	进士	《旧唐书》155
李　建	秘书省	德宗	进士	《旧唐书》155、《翰林学士壁记注补四·德宗》
郑　澣	秘书省	德宗	进士	《旧唐书》158
崔　群	秘书省	德宗	进士	《旧唐书》159、《新唐书》165
韦　辞	秘书省	德宗	明经	《旧唐书》160
李　绛	秘书省	德宗	进士	《旧唐书》164、《全唐文》605
柳公绰	秘书省	德宗	贤良方正能言直谏科	《旧唐书》165、《新唐书》163
元　稹	秘书省	德宗	明经	《旧唐书》166、《全唐文》679
吕　炅	秘书省	德宗	博学宏词科	《全唐诗》411、《全唐诗》412
白居易	秘书省	德宗	进士	《旧唐书》166、《全唐文》656
白行简	秘书省	德宗	进士	《旧唐书》166、《全唐文》680
袁　某	秘书省	德宗	未详	《全唐文》690
窦易直	秘书省	德宗	明经	《旧唐书》167、《新唐书》151
薛贻谋	秘书省	德宗	未详	《全唐文》488
李　博	秘书省	德宗	进士	《全唐文》557
独孤申叔	秘书省	德宗	进士	《全唐文》588、《新唐书》75下
路　凭	秘书省	德宗	未详	《全唐文》620
韩　弇	秘书省	德宗	进士	《全唐文》639、《唐代墓志汇编》贞元121
刘　颇	秘书省	德宗	未详	《全唐文》654
崔玄亮	秘书省	德宗	进士	《全唐文》679
孟　简	秘书省	德宗	进士	《全唐诗》379、《全唐诗》372
杨嗣复	秘书省	德宗	进士	《旧唐书》176
权德舆	秘书省	德宗	进士	《旧唐书》148
崔元翰	秘书省	德宗	进士	《权载之文集》卷33《比部郎中崔君元翰集序》
庚敬休	秘书省	宪宗	进士	《旧唐书》187下
韦处厚	秘书省	宪宗	进士	《旧唐书》159
柳仲郢	秘书省	宪宗	进士	《旧唐书》165、《新唐书》163

续表

姓　名	任职单位	任职时间	出身	出处（卷）
柳公权	秘书省	宪宗	进士	《旧唐书》165
高　钱	秘书省	宪宗	进士	《旧唐书》168
马　植	秘书省	宪宗	进士	《旧唐书》176、《全唐文》663
卢　商	秘书省	宪宗	进士	《旧唐书》176
韦　温	秘书省	宪宗	明经	《旧唐书》168、《全唐文》755
于　方	秘书省	宪宗	未详	《唐代墓志汇编》元和008
郄弘度	秘书省	宪宗	未详	《唐代墓志汇编》元和043
孙保衡	秘书省	宪宗	未详	《唐代墓志汇编》元和058
卢　卓	秘书省	宪宗	未详	《唐代墓志汇编》元和100
崔　筥	秘书省	宪宗	未详	《唐代墓志汇编》元和142
吕　让	秘书省	宪宗	进士	《唐代墓志汇编》大中107
杨汉公	秘书省	宪宗	进士	《唐代墓志汇编续集》咸通008
窦　巩	秘书省	宪宗	进士	《全唐诗》406、《全唐文》671
吕　述	秘书省	穆宗	进士	《册府元龟》644
姚中立	秘书省	穆宗	进士	《册府元龟》644
李　躔	秘书省	穆宗	进士	《册府元龟》644
崔　椵	秘书省	穆宗	进士	《册府元龟》644
李方元	秘书省	敬宗	未详	《全唐文》755
朱庆余	秘书省	敬宗	进士	《全唐诗》514、《唐诗纪事》46
郑处诲	秘书省	文宗	进士	《旧唐书》158
魏　谟	秘书省	文宗	进士	《旧唐书》176
袁德文	秘书省	文宗	进士	《旧唐书》91
赵元方	秘书省	文宗	未详	《全唐文》749
崔周冕	秘书省	文宗	未详	《唐代墓志汇编》大和007
崔　谠	秘书省	文宗	贤良方正能言直谏科	《唐代墓志汇编》大和046
韦　某	秘书省	文宗	未详	《唐代墓志汇编》开成039
郑　当	秘书省	文宗	进士	《唐代墓志汇编》开成039
赵　璘	秘书省	文宗	进士	《唐代墓志汇编》开成045
段成式	秘书省	文宗	以荫入官	《旧唐书》167

续表

姓　名	任职单位	任职时间	出身	出处（卷）
袁德文	秘书省	文宗	进士	《旧唐书》91
李商隐	秘书省	文宗	进士	《旧唐书》190 下
郑从谠	秘书省	武宗	进士	《旧唐书》158
郑　畋	秘书省	武宗	进士	《旧唐书》178
薛　逢	秘书省	武宗	进士	《旧唐书》190 下
康　某	秘书省	武宗	未详	《全唐文》795
李宣晦	秘书省	武宗	未详	《唐代墓志汇编》会昌 008
苗　绅	秘书省	武宗	进士	《唐代墓志汇编》会昌 031
崔　隋	秘书省	武宗	进士	《唐代墓志汇编》会昌 053
高　瀚	秘书省	武宗	未详	《唐代墓志汇编》大中 105
赵　璜	秘书省	武宗	进士	《唐代墓志汇编》咸通 022
李推贤	秘书省	武宗	未详	《唐代墓志汇编》乾符 013
李　频	秘书省	宣宗	进士	《新唐书》203
于　琮	秘书省	宣宗	未详	《旧唐书》18 下、《资治通鉴》249
王　徽	秘书省	宣宗	进士	《旧唐书》178、《新唐书》185
孔　纬	秘书省	宣宗	进士	《旧唐书》179
徐　商	秘书省	宣宗	进士	《旧唐书》179
吴　发	秘书省	宣宗	未详	《唐代墓志汇编》大中 047
孙　纾	秘书省	宣宗	进士	《唐代墓志汇编》大中 095
李　昼	秘书省	宣宗	明经	《唐代墓志汇编》大中 115
卢　邺	秘书省	宣宗	进士	《新唐书》73 上
孙　徽	秘书省	宣宗	进士	《唐代墓志汇编》大中 151
高　璩	秘书省	宣宗	进士	《旧唐书》171、《新唐书》177
于　瑰	秘书省	宣宗	进士	《全唐诗》《和绵州于中丞登越王楼》
刘　邺	秘书省	懿宗	进士	《旧唐书》177
顾　云	秘书省	懿宗	进士	《全唐文》815、《嘉定镇江志》15
裴　枢	秘书省	懿宗	进士	《旧唐书》113
李　庄	秘书省	懿宗	未详	《唐代墓志汇编》咸通 098
杨　擢	秘书省	懿宗	进士	《唐代墓志汇编》咸通 104
孔　纾	秘书省	懿宗	进士	《唐代墓志汇编》咸通 115

续表

姓　名	任职单位	任职时间	出身	出处（卷）
白承孙	秘书省	懿宗	未详	《唐代墓志汇编续集》咸通 005
钱　璪	秘书省	懿宗	未详	《唐代墓志汇编》乾符 028
林慎思	秘书省	懿宗	进士	《全唐文》802
萧　遘	秘书省	懿宗	进士	《旧唐书》179
崔保谦	秘书省	僖宗	未详	《旧唐书》19 下
李　浚	秘书省	僖宗	未详	《全唐文》816
李　濬	秘书省	僖宗	未详	《全唐文》816
崔昭纬	秘书省	僖宗	进士	《全唐文》837
周　繇	秘书省	僖宗	进士	《全唐诗》606
赵　颀	秘书省	昭宗	进士	《旧唐书》20 上
刘明济	秘书省	昭宗	进士	《旧唐书》20 上
窦　专	秘书省	昭宗	进士	《旧唐书》20 上
崔　舣	秘书省	昭宗	进士	《唐代墓志汇编》乾宁 007
王　涣	秘书省	昭宗	进士	《全唐诗》690
崔　詹	秘书省	昭宗	进士	《全唐文补遗》第 3 辑《唐故中书舍人崔公墓志铭并序》
杨　玢	秘书省	哀宗	未详	《全唐文》831、《资治通鉴》270
宋申锡	秘书省	未详	进士	《旧唐书》167
郑叔敖	秘书省	未详	未详	《全唐文》555
裴　敬	秘书省	未详	未详	《全唐文》764
李　某	秘书省	未详	未详	《全唐文》777
郑　甫	秘书省	未详	未详	《全唐文》785
赵　熙	秘书省	未详	未详	《全唐文》854
冯　吉	秘书省	未详	未详	《全唐文》857
郑　称	秘书省	未详	明经	《唐代墓志汇编》大和 062
寇　坦	秘书省	未详	未详	《唐代墓志汇编》大中 031
苏　巢	秘书省	未详	未详	《唐代墓志汇编》咸通 022
孙　宿	秘书省	未详	制科	《唐代墓志汇编》残志 015
白崇儒	秘书省	未详	未详	《唐代墓志汇编续集》咸通 005
刘宽夫	秘书省	未详	进士	《新唐书》71 下

续表

姓　名	任职单位	任职时间	出身	出处（卷）
张　寀	秘书省	未详	未详	《新唐书》72 下
崔　实	秘书省	未详	未详	《新唐书》72 下
孙　洽	秘书省	未详	未详	《新唐书》73 下
陆　嵩	秘书省	未详	未详	《新唐书》73 下
张师古	秘书省	未详	未详	《全唐文》880
杨　炯	崇文馆	高宗	制科	《旧唐书》190 上、《新唐书》201
于　邵	崇文馆	玄宗	进士	《旧唐书》137、《新唐书》203
李　某	崇文馆	玄宗	未详	《全唐文》426
王　端	崇文馆	玄宗	制科	《全唐文》500、506
寇子美	崇文馆	玄宗	孝廉	《唐代墓志汇编》天宝 025
崔　杰	崇文馆	玄宗	明经	《唐代墓志汇编》天宝 178
刘眘虚	崇文馆	玄宗	进士	《全唐诗》214、《西江志》66
凌　准	崇文馆	代宗	制科	《全唐文》590
卢元辅	崇文馆	代宗	进士	《旧唐书》135、《新唐书》191
周宽饶	崇文馆	德宗	未详	《新唐书》74 下
裴　墐	崇文馆	德宗	进士	《全唐文》588
李商卿	崇文馆	穆宗	进士	《册府元龟》644
钟　辂	崇文馆	文宗	未详	《全唐文》741
崔　干	崇文馆	文宗	未详	《唐代墓志汇编》大和 013
杨　牢	崇文馆	宣宗	进士	《新唐书》118、《全唐诗》564、《唐诗纪事》53
康　骈	崇文馆	僖宗	进士	《唐文拾遗》33
黄　璞	崇文馆	昭宗	进士	《新唐书》225、《全唐文》817
黄　蟾	崇文馆	昭宗	进士	《全唐诗补编·补逸》14
张　择	弘文馆	玄宗	明经	《全唐文》678
王利器	弘文馆	玄宗	未详	《唐代墓志汇编》开元 518
刘眘虚	弘文馆	玄宗	进士	《唐才子传校笺》1
李　融	弘文馆	玄宗	未详	《全唐文》812
李　舟	弘文馆	肃宗	洞晓玄经科	《全唐文》521、《全唐诗》200
赵宗儒	弘文馆	代宗	进士	《旧唐书》167、《新唐书》151

续表

姓　名	任职单位	任职时间	出身	出处（卷）
崔处仁	弘文馆	德宗	未详	《全唐文》490
卫从周	弘文馆	德宗	未详	《全唐文》490
令狐楚	弘文馆	德宗	进士	《全唐文》605、《全唐诗》333
奚　陟	弘文馆	德宗	进士	《旧唐书》149、《新唐书》164
董　侹	弘文馆	德宗	未详	《全唐文》610
李虞仲	弘文馆	宪宗	进士	《旧唐书》163
庞　严	弘文馆	宪宗	进士	《册府元龟》644
令狐绹	弘文馆	文宗	进士	《旧唐书》172
韩　袛	弘文馆	文宗	进士	《全唐文》741
杜　牧	弘文馆	文宗	进士	《旧唐书》147、《全唐文》754
杜宣猷	弘文馆	文宗	未详	《唐代墓志汇编》大和051
李群玉	弘文馆	宣宗	荐举	《新唐书》60、《全唐文》793
郑　颢	弘文馆	宣宗	进士	《旧唐书》159
郑　覃	弘文馆	未详	未详	《新唐书》173、《新唐书》165
刘　绩	弘文馆	未详	未详	《唐代墓志汇编》景福002
李仁峻	弘文馆	未详	未详	《新唐书》70上
王　播	集贤院	德宗	进士	《全唐文》679、《全唐文》714
张仲方	集贤院	德宗	进士	《全唐文》679
柳宗元	集贤院	德宗	进士	《旧唐书》160、《新唐书》168
韦　温	集贤院	德宗	明经	《全唐文》605
王　启	集贤院	德宗	未详	《全唐文》631
吕　温	集贤院	德宗	进士	《唐代墓志汇编续集》贞元059、贞元060
范传正	集贤院	德宗	进士	《新唐书》172
王　起	集贤院	德宗	进士	《全唐文》679
崔　偃	集贤院	德宗	进士	《旧唐书》155
丁公著	集贤院	宪宗	明经	《旧唐书》188、《新唐书》164
韦处厚	集贤院	宪宗	进士	《旧唐书》159、《新唐书》142、《全唐文》605
崔　滔	集贤院	宣宗	进士	《全唐文》749
钱　珝	集贤院	未详	进士	《全唐文》837
李　毂	集贤院	未详	进士	《全唐文》803

续表

姓　名	任职单位	任职时间	出身	出处（卷）
李　毗	集贤院	未详	未详	《全唐文》726
薛　途	集贤院	未详	未详	《全唐文》749
敬　播	太子校书郎	太宗	进士	《旧唐书》189上
王义方	太子校书郎	太宗	明经	《旧唐书》187上
盖　畅	太子校书郎	高宗	未详	《大周故处士前兖州曲阜县令盖府君墓志铭并序》
张　说	太子校书郎	武周	贤良方正	《旧唐书》97、《新唐书》125
王泠然	太子校书郎	玄宗	进士	《全唐文》294、《唐代墓志汇编》天宝002
姚南仲	太子校书郎	肃宗	制科	《旧唐书》153
李　观	太子校书郎	德宗	进士	《新唐书·艺文志》
沈传师	太子校书郎	德宗	进士	《旧唐书》149
刘禹锡	太子校书郎	德宗	进士	《旧唐书》160、《子刘子自传》
梁　肃	太子校书郎	德宗	文辞清丽科	《新唐书》202、《唐会要》76
李虚中	太子校书郎	德宗	进士	《殿中侍御史李君墓志铭》（韩愈）
魏弘简	太子校书郎	德宗	进士	《唐故尚书户部郎中魏府君墓志》
许尧佐	太子校书郎	宪宗	进士	《旧唐书》189下
崔　郢	太子校书郎	穆宗	详明政术可以理人科	《唐会要》76
邢　群	太子校书郎	文宗	进士	《全唐诗》546、《唐故歙州刺史邢君墓志铭》
顾　陶	太子校书郎	宣宗	进士	《新唐书》60
刘　象	太子校书郎	昭宗	进士	《唐摭言》8
柯　崇	太子校书郎	昭宗	进士	《唐摭言》8
郑希颜	太子校书郎	昭宗	进士	《唐摭言》8
崔　戎	太子校书郎	未详	明经	《新唐书84》
蒋　清	太子校书郎	未详	明经	《旧唐书》187下
韦正贯	太子校书郎	未详	贤良方正科	《新唐书》158
吕　刚	太子校书郎	未详	未详	《唐代墓志汇编续集》
覃季子	太子校书郎	未详	未详	《柳河东集》《覃季子墓铭》
苑　咸	司经局	玄宗	上书拜官	《新唐书》58
韦知人	未详	太宗	进士	《新唐书》118

续表

姓　名	任职单位	任职时间	出身	出处（卷）
王玄度	未详	太宗	明经	《旧唐书》74、《新唐书》99
王知敬	未详	太宗	未详	《全唐文》432
张道本	未详	太宗	未详	《全唐文》923
萧德言	未详	太宗	未详	《全唐诗》38
张文恭	未详	太宗	未详	《唐会要》63
赵礼辕	未详	武周	未详	《全唐文》215
孔季诩	未详	武周	贤良方正科	《旧唐书》190、《新唐书》199
元希声	未详	武周	进士	《全唐文》280
李伯鱼	未详	武周	进士	《全唐诗》98、《全唐文》232
李　悛	未详	中宗	未详	《旧唐书》187上、《资治通鉴》208
韩　覃	未详	中宗	未详	《唐代墓志汇编》景龙004
赵冬曦	未详	玄宗	进士	《旧唐书》98、《新唐书》126
薛　播	未详	玄宗	进士	《旧唐书》146
杨　浚	未详	玄宗	进士	《新唐书》59
陈庭玉	未详	玄宗	上书拜官	《新唐书》59
帅夜光	未详	玄宗	上书拜官	《新唐书》59
张　晕	未详	玄宗	进士	《新唐书》60、《唐诗纪事》15
陈齐卿	未详	玄宗	进士	《全唐文》344
贾　至	未详	玄宗	明经	《旧唐书》190中、《新唐书》119
樊　系	未详	玄宗	进士	《全唐文》395
李　汇	未详	玄宗	赏赐	《全唐文》738
孙季良	未详	玄宗	进士	《新唐书》200、《唐代墓志汇编》开元187
韦良嗣	未详	玄宗	未详	《唐代墓志汇编》开元219
崔珪璋	未详	玄宗	进士	《唐代墓志汇编》开元317
马　某	未详	玄宗	未详	《全唐诗》139
沈　某	未详	玄宗	未详	《全唐诗》139
吕令问	未详	玄宗	未详	《国秀集·目录》
敬　括	未详	玄宗	进士	《国秀集·目录》
荆冬倩	未详	玄宗	进士	《国秀集·目录》、《全唐诗》203
孙　翌	未详	玄宗	文词雅丽科	《旧唐书》189、《新唐书》199

续表

姓　名	任职单位	任职时间	出身	出处（卷）
綦毋潜	未详	玄宗	进士	《新唐书·艺文志》
陈允初	未详	玄宗	未详	《全唐诗》258
徐　浩	未详	肃宗	明经	《新唐书》57
戴　孚	未详	肃宗	进士	《文苑英华》737
殷　亮	未详	代宗	明经	《旧唐书》114、《新唐书》144
徐　岱	未详	代宗	荐举	《新唐书》161
权　器	未详	代宗	未详	《全唐文》339、《全唐诗》780
裴　修	未详	代宗	未详	《全唐文》340
于　申	未详	代宗	进士	《唐代墓志汇编》贞元055
侯　钊	未详	代宗	未详	《全唐诗》269
裴　佶	未详	代宗	进士	《旧唐书》98、《新唐书》127
贾　弇	未详	代宗	进士	《全唐诗》283、《全唐文》588
卢景亮	未详	代宗	进士	《新唐书》164
姜公辅	未详	德宗	进士	《旧唐书》138、《新唐书》152
刘　涉	未详	德宗	未详	《旧唐书》145
韦贯之	未详	德宗	未详	《旧唐书》158、《新唐书》169
李　翱	未详	德宗	进士	《旧唐书》160、《新唐书》177
段文昌	未详	德宗	未详	《旧唐书》167、《新唐书》89
袁　滋	未详	德宗	未详	《旧唐书》185下、《新唐书》151
王茂元	未详	德宗	未详	《新唐书》170
裴　度	未详	德宗	进士	《新唐书》173
韦渠牟	未详	德宗	未详	《新唐书》167、《全唐文》506
张　署	未详	德宗	未详	《全唐文》565、《全唐诗》337
韦　丹	未详	德宗	明经	《全唐文》566
陈　长	未详	德宗	未详	《全唐文》590
裴　堪	未详	德宗	未详	《全唐诗》317
林　藻	未详	德宗	进士	《全唐诗》375
邵楚苌	未详	德宗	进士	《全唐诗》305
崔立之	未详	德宗	进士	《全唐诗》347、《唐诗纪事》43
狄兼谟	未详	宪宗	进士	《旧唐书》89、《全唐文》605

续表

姓　名	任职单位	任职时间	出身	出处（卷）
冯　定	未详	宪宗	进士	《旧唐书》168
卢　钧	未详	宪宗	进士	《旧唐书》177
罗　让	未详	宪宗	进士	《全唐文》506
侯　喜	未详	宪宗	进士	《全唐文》556
李景让	未详	宪宗	进士	《旧唐书》187下、《全唐文》763
王　绩	未详	宪宗	进士	《全唐文》659
廖有方	未详	宪宗	进士	《全唐文》713、《全唐诗》490
李德裕	未详	宪宗	以荫入官	《旧唐书》174、《新唐书》180、《全唐文》731
郭　求	未详	宪宗	未详	《翰林学士壁记注补六·宪宗》
李　绅	未详	宪宗	进士	《全唐诗》481、《全唐诗》419
杨虞卿	未详	宪宗	进士	《旧唐书》89、《全唐文》605
李　播	未详	宪宗	进士	《唐诗纪事》47
元　佑	未详	穆宗	进士	《全唐文》649
李　戴	未详	穆宗	进士	《唐代墓志汇编》大和016
章孝标	未详	穆宗	进士	《全唐诗》506、《唐才子传校笺》6
杨　发	未详	文宗	进士	《旧唐书》177
卫　洙	未详	文宗	进士	《新唐书》172
陆宾虞	未详	文宗	进士	《全唐文》679
樊仁宗	未详	文宗	未详	《唐代墓志汇编》大和054
孙　备	未详	文宗	进士	《唐代墓志汇编》会昌004
李　烨	未详	文宗	未详	《唐代墓志汇编》咸通016
杨　收	未详	武宗	进士	《旧唐书》177
郑　符	未详	武宗	未详	《全唐诗》792、《游长安诸寺联句并序》
孙　瑁	未详	宣宗	进士	《唐代墓志汇编》大中054
刘　蜕	未详	宣宗	进士	《唐代墓志汇编》大中130
于　瓌	未详	宣宗	进士	《全唐诗》564、《旧唐书》19
储嗣宗	未详	宣宗	进士	《全唐诗》594
虞　鼎	未详	懿宗	进士	《全唐文》819
余　镐	未详	懿宗	进士	《闽诗录甲集》1

续表

姓 名	任职单位	任职时间	出身	出处（卷）
刘 覃	未详	僖宗	进士	《新唐书》71 上
陆 扆	未详	僖宗	进士	《旧唐书》179
姚 颢	未详	昭宗	进士	《旧唐书》20 上
曹 松	未详	昭宗	进士	《新唐书》60
孔 邈	未详	昭宗	进士	《全唐文》843
沈 颜	未详	昭宗	进士	《全唐文》868
殷保晦	未详	昭宗	未详	《新唐书》205
裴 皞	未详	昭宗	进士	《全唐诗》715
王 驾	未详	昭宗	进士	《唐百家诗选》19、《唐诗纪事》63
韦 庄	未详	昭宗	进士	《唐才子传》
张 玭	未详	昭宗	进士	《全唐诗》702
王宗仁	未详	哀宗	未详	《资治通鉴》266
王季琰	未详	未详	未详	《新唐书》179
卢惟清	未详	未详	未详	《新唐书》205
颜元淑	未详	未详	未详	《全唐文》339
颜邻几	未详	未详	制科	《全唐文》339
颜景灵	未详	未详	未详	《全唐文》339
颜 颖	未详	未详	未详	《全唐文》339
殷令言	未详	未详	未详	《全唐文》344
韦 绚	未详	未详	未详	《全唐文》679
李存穆	未详	未详	未详	《唐代墓志汇编》大中 131
刘 胄	未详	未详	未详	《唐代墓志汇编续集》开元 033
时 某	未详	未详	未详	《全唐诗》238
胡 某	未详	未详	未详	《全唐诗》268
王 某	未详	未详	未详	《全唐诗》269
宋 某	未详	未详	未详	《全唐诗》276
张元正	未详	未详	未详	《全唐诗》279
邢 某	未详	未详	未详	《全唐诗》282
崔 某	未详	未详	未详	《全唐诗》292
孔 某	未详	未详	未详	《全唐诗》313

续表

姓　名	任职单位	任职时间	出身	出处（卷）
魏　某	未详	未详	未详	《全唐诗》315
赵　某	未详	未详	未详	《全唐诗》333
王　伦	未详	未详	未详	《新唐书》72 中
陆　珝	未详	未详	未详	《新唐书》73 下
陆甚夷	未详	未详	未详	《新唐书》73 下
韦　邈	未详	未详	未详	《新唐书》74 上
徐　练	未详	未详	未详	《新唐书》75 下
殷　亮	未详	未详	未详	《旧唐书》114
窦梦征	未详	未详	进士	《全唐文》844
韩　湘	未详	未详	进士	《全唐诗》860
杨茂卿	未详	未详	进士	《新唐书》118
喻　凫	未详	未详	进士	《唐才子传校笺》7、《全唐诗》543

后记

当我在电脑上敲下最后一个字符，核对完最后一条文献，我的心中百感交集。回首这几年的求学之路，有难言的艰辛，也有奋进的喜悦，更多的是无以言表的感激之情。

本书是在我的博士学位论文基础上修改而成的。在书稿即将付印之际，我不由得想起导师傅绍良先生的教诲。先生多年来从事禅宗与文学、唐代文学史以及唐代政治思想史的研究，在李白、杜甫、王维等重要诗人以及盛唐气象、唐代政治与文学等重要问题的研究方面有所开拓，见解颇新。几年来，我在知识积累和治学方法上所取得的每一点进步，都离不开先生的精心指导和严格要求。先生敏锐开阔的学术思维、严谨求实的治学态度、高度敬业的工作作风都对我们产生了深刻影响。之所以选定唐代校书郎与文学作为研究对象，也是受到先生研究方向及学术思想的启发。学位论文从选题、构思到写作、定稿，先生都为之付出了许多宝贵的时间和精力，并提出论文的不足和修改意见。先生还在百忙之中为拙作赐序，对此我表示非常真诚的谢意。

我仍然记得当时确定这一选题时心中的忐忑不安，有认定目标后的喜悦，可是面对浩如烟海的文献资料又有些犹豫和担心。这一选题与我从事的工作有点接近，但史学学养方面的欠缺又使我踌躇不已。我所面对的是一个陌生的领域，如何将制度史与文学史、编辑出版史结合起来，需要好好思索和研究。搜集资料的过程是枯燥乏味的，当一页页的书页读过去，一张张卡片摞起来，慢慢地感觉到距离自己的选题渐渐接近了。在写论文草稿的过程中，有时也很迷茫。因为学业、工作、家庭的缘故，自己要不断转换角色，常常是疲于奔波，在矛盾和自责中纠结，难以静下心来读书。有一次与一位稍长于自己的师姐交流，她以自己的经历鼓励我要坚持下去，她说人往往在快要绝望的时候就会看到希望。于是，每当自己感到难以支撑的时候我就用这句话来鼓励自己继续前行。是的，希望就在前方，就在遥不可及却又近在咫尺的前方，而咬着牙默默地坚持和努力就是行进的阶梯。在这一过程中，我体会了学习的甘苦，也得到了学习的快乐，自己也在一次次磨炼中变得坚强和勇敢。也有人问我为什么要把自己弄得这么辛苦，这只能说是想圆自己长久以来心中的一个梦想。攻读硕士也是在陕西师范大学，那个时候总是匆匆忙忙的，不知道自己要做些什么。而现在，我知道自己想读些什么书，需要读些什么书。这也许就是经历之后的些许感悟吧。

感谢美丽的师大校园，从雁塔区到长安区，从读硕士到攻读博士学位，师大的一草一木陪伴我走过了人生中极为宝贵和难忘的时日，在这里我也结识了很多良师益友。几年来，我一直感受着师大校园浓厚的学术氛围与温馨的生活环境，在这里我得以静心读书，涵养新知。几年学习过程中去得最多的还是师大图书馆。每每面对图书馆丰富的藏书，总是感觉到自己的渺小和浅薄。与年轻学生同坐在一起学习，看着那些青春飞扬的面庞，不由得生出几分紧迫感。使我感到幸运的是人生中最重要的学习生活是在这里进行的，宽敞幽静的读书环境令人惬意，工作人员热情细心的服务态度也使人倍感温暖。在宿舍里读书写作之余，推开窗子依稀可见终南山的千峰碧屏，走出门就能闻到周围麦田的清香。忽一日，扑面而来的是麦子沉甸甸的成熟气息，我知道自己也该到了呈出学位论文的时候了。

感谢北京师范大学的郭英德先生，西北大学的李浩先生，陕西师范大学的张新科先生、魏耕原先生、霍有明先生、吴言生先生、赵望秦先生、刘锋焘先生、刘生良先生、周淑萍先生，他们有的曾给我们讲授课程，有的曾对论文选题给予具体指导，有的曾参加论文答辩会。先生们提出的建议使我获得了更多的教益，在此，谨向诸位先生的关心和教诲致以诚挚的感谢！

学习期间，令人感动的是同门、同学之情深意切。论文写作过程中，各位同学也给予了热忱的帮助和支持，有什么问题大家常常在一起讨论，相互鼓励，对此我表示诚挚的谢意。撰写书稿时，参考了相关研究的文献资料，并引用了一些学者的观点，在此一并致谢。

我还要感谢我的领导和同事们，感谢他们一直以来对我工作、学习的帮助和支持。此外，特别感谢我的亲人对我生活的关怀及学业的支持，他们的支持就是对我最大的鼓励。

此书的出版，得到了咸阳师范学院学术著作出版基金、陕西省社科基金的资助，他们对学术事业的关怀给我以巨大鼓舞。责任编辑张林女士以高度的责任感和渊博的学识，在编辑过程中纠正了本书中的不少错误，提出许多宝贵的修改意见，给我以莫大的帮助。在此，我深表谢忱。

希望就在不远的前方，而我将一如既往地努力，为了心中的梦想。谨以此书送给所有关心、支持过我的人们，在此，我也把最深沉的谢意和最美好的祝福送给他们！

2014 年 3 月